火宅之舞

the TURNOUT

Megan Abbott

梅根·亞伯特——著　陳柚均——譯

獻給我的爸爸，我的英雄

菲利普・亞伯特（1944-2019）

童年是熾熱的熔爐，將我們精煉成本質，而本質將恆久不變。

——凱瑟琳・安・波特（Katherine Anne Porter）[1]

1 美國小說家及散文家，曾獲普利茲小說獎、美國國家圖書獎及歐・亨利紀念獎。

輯一

我們三人

她們曾是舞者。她們大半輩子所做的幾乎就只有跳舞這麼一件事，而現在她們是授課教學的舞蹈老師，教得很好，就像她們的母親一樣。

「每個女孩都有芭蕾夢……」

這就是她們在宣傳手冊上、海報上、網站上，以及滑動螢幕頁面上以高貴的草寫體所寫下的句子。

在一九八六年，她們的母親（前阿爾伯塔芭蕾舞團的獨舞者）創立了杜蘭特舞蹈學院，就在市中心一棟低矮又鏽跡斑斑的磚砌辦公大樓裡，占據了最高兩個樓層。十幾年前，她們的父母死於一個路面凝結了透明薄冰的夜晚，他們的車子因連續的碰撞而翻過高速公路的中央分隔島，舞蹈學院從此就交到她們手中。一位積極大膽的當地記者得知車禍當天正是這對夫婦的結婚二十週年紀念日，於是寫了一篇關於他們的報導，並特別提及他們即使在臨死之際，彼此的手仍緊握。

是他們其中一人在最終時刻伸出了自己的手，還是他們一直牽著對方？記者對讀者表達了自己的疑惑。

這麼多年過去了，關於她們父母人生終點的故事，像個傳說一樣流傳下來，對學生們而言是令人無法招架的浪漫，對瑪莉而言卻非如此——葬禮上，瑪莉始終在姊姊達拉身旁激烈抽泣，事後卻堅決地說，**我從來沒看過他們牽手，一次都沒有**。

＊＊＊

但在別人的眼中，杜蘭特一家人始終顯得奇特，甚至早在達拉和瑪莉仍是小女孩的時候就是如此，她們總在門前臺階輕盈地遊走，當時那棟有梧桐木建築面飾的大房子，人們都稱之為糖果屋[2]。

達拉和瑪莉，都有著瘦長的脖子和柔和的嗓音。她們紮著相同的髮髻，走路同樣是外八的步態，裹著粗糙扎人的冬衣，粉紅色的緊身褲點綴著雪景。甚至，她們就連名字也與眾不同，聽起來優雅且帶有歐洲氣息，儘管父親是個電工，總是醉醺醺地待在客廳，而母親從小每餐都吃美乃滋三明治[3]，正如她時常懊悔地搖著頭告訴女兒們的那樣。

從幼兒園開始，直到升上了五年級和六年級，達拉和瑪莉都在東區一所陰森可怕的老舊天主教學校上學，父親堅持要她們去那裡就讀。直到有一天，她們的母親宣告，今後要由她在家中為她們授課，如此一來她們就不必受制於學校那種原始守舊的人生觀。

她們的父親一開始相當抗拒，直到有一天他到校接她們放學時，看到了一個男孩——全五年級最頑劣的孩子，左眼上有一個胎記，就像剛烙上的燙傷般——試圖要拉下瑪莉的褲子，一件紫色的燈芯絨長褲，而達拉穿著款式一致的粉色。瑪莉就只是站在那裡動也不動，盯著他看，她的手指撫摸著前額，彷彿她迷惑不解，束手無策。

她們的父親突然急忙地轉向，直接將別克汽車開上人行道旁的草地。在眾目睽睽之下，他一手抓住小男孩的腰，猛力搖晃著，直到修女們衝了過來。你們開的到底是哪門子學校？他逼問道。

在回家的車程中，瑪莉大聲地宣告，她一點也不介意這個男孩做的事。

那讓我的肚子裡有扭來扭去的感覺，她在後座對著達拉特別輕聲地說道。

---

2 格林童話《糖果屋》原型為格林兄弟所發表的《漢賽爾與葛麗特》（*Hansel and Gretel*）。這對姊弟被父母遺棄於森林中並落入巫婆的陷阱，最後卻憑著機智與勇氣脫險。在此指內文所提及的建築風格為美國早期採納哥德式建築結合農村地區的木造風格，多以木材精心雕刻並加上許多裝飾性的細節。

3 mayonnaise sandwiches，以玉米、甜椒或胡蘿蔔等食材拌入美乃滋的土司三明治。

她們的父親好幾天都不願意和瑪莉說話。他打了電話去學校，對著校長大發雷霆，那聲音如此洪亮，連樓上躺在上下鋪的她們都聽見了。月光下，瑪莉的臉龐沾著淚水，閃閃發亮。對達拉而言，瑪莉和父親都如此神祕。基於某種未知的原因，兩人神祕而且相似。原始人，母親背地裡這麼稱呼他們。

她們不曾再回學校去。

＊＊＊

在家裡，每天都會有不同的課程。你絕對猜不到。有一些早晨，她們會從父親書房裡拿出一個巨大的地球儀，達拉和瑪莉會旋轉它，當她們的手指指向某個國家時，母親會說一些關於該國的介紹。（新加坡是全世界最乾淨整潔的國家。破壞公物的懲處是鞭刑。）有時，她不得不去書房裡翻找長滿黴斑的百科全書，封面隨著年歲日長而軟化。很多時候，她好像只是憑空想像編造故事（在法國，廁所分為兩種……），逗得她們放聲大笑，三個人一起，這是屬於她們的私密笑話。

我們三個人，她們母親以前時常這麼說。（她們曾經是三個人，在查理出現、讓他們成為四人組合之前，以及所有這些事發生之前。）

但多數的情況下，這天——每一天——的一切都關於芭蕾。

她們的父親時常外出工作，時間頻繁而長久。去這個變電站、前往那個機場，做一些關於纖維光學的工作——關於這些她們什麼都不知道，真的。

當他不在家時，她們就整天穿著緊身舞衣，跳舞跳上好幾個小時，在練習室、二樓樓梯的平臺，以及雜草叢生的後院。一整天都不停地跳著舞，直到雙腳開始發燙、發麻，慢慢失去感覺為止，但沒有關係。

這就是達拉現在所記得的回憶。

家貓。這就是她們母親過往對於她們的稱呼，認真想來很有趣，因為正是母親將她們困在家裡的。她們童年中一次也不曾去別人家過夜、沒有露營之旅，甚至不曾參加鄰居的生日派對。

她們為自己找樂子。有一次，在情人節那天，她們以褪色的彩色美術紙製作情人節剪紙，而母親為她們上了一堂關於愛情的課。她談到了所有不同樣貌的愛，而愛會如何改變和轉化，你卻無力阻止。愛會在你身上造成改變。

我戀愛了，瑪莉說，像往常一樣，談論關於那個將她褲子拉下、臉上有胎記的五年級男孩，他曾經躲在她的桌子底下，試著將一支鉛筆插入她的兩腿之間。

那不是愛，她們的母親說，輕輕撫摸著瑪莉如嬰兒般的細髮，以她的手背掠過瑪莉始終粉嫩的臉頰。

接著，她說了她們最喜愛的故事，講一位名為瑪莉．塔格里奧尼的著名芭蕾舞者，她的崇拜者們如此熱情，曾有人付了兩百盧布要買下一雙她丟棄的足尖鞋[4]，這在當時是一筆巨款。在購買了之後，他們將那雙鞋加以烹煮、配上配菜，佐以特製醬汁吃下。

她們的母親告訴她們，*那就是愛*。

＊＊＊

如今，二十多年過去了，杜蘭特舞蹈學校是她們的了。

過往由她們母親主宰的這棟灰白色建築，空間狹窄又溫暖舒適，十幾年來，達拉和瑪莉在這裡每星期教六個整天的課。夏日時悶熱且異味強烈，冬季時則冰冷嚴寒，積雪的窗子模糊不清，舞蹈教室

4 pointe shoes，也稱「硬鞋」，鞋頭經特殊處理後可有力支撐腳趾，讓芭蕾舞者能長時間以腳尖行走。

不曾有什麼改變，只是緩慢且逐漸地分崩離析。時常，隔夜的雨水在天花板的每個角落如眼淚般流下，滴落在學生的鼻子上。

但這一點也不礙事，因為總是會有學生上門。上百個女孩和少數幾個男孩，年齡從三歲至十五歲，級別從學前一級至專業四級的都有，其餘還有人在候補名單上。在過去六年內，他們已讓十四個女孩和三個男孩晉升至專業一級芭蕾舞蹈學校，並讓三十六位學生晉級參與重大賽事。

每年夏天，他們都會額外聘請兩位指導人員，在週末時則增至三位，但在學年的期間，就只有達拉和瑪莉。當然，還有查理，母親曾經相當珍視的寶貝學生，她將他視如己出，她的靈魂之子。而查理現在是達拉的丈夫，因為受傷而不能再教課，但他在後勤辦公室負責掌管所有業務經營。查理是許多學生曾迷戀的對象，他有如一種成人儀式，像是他們第一次將剃刀拿近長了硬皮的腳，或者是他們第一次完成「外旋」動作時，腿部自髖關節處對外扭轉，將身體強行扭曲。強力將自己的身體推到極致，那感覺令人欣喜若狂。達拉的第一次外旋令她感覺自己被徹底撕裂、全身赤裸。

杜蘭特舞蹈學校是一所事業機構，有來自三個郡區的兒童、青少年到此上課。他們帶著生氣勃勃的夢想、柔軟的身體、堅硬的小肌肉、餓扁的肚子，渴望參與一則童話，在故事中，他們得以和其他小女孩及少數特別的小男孩共舞。他們都想參與的故事，是三十多年前由她們母親所建立、如今眾所周知的杜蘭特傳統。再來一次、躲躍、躲躍，注意膝蓋。她們的母親聲音柔和卻堅毅，在地板上大大跨步，引領著一切，掌握著一切。

然而，現在只有達拉和瑪莉的嗓音——達拉的低沉而堅韌（肩膀向下，抬起那條腿，高一點，再高一點……），而瑪莉的輕快而美妙，瑪莉對著五歲的孩子們大喊，老鼠王要來了！她將手腳彎曲成爪子的樣子，女孩們高興地尖叫著……

後勤辦公室裡的查理，聽著家長們抱怨自己的孩子如何缺乏紀律、足尖鞋的高昂費用，以及假期的行程安排，查理耐心地點著頭，聽著母親們壓低聲音談論過往對於芭蕾的熱切渴望，以及各種瘋狂幻想，不論是想著芭蕾舞裙和松香、緞布和薄紗、照明燈和眉開眼笑的面孔，或是不斷地跳進情人等待的懷抱。

一切正常運作，不曾有什麼改變。

十多年前，這個空間還是一家天花板逐漸塌低的前乾貨店，但現在杜蘭特舞蹈學校逐漸在此獲得可觀的成就。

「我一直都知道會成功。」查理說。

***

你女兒上誰的課？達拉還是瑪莉？

她們乍看非常相像，但相較於瑪莉的白皙皮膚，達拉的膚色較深。

她們乍看非常相像，但達拉有修長的天鵝頸子，瑪莉有馬駒般的纖細長腿。

兩人都顯現了如此的姿態，向我們的女兒們表現了優雅與舉止氣度。

是她們讓我們好動不安、胸骨凸出的小女孩彎身且旋轉，搖身一變成了輕盈的舞者。走進杜蘭特學校時，女孩們尖聲刺耳地說話，伴隨著手機的叮咚聲響和人字拖鞋的拍打聲，在一個小時後，她們就化身成女王、沙皇、杜蘭特家族後人所代表的形象——一種強而有力、汗流浹背的沉靜。

***

我們的女兒都好愛她們，尤其是瑪莉。

因為瑪莉教的是年紀較小的孩子，因為她會和他們一起盡情跳舞，幫他們梳理已鬆散的髮辮，當他們淚流滿面時，偷偷給他們草莓夾心餅。在下課時，如果他們拿手機給她看，她甚至可以教他們如何像人氣流行歌手那樣跳舞。在一天結束之際，達拉會窺望瑪莉的舞蹈工作室，看見了夾心餅的淡色碎屑、扔棄的髮帶及彎曲的髮夾，納悶著瑪莉是否太瞭解那些小女孩了。

達拉跟隨她們母親的典範。在她的舞蹈工作室裡，她的站姿猶如女王，揚起下巴的神態有如一隻狼——這是查理形容她的方式——面對那些做伸展時無精打采、或是彎曲著膝蓋做單腳尖旋轉的女孩，她總是急於糾正錯誤，立即拆解他們的問題。

總得有人來維持嚴謹傳統和強硬紀律，這責任不可避免地落到了達拉身上。或者說，這最適合由她來執行。責任與適任之間的差異相當難以分辨。

但是，大多數的情況下，當所有的小女孩全都高高仰著臉龐、穿著一致的粉色褲襪及磨損的皮革軟鞋，對她們而言，達拉和瑪莉是一樣的，卻又截然不同；對於學生家長而言更是如此，他們擠滿了大廳，讓窗戶起了霧氣，為孩子們脫去身上毛茸茸的厚重大衣，然後將他們輕推至舞蹈教室裡。

達拉冷靜，而瑪莉熱情。

達拉膚色黝黑，而瑪莉白皙。

達拉和瑪莉，如此相似卻又截然不同。

＊＊＊

「每個女孩都想成為芭蕾舞者……」

最先吸引人們眼光的，一向是那張照片。黝黑的達拉和白皙的瑪莉，她們頭部傾斜、彼此倚靠，梳著相同樣式的圓髮髻，都踮起腳尖。當你走進舞蹈教室的大廳、點擊網站，或者拿起社區傳單或時尚生活風格雜誌，看到背面的光面印刷廣告時，你首先會看見的正是這張照片。

這張照片是查理拍的，每個人都對此熱烈談論。

太惹人注目了，所有人都會這麼說。*超凡脫俗的美麗*，甚至有人如此大膽形容。那些年紀最小、身子塞在粉紅舞衣裡的女孩，總會一邊抬頭盯著掛在大廳的那張照片，一邊將手指含在嘴裡。

就像童話故事裡的公主。於是，查理就拍了更多的照片。由於學院規模日益擴大、有了更多的行銷題材，當地報社就更定期地刊登資訊。但本質上而言，照片沒有太大的差異。黝黑的達拉和白皙的瑪莉，如此泰然自若、親密且動人。

有一次，一位行銷人員為他們提供了免費諮詢。在夏季的某一天，他在舞蹈工作室裡觀察他們，他在角落冒汗，委靡不振地坐在他們提供的高凳上，喘不過氣的他對查理說了很長的一段話。所以，他們最後就拍下了那張達拉和瑪莉的照片，在漫長的一天結束之後，她們在安靜的舞蹈教室裡一起跳舞，身體放鬆而不受束縛，緊身舞衣都徹底濕透了。

查理拍下倒在地面並相互依偎的她們，她們臉上洋溢著愉悅的粉紅色。

「靠近一點，」鏡頭後的他說道。「再靠近一點。」

再靠近一點。那時候，他們似乎不可能更靠近了。三個人如此交纏在一起。查理是達拉的丈夫，但他也遠不止於此。達拉、瑪莉和查理，他們白天在舞蹈室裡一同工作，晚上則是在他們兒時住的房子裡一起度過。在那個時候。

完成拍攝之後，看著查理電腦上的畫面，達拉猶豫了，想像著她們的母親對這些照片會有什麼意見，影像隱藏了瘀傷、水泡及發黑的腳趾甲，顯現的是如此光滑、完美且赤裸的身體。「你確定嗎？」她問。

「這些照片會說故事。」查理說。

「這些照片可以推銷故事。」瑪莉又說道，啪一聲地彈拉貼在潮濕皮膚上的緊身衣。當然，舞者的生命短暫。發生在查理身上的事──他的輾壓損傷、痛苦不堪的四次手術──讓他們一直掛記在心上。他的身體仍然瘦削，身形依舊如大理石雕像般，就像母親當初帶他回家時一樣，這卻活生生地證明了事物的瞬息萬變，就算有這般美麗的表像，裡頭也可能全然損壞了。人必須有所計畫，制定運行的軌道。也因為如此，造成了達拉與查理兩人不同於瑪莉、也不同於她們父母的差異所在。

瑪莉似乎總是準備好要逃離，卻不會離開太久，也從未走得太遠。如果一個人很難記住金融卡密碼，不管到哪都會忘記關瓦斯爐，那麼還能走得多遠？

所以，當達拉和查理在市政廳結婚時──他身穿一件開領襯衫和護背腰帶，而她穿的是一件輕薄如紙的吊帶連身裙，讓她在門前臺階上冷得直發抖──他隨身帶來了一小筆來自他已故父親的信託基金。他終於動用了那筆錢，就像他二十一歲生日時打破的白金色小豬撲滿一樣。金額並不大，但足以讓他們償還舞蹈教室大樓的抵押借款。不斷塌落的天花板，以及所有的一切，他們可以完完全全地擁有了。這裡屬於他們。

我們往後一起努力。他說。

還有瑪莉。

當然，他說。我們三人，我們指的是三人。

＊＊＊

正是他們三人。一直以來，都是他們三人。直到有一天不再是了──就正是那時，一切都出了差錯。從那場火災開始，又或者在那場火災之前。

鎚子

是時候了嗎？那個早晨，在她腦中嗡嗡作響的正是這些字句。

他們廚房裡母親的鋁製時鐘因油汙而泛黃，正指向六點四十五分。

她長長地呼了一口氣，呼哧呼哧作響，她的身體因睡眠而緊繃沉重。

儘管如此，達拉仍無法離開她的座位，將手掌擱在那張折疊餐桌上，她從小就熟知胡桃木桌面上的輪狀紋理。

那天早上，她從夢中驚醒過來，夢見她們很小的時候，父親帶她們去看春季嘉年華的吞火魔術師。她看著那女人如何握著藍色火炬，火焰如何一步步地靠近她的喉嚨、她的長臉，和她睜大的雙眼。

她心裡還依稀記得那一場夢，當她從桌邊起身站去關瓦斯爐時，她等了三秒、四秒，五秒，好看著藍色的火焰閃爍並消失，她的雙眼仍然不停眨動著。

瑪莉，她突然想到了她。好幾個月過去了，她仍然期望一轉身就能看見瑪莉，臉上掛滿了睡意，踉踉蹌蹌地走向她，伸出的手握著空杯子。

手裡端著茶，達拉低身坐回椅子上，接著向前伸展軀幹，張開雙臂，將頭部彎得越來越低，接著手臂伸至小腿，抓住自己的腳踝，讓所有血液都匯合在一處，所有的神經都散發熱力。

我們與疼痛有不一樣的關係，她們的母親時常這麼說。疼痛是我們的朋友，我們的愛人。如果有一天你醒來時，疼痛消失了，你知道這代表著什麼嗎？什麼？她們每次都會問。

代表你不再是一個舞者了。

＊＊＊

「達拉，你是不是要遲到了？」樓上的查理喊叫著，他正躺在她們母親的貓腳浴缸裡。

「不會。」達拉回答。從來就不會，她想這麼補充說明，伸手裝滿保溫瓶，茶水潑濺了出來，她的關節一如既往地痛，但在某些早晨，這就是她明白自己活著的唯一方法。

＊＊＊

「杜蘭特女士！」有個男孩大喊了一聲，打破了沉默。「就是今天了嗎？」

那天是星期六，甚至不到七點三十分。杜蘭特舞蹈學校的大門半小時後才開，但當達拉到達時，停車場車位早已經滿了，精神凜凜地走路來上班之後，她的雙腿在顫抖，臉狂熱地發燙著。

「杜蘭特女士！」再次傳來了聲音。

當汽車靠近時，達拉轉過身來，那是一輛車窗染黑、海豚灰色的轎車。

車子裡頭，十四歲的科爾賓·萊斯特里奧貼靠在父親身旁，認真嚴肅、有一雙黑色眼睛，濕漉漉的頭髮像剛洗過澡，如默片演員或黑幫分子一樣往後梳。「杜蘭特女士，演員表的公布，就是今天了嗎？」

「是的。」達拉說著，從車旁走過，對於他如此樸實而不加掩飾的誠摯熱切，她藏起了淡淡的微笑。她加快了腳步，感覺到人們的目光都落在她身上。學校中有一百二十二個女生，而科爾賓是僅有的六個男生之一。他現在還不知情，但他們已選擇他作為今年《胡桃鉗》中的王子。或者，更確切地說，是達拉做了這個選擇。查理身體不適，因此很早就離開了試鏡現場，而瑪莉從不干涉選角，總是將這件事留給達拉，她知道科爾賓是唯一人選，他的手臂修長得不可思議，還有修長好看的脖子。「杜蘭特女士！女士！」又有聲音從其他怠速的車中傳來，強力的暖氣讓車窗起了霧，那些急切的家長們，包括十幾位母親，帶著他們清晨隨意用髮夾固定的頭髮，而女兒們的髮髻在他們身邊快速擺動，他們精力充沛且緊張忙亂。「夫人！夫人！」他們的興奮之情，和他們的絕望急切，都同樣令人筋疲力盡。

那一股能量——持續不止的興奮活力，帶著焦慮、痛苦、飢餓及自我批評——在杜蘭特學校總是居高不下，但今天又特別高漲。

這是必然發生之事。每年這個時刻都會發生這種狀況，空氣中的冰冷寒意，所有女孩雙眼中的閃爍光芒，他們高舉手臂並維持五位腳[5]的動作。

來到《胡桃鉗》的季節了。

＊＊＊

《胡桃鉗》是一種必要之惡。

它佔領了一切——為期八星期的試鏡、課堂排練、現場排練、試裝、與希維爾夫人所領導的彌菲耶芭蕾舞團搭檔進行最終整排。所有這些準備都是為了十六場的現場表演，將於法蘭西斯．巴倫傑表演藝術中心登場，這幢鋼鐵及玻璃建構的礙眼建築物，在十二月的夜晚，將神奇地搖身一變，成為一個以幾十碼紅色天鵝絨絲帶包裹著的發光禮盒。

5　芭蕾舞技巧由七個手位和五個腳位變化而成，腳位為芭蕾的根本基礎。五位腳公認為最難的腳位，兩腳的前後位置相反，一腳的後跟緊貼著另一腳的腳趾尖。

為期八週的壓力性頭痛、昏厥，以及緊張不安的腸胃。八週的不適和輕傷，膝蓋骨腱炎和生長爆發期，以及血皰和足跟骨刺。

所有這一切全隱藏在假象之後，閃耀而廉價的緞布，荷葉邊，網紗及絹網，三十六頂要灑上粉末、噴塗髮膠、塗上金色的假髮。收納玩具士兵假鬍鬚的插針板收納在後臺，與老鼠王戰鬥那場戲用的齧齒動物頭套已經凹陷，放在壁櫃裡。然而這一切，又隱藏於重達三十磅防火材質的紙製雪片之中，每一場演出都得要回收；以前的假雪還是塑膠製的，細碎的塑膠屑會黏在你的睫毛上、飛進你口中。最終，每天晚上，工作人員還得用大型磁鐵在舞臺上來回滾動，以撿除掉落的髮夾。

最重要的是，這是充滿眼淚的八個星期。

《胡桃鉗》。這故事如此單純，一個孩子的故事，卻充滿了神祕和痛苦。一個名叫克拉拉的年輕女孩，在家庭節慶聚會上面對著陰暗又富有魅力的教父卓賽麥爾先生，她整個人都嚇呆了。他給了她一個模型小人，是胡桃鉗玩偶，她偷偷地將它一起帶上床睡覺，想像他變成一個年輕男子、一個夢中情人，帶著她進入一個富麗堂皇到不可思議的夢想世界。而且，在芭蕾舞曲終結時，她和他一同乘坐著雪橇進入遙遠的森林深處，結束了少女時代，偷偷進入黑暗彼方的入口。

當然，所有女孩都想成為克拉拉，克拉拉就是那個明星。在那幾十個被迫扮演派對上女孩、天使、紅白拐杖糖的人們中，有人成了愛哭鬼，有人抑壓且隱藏情緒，也有人無聲地啜泣。他們都想穿上克拉拉硬挺的白色禮服及飄逸的白色睡衣。那咧嘴微笑的胡桃鉗玩偶，她們只想拿來當權杖握著。

這種深藏少女心底深處的渴望，就像銀行裡的紙鈔。

每一年，由於女孩們都想成為克拉拉，舞蹈教室的秋季入學率會增加百分之二十。不久之後，冬季的入學人數又會增加百分之十，來自觀眾席中愛上了芭蕾舞短裙與魔法的女孩們。

過去，她們的母親常帶著隱約的法語式激動顫音描述收學費的時刻，這是我覺得自己最像個美國人的時候了。

私底下，她們的媽媽會坦白地說，她從來就不怎麼欣賞克拉拉。她什麼事都不做，不過就是隻小睡鼠。她會把原版的故事讀給她們聽，故事內容要黑暗得許多，那個小女孩更加有趣，也更激烈。他們的母親解釋，那女孩在故事中的名字不是意指光明和清晰的克拉拉，而是瑪莉，代表著叛逆的意思。

那就是我！當媽媽每次翻到第一頁時，瑪莉都會這麼說。

唉，但達拉的名字卻沒有一個這樣的故事。母親永遠不記得她是如何為她挑選名字的，只說這名字聽起來很不錯。

諷刺的是，母親曾有一次這麼告訴達拉，你才是故事裡的瑪莉。

＊＊＊

當達拉從眾人身邊走過，走進大樓前門時，「杜蘭特女士！」一個九歲的孩子尖聲大叫。「杜蘭特女士，誰會演克拉拉？是誰呢？」

因為今天不只是令人神經緊張的《胡桃鉗》舞季中的隨便一個日子，除了開幕之夜之外，最要緊的就是這一天了。這一天會公布演員表，每個人都會得知達拉前一天晚上做了什麼決定。誰會是他們的克拉拉、他們的王子、他們的機械娃娃、他們的小丑，以及他們的小糖果與小雪花。

「我快受不了了！」克洛伊．林口齒不清的說，手上抓著一支暖腿襪套，她一邊跑著，另一隻襪套一邊滑落到小腿上。「再等下去的話，我就要死了！」

門在她身後關上，達拉深吸了一口氣。

但是，當達拉每走一步階梯，都帶著相同有節奏的搏動，那種緊張不安的能量。

結果發現，那股搏動是來自瑪莉。

杜蘭特舞蹈學校裡充滿了噪音，有一個尖銳而集中的敲打聲，感覺就像釘槍正打在達拉的太陽穴上。

砰！砰！砰！砰！

這是達拉再熟悉不過的聲音了。自從妹妹十歲後，自從母親第一次扶著她踮起異常尖細的腳趾開始，她已經聽過上千遍了。親愛的，你就是為了足尖站立[6]而生的。

「妹妹，我親愛的妹妹。」達拉大聲喊道。

她就在那兒，瑪莉，一臉通紅，在A教室的地板上張開了雙腿，拿著父親鏽紅色的羊角鎚，正不斷地鎚擊一雙新的足尖鞋。

「羊角鎚又回來了。」達拉說，揚起一側的眉毛。

「只有這東西管用。」瑪莉一邊說著，一邊將鞋子拿近給達拉看，它的粉紅色內裡裂開，柔軟的內層暴露在外。

她們還是年輕舞者時，即使每星期要用上三雙鞋，母親仍禁止她們使用鐵鎚。這太粗暴、太殘忍了。這是便宜行事。該做的是把鞋子插入門的鉸鏈中，慢慢地關上門，軟化其硬度、使之屈服。瑪莉一向沒有這種耐心。

「看。」瑪莉說，炫耀自己的手藝，將手指放於鞋骨[7]中，又是戳刺，又是撫摸的動作。「你看。」

達拉感到她的胃在翻騰，卻不知道為什麼。

＊＊＊

緞子、硬紙板、粗麻布、上膠硬化的紙張——足尖鞋就是靠這些東西成型，但又不僅只於此，它們是芭蕾的心跳。事實上，它們只能持續使用幾個星期或不到一個小時，更像是你不斷脫落的一層皮膚，新的一層皮膚接著又會出現，等著被塑造成型。

當她們的舞者開始學習足尖站立，達拉和瑪莉就會讓他們學習如何將鞋子變得更加合腳，如何嘗試、失敗、適應及改製。他們就坐在更衣室地板上，雙腿併放得猶如指南針，將新鞋夾在腿間，猶如一條滑溜溜的魚。

使力地擠壓鞋頭，撬起鞋骨並彎折，彎曲鞋底來使之軟化，讓它成為你的一部分。利用比縫衣線粗上許多的牙線來穿針，在合適位置縫上彈性帶和緞帶，用打火機燒緞帶邊緣以防止抽鬚。以鉗子拔出鞋釘，用X-acto金屬筆刀修剪腳趾周圍的緞帶，讓它不會過於滑溜。這是達拉最喜歡進行的一部分，就像將軟蘋果去皮一樣。接著，拿起金屬筆刀猛擊、猛擊、猛擊、猛擊，將鞋底刮破，讓它呈現字母X或十字的圖樣，以增加抓地力。

這一切都是為了找到屬於自己的方法，結合腳與鞋、結合鞋與腳，全身融為一體。

鞋子必須成為你的一部分，她們的母親總是這麼說。如同一個全新的器官，緊貼合身且具備要求，只屬於你。

如果你沒有正確作好準備，如果你遺漏了任何步驟、抄了捷徑——鞋底太光滑，一條鬆緊帶太低——這可能就代表著摔跤，要是受傷就更糟了。

---

6 當芭蕾舞者穿著特製的足尖鞋，經過特殊處理的鞋頭就足以支撐，讓他們以足尖站立起來。

7 Shank，鞋骨為鞋底一塊橡膠底板，芭蕾舞者以此支撐來立起足尖。新鞋的鞋骨是硬的，穿著之前需要用外力加以軟化才能夠貼合舞者的腳底。

媽媽講了一些故事給她們聽，關於一些大女孩將碎玻璃藏在其他女孩鞋裡的故事，聽起來有如黑暗的童話，但童話故事哪有不黑暗的？

芭蕾世界充滿了許多暗黑童話，舞者準備足尖鞋的過程，是一種神祕且私密的儀式，就像她如何取悅自己一樣。這兩者往往難以區分。

＊＊＊

砰！砰！砰！砰！

瑪莉沒有停下來，她的牙齒深深地咬進嘴唇裡，雙眼失焦無神。她打算要準備一雙、兩雙，總共三雙鞋。

這一切都太荒謬了，簡直浪費。達拉想要說的是，**瑪莉，做這些到底是為了什麼？瑪莉，你現在是老師了，而不是舞者**。

她教導的那些小女孩還要好幾年才能足尖站立，她們的雙腳上仍穿著粉紅色的芭蕾軟鞋。但是達拉疲累到管不了她。套一句她媽媽會說的話，**你在虐待自己，親愛的**。**這是自我虐待**。

砰！砰！砰！砰！

瑪莉沒有停下手邊的事，直到達拉最終打開了前門的門鎖，第一批學生推門進來了，一群活潑的八歲孩子，其中兩個見了瑪莉面前的一堆薄紗和被拆解的鞋子上，突然哭了出來。

＊＊＊

那天，一切都瘋狂擠得水泄不通，星期六總是如此，但現在尤甚，上課時間超出了負荷，以彌補試鏡占去的時間及缺席的替補人員：一個名叫桑德拉．舒的活潑大學生，她最終因為彈響髖症發作而倒地了。

對於最終定案的演員名單，空氣之中充滿了期待之情，但達拉遵循母親悠久的傳統，一定等到這一天的最後才發布。除此之外，整個下午，她都必須忍受帶著吶喊及沉默的注視，陰鬱的臉龐與絕望，以及以輕聲細語中關於選角的無盡紛擾。

儘管如此，隨著《胡桃鉗》的樂曲在耳邊嗡嗡作響，學生的毛病比往常還多，有腳踝扭傷的、拇指夾傷的，有兩個女孩只喝芹菜西瓜汁因而昏倒，學生廁所的馬桶被嘔吐物堵塞，一個男孩的舞蹈腰帶[8]解體成碎布，一個女孩取笑另一個女孩的體毛——幾乎在一夜之間冒出來的細小毛髮，好讓她纖瘦的身體保持溫暖。而達拉對格蕾西．亨特發了脾氣，因為她推擠其他女孩，又或是因為紐曼姊妹又穿了黑色褲襪來上課。（像義大利寡婦一樣的黑色褲襪，母親會這麼說，一邊發出嘖嘖聲。）粉紅色褲襪，黑色緊身舞衣，女孩將頭髮紮起固定；男孩則穿黑色緊身褲襪、白色上衣。規則如此簡單，不曾有所改變。

查理來晚了，和物理治療師進行療程後，他緩慢且謹慎地移動腳步。那位**赫爾嘉**，達拉和瑪莉為她取了這個稱號，而瑪莉時常在按摩床上模仿著自己想像的德語。（**手肘鋒利，就像我達令的刀一樣……**）就算她的名字根本不是赫爾嘉，也不是德國人，如查理時常提及的說法，她只是一位住附近的媽媽，為了學位回校上課，以扶養她的孩子，並彌補無用丈夫的不足。對於達拉和瑪莉而言，她將永遠是赫爾嘉，**鋼鐵般的雙手，體格強健如牛！**

在他缺席的幾個小時中，查理平時事先預防的各種問題早已積累了一堆。沒有人來應對那些家長，那些枝微末節、後勤辦公室的排程調動，馬桶先是被嘔吐物堵塞，然後又被衛生棉條塞住，還有

8 dance belt，舞蹈腰帶為男性芭蕾舞者的專用內褲及護襠，以保護及支撐下體，設計上類似丁字褲。

一位男孩舞者想要和他聊聊，**男人與男人之間**，談論如何穿戴舞蹈腰帶。（**將所有東西都拉到前面，就像時鐘指到正午十二點一樣**，查理總會這麼解釋的。）

***

接著是瑪莉。反覆無常的瑪莉，最近又變得更加善變。下課時間，當她在三樓遊蕩時，早晨的敲擊聲已被一種恍惚迷離的無精打采所取代，她樓上碉堡裡的灰姑娘發條式黑膠唱盤機，播放著每分鐘四十五轉的刺耳老唱片，唱盤機手柄的形狀有如一隻玻璃鞋。曾有兩次，她錯過了自己開始上課的時間。

當天稍晚的時候，達拉只是溫和地加以糾正，麗芙．洛克曼就跑進更衣室哭泣，瑪莉跪地並將女孩啜泣的身體拉近，幾乎都要和她一起哭了。

「杜蘭特女士，」佩珀．威斯頓低聲地說，看著達拉身後的景象，「關於另一位杜蘭特女士……是不是真的……」

「是杜蘭特小姐。」達拉糾正地說。

「杜蘭特小姐現在是不是真的睡在閣樓呢？」

達拉一時沒有說話，然後看了一眼牆上的金屬時鐘，宣布：「**快點，去做扶把練習。**」（***Dépêchez-vous. à la barre.***）

***

八個月前，瑪莉搬離了她們的家，她們一起長大的那個家，那裡有多節的松木和傾斜的天花板，以及年久失修的地板和側邊下陷的樓梯，永遠都散發著母親藍色康乃馨香水的氣味。她們幾乎就只有過這麼一個久居的住所，到處都有屬於她們的磨損及刮痕。

此事不曾經過討論，瑪莉甚至沒有解釋，只是不斷地說感覺這麼做是對的，就一把將衣物塞進圓筒旅行包裡，接著急忙地跑下樓梯，查理後來說，她急得像是逃離火災現場一樣。

他們倆都認為，過了一天或一個星期她就會回家了。畢竟，多年前，她也曾離開過一次。帶著母親一個被蟲蛀過的天鵝絨滾輪行李箱，打算要環遊世界。然而，那趟旅程最後只維持了將近一個月的時間。

然而，這一次，早已過了八個月。但她並沒有走得太遠，就暫時住在教室裡，沿著螺旋樓梯走上三樓，住在文件、黏鼠板，以及滿是灰塵的老舊芭蕾舞短裙之間。女用化妝室和立式淋浴間是她個人梳妝打扮的空間，看起來一點也不衛生。不過，瑪莉一向時常散發出並非完全乾淨、帶著汙穢的能量。

達拉只爬上過螺旋梯一次，看看瑪莉為了這個住所做了哪些調整。事實證明，她幾乎什麼也沒有做：儲物盒全都被塞在角落，除了一個似乎被她拿來作為床頭櫃使用。有一張金屬折疊沙發床，沙發床上放著父親起了毛球的彭德爾頓[9]毛毯、一盞鵝頸燈，屋頂天窗旁還放了一株翡翠木，是《胡桃鉗》長期合作的夥伴希維爾夫人所贈予，在窗臺上還有一個神祕的水晶結飾，是布蘭蒂．希爾洛克媽媽的贈禮，她實踐靈氣療法，承諾瑪莉要治癒令她苦惱的右腳踝。

這些布置中有些淒慘可悲的地方。**瑪莉，你盡自己最大的努力，也只能做到這種程度嗎？**瑪莉彷彿永遠只有十二歲，在她們吵架時，只會一邊哭泣、一邊拖著她的睡袋去後院。

從那以後，達拉再也沒有任何理由上樓了。更何況，瑪莉也沒有邀請她。

9　彭德爾頓毛紡廠（Pendleton Woollen Mills）為一家美國紡織品的百年品牌工廠，位於俄勒岡州，早期以生產印地安原住民的毛毯為主，以戶外風格、繽紛印地安圖案的毛料蓋毯和羊毛服裝而聞名。

達拉仍然認定三樓是她們母親的領地、她的避難所，她的撤守之處，有時她會在那裡待上幾個小時，偶爾甚至待一整天。當時，那裡的氣味像是母親的香水、她的百合香氛蠟燭，及她最喜歡的研磨香皂。如今，那裡聞起來的氣味就像是瑪莉。

＊＊＊

「出來了！出來了！」一陣尖叫和顫音，然後又一陣噓聲和咒罵。達拉和瑪莉上完當天最後一堂課時，查理早已在更衣室門上張貼最終定案的《胡桃鉗》演員表。多數下課離開的學生都特別回來，許多人更是根本不曾離開，在更衣室裡玩手機消磨時間，在B教室伸展身體，跑去藥妝店去買汽水和酸味糖等違禁品。

當達拉走近時，花團錦簇的一群女孩們圍繞著貝莉．布魯姆，今年的克拉拉，眾星拱月的主角，這位勇敢的女孩冒險進入充滿了黑暗魔法、破碎之物，及純真消逝的成人世界。達拉好幾個月前就已鎖定了她。知道她有高超舞技，但也有專注力和投入這個角色必備的決心。認真、律己嚴格、不屈不撓的貝莉雙眼裡閃爍著光芒，站在想要費力趕上的其他同學之中，他們口中滿是祝賀之詞，但眼中閃爍著嫉妒和怨恨。

「杜蘭特女士，」貝莉一眼看見她便說，「我簡直不敢相信。」

她笑得很開心，露出她的酒窩——達拉突然意識到，貝莉在學校的這四年之中，她不曾看見她的酒窩——有如銳利的傷口，深深的烙印。

＊＊＊

在六、七點時，家長們陸續抵達，從他們的休旅車和起霧的轎車中奔忙下車，威斯頓醫師和林女士，以及萊斯特里奧先生，他在得知他的兒子科爾賓將成為胡桃鉗王子後，露出一臉疲倦的表情和輕微的驚恐，而這個決策立即引發了爭議，因為其他五個男生認定他年紀太大，是過於老成的十四歲。當然，布魯姆太太的胸膛因為激動而有節奏地起伏著，大聲呼喚女兒的名字。當貝莉跑進她懷中時，那複雜的喜悅幾乎讓她的臉色垮了下來，嘴巴大張像是要痛哭起來，聲音在喉嚨裡卡住消失。

看著布魯姆太太，達拉猜想著，她就如同許多母親（偶爾也有父親）一樣，也曾懷抱著自己的芭蕾舞夢想，她彎曲著手指並放在貝莉整潔的髮髻上，雙眼裡充滿了淚水。

＊＊＊

在這天最後一堂課結束後，正當達拉拿出藏在辦公桌抽屜深處的半滿酒瓶，準備要擰開軟木塞時，送貨員來了，她不得不簽收一盒包裹，裡頭裝有為《胡桃鉗》特別訂購的全新足尖鞋。

那些八歲和九歲的孩子，一、兩年後將要開始進行足尖訓練，他們正在換衣褲時分心了，牛仔褲只有一半套在緊身舞衣上，全圍著那個盒子發出拉長的嗚、啊等驚嘆聲，好像盯著約櫃[10]看一樣。他們的雙腳現在如此圓潤和質樸，最終會像那些較大的女孩一樣，腳底充滿了血泡，如紅洋蔥一般，大致每個月都有從腳尖到腳趾完全脫落的外皮，厚如帆布的老繭，腳趾斜向彎曲，腳趾壞死且皮膚潰爛，指甲剝離，喀噠落地。

一個特別大膽的孩子偷偷摸摸伸手觸碰盒子頂部的裂縫，向裡面窺看，一邊咯咯笑。她想要進入、想要觸摸，感受有朝一日會成為她身體一部分的東西，如一個柔軟而純潔的全新器官，隨時可以

10 the ark of the covenant，又稱「法櫃」，是古代以色列民族的聖物及最神聖的宗教象徵，據說上帝和以色列人所訂立的契約就放在其中。

取用、利用、摧毀。

走近之後，瑪莉看了一眼那個盒子，雙眼之中燃燒著火光。

「就像待宰的羔羊一樣。」達拉還沒示意叫她安靜，她便輕聲地如此說。

＊＊＊

過了八點，達拉和查理分別穿上外套，又或說是達拉幫著查理穿上外套，他的身體時而僵直、時而柔軟地配合著。

坐在桌前的瑪莉望著這一切，喝完她微酸的最後一口酒，把瓶子反過來，平衡地蓋在母親留下的老舊直針插單器上。（她以前時常說，**在每一張帳單進來時將它刺穿在長針上，沒有什麼事比這更快樂的了。**）

坐在破舊的大辦公桌之前，瑪莉突然變得如此渺小，開襟羊毛衫像是裹在她身上的繭。

查理注視著達拉，達拉也回頭看了看查理。

「瑪莉，」他說，「來家裡吃晚餐吧？我會做拿手的三十秒煎蛋捲。」

達拉對查理揚起了眉毛，神情驚訝。

瑪莉微微一笑，說了聲不，她不想。她將髒兮兮的腳放到桌面上，以指尖左右搖動著帶有血絲的腳趾。

「她不想來，」達拉輕快地對查理說。「我想她有其他安排了。」

瑪莉看著他們，說：「我沒有任何安排。」

＊＊＊

「你碰到她就變得敏感多刺，」查理在車裡說。「你們對彼此都太敏感了。」

「不，我們才沒有，」達拉說，掩飾著猛地一顫的退縮。「我們一直以來都是這個樣子。」

「好吧。」查理說，將手放在她手背上。

「她離開了，」達拉提醒他。「有些事情就改變了。」

「我們也有一次差點要離開。」他提醒她。

「那次不算數，」達拉說，儘管外面一片黑暗，她仍戴上了太陽眼鏡。「那是好多年前的事了。」

「是的。」查理不情願地承認，抽走了手並轉動方向盤。

當我仍是個孩子時，她也是個孩子

當天晚上，查理和達拉花了好幾個小時，面對著夾在鏽跡斑斑又老舊的黃銅畫架上的大型日曆，計畫著《胡桃鉗》的排程，從初步的練習到最終新年元旦的表演場次，一如她們母親行之有年的做法。他們努力考慮可能發生的一切情況——意外傷害、鏈球菌性咽喉炎、祖父母的死亡，各種外力干擾。

他們採用簡寫，面對著日曆仔細考慮，達拉揚起一邊眉毛，指著一個特定的日期、一個特定的名字，查理則會回答說：「就這一天、這一天」，他同時拿著鉛筆在某個日期上畫上記號，又畫了一個箭頭連向另一個日期。

他們喝了快樂蘑菇茶壺裡倒出的茶，茶壺上七〇年代的橙色和棕色隨著年歲而變得柔和。他們抽了一根又一根的香菸，一點也覺得不過意不去，然後蜷縮在主臥室的床上，開靜音看老電影，直到他們昏昏欲睡進入夢鄉。

曾有許多像這樣的夜晚，他們和瑪莉一同度過，她不在場感覺有些奇怪。

曾有許多像這樣的夜晚，瑪莉會用掌根敲打著電視機的頂蓋，她們的父親過往也會對樓下的電視機做一樣的事（這兩台天線電視機，現在可能是當地三個郡內的最後兩台了），畫面上的輪廓劇烈震動——是一部黑白螢幕時代的古老音樂劇，劇中有穿戴著羽毛的漂亮女孩們，身上綴滿了寶石。

曾有許多像這樣的夜晚，他們和瑪莉一同度過，但她現在不在這裡，而是蜷縮在工作室的摺疊沙發床上，如一個漂泊不定的流浪漢，感激自己有棲身之處。

「她會回來的。」查理不斷這麼說，但對於達拉而言，這之中也有一些不錯的地方。這是他們婚後第一次，也是有史以來的第一次，她能和查理獨自住在這間大房子裡，通風良好、熟悉自在，而且只屬於他們。

那一晚在床上所發生的事也很不錯，她緊挨著查理的背上愛撫，清楚地意會到兩人可以獨處，就在屬於他們的房子裡。這裡是他們的，全是他們的。

我們三人，然後……直到不再是如此。

***

畢竟，查理已經出現在她們的人生中超過二十年。自從他十一歲第一次出現在她們母親的芭蕾舞班級以來，他一直都是她們見過最俊美的男孩。

也是最漂亮的女孩，他們父親開玩笑地說，一邊擠眉弄眼。

在為數不多的男孩之中，查理是她們母親的寵兒——她的明星學生、她的最愛，也是她的**寶貝查理**——他是最有才華的一個，最終也成為了這個家庭的一員，一個星期有好幾天留下來吃晚餐，他的母親是護士，總是工作到很晚。

她們的母親喜歡家裡有這麼個年輕男生。她們的父親總是長時間工作，回到家時，就躲進自己的書房。透過門縫，達拉看見他倒坐在躺椅上，看十點鐘的新聞，他身旁不斷搖晃的折疊邊桌上放著一手老風格品牌的啤酒。

當查理十三歲時，他的母親不得不搬到英格蘭，在某個潮濕又遙遠的偏遠地帶照顧生病的父母。那一天，家裡的人們不斷地流淚，直到達拉和瑪莉的母親決定讓查理留在她們身邊，持續耕耘他在舞蹈教室的成果。男孩是很有價值的。

所以，一個月的時間，變成了將近一個年頭，接著成了永遠，查理搬進了他們的家。

達拉和瑪莉幾乎無法忍受家裡有了個男孩。瑪莉擔心讓查理聽見她小便的聲音，就開始在鄰居的院子裡撒尿。

讓他身處於她們的私人空間，她們感到相當不自在。浴簾桿上掛著圓點內褲，堆積如山的芭蕾軟鞋散發出惡臭，而母親總穿著絲質浴袍四處走動——女孩們稱之為她的「魅力禮服」——她的腿部赤裸著，露出舞者傷痕累累的雙腳，就像是臨時工的雙手，她們的父親過去時常這麼說。

她們父親為什麼會同意這項新協議，是個無解之謎。有一次，她們聽見他對母親抱怨，叫她最好事先做好準備，因為**這個年紀的男孩在熄燈的那一刻就會開始猛打手槍**。

達拉的媽媽什麼也沒說，只是輕咳了一聲。

等你洗床單的時候就知道了。

***

查理睡在客廳的抽拉式沙發床上。

早上，當查理將床墊推進沙發的開口之前，達拉會將她的臉貼在床單上，瑪莉則會觀察尋找遮掩不了的汙漬。

達拉喜歡在查理剛洗完澡後去浴室，好聞聞他的氣味、觸摸洗手臺，想像查理的衣物，還有他的內褲，就擺在那個地方。

達拉喜歡站在淋浴間裡，想像著查理就站在裡頭。

***

他們是彼此的第一次，在十四歲時。發生的地點就在地下室的臨時練舞室，緊挨著發出突突聲的洗衣機和烘乾機旁。他們兩人都在地板上伸展著身體，從彼此對面的角落注視著對方，在母親以絕緣膠帶黏貼於牆面的鏡子中注視著對方。

事情發生在一片模糊不清的熱浪中，達拉屏住呼吸，而突然間，她向他的方向移動，掌心啪地一聲打在地板上。她的美妙神態，就像是舞蹈中的一個瞬間，有如一條襲擊中的巨蛇，有如抓住獵物的獅子。

她爬向他，接著爬到他身上，將他的肩膀推向地板，他從頭到尾都帶著極為驚訝的神情，而她甚至不確定這是否真的發生了，直到他們都全身顫抖濕透為止。

***

達拉不應該告訴瑪莉的，因為瑪莉立即告訴了母親，這些話在她口中無可奈何地說溜了嘴，至少她是這麼說的。然而，她們的母親只是歪著頭並喃喃地說一句，*C'est logique, c'est logique*。（這說得通，這說得通。）

（後來，母親偷偷向達拉吐露，**如果是瑪莉，我就會擔心。但如果是你，我成熟的女兒，我就永遠不會擔憂。**）

瑪莉好幾天都不和達拉說話，拋棄了她們的上下鋪，去有電視的起居室裡，睡在父親躺椅旁的地毯上，兩人看深夜的脫口秀節目，父親允許瑪莉喝他的啤酒。

每天晚上，當他沒有出差時，他就會下班回家，穿梭於角落裡堆成尖塔的足尖鞋、以及掛著褲襪的門把之間。家裡永遠都有樂聲，來自老舊的落地式立體聲音響，來自樓上的唱機轉盤。永遠都有芭蕾扶手吱吱作響，達拉或瑪莉熱切的雙手擺在上頭，還有她們母親的聲音，**透過腿部抬高！那隻腳向外轉！**芭蕾占據了他們家中的一切，每時每刻。

唯一沒有被動過的空間是書房，那是他們父親的避難所，放著他不肯丟的古董拉門電視機（他堅決認定老式電視機是價值不菲的古董），甚至是讓她們母親感到厭惡的粗毛地毯，以及毛茸茸小躺椅旁的冰桶，瑪莉喜歡用手撫摸著躺椅上燈芯絨質地的立體秋季花卉圖案，坐在父親的腿上，分享著鋁箔圓筒裡的爆米花，看著父親收藏的怪物電影，電影以英語配音，畫面上噴出她所見過最為濃稠、最紅豔的鮮血。

瑪莉是唯一得到父親允許一同進入那空間的人，也是唯一獲准在父親一天結束的「放鬆」時刻和他對話的人，雖然這時避開他才是最好的做法。瑪莉會蜷縮在他的彭德爾頓毛毯裡，看著老影集《夜行者》（*Night Stalker*）的重播，直到父親喝了啤酒後開始發出鼾聲，而母親會指派達拉去叫她妹妹上床睡覺。

反正，達拉也完全不想待在那裡。那個房間裡有奇怪的氣味，地毯上總是有食物碎屑，踩在腳底時都可以感覺得到。達拉寧可坐在母親的梳妝臺前，將手指浸滿所有的乳液、面霜及化妝水，看著母親在地板上做著伸展運動，聽她講述在倫敦皇家歌劇院跳舞的故事，在母親的關注下沉浸於香氛與魅力之中。

***

很快地，達拉開始會偷偷將查理帶到她的上下鋪，兩人蜷縮在一起，身體緊抱在一起。他們做了各式各樣的嘗試，什麼都摸清楚了。就算母親知道了這件事，她也從未說起。

瑪莉像一隻小貓一樣睡在上鋪。

或者，他們是這麼認定的。幾個星期後，瑪莉也將一切都告訴了父親。他憤怒了好幾天，告訴她們的母親，她要責怪也只能責怪自己，是她將他們的房子變成了妓院。他們的父親將查理帶去車庫，和他聊了很久，查理在一個小時後回來了，他的臉色蒼白，手腕發紅。

多年後，查理才向達拉吐露真相，**他告訴我，如果我一直留在這裡，就永遠成不了像樣的男人。他告訴我，在這個房子裡，沒有男人能算是個男人。接著，他就開始哭泣。**

但男孩是很有價值的。

***

查理搬了進來，就再也不曾離開。**終究，我們之中有個人必須嫁給他。**達拉總是這麼說，對著他人解釋著這件事。

因此，他們去了市政廳，在那一場車禍發生的一年過後，他們父親的別克汽車打滑橫越滿地結冰的高速公路，駛向迎面而來的對向車道。

開在他們後頭的那位司機茫然地告訴記者，如果這不是一件如此可怕的事，那畫面該有多美麗。他說，當時他不斷地注視著，看著她們父母的車子幾乎像是高飛了起來。

***

當我仍是個孩子時，她也是個孩子，查理當眾吟誦這首詩，那成為了他們的婚姻誓約。這也是她們母親最喜愛的一首詩，一般人通常不會在市政廳的婚禮上朗誦詩歌，但查理堅持要這麼做。

我們愛著，以一種更甚於愛的愛[11]——

11 *We loved with a love that was more than love*，摘自美國詩人愛倫・坡悼念早逝愛人的一首詩作〈安娜貝爾・李〉（*Annabel Lee*）。

***

瑪莉擔任證婚人的角色，雙眼擦上閃著亮光的眼影，將母親的兔毛毯子當成皮草披肩，後來又在義大利餐廳裡哭個不停。哭泣的她一把抱住姊姊，趴在她的雙腿上。

他們曾經對瑪莉許諾，要她永遠和他們在一起生活。

達拉和查理搬進了她父母的房間，甚至第一個晚上，亦即他們的新婚之夜，就睡在他們的床單上。但達拉隔天就把床單拿去了二手商店。

熊熊大火

事情發生在某個夜晚。就在那天晚上，《胡桃鉗》的時間表終於敲定了，戶外的空氣清冷而刺骨。

事情發生在達拉無法入睡的時候，她正沿著母親熟悉的失眠路線踱步，從主臥室走到縫紉室，接著走去他們灰塵滿布的童年臥室，楓木材質的上下鋪因走廊照進的光線而閃閃發光，老舊的火爐隨著溫度驟降嘎嘎作響。

事情發生在查理沉沉睡去的時候，在安眠藥帶來的一陣夢幻薄霧中，他仰臥平躺著，雙手交疊在胸前，像個悲慘不幸的年輕王子等著被下葬。

就在兩英里外，教室內的所有燈光都已關閉，除了瑪莉霸占的三樓那盞鵝頸燈。事情就此發生了。

「那場火有一張大嘴巴。」瑪莉在電話上這麼說，她的聲音因震驚而茫然混亂。「一張吞噬一切的大嘴巴。」

此時，消防員已經到達現場，滅火的自動灑水系統將管線內的棕色自來水噴湧得到處都是。達拉和查理將車開進停車場時，現場已只剩些許濃煙，濃霧中冒出一個娃娃臉的消防員，手裡拿著一個老舊的金屬暖爐，中心呈現如貽貝外殼般的黑色。

現在，過了幾個小時後，他們站在晨霧中，停車場的車位慢慢地停滿了。查理的手臂摟著達拉，裹著彭德爾頓毛毯的瑪莉瑟瑟發抖著，消防水帶噴出的水害他們渾身濕透。查理和保險公司通了電話，一個名叫范的代理人，欠缺幽默感的他不停地詢問關於蠟燭和熨斗、香菸和廚房用油的事情。

當然，原因就是那個暖爐了。那台古老的奇妙機器，當她們的父親忘記付暖氣費用時，常常將它在各個房間之間搬來搬去。暖爐的紅色線圈一圈圈繞得如此可愛，總讓人很想要碰觸，直到你真的摸了才知道後悔。她們的母親最終將暖爐拿去教室，放在三樓，她喜歡在那裡小睡和思考，也就是現在瑪莉占為己有的三樓。

＊＊＊

「上面不冷嗎？」最近查理一直詢問著，隨著秋季慢慢過去，夜晚越來越涼，他很擔心。

但是，達拉猜想，瑪莉會自己想辦法的。當然，她確實有辦法。最近的一個早晨，查理發現她睡在B教室，在睡袋裡瑟瑟發抖，那條彭德爾頓的毯子上盤繞著許多灰塵。

那天晚上，他將暖爐拿了下來，放在她的身邊。

他說她是個傻瓜。達拉在門口時聽到他們的聲音。

「看看誰才是傻瓜。」瑪莉回答，將暖爐夾在胳膊下方。

自從她離家後，查理和瑪莉之間就存在著一種冷淡，一段距離。這不僅與達拉有關。查理一直堅決地認為，**她又傻又固執。她應該直接回家才對。**

＊＊＊

瑪莉聲稱她根本不記得她曾打開暖爐的開關。當她聞到煙味的時候，她已經睡著了。在那壯觀奪目的一瞬間，窗簾就被焚毀了，灰燼全散落在她臉上。

「那最好不是爸爸的毛毯。」達拉說，手放上了彭德爾頓毛毯扎人的羊毛，她的手指彎曲著用力一拉，將它從瑪莉的肩上扯了下來，掉落於地面上。

＊＊＊

火災的調查鑑定人員待了好幾個小時。瑪莉跟著他們在教室裡走來走去，抽著她去熟食店買的散菸，那間店位於第四街上，有許多街貓。

「也許現在不是抽菸的好時機。」查理小聲地說著。

＊＊＊

調查人員告訴，他們相當幸運，因為消防員很快就到達現場，將大火的範圍控制在B教室內。他們在地板及牆面上放置了小旗子和大圓錐。他們拍了照片及影片。他們將那個暖爐裝在袋子裡，它的線圈嘎嘎作響，現在就像小孩的玩具一樣無害。

他們為瑪莉上了一堂課，提到了三英尺法則[12]、磨損的電線及火花等。

達拉看得出來，調查人員並不樂見現場的狀態。誰會呢？但是，瑪莉就只是乖乖地點點頭。在她們的童年時期，瑪莉總會一直撞倒室內的盆栽、破壞各種東西，不關上貓腳浴缸的水龍頭，讓流淌的水浸得樓下的天花板隆起。

「火勢太大了，我相信那根本無法阻止。」瑪莉這麼說道，在他們後來檢查損壞情況，發現地板就像濕透的紙張時。

12　美國法規中工作空間及有電氣設備的空間要保持暢通，而寬度為三十英寸的設備前至少要有三英尺的空間、六點五英尺的淨空空間。

「如果你希望他們阻止火勢蔓延，」達拉問瑪莉，「那你一開始為何要引發這場火災呢？」

「達拉，」查理驚訝地說，「事情不是這樣的。」

然而，瑪莉只是抬頭凝視著被濃煙熏得滿是煙灰的天花板，她的嘴唇閃閃發光，像是她剛才快速吃下什麼食物，或者正準備要吃。

＊＊＊

在他們四周，一整天都有成群結隊的家長和學生前來，甚至是星期日沒課卻聽聞有火災的人，也有些人回憶起當年過世的杜蘭特女士和她丈夫，試著尋找某種「杜蘭特詛咒」的全新證據。

當他們偷偷窺視B教室裡烈焰的中心時，總是一邊說著，「**噢，不**」或「**我的天啊**」，甚至是「**沒有人是安全的**」。

「我們會盡快地讓一切恢復正常，」查理向他們保證。「我們今天就有承包商會來了。」

「但是，杜蘭特女士，」貝莉．布魯姆說，聲音裡迴盪著四處彌漫的恐懼，「那《胡桃鉗》怎麼辦？那克拉拉呢？」

「貝莉，」達拉說，發出每個人都聽得見的洪亮聲音，「你聽說過《胡桃鉗》哪一年沒上演嗎？」

「沒有，杜蘭特女士。」貝莉說。

「一切都不會有所改變，」瑪莉又說道，悄悄靠近他們，她的頭髮聞起來有煙霧的氣味。「這裡不會有任何變動。」

這件事提醒了達拉，讓她想起母親時常說的一句話，**芭蕾舞伶永遠都是女孩**。一切都不會有所改變。從這角度來看，芭蕾舞的世界就像是伊甸園。

德瑞克進場

他預計早上七點會來。

沒有時間可以浪費了。他們雖然向家長們做了保證，但他們完全承受不起失去三間教室中任何一間，尤其是在《胡桃鉗》的表演季。一定得做點什麼來改善B教室的狀況，現在裡頭有一條條的黑色污痕，地板有如一塊浸濕的海綿。

他預計早上七點會來，而達拉和查理早早就到了，打開了所有的窗戶，火災的味道、新鮮的黴味，混合著平時都有的汗味及青春期的氣息，腳氣、尿味及恐懼的味道。

先前，他們和另外兩位承包商約好了時間，其中一位遲到了九十分鐘，才逗留了十分鐘，結果只是在便利貼上草草地寫下幾個驚人的數字，然後輕拍在查理的手中。另一位根本不曾出現，接著要求他們先將損壞現場的照片傳給他，開了一些玩笑，說他們需要更多放置芭蕾短裙的空間。

「事不過三，第三次一定會成功，對吧？」查理緊張地說，在後勤辦公室點燃了一根香菸，揮手驅散遮掩不了的煙霧。

他要來了，那位承包商已經在路上了。名叫德瑞克什麼的，是別人推薦的。達拉一開始並不記得，但是布魯姆太太嗎？她是貝莉的母親，比任何其他家長更有權給意見，畢竟她的女兒就是今年的克拉拉，這就代表了一切。

「她說，她合作過的承包商裡面，只有他一個是誠實的。」查理說。「這可能代表他只不過是還算誠實而已。」

他們想要的只是找人修復被火燒黑的地板，找出所有的黴菌，清除那些一直讓他們喉嚨發燙的煤灰和灰燼，但首先要提交一份公正的評估給他們的保險公司和他們的保險理算員，一個名叫班比、欠缺幽默感的女人，對任何人的魅力都免疫。

「布魯姆太太說他什麼事都做得好，」查理說。「她的讚揚簡直太浮誇了。」

達拉想起了布魯姆太太，她那些有布質飾章的西裝外套，她修剪得無可挑剔的指甲，呈現完美的半月形，她贈予胡桃鉗基金的年度慷慨捐款，她將女兒貝莉的髮髻梳得完美無瑕，從未有一絲鬆散零亂的髮絲，也不曾落下一綹細長髮束。

她心想，**他一定很厲害**。

＊＊＊

「我一定要在場嗎？」瑪莉詢問，從三樓的螺旋樓梯上發聲。「我覺得我不需要在場。」

查理對達拉做了一個表情，那個表情說著，也許她不必……

「你必須在場，」達拉說，站在樓梯下方，看著上頭瑪莉的臉。「因為你差點把我們燒個精光。」

＊＊＊

那位承包商準時抵達。他的名字叫德瑞克什麼的，一個大個子，或許是五十歲、五十二歲左右，曬黑的臉部和脖子膚色像焦糖牛奶糖，穿著一件不合身的西裝外套，兩邊袖子上都有粉筆痕跡，腰帶勒得過緊，給人的整體印象有如一位衰弱退化的前高中運動員。他腳踩一雙乾淨整潔的切爾西靴，上面沾滿了結塊的泥土，如同獵鹿人般在舞蹈教室裡追尋著獵物蹤跡。

他特大的手掌同時握著兩隻手機——有如熊爪，但毛還更茂密，達拉想——接著，立即將另一隻手伸向查理，他的雙眼同時掃視了達拉和瑪莉一次、接著第二次，他隨即咧嘴微笑，露出好多好多牙齒。

「好地方、好地方，」他說，大步穿過他們反射鏡牆的整個空間，那裡有尖頭鞋的海報和灰色的牆壁。到了B教室，地板燒成了炭，牆壁上都是散落的煙灰，他環顧四周，咬了咬牙。暖爐所放置的地方燒成一片焦土，瑪莉不停地以一隻腳輕輕劃過。

「真是可惜，對吧？」他說，一邊搖搖頭，一邊注視著瑪莉。「看看大自然的力量有多大。」

＊＊＊

光輝燦亮的那場大火，一路吞噬了B教室及後方的儲藏室，吞沒了地板，其後隨即又吐出引燃的碎片。幸運的是，火勢尚未波及更衣室就被撲滅，這裡每天擠滿了上百個梳著圓髮髻的小女孩，身穿柔軟的羊毛大衣和輕微磨損的暖腿套，焦急地用手掌摩擦著皺巴巴的緊身舞衣和令人發癢的褲襪。

查理向這位承包商說，他們需要將一切修復回完好原狀，並且現在就要儘速完成。他們不能再取消任何一堂課程，不能掛上防水布或打開窗戶，也不希望讓那些苗條纖瘦的學生、肺部敏感的幼兒園孩子得到肺氣腫。

我覺得這裡聞起來很不錯，瑪莉那天早上低聲地說，達拉真想給她一記耳光。

「我明白了，」承包商說，他詳細看完整間工作室之後，整潔的鞋跟向後退了一步，他不斷按壓筆蓋，一邊發出嘖嘖聲。「短期又快速的解決方案。你們當然得要這麼做，你們經營的是小本生意。你想全面恢復運作，越快越好。我做得到。我可以幫你完成。但首先……我能問你一個問題嗎？」

「沒問題。」查理謹慎地說。

「鳳凰從灰燼中重生的那個故事，你有聽過嗎？」

「當然有。」

「那你為什麼不能是鳳凰呢？」

他解釋說，他可以拆除和更換被煤煙燻黑的石膏牆、起水泡的木地板條、燒焦的窗框、地暖系統的外蓋，那裡如今熔化成錫製菸灰缸那種不平整的黑色。他可以清理空氣調節系統管道中的煙霧，整個工作室處理得像上過亮光漆般光潔明亮。這些都是簡單的事情，處理表面的方案。

但是，鑑於保險公司肯定會提供金額足夠的支票，並給出他們的評估，當然會有公平的結果，但顯然會提出各種利害關係（**這些老舊建築，根本都是一觸即發的易燃物，不是嗎？**）……

……為什麼不將目光放得遠大一些？

他們是否曾考慮要拓展版圖？打掉那一面牆，除去牆後的儲藏室，讓B教室變成兩倍大。甚至可以將天花板拉高一些。可能性有如此之多。

「為什麼要小看你自己？」他說著，按壓著他的筆。「努力把握這難得的好機會吧。」

***

我的天啊，聽聽你口氣有多大，達拉心想。浮誇且洪亮震耳。還有，在他們陳舊又充滿塵埃的空間裡，他用那雙泥濘的尖頭靴子走來走去的方式，在鬆軟的地板上留下一層層帶著泥沙的薄膜。

瑪莉似乎沒有專心聽，一直在拉扯她毛衣的袖口，手指纏結在毛衣綻線的邊緣。達拉想，**這樣的孩子，永遠是個六歲的小女孩**。

***

「我知道你的工作就是要追加銷售，」查理說，「但是即使有了那份保險——」

「你就可以賺回兩倍的錢。」承包商說，用單腳在空間裡轉了一圈。他先是瞇著眼看著未關上的隱藏式滑動拉門，又抬頭看著天花板上蔓延的那塊棕色污漬，瑪莉認為它看起來就像一隻老鼠王。每次降雪時她都會說，**那隻老鼠正在募集更多的追隨者**。

「現在是會有一點麻煩不便，但做好之後，你就能大開香檳，地方報社也會有一些報導，新顧客會比這裡的芭蕾舞短裙還多。」

他對著他們三人笑了。達拉將雙臂交叉於胸前。

他停頓了一下，雙眼注目著達拉。接著，他又開始說話了，但這一次只看著她。

「我就直說吧，我對於芭蕾的瞭解，比釘子上的小圓頭範圍還小。但有一件事我曉得：每個小女孩都喜歡芭蕾，生來就是如此——她們都有這麼個粉紅色的巨大夢想，她們的媽媽也是，甚至願意花上一大筆錢，就為了走進這個讓她們有特殊感受的地方。這感覺，嗯，相當神奇。」

查理清了清嗓子，偷偷對達拉瞥了一眼。

「你們不只是商人，你們是藝術家，」這位承包商繼續說，雙眼仍然對著達拉閃爍著。「我不過就是一個動手做粗活的人，但我總是認為自己做的那些事需要創造力，就像是個藝術家，或許吧。」

查理禮貌地點點頭。達拉看著瑪莉，而瑪莉的雙眼盯著天花板看，那個老鼠王的污漬。

「重點是，」承包商又繼續說，「我認為藝術家的夢想不應該設限——像是時間軸，或金額數字。我認為你不應該設限。

「那麼，何不作個更大的夢呢？

「我可以給你想要的一切。」

***

當她開口說話時，他們的B教室——三間教室裡最小的空間——似乎顯得更小了。她告訴自己，**也許是因為他太高大了**，身材比他們所有人厚實一倍，甚至讓查理相形見絀。而現在，他將大家的目光導向天花板，那個落下棕色淚水的角落，這讓達拉想起了前一年，教室屋簷處整個冬季都在漏水。

他知道該怎麼說話。他知道如何阿諛奉承，如何扮演卑躬屈膝的服務業人員，在一個如此……**女性化**的空間中扮演一個笨拙的男人，他注意到，恭敬地向達拉和瑪莉點點頭。達拉則是一直將雙臂抱胸。

瑪莉轉過頭去。

瑪莉比平時更加安靜、更為內斂，低著頭，像一個空碗般。

＊＊＊

最後，他們來到了有濃烈菸味的後勤辦公室，三個人在課間和一天結束之際都會偷溜到這裡，那張搖搖晃晃的木桌，上頭的皮革桌墊上布滿了不規則的焦痕。這裡仍然摻雜著一些母親高盧牌法國香菸的獨特氣味，**就像在黑夜裡燃燒的輪胎一樣**，她曾經這麼說過。這讓他們擺脫了承包商的鬍後水氣味，聞起來就像將你的臉壓進一桶萊姆裡。

「這個，」承包商一邊說一邊伸出雙手，將手臂環住狹窄螺旋樓梯的欄杆，樓梯一路蜿蜒至三樓有天窗的空間。「這應該是第一個要處理掉的東西。」

「不，」達拉立刻說道。「絕對不行。」

他看著她，又看了看樓梯——同樣剛強如鐵、不好對付，且殘酷無情。

達拉感覺到瑪莉正專注地看著她。

「我們會幫你裝上新的，」他說。「採用溫暖的木材，會很棒的。雙腳踩著平穩的質地，光滑得像是嬰兒的屁股。」

「不行，」達拉重複道。「那要留著。」

查理清了清嗓子，不自在地挪動著他的雙腳。

「這不安全，」承包商說，手指沿著細長的欄杆滑動，食指的指頭落在已存在超過十年的下陷凹痕中。「而且都破了。」

他用力地一拉，手掌握著的欄杆嘎嘎作響。

那一聲喘息──來得又急又強烈──從瑪莉的嘴裡逸出。自從承包商來到，瑪莉就不曾開口說過一句話。

他再次用力一拉，像是要對付童話中的怪物一樣，想把整座樓梯都扯下來。

「樓梯留著。」達拉說。

僅此一次，她看見這位承包商的假面具落下。有種情緒在他眉宇間劃出一道小小的裂痕──是自不量力？是刺激？還是憤怒？

那情緒本來還在，這時早已消散而去，他的笑容又回來了，露出那一口大牙。

＊＊＊

達拉藉故離開，說她需要接個電話。

走到大堂時，她感覺自己有點喘不過氣來，但她不知道為什麼。

媽媽很喜歡那座螺旋梯。她說它具有**國際性**、**波希米亞風格**，**非比尋常**。

她們的母親擁有天鵝般的頸子及優雅的手臂。她用祖母的蜻蜓髮插將自己深色的秀髮緊緊地盤起。如此高貴，又如此精緻，卻隨時心事重重。一整天都被鏡子所包圍，卻從不讓任何人窺見。

＊＊＊

當她回到辦公室時，承包商正在橫條筆記本上寫著字，隱約可見瘦弱的瑪莉和苗條的查理正在一旁等待著，有如兩座蒼白的雕像，以玻璃精雕而成。

「我有一個做事嚴謹而精簡的工作團隊，像野獸般賣力工作。」他一邊寫一邊說。「這是最佳供應商和最漂亮的價格。他們信任我，而你的保險公司也相信我。你們那位保險理算員班比，我們認識得可久了。」

「那很棒，但是——」查理開口說。

「你可以省錢又輕鬆，」他將那張紙用力地拍在查理的手中。「或許，你可以讓你的小學校搖身一變成為你所期待的芭蕾殿堂，讓每個小女孩的夢想成真。」

＊＊＊

突然之間，他得要走了，他急著要離開。他的手機鈴聲響起，傳呼機也是。他搖了搖頭像是在說，**我能怎麼辦呢，我就是這麼受歡迎，大家都非要我不可。**

「我們會再知會你，」查理說，送他走了出去。「但這件事聽起來比我們想像的還複雜許多。」

＊＊＊

走到了一半，承包商停了下來，將手放在門框上，最後一陣鬍後水的氣味。

「那麼，」他咧嘴笑著說，目光掃過他們三個人，「誰做決定呢？」

「我們是合作夥伴，」達拉說。「我們做決定時總是——」

「是我，」瑪莉說，她的聲音很低，但很堅持。「我決定。」

德瑞克看著她笑了起來。

接著查理也笑了，正是那些媽媽們詢問他是否能幫忙糾正女孩們的姿勢時，他臉上會出現的笑容，空洞且無聲。達拉不笑，而瑪莉也不笑。

「我也是這麼想的，」德瑞克笑著對著瑪莉說，一邊咧著嘴、一邊打開門，雙眼此刻只盯著她看。「我認為你就是那個人。」

＊＊＊

「所以你現在是老大了。」達拉接著說，嘴唇嘟了起來，兩人都使勁地抽著菸，感覺這趟造訪如此重要，「瑪莉公主？」

「我想要他注視著我。」瑪莉說。

達拉直盯著她。

「壞蛋大野狼。」瑪莉說，手中的香菸微微顫抖著。

達拉搖搖頭。「好吧，這件事結束了。」

「是的。」瑪莉說道，彈了彈顫抖拇指上的菸草。再次抽了一大口的菸，拼命地吞雲吐霧。

＊＊＊

他離開一個多小時後，達拉才開始感覺到自己的肩膀放鬆了，她的雙臂無力地垂在身側。教室一直有許多陌生人不斷進出，有新生的家長、檢修人員及郵差。但這次感覺如此不同，具有侵略性。**你讓某人看見你的傷口，他們就知道你所有的弱點。他們什麼都知道。**

在接下來的一個小時裡，達拉拖著一支拖把及水桶擦洗了每一處的地板，每一個他踩踏過的地方，及鞋子留下的灰色污泥。

＊＊＊

那天晚上，在家裡時，她一整天手心發癢的感覺終於消失了。

她將爐子上的茶壺拿了下來，給查理倒了一杯白茶[13]。她坐了下來，將她正抽痛著的厚實雙腳放在他的膝蓋上，而他輕輕地揉捏著。

一切又恢復正常了。達拉甚至懶得看那位承包商給他們的估價單，一張像小學生從線圈筆記本撕下來的紙張。

「我會多問幾位承包商的建議，」查理說，「幫大家找到一個能達成我們要求的專業人士。」

「我知道你會的。」達拉說。查理總是有本事修復好一切。

「除非你覺得或許……」查理說，瞥了一眼桌上的估價單。

達拉覺得自己的足弓被刺了一刀，神經出現突來的燒灼感。

「只不過，」查理開始說，「他的確有一些好主意。我們多年來一直在討論的事情。有更多的空間、真正的拓展，有喘息的空間。」

達拉一言不發，迅速將她的雙腳抽離，拉近自己的身體。

「也許這就是我們一直在等待的，」查理說。「或許這場火災並不是一件壞事，我們可以從灰燼中重生。」

達拉的雙手包覆著雙腳捏按，直到痛感出現為止。

「總是謹慎地打安全牌，」查理繼續說道，「或許是個錯誤。」

---

13 white tea，白茶為六大茶類之一，為一種微發酵的茶，採摘後不經過殺青或揉捻，綠葉帶有銀白色的毫心而得名「白茶」。

溫室

以前，他們也曾考慮要翻新、擴建，那天晚上躺在床上的達拉想著，她的手放在查理的背部，光滑得有如象牙，平滑、冰涼而純淨。

「你想想看，」查理低聲地說。「看看這件事會是如何。」

就這所學校原先的設定，可容納六十或七十名學生，現在提供原先兩倍的人數使用。而且，一直都有新的競爭者——僅在過去的一年之中，就有兩所和他們競爭的全新舞蹈學校，頗獲好評且圖利貪財，擠滿了閃閃發光的抱負不凡者，他們就像一群黏在一塊的玩偶，隨時為派對做好準備，並且保證他們成為YouTube明星，擁有炙手可熱卻稍縱即逝的名聲。

你必須與這一切競爭。然而，跟他們對抗時，你的武器只有一項在世人眼中早已過時的藝術，被迷霧所籠罩的芭蕾粉紅溫室。

而且，當空間已縮小到只有三間教室，而B教室的一塊地板在火災發生之前就已經因年歲老舊而破損，因春天冰雪融化後的漏水也造成了木材彎曲變形，這樣你真的有成功取勝的希望嗎？或許有吧，當他們開始進行整修的時候，正是時候將整片地板拉起，放上全新的彈力地板，裡頭鋪有多層的木材及填充物，以吸收撞擊，讓表演更加完善。在冬天到臨之前，修補冰壩堆積而造成的損壞，處理天花板上的老鼠王污漬。

但是，還好這裡有查理。達拉和瑪莉整天都在轉動膝蓋好讓腿部外旋，以腳尖站立，彎曲背部，輕推無數個小女孩小巧伶俐的臀部。對她們而言，任何商業性的事務都不過是一片模糊背景。然而，查理卻看得見大局。

不論如何，查理得要做些什麼才行。除了簿記、為當地報紙設計一些小型的展示型廣告、安撫焦慮的家長們、去看各個專科的醫生——治療他半殘的身體，那具宏偉又炫目耀眼的大理石雕像，慢慢地出現裂縫，然後一下子，砰地一聲就爆裂開來。

「這可能正是我們所需要的，」查理說。「也是你母親會想要的。」

＊＊＊

慢慢地，達拉感覺心中浮現了一種確信，就像一顆鋒利的石頭隨著她的每一次呼吸而輕擦著她的肺部。

或許查理是對的。也許她們的母親——投入了二十年的辛勤勞苦在這個擁擠、充滿汗水、臭氣熏天的地方，如舞者的尖足姿勢一樣逐漸形成凹陷的地方——會很想要這麼做的。

＊＊＊

「要說服瑪莉是很困難的事。」達拉說。瑪莉不喜歡干擾、改變，或**來自外面**的入侵者。杜蘭特一家人都不喜歡。在她們整個童年時期，少有家族以外的外人踏入屋內，達拉只記得少數的幾次——有一次是抄表員，另一次則是動物檢疫管制人員，因為有一隻浣熊被紗門夾住了。

儘管如此，查理指出，事實上，搬離這棟房子的人就是瑪莉她自己，她邁出了一大步。

但是，你看看她才走了多遠。達拉如此回覆。

＊＊＊

查理不斷地詢問達拉，而達拉不斷地說最好不要向瑪莉施壓，查理如今明白這個道理了。

瑪莉不喜歡思考事情。商業決策，甚至任何一種決策，都有如掛在她脖子上的重物。瑪莉不喜歡在文件上簽字，不喜歡把自己的名字寫在任何東西上，也不喜歡有太多鑰匙。

瑪莉並沒有太多的依戀、義務及關係，有時她感覺自己就要飄走了，升向天空。然而，達拉卻永遠無法判斷那究竟是她想要的狀態，或是她最大的恐懼。

多年以來，瑪莉一直睡在他們童年時期的上下鋪，直到她開始因為床墊過於單薄而開始背痛時，她才越過僅僅一條走廊，搬到後方的縫紉室。至今，她仍會說自己不知道該拿一張雙人床怎麼辦。她說她感到迷茫。

＊＊＊

「必須設法忍受的人是我。」瑪莉那天稍晚時這麼說。

站在芭蕾扶手旁的達拉看著瑪莉，一邊伸展著她的身體，身體發熱而變得紅潤。

「我們所有人都得試著去接受，」達拉說。「我們要配合這件事，重新安排全部的課程表。我們可能不得不去租用空間作為上課地點。」

家長們不會樂見的，而那些年幼的女孩——瑪莉所教導的那些五歲、六、七歲的孩子——會利用這件事作為偷懶的機會，每一次的干擾都成了傻笑和玩耍的藉口，而不是練習的理由。

「那麼，為什麼要做這件事呢？」瑪莉說。

瑪莉看著鏡子裡的自己。她將自己的身體拉長，變成一條富有彈性的太妃糖。**瑪莉，這樣太不優雅了**，達拉心想。

「你會想要有更多空間吧。」達拉說。「這就是你一開始搬到這裡的原因啊。」

這兩句話，都不完全算是問句。

「或許這麼說吧，」達拉說，凝視著瑪莉，接著彎下腰，她頭皮旁的白皙皮膚，在一張紅通通的臉上顯得特別白，「我們可以避免火災再次發生。」

瑪莉什麼也沒說。她還能說什麼呢？

＊＊＊

後來，達拉去整理更衣室，將那些被扔棄的毛衣、一圈圈的腳趾保護膠帶、捲曲的舞鞋彈性緞帶，以及從足尖鞋上鬆脫下來的羊毛絨收集在一塊。

她聽得到查理在後勤辦公室和瑪莉說話。

「是時候了」查理說。

「是嗎？」瑪莉說。

達拉停頓了一下，傾身靠近試著聽他們的對話。

「該做點事了，我們需要做些什麼才行。」查理最後這麼說。

＊＊＊

中午時分，他們的保險理算員班比，一位身材嬌小結實的中年婦女，來到現場檢查損壞的情況。她移動的動作迅速，一邊拿著手機拍照。

「你已經雇用誰了嗎？」她問查理。

「沒有。」他說，但他接著就提到了德瑞克，或許那位理算員認識他。

「當然，」班比說，一邊眨了眨眼。「我很驚訝你竟然請得到他。他生意很好。」

「是嗎？」查理說。

「他肯定很喜歡你，」班比說，在準備離開時將名片遞給查理。「他一定看到了什麼喜歡的東西。」

***

那天晚上，達拉和幾個學生一起待得較晚，包括她的克拉拉和胡桃鉗王子，即貝莉・布魯姆和科爾賓・萊斯特里奧，他們都想要額外的練習機會。

但是，即使打開了所有的窗戶，他們也一個一個開始咳嗽，貝莉如豆苗般的柔弱身子咳得顫動起來。

空氣中的煙霧早已消散不見，卻一路隧穿並深深鑽入木材及石膏牆裡頭。科爾賓的深色大眼睛因淚水而視線模糊。那場大火早已滅除，卻又仍然存在。

這讓達拉想起了母親和她們說過的一個故事。十九世紀時有一位著名的芭蕾女伶，一盞煤氣燈讓她的裙子著了火，全場觀眾親眼看著她全身籠罩於火焰之中。她不停地旋轉又旋轉，大火逐漸吞噬她的生命，但她最終獲救。

後來的幾個月，她苟延殘喘，緊身胸衣熔解在她的肋骨上。

她所留下來的舞衣碎布，如今仍然高掛在巴黎歌劇院博物館裡。

她們的母親告訴他們，**那就是愛**。

***

第二天早上，達拉和查理抵達時，發現瑪莉坐在B教室的地板上，她滿臉汗水，長長的脖子和胸部閃著汗珠而發亮，雙腿交纏在一起。

她身旁散布著提案計畫。有設計布局圖、草圖、德瑞克潦草的估價單。他的筆跡粗獷，紙邊像課本頁緣一樣起皺。

她還在喘著氣，將手掌按壓在那些紙張上。

「瑪莉，」查理說，「你說呢？」

她抬起頭，不知何故感到困惑，好像這些東西突然出現在她的腦海中，在她自己的夢裡。她把臉抬得高高的，仰望著天窗，輕聲說了些什麼。

「是的，公主殿下？」達拉問道，低頭看著她的妹妹。

「我說，是時候了。」瑪莉輕聲地說，以腳趾輕敲一下磨損的地板。達拉點點頭，瑪莉抬起頭來，她滿臉通紅卻果斷堅決。「早就該如此了。」

＊＊＊

他們以香檳舉杯敬酒——街角雜貨店裡的那種粉紅色的氣泡酒，裝在那些印有藍色花朵的紙杯裡——還在消防通道上抽菸慶祝，配上她們的媽媽從法國大量訂購、存放在食品儲藏室的粉紅色糖霜餅乾，這些餅乾至少有十年的歷史了。

查理親吻她們兩人的臉頰，他的嘴唇冰涼而美好。

達拉看著瑪莉享受她的快樂泡泡，那屬於她的時刻。這真令人氣憤不已。她為什麼要給瑪莉這種權力？說到底，瑪莉也不是正式的合夥人。瑪莉擅自居住在這裡，一個不適合長居的非住宅空間。但是，瑪莉到底是住在裡面生活，或只是藏身於此？

瑪莉，她那張臉有如狐狸般，舌頭沿著上蠟的杯緣遊走。

當查理進去拿新的火柴時，達拉說：「你為什麼這麼開心？」

瑪莉看了她一會兒，然後靠得更近，她的嘴唇聞起來像迪克西紙杯上的蠟[14]。

「你要記住，」她低聲地說，聲音之中有些顫抖，「邀請他進門來的人是你。」

＊＊＊

第二天早上，達拉和查理七點三十分到達工作室時，承包商德瑞克已經在那裡了，站在B教室的正中央，雙腿叉開著，就像他們母親的《源泉》（*The Fountainhead*）書封上的人物[15]。瑪莉就站在角落，持續盯著看。看著德瑞克對他的員工下達指令：兩個年輕男子腰上繫有沉重的工具腰帶及捲尺，其中一人的胳膊上環繞著家具罩布，手臂肌肉虯結。

達拉瞇了瞇眼仔細看。瑪莉有些不一樣。

接著，瑪莉轉過身來，她正好看見了。瑪莉永遠蒼白的嘴唇擦上了消防車身般的正紅色，像是個警告，五級大口警報。

達拉生動地想像著，在前一天深夜或今天一大早時，瑪莉漫步到藥妝店，在滿是蒼蠅的螢光燈下試用口紅。

「早安，」查理說著，輕推著達拉向前，準備好要和德瑞克握手。「看來已經開始進行了。」

---

14 一次性使用的紙製杯子，上蠟以防止飲料浸透紙張，而美國品牌「Dixie Cup」於一九〇七年發明之後就變成泛用的通稱。

15 俄裔美籍小說家及哲學家艾茵．蘭德（Ayn Rand）所撰寫的哲學小說，最初於一九四三年出版，曾被十二家出版社拒絕，出版後卻長銷至今，鼓勵追求希望與夢想寓意讓這本書受到年輕族群喜愛。

心上的一把鐵鎚

這一切來得很快，如此之快，甚至比火焰還要迅速。

他們正看著牆壁解體倒塌。

達拉和瑪莉戴著他遞上的護目鏡和防塵面具，儘管德瑞克自己毫無保護裝備。他們就站在他指定的地板位置，保持著安全距離。

兩位工人班尼和加斯帕也在一旁看著。退後一步注意觀察。留山羊鬍的班尼柔軟靈活，而加斯帕結實而強壯，兩人正用葡萄牙語小聲交談。

德瑞克舉起地上的一把長柄鐵鎚。

「只有第一次會痛。」他說，一邊對達拉和瑪莉眨了眨眼。

他開始揮動鎚子，有如一個拿著高爾夫球桿的石器時代穴居人，在牆上打出定位孔。

他又接著開始打洞，力道幾乎要穿過他的襯衫，鎚子在石膏牆上來回擺動著。

這些洞看起來有如黑暗的紙風車，像一道道的瘀傷。

瑪莉用掌根摀住自己的耳朵。

接下來是鋸子。那個拿著長長刀鋸的人——他高高舉起的鋸子，從天花板開始向下劃開一道長長的垂直切口，向下、向下、再向下，將牆壁劈裂開來。他用有如棒球捕手的一雙大手套，將壁板撕開，一分為二。

不知何故，達拉心想，那把鋸子像是劈在她自己的脊椎上，一路往下。那感覺就是這樣。

她旁邊的瑪莉呼吸過於急促，防塵面具鼓了起來，接著空氣又被她吸進嘴裡。

＊＊＊

接下來登場的是撬棍，撬起踢腳板和門窗木飾條，那些巨大斷裂聲讓你想尖叫。讓達拉想要尖叫。當他敲開嵌釘時，手臂上的靜脈青筋使勁地繃緊了。長長的鎚子再度上場，羊角鎚的尖銳爪子撕開一個巨大的洞口，他的雙手猛然插入，一邊撕碎，一邊揪扯。再次撕扯，撕裂所有一切，直到那裡一無所有。直到德瑞克放下鎚子接聽電話，拿著其中一隻手機消失在樓梯間，抖落他頭髮上的灰塵。達拉看著剛才牆壁原先所在的地方，現在只剩地面上一條醜陋的接縫，底層地板滿滿的木屑偷偷越界而來。

她的護目鏡起了霧，達拉曾有一刻覺得自己可能會哭出來。**我是怎麼了？**她想著。**有什麼問題嗎？**

「結束了嗎？」達拉問道，一把扯下她臉上的護目鏡。但瑪莉聽不見別人說的話，匆匆地脫下她的防塵面具，彷彿快要窒息。現在她正倚靠在牆面上，看著那把鎚子。「還是好，」她說，用每根手指觸摸著它的橡膠握柄。「好熱。」

＊＊＊

當天下午，當學生們開始陸續抵達時，達拉轉移自己的注意力，不再去管B教室裡發生的一切，不論是那些破瓦殘礫，或為了通行而黏貼於地板、臨時使用的防水布小徑。她盡量不去想那一面牆，那些廢墟。她睫毛上的灰塵，他們這個鍾愛的地方所發出的腐爛氣味。那是他們第二個家，最鍾愛的空間。

「這麼做是對的。」查理試著讓她安心。他一整個上午都填寫著保險文件。文書工作已經這麼多了，德瑞克還不斷在他們身上疊加負擔。

「我知道。」達拉說。此外，已經沒有時間感慨了。三點鐘課程的學生到了，級數三級的男孩們，他們的帆布鞋輕輕拍打在更衣室的地板上，臉龐因寒冷天氣而冰涼，認真又焦慮的腳伐輕輕地走向扶手。他們側視著達拉，目光被她吸引住。

＊＊＊

沒過多久，她就沉浸在這一天的喧囂之中。在她的第一堂課上，穿著黑色緊身衣和白色T恤的男孩們處於緊張狀態。她投入更多的精力在男孩們身上。查理不能再教課之後，她接管了這些男孩，也發現她喜歡上這堂課。他們總是相當專注——他們必須如此——這些男孩們。他們面臨著許多社會上的排斥，這讓他們有一種特殊的強烈投入，尤其是馬利克、東尼，當然，還有她的胡桃鉗王子科爾賓，細心周到而安靜，他們說話會輕微地破音，臉上隱約地布滿粉刺，胸膛像船首，腰身又如此纖細，就像蝴蝶結一樣。

＊＊＊

地板一次次顫動著，轟隆聲從B教室發出。可能是某種大型的鑽頭工具，又或者是一個在牆壁上發出巨響的氣壓裝置。

男孩們假裝沒有注意到，專注於他們在扶手上的大踢腿動作。

但是，他們不可能不注意到，達拉踱步著、倒數著，感覺到機器發出的每一陣脈動都順著她的脊背傳遍全身。

後來，她窺視著B教室，裡頭有一團煙霧，還有被淺灰色粉末覆蓋的承包商德瑞克，他正擦拭著額頭，盡情地喝著隨行杯中的飲品。

＊＊＊

這一天飛馳而過，女孩們急忙衝進更衣室，解開圍巾，踢掉靴子，匆匆脫下大衣，扯下牛仔褲，脫光衣服後個個一模一樣，排成列隊時都身穿同樣的黑色緊身舞衣、粉紅色的緊身褲，臉色憂慮，頭上都頂著緊繃的髮髻。

在他們母親心愛的C教室中，達拉引領著進階班的學生，而瑪莉在狹窄但合用的A教室中教導她的小寶貝們。

與此同時，B教室裡的大屠殺要開始了。灰塵、碎片、灰燼、沙礫、轟響，一片怒火騰騰。撕拉膠帶的刺耳尖銳聲、釘槍的重擊聲，鑽頭不斷鑽磨的狂暴肆虐，窗式風扇所發出金屬碰撞的嗡嗡聲。較年幼的那些小女孩無法集中注意力，六歲的孩子們肥胖的雙手啪地一聲掩著耳朵。但較大的孩子們則持續假裝自己未受影響，他們對舞蹈的熱愛，遠遠勝於任何骯髒惡劣的擾亂。

這一天結束時，瑪莉沒來由地顯得興高采烈，為所有學生上了一堂計畫之外的劍術課程，向二級的學生們示範在鼠王的戰役中如何持握鋁箔卡紙做的武器。瑪莉的毛衣捲曲在地板上，她穿著一件達拉從未見過的輕薄白色緊身舞衣。

沒過多久，當達拉的學生們更衣準備離開時，也被吸引過來，看著瑪莉表演吞劍，將劍高舉過頭頂，接著放入口中。

達拉心想，**她就想要讓所有人都看見**，而她認為，她甚至也看見了德瑞克在門口徘徊，看著瑪莉將一張、兩張、三張鋁箔卡紙塞進嘴裡，頭向後仰，她的喉嚨就像一朵蒼白的百合花。

***

這一天結束之際，達拉急忙跑去後勤辦公室尋找查理，迫切地想要回家。

但是查理並非獨自一人。他坐在辦公桌前，正在簽著什麼文件，是一份沾了咖啡漬的合約。並且，他被德瑞克的身影所籠罩著，他的肩膀弓著，空氣中充滿他的古龍水氣味，他的頭髮上沾滿了煤灰。

「你好。」達拉說，立即停了下來。

「今天完成了很多工作。」德瑞克說，一邊咧著嘴笑，扯下胸前濕漉漉的襯衫，那種滾圓胸膛屬於昔日的摔角選手，健壯而蹣跚搖晃地繞著擂台。

在他身邊，查理看起來如此瘦小、如此憔悴，有如一片枯萎的花瓣。

「差不多就是這樣了，」查理說，遞上那一捆檔案文件。德瑞克開始打量他們。「那麼這棟建築物是你們持有嗎？」

「是我們沒錯，」達拉說，走了進去，德瑞克抬高雙眼睛看向她。「這裡對我們而言不錯，有充足的空間，離家也很近。」

「你們住在梧桐大道上？」他說，眼睛仍然盯著那些文件。

「是的，」查理說。「舊火車軌道後面的那條死路。」

「我知道那條街，」德瑞克說，抬起頭來，眼睛突然為之一亮。「老舊的大房子，有紅磚、山牆，和低矮的門廊。二〇年代為了在磨坊工作的白領階級人士蓋的，直到鄰近的社區有了一些轉變。」

「嗯，現在不一樣了，」達拉說，對**轉變**這個字詞感到怒不可遏，想起當時在這條街道上，他們是少數在前院裡連一輛車都沒有的家庭。

「確實如此，」德瑞克說。「幾年前，我曾在那裡做過拆屋的工作。」

「拆屋？」

「當時我只是個孩子，頭腦簡單肌肉發達。我們的工作內容就是在范布倫街附近拆除那些廢棄的房子，拆除一間又一間的房子來收集各種零件，像是含鉛玻璃、銅管，和壁爐架等。我們有一次找到了一條人腿，膝蓋以下的部位，我們就留在原地了，願死者安息。」

德瑞克看著達拉，像是在等她開口大笑，但她沒有。「我老闆教了我們很多，像是如何用杠杆撬開並拔鬆一棵茂密的大松樹，而不是將它劈開來。**就像解開你媽媽的胸罩一樣**，我老闆常這麼說。接著，我們就用反鏟挖土機把整個房子給拆了。」

當他在辦公室時，空間就顯得特別小。達拉走到窗前，打開了一道縫隙。正是因為當他說**解開你媽媽的胸罩**，他注視著她的方式。

「之後，」他繼續說，「我們會將剩下的瓦礫填滿地下室，把整個地方給堵住，將一些泥土倒進去、也倒入一些種子。一個月後，那裡就會長出一些小草了，像個草原，就像房子根本不曾存在一樣。」

達拉什麼也沒說。她的目光落在他身後的旋轉樓梯上。他正靠在樓梯上面。這種感覺，就好像幾天前，他將手放在樓梯欄杆上猛力拉扯的方式，她有一種感覺，他可能會再次使勁一拉，將一切毀壞殆盡。

「你聽起來就像是禿鷹似的，」查理說，伸手去拿他的外套。「舔著死者的骨頭。」

德瑞克笑了笑，露出了整口的牙齒。「只不過，我們沒有舔骨頭，我們賣掉了那些骨頭。」

***

達拉待得比較晚，為了幫貝莉．布魯姆安排回家的車子，她母親沒有來接她下課。

「我猜她忘記了，」貝莉說，她的眉頭皺了起來。「我爸可以來接我，或者有其他辦法。」

當布魯姆太太終於接聽她的電話時，她的聲音聽起來疲憊不堪且正在哭泣。

「對不起，杜蘭特女士。只剩下你們在了嗎？」

「是的。但是——」

「我已經在路上了，請見諒。我以為她的父親……好吧，我很抱歉。」

達拉向她保證，這不是什麼問題。至少現在還不是。這是《胡桃鉗》表演季的第一個星期。絕望、焦慮、淚水、戲劇性事件，都才剛開始而已。

＊＊＊

「她這個人一向都很奇怪。」後來，查理這麼提醒達拉。「還記得去年嗎？頭髮那件事？」

這時，達拉確實想起來了。幾個星期以來，布魯姆太太從一位時髦的黑髮女子，變成了近乎是冷白金色的金髮女郎。她看起來窘迫難堪，頭髮向後拉緊，用噴霧打理整齊以隱藏光亮的髮色。她發誓，是髮廊的女孩遊說她染的。

這件事讓達拉想起她們的母親，她的長髮幾乎垂至腰際，她總是說：**永遠不要讓三十歲以下的人碰你的頭髮。**

髮色的名稱才是最糟糕的部分，布魯姆太太向達拉坦承這件事，一臉通紅，作勢梳整好一縷不存在的散髮。

火辣奶油金髮女郎，她低聲說，再次羞得一臉通紅。

＊＊＊

當她離開時，達拉發現瑪莉徘徊在無光的B教室裡，沿著防水布爬行，瘦骨嶙峋的腳上沾滿了灰塵。

她在一旁看著，看著她妹妹屈膝跪著，以手指撫摸著原有牆面的蛇形接縫，承包商撕毀的地方，就像雜耍串場節目的一項冒險挑戰。

「哇！」達拉說，偷偷摸摸跟在後頭嚇她。

瑪莉抬起頭來，她的表情熾烈如火，牙齒上有早上擦的口紅。

＊＊＊

「我認為瑪莉迷戀上某人了，」查理那天晚上說。「那位承包商。」

「你這是什麼意思？」達拉問道，搖晃著裝有查理的維他命和草藥的罐子，一一分配了他每天的分量。

查理聳了聳肩。「只不過就是她看著他的樣子。」

「不可能的事。」達拉說。瑪莉是一個不擅交際的人。她二十幾歲時曾有幾次和共事的舞者談了有點悲劇性的戀愛，也曾對一位已婚大提琴手長期地異常迷戀，他一年只來小鎮上造訪幾次，隨意玩弄她的心。瑪莉是獨來獨往的孤狼。

「瑪莉只是很無聊，」達拉說。「或是其他原因。」

「瑪莉很寂寞。」查理輕聲地說。

看著那一堆藥丸的達拉抬起頭來，卻什麼也沒說。

粉紅色

過了幾天，一切變得安靜許多，初步的拆除已經完成，空氣中充滿了嶄新的氣味，含硫磺的灰泥，粉筆質地的石膏牆，還有霉味。

達拉明白一定會有家長抗議，但她聽見的抱怨不多。《胡桃鉗》讓大家疲累不堪，什麼時候才會收到排練的時間表？去年的音響系統的問題是否已解決？**老鼠的頭套是不是該替換了？那種膠水肯定有毒。**

她在課間不安地抽著菸，對於瑪莉似乎不受任何影響而感到驚訝。她帶領她四歲的孩子又是單足跳、又是齊足跳的。鋼琴無休止的咚咚聲，配合著瑪莉微弱卻高亢的聲音，**雙臂舉起，伸手指，接著用手指向天空。**

「他會快速進行，」查理不斷說。「他生意太好了。」

但是，B教室的內部像是挖空的一座火山，由此看來，達拉不覺得這件事能快速進行。

「我保證。」查理說。

瑪莉帶著她的女孩們，隨著笨拙的撲通聲從一個角落輕快地移動到另一角，沒有注意因此飄揚的塵土，也沒有注意到鑽孔時不時發出的顫音，及鎚子的急劇撞擊。

還有可憐的貝莉．布魯姆，眼皮上沾滿了灰塵，向他們走去。「我媽媽不能再來教室裡了。」她陰鬱地說，不論開口說什麼她都是這個樣子。「整修工程讓她太不舒服了。」

「嗯，」查理說，「等大家開始在法蘭西斯．巴倫傑表演藝術中心開始排練後，她就可以來了。」

「到時候一切都會改善，」達拉說。「一切。」

***

「這就是你想要的，」查理後來這麼提醒著她，「現在才進行幾天而已。」

「這是你想要的，」達拉提醒他。「後來就變成我們都想要的了。」

***

也許是因為他一直在那裡，那個承包商。你難以輕忽他的存在，無論他是在人聲指示班尼和加斯帕（「要用那種石膏牆填縫劑，成形的效果又好又快」），或是被費時的通話給纏住、坐在敞開的窗臺上或在入口處踱步（「所以我告訴她了，如果那看起來真的那麼棒，就收好在信封裡……」），他喘息的笑聲迴盪在每間教室。

接著，就是用餐時間，送貨員不斷地進進出出，他們凍得滿臉通紅，送來早餐的油膩三明治、午餐的潛艇堡，及下午三點左右的比薩，那些油膩氣味讓學生們有的作嘔、有的渴望。

學生們滿懷熱望地凝視著，他們之中有一半的人以奇怪的飲食方式維生，儘管達拉並不贊成——淋上辣醬的萵苣生菜、沾著田園沙拉醬的棉球[16]。

***

沒有時間分心了。《胡桃鉗》帶來的壓力越大，學生們的表情就越是急切——這件事耗神竭力，達拉可以在自己的腦海裡聽見母親的聲音。**永遠不要忘記，親愛的，每年都有某個人的第一場《胡桃鉗》上演。**接著又說道，**如果你能給他們這場舞，你就能擄獲他們的心一輩子。**

16　二〇一三年美國模特兒界曾盛行吃棉花減重，吃下沾有果汁飲品或沾醬的棉球來增加飽足感以減少食欲，引起許多少女爭相模仿而造成窒息或阻塞腸道。

達拉知道這是真的。她仍記得她第一年在劇中跳舞時的每一個精緻細節，四歲的她扮演糖果王國十幾個蹦蹦跳跳的小丑之一，從薑媽媽的巨型蓬蓬裙底下冒出——**意想不到的驚喜！**——逗得觀眾開心地倒抽一口氣。

她如何在這麼長一段時間內——雖然實際上肯定不到一分鐘——在薑媽媽裝有裙環的裙下盲目地跑來跑去，襯裙熱乎乎地貼在她的臉上，隱藏於觀眾面前卻感覺得到他們的存在、他們的期待。她如何在幾乎難以呼吸的狀態，迫不及待地爆衝出場、向前跳躍，並穿越一整個舞臺，在逃脫之中陶醉不已，而不知何故，連被囚禁的時刻也令她飄飄然。

＊＊＊

「這簡直令我心碎。」萊斯特里奧先生皺著眉頭說。

達拉甚至沒有注意到他就站在門口。她一直無法全神貫注，只能看著他的兒子科爾賓的雙腳宛如麻雀的翅膀，練習貓步時膝蓋大開、雙腿抬高。

「足球隊的那些人發現了，」萊斯特里奧先生小心翼翼地說。「他們叫他舞后，這已經是他們最好聽的稱呼了。」

「他實在不應該去踢足球的，」達拉說。「他是我們的胡桃鉗王子，他很有可能會受傷。」

萊斯特里奧先生搖了搖頭，彎曲的掌心緊貼裝了咖啡的保溫杯。這並非是他所期望的回應。達拉想到了查理時常掛在嘴邊的話，要她應對家長時口氣緩和一些。她於是提醒他：她們的母親以前從來不會這麼做。

「杜蘭特女士，你必須要明白，」萊斯特里奧先生說，此時科爾賓正心煩意亂地看著他們兩人，斷斷續續地練習著滑步。「我曾參與四項體育運動，也在陸軍預備役部隊待過兩年。」

「如果他在比賽中受傷了，」達拉說，「你永遠不會原諒自己的。」

關於那些家長，她們的母親總是會說，**你必須態度堅定，否則他們就會支配控制你**。

萊斯特里奧先生一時之間沒有說話。

當科爾賓落地之際，他們兩人都正看著他，科爾賓撥開眼睛上的頭髮，那空間後方的一群粉紅色女孩偷偷瞥了一眼，以手心掩著嘴竊竊私語。

「這件事讓他很尷尬，」萊斯特里奧先生說，幾乎是輕聲細語。「要被人這樣盯著看。」

「如果他不想被人盯著看的話，就不會跳舞了。」達拉說。

不過，當然了，科爾賓——他那優美的容貌和體格，他的一舉一動——在任何地方、任何情況下，都必定會備受矚目。然而，那些父親卻往往對此視而不見。

「每天，」萊斯特里奧先生說，現在將保溫杯抱在胸前，「我都盼望著他回家之後開口說，**我再也受不了那些粉紅色了**。」

達拉注視著他。「別期待這種事了吧。」

＊＊＊

「你向他表達立場了。」有人以低沉又親密的口吻說道。

達拉站在芭蕾扶手旁，看著鏡像中的承包商德瑞克，正好從B教室出來，將他深色的雜亂頭髮向後輕撥。

「**我再也受不了那些粉紅色了**，」德瑞克說，模仿著萊斯特里奧先生粗魯的口吻及神經質。「看看這件事多有趣。」

「我能幫你什麼忙嗎？」達拉說。不知何故，比起他的粗心大意、使用鑽頭的草率揮舞，以及長柄鐵鎚，他的奉承更加糟糕。

「你的簽名。」他說，遞給她一疊文件。那是他們的施工合約，頂多只能算是一份電腦裡的制式範本，一份標題為「承包商服務」的文件，稍加調整後，成了一份副本的副本。

「我以為我們的文書作業都已完成了。」達拉說。

「官僚體制。」德瑞克說，一個算不上是答覆的答覆。

「我會把這些文件拿給我丈夫看，」達拉說。「行政事務由他處理。」

德瑞克點頭，以手指輕觸自己頭部，做了一小段滑稽可笑的倒退舞蹈，像是一位向女王告別的侍臣。

達拉轉身，往後勤辦公室的方向走去，遠離他鬍後水帶來的一陣霧霾及他的巨大身軀。

但她仍然可以透過鏡中看到他。德瑞克故意地歪著頭，以如此低沉而俗氣的聲音對她說了些什麼，她懷疑自己是不是聽錯了。

「我本人，」德瑞克說。「我就喜歡粉紅色。」

＊＊＊

他在她的教室格格不入，不屬於C教室，她的教室。

如果所有的工作都由班尼和加斯帕負責，他完全沒有理由在場，拆除牆面的精彩表演現在早就結束了。然而，他似乎不斷地找藉口悠閒漫步於每個空間，每天多達十幾次，抓著寫字夾板，穿著過緊的襯衫，帶著他的兩隻手機和不斷振動的呼叫器。

＊＊＊

「我認為你應該要告訴他，」達拉後來告訴查理，「要定出某種形式的界線。在B教室和我們的教室之間隔一道屏障，這樣才能保護學生。」

查理盯著她看。

「已經有幾位家長提到這件事了。」達拉說。這是個善意的謊言，她告訴自己。他們一定會很快就會提出抱怨。布魯姆太太連一步都不願踏入學院，這難道不算數嗎？

「我會和德瑞克聊聊。」查理說。「我來處理這件事。」

＊＊＊

在後勤辦公室，達拉坐在辦公桌前，掃視著插在金屬插單器上的發貨單。《胡桃鉗》需要的三百磅人造雪、假髮造型服務、兩件替換的玩具士兵制服，以及四個替換的老鼠頭面罩。

「你剛才有和他說話嗎？」

達拉抬起頭來。看見了瑪莉，皮膚因體溫升高而變成粉紅色，那件白色緊身舞衣如今已被汗水浸濕而變成半透明，什麼都看得清清楚楚。

「德瑞克。你和他說了什麼？」瑪莉說。「告訴我。」

達拉挑了挑一側的眉毛，這是她們的母親遺傳給她的示意動作。

「沒什麼，」她說，放下插單器。「對話內容沒什麼。」

這之中有一種偷偷摸摸的快感，妹妹眼裡閃過一絲嫉妒。

瑪莉停頓了一下，以張開的手掌撫摸著脖子。

「我永遠無法和他對話。」她低聲地說。

德拉看著她。「這太荒謬了。」

「他一靠近我，」瑪莉說，她的脖子頓時通紅，「我就無法呼吸。」

簾幕

第二天早上，達拉一醒來就想到了瑪莉，她的纖細秀髮長年盤旋在母親老舊貓腳浴缸的排水管裡。

瑪莉永遠不會讓你忘記她的存在，即使她不在場，即使她不再住在這裡。

前幾天，瑪莉浪費了至少一小時表演紙製長劍的特技，讓自己丟人現眼。穿著那件淫穢的透明緊身舞衣，假裝自己是吞劍者，在承包商的注視之下將鋁箔卡紙塞進口中。

他一靠近我，我就無法呼吸。

***

這件事不合理。瑪莉喜歡男人的溫柔、和藹，及文雅。那些她二十多歲時玩弄過的傢伙，那些頭髮蓬亂、事業有成的男生，他們為她彈吉他，在她的練舞室裡赤腳地走來走去，以免磨損楓木地板。那些舞蹈教室裡的爸爸們，他們有羊毛西裝外套和光滑的雙手，用力地向她表示謝意，為他們的女兒注入優雅和高尚的氣息。

瑪莉所喜愛的，是這樣的男人。

***

「我沒有任何感覺。」查理說，身體靠在廚房餐桌子上。

達拉低頭看著他的腳，細長而有著大理石般的紋理。在他被迫停止跳舞的六年後，他的腳仍然是舞者的一雙腳，堅硬、多節，宛如動物的腳蹄，但外觀損傷的程度還不及她的一半，她的雙腳，還有瑪莉的，都有如烏鴉的指爪一般醜陋，她們的腳曾被父親稱為**回力鏢**。

Jolie-laide（**相貌平凡但有獨特魅力的女子**），母親一向堅持這麼稱呼她們。對她來說，所有舞者的雙腳都如此美麗，那不是因為美觀，而是因為它們的堅強、它們的扭曲，它們與自然的戰鬥，與身體本身的戰鬥。她過去時常會說，**還有什麼能比如此的意志更加美麗的呢？**

達拉跪了下來，用雙手環住查理的一隻腳。

那隻腳感覺就像是她父母床上的床柱。

「這樣你有感覺嗎？」她問查理，輕輕捏了捏他的足弓。在上一次的手術之後，他應該要逐漸恢復知覺。大家總是說他的知覺作用會回來。

「我什麼感覺都沒有。」他說，低頭看著她，看著跪在他面前的達拉。

＊＊＊

這一整天，B教室都發出雷鳴般的震顫，留下一片灰濛濛的破瓦殘礫、霉味和老鼠味。幾十年來，這些年輕女孩在此留下各種陳跡：落單的耳環耳釘、鬆緊髮帶、蒙塵的絲帶，以及沾有褐色血跡的捲曲OK繃。

查理帶著電熱墊和消炎止痛藥躲在後勤辦公室裡；達拉不得不一個人進行管理事務。她得要向家長們解釋地板震動的原因，指引女孩們不要因為腳下的小地震而分散注意力。

＊＊＊

「你必須注意那個東西。相信我，我就是知道。」

那是德瑞克低沉沙啞的聲音。她聽見了，在最後一個十四歲孩子離開教室，而《吉賽兒》（*Giselle*）的音樂停止之際。

跟隨著他聲音的方向，她穿過B教室滿是煙塵的濃霧，走過班尼和加斯帕的身旁，他們的臉被大而厚重的安全面罩遮住，達拉不禁想著，不知道她和那些年幼的學生每天都吸入了哪些物質。

「這東西如此甜美，」德瑞克說。「就像媽媽的奶水般甜美。嗯，沒有我媽媽的那麼甜美，但左鄰右舍沒人比她甜。」

當她打開辦公室的門，一看見看到德瑞克和查理時，那笑聲——如卡通般**哈迪哈哈**的虛假笑聲——聽了就讓達拉咬牙切齒。

德瑞克莫名其妙地高高撩起查理的襯衫，在檯燈的燈光下仔細看著他。桌墊上有兩瓶藥罐，如一分錢銅幣的橙色。

「你得要讓他們打在這個地方，」他說，他張開古銅膚色的大手並放在查理藍白色衣物的背部。「他們打針就打在這裡。但是，另一方面，那些藥更糟了。」

「達拉，」查理說，驚訝地瞪大了雙眼。她想，**這就是抓到他做壞事的感覺吧**。這是一種很奇妙的感受。

「我們在比較彼此的舊傷。」一發現達拉出現後，德瑞克說道。

「所以你同時還是醫生呀，」達拉說，拿起一個藥瓶。「我猜你什麼病都能治吧。」

「自我感覺良好醫生。」德瑞克說，一如既往地微笑著，查理正將自己的襯衫拉下來。「我是高中打橄欖球的舊傷，肩旋轉肌腱撕裂傷。以前神經痛得很厲害，痛到我流淚。我前女友知道一些緩解的方法。」他伸展了一下肩膀，襯衫又繃得更緊了。他那如老鷹或禿鷹般的展翼，在他們的小辦公室裡顯得如此巨大。「這種好事我只和朋友分享。」

達拉將藥瓶遞回去給他，看著他將手掌闔起來，如大獅子的利爪。他的雙手短暫地輕輕撫過她的手，感覺就像是她那些足尖鞋的底部，以金屬筆刀刺擊六十下之後。

最後，達拉補了一句：「我們沒有朋友。」

＊＊＊

查理的身體就是一具光榮的殘骸——他的膝蓋骨腱炎、肩旋轉肌群肌腱炎、過度使用引發的髖關節炎，最關鍵的是他的脊椎，自從手術後就再也無法恢復過往的狀態，他們只能以金屬線、薄板、螺桿將他的脊椎固定回原處。

他們甚至不知道他是何時受傷的，任何一場表演或排練都有可能。如果那張X光片沒有出現在他們眼前，他們才不會相信，那看起來就像父親在車庫拍賣會幫女兒們選購的老式發亮插棒玩具。

他們稱之為絞刑者骨折，因為那就有如脖子向後折斷的寰首之刑。

它的起因是頸椎的第二節骨折，距頭骨第二節的頸椎骨，是很嚴重的骨折。一般而言，這往往是相當嚴重的跌倒或重大車禍所造成。

甚至，查理也不確定這是如何發生的。可能是因為數次的跌倒、碰撞，或是一個在高處的舞者突然倒進他懷中所造成，舞者面臨的就是這種情況。

當他仍是個小男孩的時候，醫生對他說，他最好的朋友在第一次高臺跳水時就造成了絞刑者骨折。

這麼嚴重的事情，他告訴他們。**一件這麼嚴重的事情**。

種種問題都是從骨折開始，它足以影響一切。神經損傷對誰都一樣，沒有差別待遇，感覺是暫時的，而醒覺作用也是。你知道的，所有的一切都有聯繫性。人體所有的部位——每一個如此精緻脆弱的部位——形成了一個不穩定的整體。

＊＊＊

「你對他受的那些傷根本一無所知，」後來，達拉這麼對德瑞克說，她在樓梯間碰到他，他正以單手發簡訊，另一隻手拿著一杯外帶咖啡。

「沒錯，」他說，打完了他的文字簡訊才接著抬起頭來。「但是我明白什麼是疼痛。你不用在我這一行做太久，就會經歷到足夠的疼痛。」

「你永遠都不應該觸摸舞者的身體。」

他揚起了眉毛。「只有舞者才能接觸舞者，規則是這樣嗎？」

他給了她一個意味深長的眼神，有一種她無法理解的含義。

「對我們而言，疼痛是不一樣的東西。」達拉說。芭蕾舞者的疼痛臨界值是其他人的三倍。她們的母親時常這麼說，她不僅告訴她的學生們，也告訴女兒們。大上三倍，或許四倍，也可能是十倍。

「我猜，你一定對疼痛很了解，」德瑞克說，將手機放入口袋中，好像他終於對這場對話感興趣一樣。「我猜疼痛是一種你會慢慢喜歡上的東西。」

「不，」達拉說，她的臉溫熱了起來，樓梯間開始擠滿了即將來上課的學生們。「我們不過是讓它成為我們的朋友。」

「所以說，」他說，彷彿她做了什麼壞事被逮個正著，「終究，你還是有朋友的。」學生們正一一走過他們身旁，但他試著抓住她的目光，全然地捕獲。

她不會讓他得償所願，但身體似乎無法動彈。似乎無法皺眉來顯現怒容、打發對方。她似乎……感覺像……無法呼吸。

聽到嘎吱作響的聲音，她轉身。抬頭向上看著樓梯間，看到了一個熟悉的影子，是瑪莉。

＊＊＊

他一靠近我，我就無法呼吸。

整個下午，有鎚子不斷敲擊的聲響，隔壁上百臺機器的緩慢嗡嗡聲，達拉對此感到困惑不已，對於瑪莉也是。

儘管，面對著他，她自己也覺得難以呼吸，但情況不同，是因為他越界了。儘管如此……她也被那個男人吸引住了。那個愛拍肩裝熟、熱烈招呼，又有著一口白牙的噪音製造者，就像他們之前去高級餐廳時，那些積著灰塵的薄荷糖一樣吧？鬍後水所掩蓋的那種氣味，像是壓碎的香菸和體香膏。還有助曬房造成的白色斑點皮疹，宛如靈長類動物的毛茸茸前臂。

但接著，她想起了瑪莉看著他的樣子，如此害羞，甚至躲躲藏藏，彷彿他的存在、他的自我膨脹，都如此勢不可擋。他那寬大而老態的足球運動員肩膀，他過於濃重的古龍水，他總是沉重的步伐，以及他口袋裡不斷晃動急顫的鑰匙。一位能拆下厚牆的伐木工人，能徒手將任何東西劈成兩半。

他們都很強健，達拉、查理及瑪莉都是。那裡所有人都很強壯。在他的全盛時期，查理可以將別的舞者高舉過頭，彷彿他們不過是蝴蝶，在他的雙手之間飛舞。

儘管如此，看著那位承包商，達拉相當確定，他能像拉開許願骨[17]般將她一分為二。

她停了下來，這讓她需要好好坐下一會兒。

---

17 Wishbone，「如願骨」又稱「叉骨」，兩人以禽鳥類的Y型骨兩人各執一端，在扯斷時取得較長部分的人會有好運降臨、願望成真。

***

第二天早上，達拉又在瑪莉面前提及這個話題。這一直困擾著她。

「他沒有什麼魅力。」達拉說。

瑪莉什麼也沒有說。

他們坐在A教室的地板上，達拉在瑪莉的腿上擦上藥膏，她正因舊有的神經疼痛而顫抖著。

「他真的沒有。」達拉繼續說，以拇指用力推在妹妹細瘦的大腿上。盡可能用力地推開。這是唯一管用的方法。

「或許吧，」瑪莉說，「我們對魅力有不同的看法。」

***

後來，達拉發現瑪莉凝視著德瑞克的工作靴，當他消失了兩個小時去午休，他就將那雙靴子遺棄在防水布上，換上了他的花俏的樂福鞋，顯露出如奶油糖般的閃亮光澤。那雙靴子尺寸很大，就像赫曼・蒙斯特[18]的鞋子一樣。像一顆褐色、有雜色斑點的烤馬鈴薯。上頭點綴著乳白色油漆或化學物質，中間有濃烈橙色的鞋帶曲折延伸著。

那雙工作靴如此之大，就像這空間裡的另一個人。就像一個男人在這空間裡迫切地想要得到注目，理所當然地認定他可以如願。

瑪莉的雙眼始終盯著它們，同時緩慢地繞著防水布外圍走著，像是在繞著圈子。

在手指的觸碰之下，它們有厚實而堅硬的觸感，達拉知道這一點。

看樣子，瑪莉很想要觸摸它們，但它們對於她的小手而言確實太大了。

***

「你一向，」達拉後來說，當她們在大廳的椅子之間尋找布里埃爾．卡茲丟失的圍巾時，「都覺得查理很帥。你曾說他看起來就像婚禮蛋糕上的新郎人偶。」

「我確實說過，」瑪莉說，伸出手臂去抓某樣東西，是一頂布滿灰塵又被遺棄的冬帽，「關於婚禮蛋糕的事情。」

不論是用何種客觀的衡量標準來看，查理都很英俊。他的身體如此纖細完美，五官如此精緻，金髮如此閃亮動人，就像費茲傑羅作品中那些俊美至極的男孩。

他相當俊美，對任何人而言，對每個人都一樣。

看著德瑞克，看著他毛茸茸的手臂和鬆弛外擴的腹部、潔白的牙齒和他眨眼的樣子，接著看著查理，怎麼會有人認定他們兩者一樣？

***

「我們不必喜歡他，」當他們準備離開時，查理說，木屑於瀰漫著空氣之中，歐洲流行音樂的重擊聲從B教室的擴音器中快速播放著。「沒有人喜歡承包商。」

達拉什麼也沒說。

「此外，」查理指著正掛在B教室門口的透明塑膠布簾說，「他也確實遵循了指示。」

達拉走近了一些。她所想像的是更加隱蔽且周到的做法，像是防塵罩拉鍊門或是帳篷式的分隔

---

18 美國商業無線電視網CBS電的情境喜劇《怪胎一族》（*The Munsters*）中的角色。

間，但現在裝上的只是厚重的塑膠條，像洗車場的那一種。

這讓B教室中的所有物件看起來像間恐怖歡樂屋。

她可以看得見塑膠後方的德瑞克，他的T恤成了長條狀，一如他潔白的牙齒。他在塑膠的波紋後方看起來相當巨大，一個歡樂屋版本的德瑞克，拿著一支巨大的橡膠鎚子，像一個穴居人一樣揮舞著長棍。

「我沒有說我不喜歡他。」達拉說。

查理微笑著，將一隻手搭在達拉的肩膀上，輕輕揉著她的肩膀。

「但是，我就是就對他沒好感。」達拉說。

「我有一個法子，」查理說，將雙手放在她的雙肩上，讓她反向轉身。「就是別往簾幕後面看。」

＊＊＊

當天晚上，查理的背部肌肉抽搐了。

達拉一直看著他睡覺，他裸露而寬廣的背部，呈現V字形的腰部。她情不自禁地伸出手去撫摸他的肩胛骨，將他拉向自己，他的皮膚對她而言是如此冰涼且充滿撫慰。當她的手指一碰觸到他的皮膚，效應就發生了：一陣劇烈的僵硬，如此立刻、急切，又猛烈的退卻。

這是一陣極大的震顫，讓達拉想起了和瑪莉睡在一起的情景，她睡在她上鋪的那些年。瑪莉和她不安分的雙腿。媽媽常說，**我親愛的瑪莉在睡夢中翩翩起舞**。

她猛然地抽回自己的手，彷彿觸及了明火。

＊＊＊

看見她的神色，他連忙道歉，即使他痛到瞬間動彈不得。

「這不是你的錯，」他說，正閉著雙眼。「我知道就快要發作了。我今天本來想去找物理治療師的，但是……」

「我來吧，拜託。」達拉說。

他停頓了片刻，緊抿著嘴，做了個鬼臉。但是，出乎意料的是，他准許她了。

她小心翼翼地協助他翻身，讓他俯臥。

「我會非常小心的。」她說。

「我知道。」他的聲音悶在枕頭裡而聽不清楚。

他就任由著她，讓她的手指使力地放在他灼熱又傷痕累累的背部，她的掌根在他肩胛骨之間用力推揉，白皙而寬闊，有如展開到最高的翅膀。

她喜歡如此的撫摸，只有這次她覺得被他允許，經歷了四次手術、頭頸胸固定支具、復健治療之後，他的脊椎如此纖細脆弱，有如一根細長的魚骨。

她喜歡用指尖劃過背脊，喜歡用她握緊的拳頭往裡頭深入推壓。

那天晚上，她更加使盡力氣，將自己推進他的身體裡，肘部向下彎曲，尖銳而無情。

她要驅逐那些疼痛，她嚴正地告訴他。

這讓她頭暈目眩，而她的雙腿之間也濕透了。

你，他終於低聲地說，他的雙腳愉快地拱成弧形，他的前額濕熱，雙手伸向她身後，找到她兩腿之間的那個地方。**你擁有無限的力量**。

***

早上，她將襯衫套過他的頭，試探性地幫他穿衣服，他的身體僵硬而畏懼。這部分總是令人哀傷。

就好像他給了她一些什麼，接著又奪回了。

她知道，這樣的事將在幾星期或幾個月後再次發生。一道閃電劈開他的肩胛骨。那道閃電將他們飛快地帶到事物的中心，他們因此被震撼得活了過來。你不會想要這種晴天霹靂發生，然而，達拉卻如此希望。

＊＊＊

很久以前，母親就告訴她們一件事，**你們永遠不需要適應疼痛，你們倆從一開始就明白了。**

她們甚至從來沒有想過這就是疼痛。

有時，她們的母親來吃早餐時，一隻眼睛上方的皮膚帶著紫色，或者臉頰上有瘀傷。她們的父親在咖啡機前，脖子上有一道如紅色縫線的細微痕跡，他責怪說是貓做的好事，儘管他們的貓沒有爪子，早在前幾天就不見蹤影了。

誰都沒多說什麼，儘管有時瑪莉想摸摸媽媽的臉，摸她那厚重的眼皮、她扭曲的手肘，接著她就會落淚。

她們的母親告訴她們，**永遠不要為疼痛哭泣，那樣不過是白費眼淚。**

她解釋，身為舞者，你永遠都備受保護。

只要以尖頭鞋綑綁著雙腳，緊身舞衣及緊身褲束縛著身體，頭髮纏繞成髮髻——這一輩子，就再也沒有人能傷得了你。

野獸

只要一星期左右的時間。
只需要這一點時間，達拉後來感到驚嘆不已。
吃下禁果只需要這一點時間，卻足以讓伊甸園殞落。

＊＊＊

那是第二天的早晨，在他們開始雇用那位承包商德瑞克的一星期之後。

達拉很早就到了工作室，而且是獨自一人。

她幻想著，查理一覺醒來就立即痊癒了，多虧有她的幫忙。但是，他那天早上坐著穿鞋時，臉色變得蒼白而痛苦。達拉扶著他坐在臥室裡破舊的躺椅上（**昏倒沙發**，她們的媽媽這麼稱呼它），它的穗飾逐漸扁平，上頭的天鵝絨隨著歲月增長而閃耀著光澤。在此，他等待著物理治療師的電話，希望她今天能讓他安插時間，能用她堅定的雙手來撫慰他，用那種讓人屏息的神祕指節技巧。

達拉早早來到了工作室，獨自一人，立即就聽見了聲音。

＊＊＊

B教室外掛著厚重的塑膠布簾，那些塑膠布條被暖爐的熱氣吹得如波浪般起伏。逐漸靠近，她放慢了步伐，達拉可以看見那布簾後的東西。逐漸靠近，她聽見了聲音。

是她妹妹的聲音，她再熟悉不過的聲音。那種短促而緊張的呼吸，像是快要跌倒時發出的聲音。輕柔的呻吟聲，像是她過度伸展膝蓋時一樣。但是，她接著會聽見的，是她過往從未聽見的低沉呻吟聲，從來沒有。

她靠得更近了，心想，**噢，不，她受傷了**。

妹妹那朦朧不清的身體——她充滿肉慾的肉體，那件汗濕的白色緊身舞衣——正不停移動著。

***

像野獸一樣，她後來自言自語著，**就像野獸一樣**。

***

達拉的手指呈現V字撥開那些塑膠布條，瞇著眼看向縫隙後方。

她妹妹將手掌放於地面，膝蓋在地板上磨蹭著，頭向後仰，脖子纖長而彎曲，臀部窄小堅韌。

達拉想，**她不會是這個樣子**，但她並不確定。她什麼事都不確定了。

我也不會是這個樣子。

***

達拉將手指放在塑膠布簾上，令人喘不過氣的暖爐讓她覺得燙手。

她的妹妹四肢著地，在她身後的那個東西正呻吟著。紅色的T恤翻動著，像鬥牛士的披風般。他的笑聲彷彿卡在了喉嚨裡。

她的緊身舞衣唰唰作聲，那如白骨般的白色，褲襠被扭扯至一側。

只有半邊固定的緊身舞衣滑落出一側乳房，而他的皮帶扣發出劈啪劈啪的聲響。

他的藍色雙手緊扣著她的肩膀，亮藍色的橡膠手套上沾滿了灰塵。

噢，瑪莉張大的嘴巴讓她像個洋娃娃，她的雙眼也像洋娃娃一樣開闔。

然而，從她口中傳出的聲音聽起來又甜蜜又驚喜。

那一塊塑膠布簾將萬物都變成了歡樂屋裡的鏡像。

隔著如波浪般起伏的塑膠布條，她妹妹的臉龐因身體的感受而緊繃，一整天膝蓋都紅得發燙。

＊＊＊

給我，他正這麼說著。那隻《小紅帽》裡頭的野狼正嘟囔著說。

給我看看。再張開一些。讓我全部都看個清楚。

一對手套像藍色小鳥般掉落在地。他的雙手，他解開腰帶後的拍打聲。

在這裡、這裡。打開、打開。看看這些漂亮的牙齒，漂亮的舌頭。

瑪莉轉過身來，張大了嘴巴，等待著。

＊＊＊

瑪莉、瑪莉，他對你做了什麼？

瑪莉，你做了什麼。

＊＊＊

達拉躲在樓梯間，手心濕冷，腦子飛快地轉動，直到她聽到關門的聲音，化妝室裡的風扇啟動。

踩在光滑的木板上，瑪莉的腳步有如一隻野貓的利爪。她可以想像著，瑪莉在風扇大聲咆哮的化妝室裡，將擦手紙巾盒轉動著拉出紙巾。瑪莉清理著自己，用一張沙沙作響的紙巾擦拭著她顫抖的大腿中間。瑪莉髒。髒瑪莉。

我就喜歡粉紅色。突然之間，她想起了這句話，立即掩住自己的嘴巴。她覺得噁心。

幾分鐘過去了。達拉急忙低著頭走向後勤辦公室。接著，突如其來的是刺耳的鑽孔聲，片刻之後，是班尼的摩托車在外頭的隆隆聲，一些剛到達的學生喋喋不休，在更衣室裡開了一些不傷大雅的玩笑，帶有些許譏諷的意味，貝莉．布魯姆現在被取了個「貝莉．蹦蹦」的綽號，因為她昨天練習從克拉拉的床上跳下時摔倒了三次，然而，一切都在以某種方式持續進行著。

不到一個小時，達拉便置身於一圈又一圈頭髮滑順的女孩中間，她們穿著發出啪嗒聲的粉紅色軟鞋，揚聲器中播放的《花之圓舞曲》[19]發出叮鈴聲，穿著大衣的家長們擠得水泄不通，帶著他們的手機及外帶中杯咖啡，伸出雙手撫平女兒們的頭髮，拉出卡在股溝的緊身舞衣。

***

一整天，達拉都在C教室裡教課，厲聲地給予指示（**你們的腿搖搖晃晃，腿應該像剪刀一樣！**）當隔壁的電鋸轟鳴作響、撼動著地板，她動手調整女孩的動作，形塑某隻腳的姿態、轉動腿部。**我們不容許這種狀況發生、我們不能這樣，我們要必須要糾正這件事**。

女孩的牙齒咯咯作響，她們發出飄飄然的笑聲，迷惑不解。

把那隻腳移到後方。視線抬高。胸腔閉合。下巴抬高，抬高，再抬高……

她發誓不再去想這件事，而是專注於上課的節奏，無休無止、不屈不撓的重複流程。**延伸、正面、側面、背面**。同樣的《胡桃鉗》樂章，琴弦歡快地在揚聲器中響起回聲。**為了強化精進**（*pour* affiner），就像她們母親常說的那樣，**重複是有其必要的**（*il faut le repeater*）。

儘管如此，那件事仍像是盤旋於她腦袋裡的一隻蜘蛛。

她偷偷瞥了一眼A教室，偷偷瞥了一眼瑪莉，正站在她那一群六歲的大黃蜂面前，他們的手總是在緊身舞衣柔軟的前襟上來回挪動，衣服下的軟嫩皮膚顫動著。

瑪莉的嘴唇微微翹起，彷彿正對著自己微笑。她的雙手微微顫抖著，她一直小心翼翼地撫摸自己，將手放在脖子上，手臂放在胸前，不斷地輕觸著她的胸部。

當達拉有一次從她身邊經過時，她聞到了一種味道，他們的味道。她摀住鼻子，也摀住嘴。

瑪莉在鏡子前教導那些小女孩。但達拉滿腦子想到，就是那天早上在B教室的瑪莉，她被粗暴摩擦的紅腫膝蓋，沾滿了石膏的手掌，臉上還帶著狡黠的微笑，這一切都讓達拉感到急躁且憤怒。

在B教室，班尼和加斯帕覆蓋住所有的鏡子，用了某種霧面質感的保護膜，看起來就像身處煙霧之中，發生了沒人看得到的火災。所以瑪莉才能接受這麼做嗎？接受她的身體——任由她的身體——和那個男人做那些事情？她所接受的訓練、被撫養長大的方式，是讓自己的身體做出美麗的事。

如果她一眼看見自己、看見了他，對於這種充滿獸性的恐怖之事，她有可能參與其中嗎？

她的身體蜷縮著，棕褐色的斑駁雙手放在她身上，他的胸膛寬大得像一具棺材，他纏繞並擰動著她，如此粗暴地旋轉著她，徹底改變了她的思想，引誘了她。那無可挑剔的身材——**金色蜂鳥**，邀請他們加入的地區芭蕾舞團總監曾如此稱呼她，接著，在團隊中平靜無事地待了兩年後，他們要求她離開了——那細緻的身體備受羞辱、顯得可笑。如此自我揭露，如此赤裸裸地暴露自己。她伸長了金色的項頸，張大了嘴巴懇求著。

19《花之圓舞曲》是柴可夫斯基創作的《胡桃鉗》中的著名圓舞曲。

＊＊＊

「杜蘭特女士，是這樣嗎？」

站在鏡子前的科爾賓．萊斯特里奧臉色緊繃，對自己不甚滿意，他長期以來的缺點就是上身輕微後仰，而骨盆極其輕微地前傾。

「把尾骨向下傾斜，」她說。這是她對他平時常有的糾正。通常，一看見她轉過頭來的那一刻，他就會修正自己。

「你能不能，」他開口，聲音嘶啞，「示範給我看？」

達拉停頓了一下，看著他的臀部，他的臀部向前壓得太多了。這麼簡單的一件事。

「你知道該怎麼做，」達拉說。「快點做。」

這就是她們母親和學生們的相處模式，冷漠且孤傲。她曾經說過，**木偶成不了舞者**。男學生過了七、八歲的年紀之後，她就不再碰觸他們，不碰他們的身體。**他們一旦長到懂事的年紀時，就永遠不要再碰觸他們了**。而且，最重要的一點是，**永遠不要碰觸那些想要感受觸摸的人**。

她退後一步，看著科爾賓重新開始。

直到這時，她才看到德瑞克站在門口。她不知道他在那裡站了多久，正試著抖掉頭髮上的煤灰。他臉上有一種她無法定義的神情，看來自鳴得意又意味深長。

我就喜歡粉紅色，她突然想到。

「我需要簽名，」他說，微微一笑。「在保險文件上。這是最後一張了，我保證。」

她瞥了一眼文件頁面，又是公版範本的合約。這一次的文件標題是「利益轉讓」。

「你去問查理，」達拉說，就像她對待科爾賓那般堅定。「他明天會回來。我說過了，你得要問他。」

＊＊＊

「我以為就像你所說的，他不會經常在這裡。」達拉對查理說，在最後一堂課結束後打電話給他，B教室的電鋸發出有如雷鳴的嘈雜聲，讓那些緊張的十二歲孩子坐立不安，持續的振動讓他們的牙齒也顫得發響。

「他總是在這裡，」達拉說。「一直都在。」

「我想，他只是喜歡親力親為。」

達拉停頓了一下。不，她告訴自己。他不能知道。他如果知道的話，他會感受到像達拉那樣的心情，事情只會更糟糕而已。

「不過就是漫長的一天。那些女孩們找貝莉．布魯姆的麻煩，」達拉說，將膠囊咖啡倒入她有缺口的咖啡杯中，她的雙手顫抖著。「《胡桃鉗》表演季一般常見的鳥事。」

「去他媽的柴可夫斯基，」查理說，這讓她綻開了笑容，也向她保證明天會回去協助她，那天的物理治療讓他「柔和流暢、宏偉盛大」。

查理的物理治療師所施展的魔法令人驚嘆不已。達拉記得，布魯姆太太曾有一次對她的功夫讚不絕口，後來將她推薦給查理。

不行，她不能告訴查理。她不忍心，不能讓他知道。查理疼愛瑪莉，就像自己的妹妹一樣，凡事都護著她——遠離責罵的父母、電話推銷人員、兇惡的司機、進城時行人盯著她短版上衣和緊身舞衣的色瞇瞇目光。她就像他自己的妹妹一樣。

不行，不能讓查理知道。

此外，這可能早已結束了，只是一時衝動的行為，就像瑪莉諸多的衝動行為一樣。如同她五年前的首次離家，她盛大的「環球之旅」。她一旦有了這個想法之後，她**想要**也**需要**立即出發。雅典衛城總有一天會消失。羅馬的西班牙階梯可能不再開放。每當查理試著要和她講道理，叫她不要輕率地做決定時，**你敢**，她總會不斷地這麼說，**你敢阻止我試試看**。

***

站在辦公室的窗前，達拉看著最後一批散亂的學生離開，不是匆忙地奔跑就是一瘸一拐地走向等候他們的汽車，排氣管正排放出氣體，緊隨其後的是班尼和加斯帕，他們急忙地走向自己的摩托車。最後，德瑞克走向他的卡車，那略顯蹣跚的步態——就像體弱力衰的硬漢男星約翰．韋恩，達拉想。她很確定，在他消失進入那輛卡車前，他抬頭看了一眼，看向教室，又看向辦公室敞開的窗戶，打開的角度足以讓達拉可以偷偷抽菸，也可以窺看。

「我今晚會留晚一點，」達拉對查理說，心裡決定了一些事。「我還有一件事要做。」

我與我的一道陰影

達拉在化妝室外面等著，趁瑪莉打開門時突襲她，將她的綁帶毛衣下拉至胸前。

「噢！」瑪莉說，大吃一驚。「我還以為你離開了。」

片刻之間，達拉說不出話來，她的雙眼盯著妹妹鎖骨間的兩道清晰瘀傷。

瘀傷是黃色的，就像用毛茛擦在自己身體上一樣。就像她們小時候，站在雜草叢生的院子裡，**將毛茛放在下巴下面**[20]……

剎那間，她腦海中出現了畫面，是那天早上承包商以手指和拇指用力地猛推，就在那個早晨。

但是，達拉想，**但是**，超過一天時間的瘀傷才會變成那樣。瘀傷需要好幾天才會褪成黃色。每一位舞者都明白，總是有一片或好幾片腳趾甲變成黑色或藍色，他們會拿山金車[21]作為草藥塗抹撞到地板的手肘。

那塊塑膠布簾後方發生的事，她已經不是第一次看見了。

「你做了什麼？」達拉大聲斥責，讓瑪莉直覺地向後仰靠在化妝室門上，頭部重重地撞上門板。

＊＊＊

「妹妹，你做了什麼？」

---

20 美國幼童的一個小遊戲，將毛茛花朵放在下巴下方，若看得到金黃色的折射就代表你喜歡奶油。

21 Arnica，山金車是菊科植物，可消毒消炎，具有緩解肌肉及關節疼痛、治療瘀青等功效。

噢，瑪莉臉上的那種表情，達拉不曾看過。妹妹那張臉她已經看了三十年，卻不曾見過她這種表情。她的皮膚，像是在發光發熱，像是著了火。就像被泡浸於酸液之中，剝離殆盡，卻又重新形塑了全新的自己。

＊＊＊

「這已經持續了好幾天。」瑪莉一邊說，一邊揉著她的手腕，她的臉上浮現了笑容。她們現在在後勤辦公室，瑪莉坐在桌面上，膝蓋發紅，雙腿像是斷了一樣懸垂著。

「我對你的戰績很感興趣。」達拉說。

對付瑪莉，就像和一個愛搗亂的學生打交道，一個強烈要求所有關注、不惜一切代價吸引他人注意的學生。

「做了三次，」瑪莉說，露齒而笑。「天哪，我第一次還流了血。流血了呢。」

達拉冷冷地瞪了她一眼，便開始收拾她的包包、滿是霧氣的水瓶、髮夾、腳趾墊，以及運動壓力袖套。

不過，在心裡頭，達拉可能正為此哭泣著。看到瑪莉坐在那張桌子上，說著如此下流猥褻的話。那是屬於她們家族的辦公桌，黑櫻桃木的材質，桌面頂部和前端桌邊有三個雪茄留下的痕跡，來自祖父的高斯巴雪茄。看到瑪莉如此粗野懶散地攤在桌面，緊身褲也沒穿，只有她最近被粗暴雙手占據的裸露大腿。

「我做完差點沒辦法走路，」瑪莉說，她的腿像節拍器一樣在桌面上擺動著。「我現在幾乎不能走路了。」

「你以為我會意外嗎？」達拉說，她的臉越來越發燙，拉上她包包的拉鍊，然後又拉開，包包裡裝得滿滿的。

「我根本不管你怎麼想，」瑪莉說，含糊地聳了聳肩。「你做什麼都不會讓我驚訝，你實是太無聊了。」

事實上，瑪莉倒曾有好幾次讓她感到震驚不已。

「你太隨便了，有失社會地位，」達拉繼續說道。她忍不住讓這些話脫口而出。「你完全無法控制自己嗎？如果晚了半小時，孩子們可能就會看見了。」

瑪莉看起來很困惑、很茫然。

「我從來沒有想過，」她說。「我完全沒想到這件事。」

***

達拉本可以就此離開，本可以堵住她自己的耳朵。她的包包裡的東西已經取出又再次打包，來回反覆了三遍。她想要離開，讓瑪莉知道她有多麼不在乎。

最後，她就只是站在那裡，看著瑪莉從虎尾蘭盆栽的祕密藏匿處中抽出兩根香菸，因為杜蘭特舞蹈學校內不能抽菸，這是她們母親行之有年的一項規範。

達拉手中的火柴顫動著。

兩根香菸都點燃了起來，瑪莉說出了一切。

***

事情開始於兩天前的早晨，時間剛過六點。瑪莉睡不著，從螺旋樓梯上溜了下來。

她不知道那裡有人。那裡應該沒有人在。

她開始在A教室熱身，讓她的腳踝、臀部及肩膀扭轉，伸展自己的身體。

首先，她聽到了電話在地板上震動的回聲，來自B教室，從塑膠布簾後面傳來。

接著，她聽見承包商說了些什麼，他正在和某人說話，在談論他如何牢牢掌握住某件事，沒有人可以搞砸他的好事，她想要怎麼講就怎麼講，儘管扮演神聖的殉道者、純潔的新娘，但他手上握有的簡訊足以讓——

他粗魯的語氣中有一種讓她脈搏加快的特質，讓她不得不起身站起來。她飛快敏捷地來到小型化妝室，將雙手放在浴室洗手臺的一角，深吸了一口氣。

她仍然聽得到那個聲音，他的聲音，這讓她內心感到奇怪，就像她有一次把手伸入鬼屋牆面的洞口中，感覺到毒蛇般的舌頭伸到她手指上。

但是聲音很快變大了：**等一下，我再打電話給你，我猜她們姊妹倆有一個在這裡……**他的腳步聲聽起來就像出自怪物電影。

她輕柔地按下馬桶沖水把手，幾乎沒有沖出水來。

那道廉價的門如軟木塞般突然彈開，他驟然出現。

她猜想自己也許因為訝異而發出一聲驚呼，但或許沒有。

畢竟，這一切都來得太快了，他臉上的笑容、猛烈的古龍水。他將自己的掌根放在她肩膀上。

什麼——她起了頭。

我不能再等了，他說，又或者是她。

他旋轉著她，彷彿他們跳著舞。

拉下她的運動褲，手按壓在她的緊身舞衣，她的心像鋸子一樣震動著。

布滿水垢的鏡子倒映出她，她從未見過自己這個樣子。

她抓住洗手臺的邊緣，支撐著自己。這太刺激了，她無法承受。

當他以手指勾住緊身舞衣褲襠下的一圈布料，將它俐落地撕開時，她倒吸了一口氣。

一切都在進行中，洗手臺顫動著，她的感受如此強烈，彷彿洗手臺會從基座上鬆脫下來。

感覺上，他對她來說太大了，大了十倍，他將自己推進她的體內，在她的耳邊咆哮，**這就是你想要的嗎？**

事實證明，確實是如此。這就是，正是。

***

「他侵犯了你。」達拉說，她的聲音沙啞，香菸燃燒著。

「沒有。」瑪莉說。停頓了一下，試圖找到更多的字詞來說明，最終放棄。「沒有。」

***

他先離開，微笑的同時一把抓住她的臉，這是他們第一次的黏膩親吻。這個吻比其他的一切更加親密，他鬍鬚下的響吻，他的薄荷口氣及香菸焦油的熱度。

(「噢，那個吻又濕又粗暴。」瑪莉說著，將雙腿收緊，雙手放在她的大腿上。)

門在他身後無聲地關上，滑動拉門打開，然後又關上了。

她坐在馬桶上，她的右腿顫抖得厲害，讓她什麼也做不了。

她的右腿像剛出生的小馬一樣顫抖著，試著要站起來，試著要讓四肢運作。

紙巾在她的大腿之間來回，狹小空間中充斥各種氣味。

她又坐了下來。

她忍不住咧嘴笑了起來。

***

幾分鐘之後她走了出來，聽見他叫加斯帕去修理化妝室的洗手臺。**它壞掉了，不知道到底是怎麼弄壞的。**

她透過塑膠布簾看見了他，脖子上有紅色的捲曲狀痕跡，她知道那來自她自己的指甲，掐入他的皮肉挖鑿著。

***

「燒起來了。」

「什麼？」達拉說。

瑪莉伸出舔過的手指，摁熄達拉正在燃燒的香菸。一直到了這時候她才有了知覺，甩掉了菸，將身體坐直。

***

這個故事之中出了一點錯——或者，有一百件事出錯，但同時還缺少了一些東西。達拉一直想不透，直到現在終於想通為止。

「你為什麼要穿緊身舞衣？」達拉說，想起前幾天瑪莉的那件白色緊身舞衣，就是那一天的早上。那種珍珠白、骨白，竇加畫作中的白色[22]。

「什麼？」

「這星期幾乎每天都穿。你熱身時從來就不穿緊身舞衣，教課時也是。你只穿內搭褲、短褲，不穿緊身舞衣，更不會穿白色的。」

瑪莉看著她，眨了眨她的眼睛。

「你想要他盯著你看，」達拉說。「你想要勾引他。」

「這不過是一件緊身舞衣。」瑪莉說，迴避著她的目光。

＊＊＊

達拉想的是其他事情。前一天，她在進行令人筋疲力盡的揮鞭轉示範，十幾個快速移動的單腳尖旋轉動作，示範給所有潛在的糖梅仙子（腿抬高，轉動、轉動、轉動，放鬆臀部），她看到德瑞克在門口盯著她看，塑膠布簾垂在他一側的肩膀上，像一件假披風。那目光如此冷酷而堅定，直到後來，她一轉身，才看到他一直盯著看的東西：緊身舞衣上、胳膊之下、乳房之間和乳房下緣，以及她雙腿之間綻放著的一片深色汗跡。而且，當她再度以一個緩慢的揮鞭轉旋身，一道黑線就出現在她的臀溝。

這讓她想起了一件事。她們正值十二歲、十三歲、十四歲那幾年，達拉和瑪莉下面會流很多汗，而母親只讓她們穿黑色的緊身舞衣，這樣別人就不會看見了，看起來不會像髒污，而是一道陰影。

我與我的一道陰影，瑪莉曾經這麼說。

＊＊＊

「還記得他拆除那面牆的時候嗎？」瑪莉一邊說，一邊握住達拉的雙手，按壓著達拉被灰燼灼傷

22 Degas，法國畫家竇加以芭蕾舞為主題的油畫及素描共有上千幅，他擅長描摹舞者細緻的白色舞衣、旋轉跳躍的優雅舞姿。

的指關節。

達拉把雙手縮了回來。她站起來，說她要離開了。

但是，瑪莉還不打算要放過她。她站起身來，在達拉再次收拾東西時跟到她後頭。她穿上外套、關上窗戶，檢查菸灰缸是否有燃燒的菸頭。她跟著達拉，解釋在那面牆倒塌後，她如何在深夜時偷偷溜進B教室，當時所有人都離開了，只剩下灰塵瀰漫於空氣之中。她又如何赤著腳跨過塑膠防水布，走至遠處放置著那個東西的角落。

德瑞克的長柄鎚子就倚靠於牆面上，胡桃木的握柄，鋼製的鎚頭閃閃發亮。

她（**達拉，你相信嗎？**）跪倒在地，撫摸著它。最後，將它高高舉起，感受它的重量，讓她的指尖下傳來刺痛感。

她想知道，**如此徹底地摧毀某樣東西，究竟是什麼感受？**

＊＊＊

「我告訴他了。」瑪莉說。「後來我告訴他了，告訴他看著他拆除那面牆是什麼感受。你明白我的意思嗎？」

「我不在乎。」達拉說，她的手指放在眉頭上。

但她明白瑪莉的意思是什麼。

我想要你將我撕開。

這讓達拉想笑、想吐，也想要哭。

達拉看著自己的妹妹，這個小小的墮落者，但她什麼也沒說。

我想要你把我撕碎。

傷口

後來，達拉很高興能離開教室，回到家中，關於瑪莉和那個男人，就隨便他們吧，不管他們做了些什麼、或想要做什麼。

如今教室被污染了，但家永遠令人感到安全、令人放心。踏進屋裡，她覺得自己的肩膀得以安穩下來，她的手可以碰觸到每一個熟悉的門把，或走廊上你不得不拉兩下的燈線。

她越想著這件事，就越是生自己的氣。氣自己聽了瑪莉所說的話，氣她沉迷於這種令人擔憂的行為，可笑的行為。

但是，那時的瑪莉已經處於失常狀態很久了，自從她搬離家中，成了擅自占據他們營業場所的人。自從她在大半夜離家，提著兩個牛奶箱和一個塞得滿滿的購物袋，走出他們家的前門，走向凹凸不平的人行道，跌跌撞撞地上了那台等待中的計程車。後來，他們發現有張紙條貼在他們臥房的門上。「去透透氣了。不回來了。」

＊＊＊

反正，這裡沒有人需要她，達拉想，穿過前門，那熟悉的霉味、糊狀物，以及舊香水味。誰需要瑪莉引人注目又譁眾取寵的活力、她夜間的踱步和她的可怕惡夢，以及她用掉達拉所有衛生棉條、吃掉所有沙丁魚的作風？

相反地，達拉現在就能自在地做之前的那些事。在廚房裡喝著她的葫蘆巴養生茶，好好坐一會兒，給查理服用抗癲癇藥以紓緩他的神經痛，吃山金車藥錠來緩解肌肉酸痛，然後把水瓶加熱，接著上床睡覺。

而且，當她調整枕頭，要幫查理找到最適合他的背部位置時，她更是慶幸自己沒有告訴他關於瑪莉的事。要是說了，他們現在就會忙著談論她的妹妹——這些年來，他們之間的話題，總是不得不圍繞在瑪莉、她令人頭痛的行為，以及她的衝動和任性——而不是一同關上所有的燈光，讓宏偉的老房子慢慢變暗。回到臥室裡，聞到老舊的藤編床和壁爐散發出的山胡桃木氣味。

離遠那些內心的攪動不安，她終於得到暫時的喘息，當她閉上眼睛的那一刻，身體又立刻起了熱疹：瑪莉和那個男人的畫面……瑪莉和她如小馬般形態怪異的身體，她變粗的脖子一片紅色，他將雙手放在她肩膀上，把肩膀擰得通紅。

看著查理，她只希望他不需要如此小心謹慎地對待自己的身體，不用靠著枕頭，貼著一個裝滿白米的自製熱敷墊。她不過是希望，那天晚上在床上，她能再次觸摸查理如雪花石膏般那肌肉發達的冰涼背部，就像在博物館中悄悄越過天鵝絨的排隊護欄，碰觸希臘神像的光滑大理石。

「我很高興，」她從寬闊大床的另一邊低聲地說，「終於回到家了。」

＊＊＊

睡意來得很晚，直到她用腳尖在腳凳上踹了五百次。這是個老把戲，一種童年養成的強迫症，始自上下鋪上的那些夜晚。她的身體清醒著，她的大腦清醒著，渾身發癢。

每天晚上，達拉和瑪莉瘦長且肌肉發達的四肢在上下鋪伸展著，因為成長痛而抽動不止、煩躁不安，她們將臉緊貼床柱，塗有防蟲漆的木材靠在臉頰上特別涼爽。

在她們很小的時候，上下鋪送來時還只是一個成套的組合包，那時她們晚上都和媽媽一起睡覺。那是一大盒雜亂無章的零碎組件，卻被她們的父親有條不紊地組裝成型。她們的父親修得好所有的東西，舉得起所有重物，胸膛寬闊圓潤，對事物永遠充滿熱情，他的內心有些不快，卻被深埋在一個滿是芭蕾舞短裙的房子裡，四處都是緊身褲襪及神經質的女性。那時，每當他進房以帶著啤酒的氣息親吻道晚安，或者叫她們關掉那該死的燈、別再咯咯笑、去睡覺時，他的存在似乎占據了一整個房間。當他把一隻手放在雙層床的床柱上時，你會覺得他可以將整張床高舉至空中、將床架撕成引火柴，也能一口氣粉碎一切。

不過，等她們長到十歲、十一歲的時候，他就不再進房親吻她們、道晚安了，甚至很少上樓，那張上下鋪就只有她們了，是童年所代表的永遠。達拉用手指探查了每一個凹槽和蛀洞。幾千個夜晚，她就躺在那裡，試圖要入睡，聽著母親在走廊踱步，聽著父親的電視在深夜時播放著老電影，為了明天的課程背誦法語動詞變位，讓腳趾頭發出喀喀聲響，做著小投伸的動作。

在上下鋪之間，所有的對話都是神聖不可侵犯的祕密，永遠不會在別處提起。

多少個夜晚，半睡半醒之間，她們低聲談論著關於自己身體的祕密。

那關於達拉在藥妝店裡聽見一位老人所說的「口子」，他手中拿著一本下流的雜誌打開來。**你看看那道口子**，他對著那位疲倦的收銀員說，雙手顫抖著，在空中揮舞著雜誌跨頁上的圖片，其中肉色的中心點。**雙腿間那麼大一個縫，看起來真是要命**。

又或者，有一天晚上，瑪莉吐露了祕密，說她的身體構造擁有其他別人所沒有的部位。裡頭有隱藏起來的東西，若要讓它出現，就只要特別想著某些事，或想著總在他們家門外玩滑板的那個男孩。

達拉不相信她，解釋她自己搞清楚的那些事情，如何觸摸著自己下面、夢見有哈利·佩雷斯的夢境，她芭蕾舞班上唯一的男孩，夢見他是如何把她舉過頭頂，他的手指找到了他不知道會找到的東西，她連身舞衣的褲襠在下課時已全然浸透。

但我有其他人沒有的東西，瑪莉堅決地說。

我們都有，達拉一直這麼說，但瑪莉不願住嘴。

我現在正在摸它，她說，儘管瑪莉看不見，達拉還是不停地做鬼臉。

達拉甚至威脅說要偷偷下樓溜進去父親看電視的起居室，將大英百科全書帶上樓，給她看一張**下面**的照片，粉紅色的，像手風琴風箱一摺一摺，有如世界上最精緻的芭蕾舞短裙。

但是，瑪莉堅決主張自己的與眾不同，她說如果達拉不相信她，她可以來親眼看看。

瑪莉從未放棄這項主張，而達拉也不曾確認過這點。

呼吸

舊地板要拆除了，像一顆一顆即將拔掉的牙齒。達拉由此聯想到她們兒時的牙醫和他精細的鑷子。父親總會說她們很幸運，不必面對他小時候被迫忍受的那種嘎吱作響的老虎鉗。

那天，舊地板要拆除了，達拉仍沒有知會查理。

她打算在吃早餐時告訴他，或在前往工作室的路上。但是，她感覺到有什麼阻止著她，一種不知道查理臉上會出現什麼表情的莫名恐慌。這之中有她害怕看到的東西，雖然她不確定那究竟是什麼。

過去，瑪莉的戀情總是激烈而短暫。據達拉所知，她只談過三次戀愛。（但誰知道她去環遊世界時發生了什麼事？這些年來，當瑪莉模糊其詞地提及她的**歐洲遊歷**時，她的眼神是會變得柔和。）其中有一個克勞德，第一位將頭鑽到瑪莉雙腿之間的法裔加拿大男孩，這動作不過是他們幾次偷窺隔壁鄰居屋內的有線電視才學會的行為。**但我根本不知道那究竟是什麼感覺**，瑪莉後來這麼說。沒有人告訴她會是**那樣**的感覺。克勞德第二天又來進行演練，但他的臉頰上有一塊瘀傷，像是一記濕漉漉的耳光，瑪莉的大腿拍打在他的臉頰上，像是永遠不讓他掙脫。唉，就像接下來的兩段戀情，往往還算不上開始就已結束了，瑪莉總是心不在焉，無法理解可到達他公寓的公車時刻表，要換乘兩班車，就為了一個短暫的擁抱、熟食店的枯萎玫瑰，然後不得不坐在公寓地下室的地板上，聽著克勞德背誦著他的詩歌。一個星期後，一切都結束了。大部分的事情瑪莉都應付不來。

同樣地，這很快就會結束了，達拉告訴自己。也許早已結束了。

總有一天，她告訴自己，**瑪莉能學會控制自己**。

＊＊＊

此外，他們沒有時間可以管這件事，根本沒有時間。他們一到學校，查理就衝進後勤辦公室趕工落後的文書作業，而達拉則面臨著嚴酷的考驗。《胡桃鉗》的準備工作已占據了他們好些日子，瘋狂的試鏡過去了，但面臨表演的恐慌已然開始，同時伴隨著一百個懷抱著失望或怨恨的女孩，低聲哀嘆著自己和克拉拉一角失之交臂，他們都為了扮演這個角色而生，卻都輸給了貝莉・布魯姆。

達拉一到，就得知前一天貝莉在她的軟底足尖鞋裡發現了一片剃刀。她用手指將它掏出時被削掉了一塊皮。

「怎麼過了這麼久才告訴我？」達拉一邊嚴肅地問道，一邊仔細檢查女孩那隻細嫩柔軟的腳。

「我害怕你換掉克拉拉的角色。」貝莉說。

「貝莉，克拉拉這角色只屬於你。」達拉說。

她想說出口的是，**貝莉，要堅強起來**。

每年都會發生這種事。必須召開一次會議，好好討論舞團的忠誠度、精神，及良性競爭。還有另外一件事。

瑪莉和那個承包商。或許這件事會過去的。

***

「卡特萊特太太，我們開始試鏡之前，你就已經知道有這一份時間表了。」達拉應對著其中一位最令她沮喪的學生母親，向她解釋著。她總是穿著駝色大衣、戴著金邊太陽眼鏡，大步地走向達拉就說，**杜蘭特女士，你必須要瞭解，我現在的生活現處於相當瘋狂的狀態……**

「但是這些排練，」她說，「時間為什麼偏要安排在感恩節的時候呢。我們一向都會去百慕達過感恩節的。艾瑞絲很期待這件事。」接著，又壓低聲音說：「而且呢，她的角色也不過是一根拐杖糖。

當然，這不是我的選擇，而是你的選擇。」

重點原來是這個。從來都無關於時間表的要求，或是星期六的排練。也無關於週一至週五夜間的試裝或是接送共乘的職責分擔。這只關乎誰是克拉拉，而誰又不是克拉拉。

「卡特萊特太太，」達拉說，對正在偷懶的二級學生打了個響指，催著瑪莉那些胸骨凸出的七歲孩子進A教室去，「我們清楚地說明過這件事了，所有角色都面臨相同的要求，就連拐杖糖也一樣。」

卡特萊特太太停頓了一下，揚起了眉毛。

「你知道嗎，」她說，「你妹妹比較有禮貌。」

***

經過重重考驗，達拉終於走近A教室和瑪莉了。沒有人會錯過她堅持擦上的俗豔口紅，此外，她今天還在脖子上繫上一條圍巾，令人難以置信。上頭有耀眼炫目的圓點和流蘇，像是從失物招領箱裡挖出來的東西。

「你不能這樣去教課。」達拉說。查理出現在門口，姿勢相當僵硬。

「我可以，我以前也這樣去教課過。」瑪莉說。

「她不能那樣去教課。」達拉對著查理說，做了個鬼臉。

「我想做什麼事都可以。」瑪莉回答說，用一種讓達拉惱火的方式看著查理。而且，那口紅是怎麼回事，像是臉上有個紅色傷口一樣。

「她想做什麼事都可以。」查理苦笑地對達拉說，聳了聳肩。

於是，達拉白天時積極地投身於工作，試圖避開B教室，避免見到他。有兩次，她看見瑪莉在課間徘徊於塑膠布簾前，她的手指纏繞在那條可笑的圍巾邊緣，幼小的孩子們從她身邊衝擠而過。她什麼也沒做，但達拉就是不喜歡。

***

「不、不。」達拉說，看著心愛的、睫毛細長的科爾賓・萊斯特里奧艱難地做著翦跳，他的雙腿以令人眼花繚亂的速度作出剪刀似的動作，卻欠缺組織。「不能像鴨子那樣擺動。」

「對不起，杜蘭特女士。我很抱歉。」

「你不需要道歉，只需要做得更好。」

他又試了一次。

「我要的振翼拍翅在哪裡？」達拉大聲喊道。「你的雙腿應該要側向移動，而不是前後搖擺。」

她完全沒有要碰觸他的意思，但他似乎不太明白，待她靠近時，他猛地後退了一步，臉頰泛紅。

他發出斷斷續續的聲音，又結巴地道了歉。

「我不知道。我的意思是，你可以，但是我……」他開口，然後又後退了一步，雙手交叉環抱，張開了雙手彷彿要遮掩著自己，猶如以無花果葉蔽體的亞當。他的目光掃視著四周，目光鎖定在B教室前的塑膠布簾。「拜託，我想要請你示範給我看，我只是……」

達拉看著他，他容光煥發地紅著臉。他的雙手在腰間徘徊不定。

她現在明白了。「你想和查理先生談談嗎？」她問。

最終，每個男孩都需要和查理談論某些事——例如，關於男性身體的特質及青春期。並非所有人都能自在地向母親解釋自己所需要的支撐物，也就是舞蹈腰帶，一種有小袋子的輕薄丁字褲，能將所有東西固定於適切位置。

查理曾有一次告訴她，**這是芭蕾舞界有史以來給予男性的唯一福利。**

一整天輕撫且緊貼著身體，那種熱度和親密感，什麼也藏不住。穿在緊身褲中，舞蹈腰帶隱藏了每一位青春期男孩的祕密。這件衣物過於纖薄，無法讓他們免除於踏錯的步伐、不受控的手肘，它只能免除他們短暫時間內的男性羞愧。

「反正，這堂課已經結束了，」達拉溫和地說，「他會很樂意和你談談——」

「杜蘭特女士，」科爾賓說，臉漲紅得像是瑪莉的紅唇，「我沒有想跟任何人談。」

＊＊＊

片刻之後，她在停車場抽著菸，這時德瑞克出現了，拿出了一支藥局買的電子菸。她有個直覺，他會跟著她出去。

在她看了那些畫面之後，和他單獨相處的感覺相當奇怪。在瑪莉告訴她那些事情之後。還有，他現在盯著她看的樣子。她拉緊了胸前的毛衣。

「這對一個男孩來說真不容易，」他說，搖著頭。「天啊。」

「什麼？」達拉說。接著才意識到他剛才一定是看見了她和科爾賓。

一定是在塑膠布簾後方看見的。

「我都要為這孩子感到難過了，」他輕聲笑著說。「你真的讓他很難堪呢。」

達拉感覺到自己的臉開始發燙。

＊＊＊

回到樓梯間，她長長地吸了三口氣，甩掉手中那支被遺忘的香菸，灰燼燙傷她的指關節。

她只需要告訴查理就行了。瑪莉讓這個承包商的膽子越來越大了。現在他覺得他想說什麼就說什麼，隨心所欲。查理必須要知道這件事，她不得不告訴他。

就是今晚，她下定決心，她的鞋子在菸頭上踩了又踩，成了一個X形的黑色污痕。

＊＊＊

但結果是，她並不需要這麼做。

就在傍晚的擁擠人群湧入之前，達拉走向後勤辦公室時聽見他的聲音。

「你以為你是誰啊，」查理說，聲音中帶著笑意，而她現在已很少聽見他如此輕快有趣的語調，「伊莎朵拉．鄧肯[23]嗎？」

達拉在門外站了好一會兒。那笑聲、那語氣——讓她想起了他們曾經有過那種偷偷摸摸的歡欣，在父母逝世的悲痛之後，在希維爾夫人每晚登門長達一年多甚至更長一段時間之後，在兒童保護服務局那位穿著厚重棕色鞋子的善心女士每一季的登門拜訪之後。突然之間，他們是大人了，自己擁有一整棟的大房子，他們那些晚上就在此度過，身體放鬆、肌肉富有彈性和熱度，煮一鍋他們根本吃不下的義大利麵，喝派對用品商店買來的葡萄酒，試穿媽媽的晚禮服，查理戴著派對用品商店裡旋轉架上的錫箔大禮帽。

她打開門時，恰巧查理正好伸出了手，他的手指纏繞於瑪莉圍巾的邊緣。

「達拉，」查理說著，挺直了身子。「你來得正是時候。你能提醒一下你妹妹，關於伊莎朵拉的命運結局嗎？」他在脖子旁做了猛力拉扯的動作。

達拉畏縮了一下，是絞刑者骨折。要讓自己受傷的方式多得是。以可憐的伊莎朵拉為例，她被自己著名的長圍巾絞進了汽車車輪下。

「我不害怕，」瑪莉說，微微一笑，走離查理身旁，撫平圍巾，解開打結的流蘇，「至少，不害怕那件事。」

「你的背應該感覺好多了吧。」達拉對查理說，伸手去拿他的馬克杯，把茶包扔進垃圾桶，冷茶飛濺起來。

「住手！」瑪莉喘了一口氣，達拉恰好看了過去，看到查理將瑪莉醜陋的圍巾拉下來。（「釋放瑪莉！解放脖子！」）

查理取笑著瑪莉，就像多年前的舞蹈課一樣，因為她臀部發出**啪啪啪**的響聲而叫她「劈啪鞭炮」。突然，查理僵住了，而瑪莉的圍巾仍在他的手中，消沉而落寞。

達拉轉身後也看到了。是瑪莉，瑪莉身上的那些痕跡。這次她的脖子上出現了新的痕跡，泛著紫色，帶著淫穢的意味。達拉無法轉移目光。來自德瑞克厚肥拇指的厚肥觸碰。就像小傑克·霍納[24]一樣，將自己的手指插入甜派之中。

「天啊，」查理低沉的聲音說。「泰莎·沈又對著你後旋踢了嗎？」

「沒有。」瑪莉說，用手觸碰著自己的喉嚨，不停撫摸著它。

這個手勢讓達拉感到擾亂不安，她感覺到自己的胸膛燃燒著。這整件事，那條圍巾——只不過是吸引人們目光的另一種方式。瑪莉和她的身體，**就像一隻金色蜂鳥**。瑪莉和她神祕的性器官，她擁有而其他女人欠缺的那個部位。**瑪莉那個怪胎，瑪莉和她的怪胎秀**，達拉想著。

「不要再賣弄了，」達拉說，手指撫摸著太陽穴。「沒有人在乎。」

查理轉身看著達拉。

---

23 美國舞蹈家，被譽為「現代舞之母」。一次與朋友聚會後，她身上的長圍巾鬆脫並被汽車捲入，導致頸骨骨折而意外驟逝。

24 *Little Jack Horner*，一首流行的英國童謠，歌謠中提及他用手指取出英國傳統聖誕甜派的水果內餡。

「這是什麼？」他指著瘀傷問道。「你知道這件事嗎？」

他們倆都看著達拉，好像她是問題所在。

「你不知道嗎？」達拉說。然後，「瑪莉就喜歡粗暴的。」

查理游移不定的目光轉向瑪莉，臉上的神情就像一個迷路的孩子。

「你們說的到底是什麼事？」

「你問她啊。」達拉說，她的眼睛盯著紫色的痕跡看，想像承包商那肥厚的手指按壓著。她覺得，她有可能因為這個想法、因為她腦海中的畫面窒息而死。

「最好有人快點告訴我。」查理說。

瑪莉看著他，她的雙手仍環在自己的脖子上。

「我妹妹搞上工人了。」達拉說。

＊＊＊

「他的手，」瑪莉低聲地說，在課間空蕩蕩的工作室裡，她們倆都仰躺著，各自抓著自己的腳踝，感覺自己快要四分五裂了，「讓我想起了爸爸以前那條皮帶，還記得嗎?皮革都龜裂了，但他還是一直繫著。他說那是鱷魚皮做的，也許是吧。」

「我不想聽到這件事。」達拉不想聽見她描述那雙像皮帶、像她們父親一樣的手。

「如果我不得不傷害他的話，」瑪莉說，眼睛閃閃發亮著。「我會選擇傷害他的手，一根一根地折斷他的手指。」

「用鎚子敲扁，」達拉冷冰冰地說。「就像你那雙可憐的足尖鞋一樣。」

然而，瑪莉只是點了點頭，仍喘不過氣來。「因為那些手指所對我做的事情——我從不希望他會對其他人這麼做。」

她笑了笑。

天啊，達拉想。

「你就像十幾歲的女孩子似的，」達拉說。「第一次做愛之後的十幾歲女孩。」

***

查理不想談論這件事，關於瑪莉的事。他們之後再談。**不過，說真的，有什麼好談的**？他說，伸手去拿自己的外套。**她是個成年人了**。

他將車子留給達拉，自己搭乘計程車去找赫爾嘉，進行臨時起意的一次物理治療。赫爾嘉一向明白《胡桃鉗》表演季所帶來的壓力，甚至一次送查理回家時，還給他一個繫上緞帶的紙盒，裡頭裝滿了薄荷餅乾。（**她非常體貼**，查理說。**或許她迷戀上你了**，達拉戲弄地說。）

然而，只要是查理不在的時候，學生們都會選擇那一天化身小惡魔，只有貝莉．布魯姆除外，她會在上課前、下課後才偷偷溜進化妝室，不想在其他女孩旁更衣，面對他們的誹謗。

在一天結束之際，達拉和瑪莉會退避至防火梯上休息，呆滯而顫抖著，這時的天際線上的太陽燃燒著。

她們那時喝著酒。海厄姆先生贈予她們四瓶裝的香檳，作為對他們家小傑米加入城市舞蹈學院的謝禮。香檳已低溫冷卻了，他告誡達拉，香檳如果不立即喝掉的話，他們就會「零分慘敗」。無論如何，達拉都不想回家，對於這一天感到奇怪陌生，不論是對於她妹妹身上的印記，或對於查理，以及一切緩慢且突然的變化。

「在某種意義上而言，這**就是**我第一次做愛，」瑪莉說，說出字詞時有些口齒不清。

「我不想再聽這件事了。」

「我不覺得。」瑪莉說。

她們各自用小吸管啜飲著。達拉可以感覺到她的大腿持續膨脹著，而她的肚子變大。糖分、這全是糖分，她卻無法停止。

「也許吧，」瑪莉說，仰面躺著，雙手放在自己身上。「也許我戀愛了。」

＊＊＊

他都會從背後來嗎？就像動物一樣嗎？你知道的，這一點也不吸引人。那畫面一點也不好看。全是皮包骨，從後面看到的就只是這樣。不只是這樣，達拉……

＊＊＊

她們這時已經喝醉了，查理終於在她們喝醉時打電話給達拉了。他在家泡葫蘆巴養生茶。他到家並準備睡覺了，問她人在哪裡。

「瑪莉，」達拉終於開口了，顫抖著站了起來，「我希望你明白自己在做什麼。」

她的妹妹抬起頭，頭髮從臉上垂下來，慢慢地笑了。

「達拉，」瑪莉吐露著祕密，「他所對我做的事情……」

她脖子上的紫斑似乎正在移動、跳著舞，達拉突然想要觸摸它們。她想要——

「但是，到底是什麼？」達拉說，她的頭有節奏地顫動著。「他做了什麼？」

＊＊＊

從來沒有人真的做得出你以前不曾想像過的事，達拉一直這麼對自己說著。在臥室裡、不論在哪裡，對著身處黑暗之中的軀體。身體彼此緊密結合或無法結合的方式，就只有這麼多。

噢，達拉，瑪莉不斷地說著，**我只能告訴你那是什麼樣的感覺。**

＊＊＊

然而，那時瑪莉開始談論那些事情——關於手指所能做出的把戲，他將掌根放在她的喉嚨上，直到——

別再說了。

最棒的是他的拇指。她有仔細看過他的拇指嗎？它的曲線、形狀及大小都恰到好處——

瑪莉，我需要你停下來別說了。

瑪莉，你永遠不能讓他們知道，你難道不明白嗎？

讓他們知道什麼？

我們有多麼……我們有多麼……

噢，達拉，她說。**噢，達拉，他知道，我要說的正是這個意思。他看著你，而他都知道……**

＊＊＊

這個時候，防火梯上頭的她才明白，這不會只是隨便玩玩。這不會是一時的風流韻事、一次的調情搭訕，或一次性事。至少對瑪莉而言不是。

不管那是什麼，早已經發生了，而且無法加以阻止。

＊＊＊

那天晚上，達拉夢見她穿過教室，大小是原來的十倍，裝修規模遠遠超乎他們的預算、物理定律及重力，那裡有四層樓高的天花板，屋頂有彩色的玻璃窗，有如一座大教堂。

穿過教室，她從一個空間走往另一個空間，鏡子閃閃發亮，她開始聽到一些聲音，就像幾年前瑪莉讓母親貓腳浴缸裡的水不斷流出，導致達拉頭頂的廚房天花板皺起來，散發著腐木和鐵銹的味道。

就這樣，緊繃的張力產生了。就像支撐天花板的橫梁可能會應聲斷裂。就像所有以紙板及漿糊固定的東西一樣，就像足尖鞋，它們所散發出的甲基化酒精氣味，隨著每次使用，你逐漸麻木無感。

她夢見了自己終於到達了B教室，莫名其妙地，她的課程現在就要即時開始了。塑膠布簾仍然掛在門上，她很興奮地要去看看。

她全身的血液都沸騰著，她注視著，將臉貼在塑膠布簾上，鼻子撥弄著它。她試著要看。她眯著眼睛想要看看。

她感覺到她的心臟不停跳動著，雙腿之間有一股濕意。

有個東西東倒西歪地向前，那既不是誰的身體，也不是祕密，而是陰暗的一片模糊及一雙直視她的眼睛，既是興奮又是驚駭地盯著她。

螺旋階梯一路向上

「事情總會過去的。」第二天早上，查理一邊吃著半熟的雞蛋，一邊說，「不過是一時玩玩而已。」

達拉什麼也沒說。

她和瑪莉喝酒到很晚才回家，接著爬到床上，貼在他身旁，她的頭發燙著。她試圖要喚醒他，她的手輕輕地游移，但最後沒有動作，他陷入服用藥物後的一片迷霧中。所以她讓自己縮得如此之小，蜷縮成一顆小球，在皺巴巴的羽絨被之下感覺就像一個胎兒，只有皇帝豆的大小。

他睡著了，他正在睡覺，而且也懶得談論這件事。**這是瑪莉的事情。她是個成年人了。**

勉勉強強算是吧，達拉想著。

而現在，他們正在吃半熟水煮蛋，裝在母親已裂開的瓷蛋杯中。她們的父親以前總會取笑那些蛋杯，將它高掛在一根小指上。他會說，**你媽媽自以為是貴婦，被貪得無厭的貧民所綁架的那種貴族。**

那天早上的雞蛋有很奇怪的氣味。當她敲開殼時，一股硫磺味撲面而來。

「一切都會順其自然的。」查理又說了一次，用手托腮。「這根本沒有任何意義。」

達拉仍舊沒說什麼，就讓他繼續說下去，他們之間有一股很濃重的硫磺味。

「他總得在某個時間點完成裝修吧，」查理現在說。「地板拆除了。」

地板拆除了，達拉想。

＊＊＊

「我們家已經有一個人在密切關注她了，」他說道，當他們走到外面時，十月下旬的空氣冰冷刺骨。「不需要另外一個也加入。」

＊＊＊

當他們到達工作室時，樓梯間被堵住了，班尼和加斯帕將巨大的彈性地板材料搬到臺階上，那些巨大的楓木木條有如一個交叉編織的籃子。

達拉低頭疾走，硬著頭皮準備面對他，不得不穿過B教室，一條以狹窄地墊鋪在舊地板上形成的臨時路徑。

但事實證明，德瑞克不見人影，她的妹妹宿醉倒在A教室地板上，喝著一罐盒裝的椰子水，擠到一滴不剩了。

「怎麼了？」達拉問，因為瑪莉顯然期盼有人開口關切，當達拉經過她身邊時，她幾乎要伸手去抓姐姐的腳踝了。

「我整晚都在打電話給他，」她說。「他一直沒有回電。」

「你試過他的傳呼機嗎？」達拉說。「還是他有另一個傳呼機？」查理以責備的眼神看了她一眼，接著繼續走向後勤辦公室。

瑪莉抬起頭，達拉看到她的眼睛又紅又腫，像濕掉的花蕾一樣。

有夠可悲，達拉心想，她心中萌生一股冷漠寒意。這實在是太過分了。太多了。為什麼瑪莉所做的一切都得要鬧得這麼大，這麼耗費精力？**看著我！看著我！**

恰好在這個時候，外面傳來了一輛卡車的轟鳴聲。

瑪莉整個人跳了起來，將椰子水扔進垃圾桶。將她的秀髮向後撫平。有如一隻興奮的小鳥向窗外飛奔，如此渴望急切。

「那不是……」她說，凝視著窗外，手指按壓在模糊不清的玻璃上。「只是送貨員。」

「你這只是在自取其辱。」達拉說，並同時走向後勤辦公室，她看見了查理，而他又看了她一眼。

「我不在乎。」

「你這是在丟我們的臉。」

但是瑪莉什麼也沒說，只是低著頭。她的思緒遙遠而神祕難解。

＊＊＊

達拉忍不住在這之中找到一種暗藏於心的樂趣。關於德瑞克的爽約，對她的離棄，錯過了與酒醉瑪莉的深夜約會，她的瘀傷已準備好再次覆上一層瘀傷，甚至為之產生強烈的渴望。

也許，他還有其他的女友。他沒有戴結婚戒指，但這並不代表他沒有女友。也許有一位同居的女友，甚至只欠名分的另一半，誰知道呢。像那像的男人，誰知道呢。

過了幾個小時，當德瑞克終於來上班時，戴著警察般的鏡面太陽眼鏡，看起來憂心忡忡，更令人高興的是，他直接走向班尼和加斯帕，完全沒走向A教室或站在門口的瑪莉，她身後簇擁著那些五歲的孩子，他們像一堆頂部長著絨毛的蒲公英。

也許，最終會證明查理說的沒有錯，達拉想著。

也許，事情總會過去的。

＊＊＊

哐啷、哐啷，拔出噴上銀漆的長劍來對付那些老鼠。

在C教室，達拉帶領學生們仔細地排練《胡桃鉗》的戰鬥場景，克拉拉迎戰老鼠王和他毛茸茸的軍團。

但B教室裡「砰砰砰」的聲音不曾停止，燈光閃爍了三下，所有電路都使勁地支援那些電動工具。

「杜蘭特女士，」貝莉．布魯姆說著，這時正有五隻「老鼠」圍攻她，把她當成皮納塔玩具[25]一樣揮打，幾乎要將她水仙般的身體壓碎於角落中，事實上，她才像一隻被困住的老鼠。「我什麼時候才能拿我的軟鞋扔向老鼠王？」

「不准用劍術，」達拉對那些好鬥的老鼠大聲喊道。「還沒練習到那裡。」

嘶嘶的聲響突如其來，上頭的燈光閃爍著，接著光線轉暗成了棕色。

「好好處理這件事。」查理說，正從辦公室出來，一隻手放在他疼痛的背部，接著迅速地走向B教室。

達拉環顧四周，而身處半明半暗中的學生全部盯著她看，雙手纏握著紙劍，四把劍下垂著，而其中一把折彎了，因為去年戲劇演出後太匆忙打包。

「杜蘭特女士，我們什麼時候才能戴上老鼠頭來做這件事呢？」卡莉．孟德爾偷瞄了一眼，眉頭緊皺著。「因為我聽說一戴上之後就很難呼吸了。」

B教室傳來一陣喧嘩，先是查理低沉的聲音，接著是加斯帕急忙的道歉，以及班尼衝向斷路器的呼呼聲。

最後，燈光再次亮起，查理出門去五金店買一根新的保險絲，或者只是暫時去喘息一下，達拉完全無法責怪他。

「快點、快點。」達拉大聲喊道，迅速地指引老鼠王奧利佛．佩雷茲走向空間正中央，他握持著最大的一把劍，但刀尖起皺且彎曲，在克拉拉將拖鞋扔向他之後，他戲劇性地倒落在地。「就位。」

「杜蘭特女士。」貝莉說，達拉惱怒地轉過身來。

「現在又怎麼了？」

貝莉指著門口，有三個七歲的孩子站在那裡，他們緊抓著彼此，因為跨入C教室的門檻而備感壓力，那裡可是大女孩的教室，他們嚮往不已的禁區。

「你們為什麼不去上課？」達拉問他們。「你們三個應該在A教室和杜蘭特小姐一起上課的。」

那些七歲的孩子看了看彼此，接著將最高的那一個推了出去，一個有弓形腿的女孩，達拉記不得她的名字了。

「可是，夫人，」她輕聲說，手臂扣著身旁的女孩，「**杜蘭特小姐在哪裡？**」

***

達拉推開那些下午三點要來上她課的學生們。穿越纏住她手臂的塑膠布簾，奮力地衝進B教室。

班尼和加斯帕驚訝地抬起頭來，某種氣動工具在班尼手中不停顫動著，兩人的臉上都戴著面罩。

「他在哪裡？」達拉問道。「你們老闆。」

但班尼只是無奈地做了個手勢指著自己的耳塞，而加斯帕將他的目光移開了。

***

她才不敢這麼做，達拉想著，她的頭部向上微斜看往三樓。**她不會這麼做**。

---

25 Piñata，紙糊的節慶玩具，在於節慶或生日宴會時高高懸掛起來，矇眼的兒童以棍棒擊破以取得其中的散落的小玩具與糖果。

達拉經過了A教室，走過她那些小聲耳語又急切的學生身旁，她深吸了一口氣。她推門進了空蕩蕩的後勤辦公室，將手掌按在螺旋樓梯的欄杆上，一隻腳踩在最底層的那級臺階。她感覺到了，蜿蜒至三樓的鐵欄杆震動著，臺階也震動著，在他們母親最為私密的空間之中，她妹妹虛度一整個下午就為了和陌生人上床。

***

「杜蘭特女士，我們需要談談。」

就在片刻之後，達拉假裝沒有完全聽到威斯頓醫師的聲音，她的目光一直盯著空間裡另一側的學生們，他們正以一種看來相當糟糕的偷懶方式來熱身。

她可以聽見樓上瑪莉移動的聲響，也能聽到她如小貓般的腳步聲。「杜蘭特女士。」威斯頓醫師小心翼翼地壓低聲音。「不是只有我一個人在關切那個地方。」

達拉緊閉了雙唇，眼睛盯著克洛伊·林鐮刀般的腳。

「林小姐，」她面無表情地喊道，「請將你的腳後跟向前，拜託，不要給我這麼醜的腳。」

內心深處，她的思緒在飛速地運轉。**威斯頓醫師聽到了嗎？是不是那些家長**——他們總是在那有如八卦巢穴的等候區中不停地交談——目睹了瑪莉和德瑞克在一起？把他們在棘手又可笑的發情交配期逮個正著。

當然，完了，學校完了，這一切全都完了。

「杜蘭特女士，」威斯頓醫師又說了一遍，他的迫切渴求如此堅決、如此惱人。

達拉戴上應對家長們的面具，終於轉向面對著他。

「威斯頓醫師，」她輕聲說道，慢慢地靠近他，「現在時間不方便。」

她在腦海瘋狂尋找各種藉口。**（我妹妹精神錯亂了，她正處於精神崩潰狀態……）**

「但明天就是十一月一日了！」威斯頓醫師說，現在聲音更為響亮了，額頭上滲出了汗珠。

「不好意思，你說什麼？」

「你們有一間教室無法使用，我們家的佩珀——當然還有她的舞伴們——怎麼有足夠時間好好準備好《雪花圓舞曲》呢？」

《胡桃鉗》，又是該死的《胡桃鉗》。達拉猛然鬆了一口氣。這就是他所要說的事。當然，這就是這些家長所關心的一切。

他們總是持續地施壓，威斯頓醫師是其中最難纏的一位，甚至比卡特萊特太太還要可怕，他是個皮膚科醫生，有著一張緊繃的棕褐色臉孔，就像圖庫相片中的典型爸爸。他向來不放過任何機會，不停解釋他那不優雅的十二歲女兒佩珀何以成為特別令人難忘的克拉拉。**（純真而充滿活力！文雅而精力充沛！杜蘭特女士，佩珀具備了所有以上特質。）**

這種戲碼要是繼續上演，瑪莉就可以在三樓開妓院了……

「我向你保證，威斯頓醫師，」達拉說，「這一切很快就會結束。」

***

「我確定不會有事的。」當達拉打電話給查理時，他這麼說。他在五金店裡，她可以想像著，面對有如聖誕樹燈泡一樣長的一堆保險絲，他就只能站在那裡，不知所措。

「這也太隨便了，樓下還有學生，**她自己的學生**。」

「或許……或許她覺得不太舒服。」

事實上，在走下螺旋樓梯時，瑪莉曾試著要向達拉宣稱自己的膝蓋突然發軟。當她的皮膚仍然通紅、口紅成了模糊殘妝時，她竟然有臉這麼對達拉說，而且，達拉知道，那個男人的一部分還在她體內，在她的腿上滴落不止。

「我聽得見他們的聲音。」達拉對查理說。

「你認為你聽得到，但你沒有上樓，對吧？」

「沒有，」達拉停頓了一下才回覆。「威斯頓醫師也在那裡。」

「我不明白這件事怎麼會讓你如此困擾。」查理說。

「你不困擾嗎？」達拉說。

好一會兒，查理都沒有說話，達拉聽得到店頭喇叭大聲宣告的聲音，大男人的大型工具進行大特價。

「是因為他是做體力活的工人嗎？」查理說。「畢竟，你父親——」

「事情不是這樣。」達拉說。「而且他根本不用勞動工作。他根本沒有在工作吧？他整天都在講電話，當他應該要——」

「那到底是怎麼一回事？因為他年紀比較大？因為他不帥還是——」

「她在丟人現眼。她讓自己大出洋相。」雖然，達拉無法確切地說出原因。這件事再清楚不過了，不需要她多做解釋。

此外，她明白這件事同樣讓查理感到困擾。自從發現了瘀傷後，他幾乎沒有正眼看著瑪莉。他迴避著她，就像她有傳染病一樣。

「我以為，」達拉大膽地說，「我以為你會更不高興的。」

他們之間只有一片沉靜，幾乎要聽見電話線路劈啪作響了。達拉想，這就像那天早上的硫磺味一樣，仍揮之不去。

「這件事不會一直持續下去的，」查理最後說。「我保證。」

＊＊＊

五點的課程該開始了，達拉卻還沒有準備好。

「在芭蕾扶手練習十五分鐘，」達拉告訴那些集合好的學生，然後躲進了辦公室。「我等一下就回來。」

查理去見了希維爾夫人和法蘭西斯·巴倫傑表演藝術中心的總監，討論《胡桃鉗》的宣傳和行銷。

瑪莉在A教室拼命地追趕著進度，與今年的《胡桃鉗》的小丑們一起合作，他們從薑媽媽的巨型蓬裙底鑽了出來，在舞臺上歡快地到處跳躍。

「Écoutez, mes petites chéries（聽著，我的小寶貝們）……」她說，她的聲音如此輕快，如此無憂無慮，又如此自得其樂。「*Oui, oui, plus rapide!*（是的，是的，更快！）快一點！」

現在B教室裡有一名電工，那一疊搖搖欲墜的帳單又加上了一張，而達拉聽得見德瑞克正在進行冗長的評論，針對戰前的建築物、老舊的保險絲，以及電力網路的危險性。

「你確定，」達拉聽見到那位電工問道，「這個場所有根據法規進行嗎？」

＊＊＊

達拉坐在後勤辦公室整理郵件。她抽了一根菸。暖氣開始運轉，一切都隆隆作響著。在她身後的螺旋樓梯也顫動著。

片刻之後，一股香味撲面而來。她向後看，注意到瑪莉的圍巾——那個綴了流蘇的醜東西——高高飛過暖氣裝置上頭。一股燒焦的氣味撲面而來。

達拉伸出手並一把抓住它，將它捲進拳頭之中。**如果這東西害死了她，瑪莉就會把這個地方給燒毀。**

就在這時，她看到了。是證據，好像她真的需要什麼證據一樣。通往三樓的螺旋樓梯的第三階有一個泥濘的足跡，一路通往瑪莉的被褥，她的藏身處，她的愛巢。不只第三階，第五階也是。這是達拉相當熟悉的景象，泥濘足跡就是他的標誌性紋身，他每天在整個教室駐留的印記。穿著時髦而整潔的靴子，男人的腳步隨心所至、不受限制，在離開時留下一片狼藉。

達拉站在第一級臺階上，她盯著醜陋的鞋印，底下的樓梯正顫動著。接著，她發現自己又邁出了一步。

上面沒有人，現在沒有。

從A教室傳出的聲音中，她聽見了有人搖動著鈴鼓，瑪莉發出微弱而輕快的哼唱聲，引導著女孩們完成「薑媽媽」的固定劇目。

她又走了兩步，已接近螺旋的最後一圈。

你在嗎，她突然想著。她幾乎要大聲說出口，就算不明白意義何在。**你在那裡嗎？有人在嗎？**

她後退一步，腦中閃現母親與父親在一次爭吵後，把自己關在三樓。十五歲的達拉帶著一個好消息（**媽媽，我成為《胡桃鉗》中的露滴仙子了**）就衝向教室，聽見樓上傳來母親的聲音，她試探性地邁出一步又一步，樓梯和她一樣不停顫動著。**太不安全了，不適合你**，她們的母親過去常這麼說。

還有另一個聲音，一個叫著她母親名字的聲音。

她握得越來越緊，她緊緊地抓著鐵欄杆，緊到手快要割傷了。

母親……

***

「達拉。」

達拉嚇了一跳，轉身面向門口，將放在欄杆上的手抽離。

是瑪莉，像一隻貓一樣等待著。

就在那時，她意識到她手裡還拿著瑪莉的圍巾，它蜷縮成一顆小球。她小心翼翼地將它塞進了毛衣口袋裡，潮濕而且被壓得皺皺的。

「你在做什麼？」瑪莉問道，一邊咬著自己的拇指指甲，這是她從小緊張時就會有的習慣，但達拉很久沒看見她如此了。

「沒什麼，」達拉說著，走回臺階上。「這些泥濘的足跡或許可以清理一下。」

「上面，就是我的，」瑪莉指著三樓說。「那是我的空間。」

「現在是嗎？」達拉說，從她身旁擠了過去，不太喜歡她的口氣。「說來好笑，因為我們擁有這棟大樓，我和查理。就像我們也擁有那棟房子一樣。」

瑪莉稍微往後退了一步，一隻腳後跟搖搖晃晃的。「那麼，」達拉繼續說，「猜猜看，擅自闖入的人是誰？」

瑪莉站著，她將拇指放在牙縫之間，就像一個明白自己無話可說的孩子。

***

達拉本來不想提這件事。她盡量不提那樣的事情，或工作業務上的安排。就像五年前，瑪莉將屬於她的房子分額賣給他們而前往歐洲一樣。當她回來時，達拉小心翼翼地不在瑪莉面前提及，就法律條文而言，她現在只是他們的住客。

達拉突然想到，瑪莉並沒有真正的家。有一股說不上的情緒——悲傷——在被她擊退之前，向她直直襲來。她將它給推開了。

＊＊＊

那天晚上，當他們坐在廚房餐桌旁喝著冰箱拿出的葡萄酒時，她告訴查理。

「那麼，」查理說，「她可以在樓上做任何她想做的事，對吧？」

「這太不恰當了，那是我們的營業場所。」

「我不知道，達拉。但你真的不應該上樓的。我的意思是，那就是她的家。」

「那不是她的家，」達拉說。「這裡才是她的家。」

「她離開了，」查理以不同的冷靜情緒說，他的嘴巴微微地放鬆，他的肌肉鬆弛劑開始生效了。

「記住。」

＊＊＊

那天晚上，當達拉準備上床睡覺時，瑪莉的圍巾從她的口袋裡掉了出來，落在地毯上，像一塊傷心的破布，紅色圓點就像小丑。

她飛快地將它撿起，扔進了垃圾桶，將圍巾深埋在其他垃圾之下，像是用過的ＯＫ繃、彎曲的髮夾。

火辣金髮女郎

第二天的一大早，在練舞教室裡，達拉能夠忘卻一切。

這是一個美妙的靜止時刻，關於舞者與舞者之間，那些鏡子、那些動作、身體拱起、轉動並飛翔。

她只聽見科爾賓．萊斯特里奧雙腳輕踩在地板上的聲音。膝蓋偶爾會發出嘎吱嘎吱的聲音，弓起來的腳也發出啪啪聲。科爾賓的呼吸，先是緊張，接著沉靜。他的體能狀態變得越來越強健。慢慢地，他的舉止有了如王子般的氣度。

他說服他父親支付私人課程的費用，為了《胡桃鉗》的試鏡，以及角色表演本身。科爾賓非常渴望能取悅她，一次又一次地向她展示空轉動作。**雙腿併攏**，達拉一遍又一遍地大聲喊著，仔細地看著他。

之後，她發現自己在更衣室裡和科爾賓對話，聊著胡桃鉗王子的角色，看見他笨手笨腳地摸索著外套鈕扣時，就動手幫忙。談到他的喉結時，她稍微地嘲弄了他，說那會破壞了他的外型。

一直以來，他都特別地緊張不安，他的聲音突然加快、變得嘶啞。他總是如此緊張，總是紅著臉，卻相當有魅力。

＊＊＊

好長一段時間以來，她第一次覺得像自己，她的工作室裡沒有任何侵擾，喇叭揚聲器靜寂無聲，演練過程不插電，她的注意力專注而熱切。她想堅定地保持這個狀態下去。

那些急迫而焦慮的學生還未到達，他們總在竊竊私語、喋喋不休，無休止地為自己精心打扮。那些家長還未到達——布里斯康姆太太七歲的孩子養成了在B教室吃石膏牆、紙張和塵垢的習慣，威斯頓醫師不斷詢問，而他的女兒佩珀破壞了貝莉・布魯姆足尖鞋的鞋骨，雖然比剃刀好，但仍算不上是什麼理想狀態。

德瑞克還未到達。他步履蹣跚的聲音、喧鬧的手機鈴聲還未傳來，他不是厲聲說話就是對著電話另一頭柔情低語，有時也會對他們的保險理算員班比大聲說話，但顯然他對每個人都是如此，鑒於德瑞克對她說了這麼多話，他的語調聽起來已如此熟悉。（**噢，呵！下次你一定得去阿魯巴島。相信我，點了鵜鶘碼頭的雞尾酒，你就會身處天堂。我可以幫你搞定……**）

德瑞克還未隔著塑膠布簾盯著她。

相反地，現在這一切都如此純真、如此合理。

然而，這很快就結束了。瑪莉下樓了，她的頭髮蓬亂，鎖骨一片粉紅色，散發出性愛之後的沾沾自喜。

德瑞克在她身後，穿著昨天的襯衫而沒有紮進褲頭，領子向外敞開，漂亮的腳只穿襪卻沒穿鞋，以粗厚的手指環勾著樸素的樂福鞋。

「對不起，」他說，當他碰巧看到達拉向科爾賓說再見時，他的聲音仍然充滿睡意。「本來想要找咖啡壺之類的東西。」然而在看向科爾賓之前停頓了一下，接著目光又回到達拉身上。

「我無意打斷你們。」他微笑著補述。

達拉看著他，什麼也沒說。

「杜蘭特女士，你看。」科爾賓說，他的左腿向後伸展，他的中線保持堅實穩固，原先下凹的背部早已不見，做了一個完美的阿拉伯姿戳步，如此美麗的景象，讓達拉的雙手在身側顫抖著。「看著我。」

那一整天都下著雨，窗戶布滿了雨水，天篷隨之劇烈晃動，大樓排水溝漲滿了雨水。

B教室的窗戶永遠都開著，好讓灰塵散出去，不斷地滴落在塑膠布上的雨水產生了金屬摩擦般的滴答聲。當然啦，達拉想著，他們可以將窗戶關上幾個小時。當然啦，因為她甚至沒聽到工程進行的聲音。

最後，當達拉注意到克洛伊．林差一點要滑倒在一個持續擴大的水坑上時，她穿越那條滿是泥濘的小路，來到了B教室，卻只看到了加斯帕戴著耳機，有條不紊地清掃著有海綿襯墊和木材的底層地板。

「這裡是怎麼一回事？」達拉說。

加斯帕解釋，底層地板最後被配送到杜蘭特家的房子而不是學院教室，所以德瑞克先生和班尼要過去那裡取回。

「是的，」查理證實了這一點，他剛去銀行一趟而遲到了。「供應商那邊似乎送錯東西了。」

「這花上我們半天的時間，」達拉說。「而且我看保險公司還沒有任何的進展。我們要怎麼支付這一切？」

「只是目前尚未有進展，暫時的。」查理說。他接著轉身，將手放在他的羊毛圍巾上。「只有我這麼覺得嗎，這裡好像很潮濕？」

＊＊＊

即使面臨這些風浪，也不能阻止克拉拉所引發的戲劇性風波，達拉最終命令抽泣的佩珀．威斯頓離開排練現場。佩珀皺著眉頭，身體伸展到極致，她堅定地說：貝莉．布魯姆不夠漂亮，克拉拉應該是她，她應當是克拉拉，而現在要換角還不算太晚。她的父親是如此告訴她的。

「總會有下一個聖誕節，」達拉說，將她輕推至更衣室裡，「如果你努力的話，比現在更加努力的話。」

***

後來，她在停車場偶然碰見了德瑞克，他永遠有一隻手機在耳邊，對著他前面的班尼和加斯帕做了些手勢，手裡拿著沉重的薄泥漿、水泥，還有其他不知何故送達他們家的東西，堵住他們家的車道，卡車的車斗裡滿是雨水。

她試著要繞過他身旁，但他卻一直擋著她，就像一個小男孩會做的事，那種暗戀別人卻搞不懂自己感受的小男孩。

近距離一看，她看見他的右手無名指上有一枚圖章戒指閃閃發亮著。

近距離一看，他風衣上的皮革讓她想起了一些事情。她說不出個所以然，但她迅速後退，轉身離開。

她難得靠他如此之近，而他也站得離她如此之近，有皮革的氣味，和化妝室散發的肥皂香氣。

「你那棟梧桐大道上的房子真是不錯，」他說。「很大、很棒，現在沒有人會用那種方向蓋房子了，對吧？」

他永遠帶著使人眩目的白牙笑容，那枚圖章戒指閃爍著，古龍水味彷彿將你的頭埋進獸皮裡、皮草裡。

達拉點了點頭，試著要從他身邊走過。**他為什麼要談論我們的房子？**

「你是在這棟房子裡長大嗎？」他歪著頭問道，攀談閒聊的樣子好像他們之間很友好、一切都很美好，他也沒有每晚損壞她妹妹的名譽。

「是的，」達拉說。「我必須要回房子裡——」

「對你們兩個人來說，空間實在是太大了，你是否想過要把房子賣掉？」

「沒有。從來沒有。」

「你可能沒看見它在公開市場上的價值，」他繼續說道。「城鎮的那一區不不再是貧困落後的區域了。風水輪流轉，你可以像翻煎餅一樣翻倍大賺一筆。」

「絕對不可能，」達拉說。「那是屬於我們家族的房子。我們永遠不會把房子賣掉。」

德瑞克揚起他的眉毛。

「我開始感覺到你不太喜歡我了，」他說，再次微笑，但這一次似乎是尷尬或諸如此類的情緒。「不過，我們沒道理不能當朋友。而且你的妹妹……」

「我沒必要喜歡你，」達拉說著，從他身邊走過時，一陣皮革的香味向她襲來。「你很快就會離開的。」

他臉上的神情，是驚訝之類的，是受到傷害的神色，或諸如此類的東西。

出乎意料，這如此令人滿意。他那一張小男孩的小臉，像是母親在購物商場裡拋棄了他。

即使她儘可能快步走開了，她也能感覺到他在身後看著她。

＊＊＊

即使過了很久，那段對話仍然令人不悅地在她耳中嗡嗡作響。對他們的房子，他到底瞭解了多少？是的，他們的房子不僅老舊、漏水，還有風會灌進來。屋內地板凹凸不平，窗戶無法輕易打開，灰泥牆面不斷剝落，水管裡長滿了樹根。

此外，房子很大，實在太大了，她們的父母當初勉強支付了房子的頭期款，而附近的鄰居們緊隨其後。五英里內沒有雜貨店，但至少有三間酒吧。他們住在那裡的前十年沒有路燈，不論她們的父親打去市區單位反應多少次。

的確，近年來這個區域有了翻天覆地的變化，街角的熟食店被一間明亮的咖啡館取代，公共游泳池被混凝土填平，成了健康水療中心，所有那些搖搖欲墜卻魅力迷人的戰前房屋都賣掉了，夷為平地後，在一夜之間就被華麗宮殿給取代。

對於德瑞克這種人而言，房子根本算不上什麼，土地才是一切。

像德瑞克這種人，永遠無法理解那是她們的家園，是她們童年的一切。遠遠不僅如此，達拉心想，她的視線變得模糊。

突然之間，她想起瑪莉幾個月前搬離時所說過的話。

那時，她們時常會在屋子的前窗處望著對街，看著那一棟飽經風霜的殖民式建築，雜草叢生的草坪上插著「已售出」的告示牌，是這裡許多售出房屋之中的最新一棟。

「我們也可以這麼做，」她說。「我們不一定要永遠住在這裡。」

「是這樣嗎？」達拉說過。「你想和馬戲團一起離家嗎？」

瑪莉只是一直盯著看，她的手指像小時候一樣放在窗玻璃上。

「我們可以將它掛牌出售。」

聽見這種話很令人傷心。那是她們從小住的房子，無論面臨多少變化及不安，她們的母親在梳妝檯前哭泣、她的髮髻鬆開、父親在走廊上發怒，用拳頭敲打著剝落的灰泥牆面，要求自己在家中能受到尊重，或者至少得到關注。

「沒錯，**我們**可以，」達拉直截了當地說道，提醒瑪莉實際情況是什麼。「我和查理可以，因為這是我們的房子，但是我們不會這麼做。」

＊＊＊

「你是不是和德瑞克說了些什麼？」瑪莉後來問她。

「說什麼？」達拉回答。她碰見了正走出化妝室的妹妹——那間她永遠無法踏入的化妝室，她無法身處其中而不去想到曾在裡頭的妹妹和德瑞克。現在洗手臺的基座搖搖晃晃。

「我不知道。他很早就離開了，甚至沒有說再見。」

達拉沒有說話，擠出一個意料之外的笑容。

「如果他受夠我了呢？」

「瑪莉呀，瑪莉。」這段對話帶著絕望的成分。她的妹妹明白她的感受，明白她對這種感情糾葛的不贊同。但是瑪莉還能和誰談這件事呢？

「他說他得離開的時候，我跟著他一起走出門外。我追著他走下螺旋樓梯。我求他留下來。」

「太可悲了，」達拉盡可能冷靜地說，儘管瑪莉的強烈情感——她的臉龐貼得如此之近，她的睫毛膏上沾滿了汗水——讓她感到躁熱且困惑。

「我不在乎。我不在乎。我就是不知羞恥。他吞噬了我所有的羞愧感。」

「難怪他對你厭煩了，」達拉說。「你都讓我覺得煩了。」

「我晚上需要聽見他的聲音。耳邊若沒有他的聲音，我就無法入睡，我要他不斷開口說話，持續一整晚。」

這情形就像他們小時候一樣，當父親配著啤酒看《神探可倫坡》（*Columbo*）的重播時，瑪莉總會乞求著要和父親坐在一塊。她總會要求他解釋劇情，而他也不斷地解釋，一次又一次。**看，他看起**

來像個魔術師，但其實是一個納粹分子。我是說，天啊，你看看他多麼乾淨整潔呀。

「他答應我今晚會留下來的。」她抬頭看著達拉，眼神迷惑得像個孩子一樣。「他為什麼要這麼對我？」

達拉搖搖頭。他說的每一句話都是騙局。

「我已經做了他要求我做的每一件事，那些骯髒的事情。」她說，提高了音調，「我都已經做了這一切，並且也喜歡這麼做。」

達拉停頓了片刻，腦海中閃過一些畫面。瑪莉的墮落。多毛、醜陋又帶著斑點的他，毛髮叢生的背部，那排有如訂製的牙齒，襪子在腳踝上留下的印記。粗暴地對待她、劇烈地撕裂她、拍打她柔軟的身體，握拳抓著她纏繞的頭髮。

「那就是你的錯，」達拉說，「你必須要有所保留。你不再是他征服的對象了，你現在只是他的妓女。」

但是瑪莉聽不進去。

＊＊＊

第二天早上，隨著瑪莉輕快的竊笑聲，達拉慢慢走向辦公室。

她首先看到的，是查理臉上的表情。

她聽到他說：「瑪莉，你做了什麼？你做了什麼？」

達拉心想，當她走進後勤辦公室時，她可能會發現瑪莉的雙眼如卡通人物烏青的眼睛，視線被一塊用來冰敷的粉紅色牛排掩蓋著。

「我不知道，查理，」瑪莉說，她聳了聳肩輕輕說道。「我就去做了。我就去做了。」

就在這時，達拉看到了。是瑪莉的頭髮。紮起了馬尾，沙金色變成近乎白色。

整個辦公室聞起來是甜甜的化學氣味。

「你看起來太可笑了。」達拉說。

「只有你這麼覺得。」瑪莉冷冷地回應。接著，她有些緊張地摸了摸頭髮，輕拍了幾下。

查理坐在辦公桌前，什麼也沒說，只是盯著看。

這麼說吧，她讓人不可能不盯著看。她看起來就像舊時貼在牆面海報上的美女，總是身穿銀色的貼身衣物，有明亮光澤的奢華衣料。又或者是一位黑幫匪徒的情婦，也可能是一位高級妓女。當他們的父親喝醉，就會談到他在商船隊工作時在港口城市看到的那種女人。**有一些看起來像漂亮洋娃娃的女孩，男人願意多付一些錢就為了射在她臉上。**

「德瑞克很喜歡，」她說，摸了摸頸背，將髮帶給鬆開了。「我也喜歡。」她俯身向下，在達拉耳邊火熱地低語著，「他太喜歡了，喜歡到他操了我一整晚。」

達拉大聲地咳嗽，感覺很不舒服。這不是瑪莉會用的字詞，她說起來總會結巴，像她前幾天晚上那樣言語支吾。

「好吧，」查理說。「就這樣吧。」他伸手去拿治背痛的藥丸，搖晃著藥罐，墜落而下的藥丸在桌面滾來滾去。

達拉的腦袋旁有什麼在盤旋著，但她無法切確說出。

突然之間：她的腦海裡浮現了一個句子。

火辣奶油金髮女郎。

她無法擺脫這個念頭，那一天她每次看到瑪莉時，她的頭都像一株蒲公英毛絨絨的圓頭，或水仙花捲曲的花冠。

過了好幾個小時，她才想到這件事。去年的這個時候，布魯姆太太屈服於髮型師提出的一個挑逗性的髮色名稱：**火辣奶油金髮女郎**。

是個巧合，想必是。

前一年，布魯姆太太成了一個大剌剌的金髮女郎。她對此感到羞愧。

當然，瑪莉毫無羞恥心。

＊＊＊

他告訴我一些事情，達拉。他告訴我，我對他做了什麼。

他說，當他離開這裡時，他聞到了這裡的味道，聞到了一切的壓力和心機。工作室的味道，也就是我的味道。有麝香、嬰兒爽身粉及汗水。

他說，他可以在襯衫袖口和鞋子折痕上聞到這種氣味。肉體如此接近，大膽的雙眼及緊繃的四肢。飢餓和痛苦的鹹水。他從來不知道身體可以是如此複雜、如此煎熬。他從來不知道，女孩們多麼喜歡折磨自己。

這實在讓人受不了。那個男人，帶著兩部手機，大嗓門又趾高氣揚，談著女人骨子裡喜歡怎樣的那套陳詞濫調。

這個男人——他是一文不值的人。他沒有自己的中心、沒有感覺。而且他不在乎瑪莉，很快就會把她扔到一旁，或者早已將她扔到一旁，因為那樣的男人——

他說他會想著我，當他開在高速公路上要回家時，當他拿著油槍加油時、推著推車走在雜貨店走道上時，看見一堆粉紅色的肉品時。

他想再次擁有我。要讓我敞開來，把我像蝴蝶一樣釘住固定。

他車上的置物箱——你知道嗎，達拉——他在裡面放了一件我的緊身舞衣。他從我臥室的地板上撿起它，把臉貼在柔軟而潮濕的褲襠上，趁我沒看見時將它塞進他的口袋裡。等紅綠燈時，當他被困在車潮中，當交通號誌轉為紅燈時，他就按開箱子，把手伸進去，想著我。

***

「也許我們應該打個電話給誰才對。」那天晚上，達拉對查理說，他終於結束物理治療回到家，剛過九點時，計程車正好到達。

「比如說？」他說，有種沒精打采的眼神。「性愛警察嗎？」

「你不瞭解。你才不瞭解瑪莉。」

查理看了她一眼。

「我瞭解瑪莉，」他說。「相信我。」

***

達拉想著，你永遠無法真的知道別人的臥室裡發生了什麼事，他們的腦子裡又發生了什麼事。

然而，這件事，這種被命令、被支配的欲望——如此刻板老套，這種陳腐又枯燥無味的女人心態，她永遠都無法理解。她自己從未有過這種感受。

但這放到瑪莉身上就合理了。

她一直如此任性固執，抗拒各種變化。

然而，事實證明，她迫不及待地想要被彎曲、被折斷，一分為二。

他們越是強大，就摔得越重。

關於舞者，這就是她們母親常有的說法。你如何不得不逼他們屈服。他們倔強頑固的身體，他們不屈不撓的意志。他們越是挑釁、越是反抗，你就得要更加用力。他們越是性格猛烈，你越是要將更加使力的雙手壓在他們身上，彎曲他們、按壓他們、掏空他們。

他們越是強大，就越快會倒下。

達拉心想，**但是，沒有人比我更為強大。**

輯二

外旋

每個芭蕾舞者都必須做到腿部外旋，將她的身體一百八十度轉平，從臀部一直到腳趾。**想像一下你的大腿肌肉包裹著你的骨頭**，她們的母親總是這麼說。**把你的腿想像成一根旋轉中的理髮店紅白跑馬燈。**

她喜歡告訴她們這件事：當她十歲時，她和同地區四位舞者一起接受一位首席芭蕾女伶的特殊訓練，一位嚴厲苛刻的俄羅斯美女，因為動了打斷雙腳的手術而聞名，讓她的骨骼重新排列，擁有更自然的線條，能做出更完美的足尖踮立。

在為期六星期的課程之中，首席芭蕾女伶每天都會嚴厲訓斥她們的母親，因為她的腿部外旋。她每天拉扯著她們母親的雙腿，扭轉著腿部，拉緊了肌肉，骨頭幾乎發出了琴弦彈撥的聲響，直到雙腿在臀部處的旋轉幅度極大化、膝蓋和腳都向外轉開為止。但是，這樣仍然不夠。

杜蘭特小姐，聽好了！尾骨向下！用腳趾，不是腳跟！

每天晚上，她們的母親都會在枕頭裡啜泣，因為身體像一台舊馬達般轉動而痛苦地抽泣著。

然後，有一天，當那位首席芭蕾女伶再次要求她**轉開**、**轉開**、**再轉開**時，他們的母親感受到自己體內有個東西浮現了，一種強大的力量。

忽然，體內有個什麼東西啪地一聲折斷了，而她的臀部及雙腿感覺無比地柔韌，如柔軟的太妃糖，一種優美柔媚的擴展。

她的臀部發燙，獲得另一種柔軟的體態，她打開的身體中心如此就像一本敞開的書。她眼冒金星，感覺既榮耀又痛苦。

但她並沒有停下來。

她為什麼要？那種感覺，那種感動，在她的心頭熾熱了起來。

她不停地轉開，直到她的雙腳伸展了超過一百八十度，直到雙腳向後轉動的程度，讓她像個雙腿往後放的洋娃娃一樣。就像馬戲團怪胎秀的一員。

她告訴她們，這是我一生中最美妙的感覺。

她告訴她們，對你們也將會是如此。

＊＊＊

當達拉在十歲又六個月時做到外旋，她同樣眼冒金星。處於私密的一片迷茫困惑中，她了解了那一種感覺，在貓腳浴缸裡，在她床鋪的毯子底下，她的雙手發麻，經過那種感覺之後，她的大腿像鑰匙孔一樣張開來，彷彿容納她整個拳頭都還綽綽有餘。

＊＊＊

這代表著舞者們向觀眾敞開自己的身體，她們的母親總是如此告訴她們。

給予他們一切。

在達成的那一刻，你成為一位舞者，也成為一個女人。

厚顏無恥

那個瘀傷在瑪莉大腿內側很高的位置，呈圓環狀，如一顆爆裂開來的鮮紅色櫻桃。

達拉試著要引導科爾賓．萊斯特里奧和奧利佛．佩雷茲，她的胡桃鉗王子及老鼠王，來進行他們英勇的劍術決鬥，即第一幕中最為高潮的衝突。

但是，門口潛伏著一位訪客。但這一次不是德瑞克，竟是瑪莉，真令人想不通。她那一頭像后冠般亮麗的新髮色，誰不可能都不注意到她。你也不會錯過她大腿內側那個巨大的瘀傷。她站在那裡，露出她外旋的一條腿，炫耀的方式就像妓女想亮出自己的吊襪帶。

「看來我們有一位意外的訪客，」達拉緊張地說。「或一個偷窺狂。」

瑪莉將這句話視為邀請，緩步走了進來，剛剛教完她那些四歲孩子後仍稍稍喘著氣，她的乳房下滿是汗水。

一星期前脖子上的紫色印記已轉為黃色，在她的鎖骨上留下了一道宛如螢光筆洗不掉的痕跡。然而，現在她大腿上有了一道新鮮的印記，毫無遮掩，不可能忽視。

科爾賓小心翼翼地轉移視線，但奧利佛似乎看得入迷出神，他的劍掉落在身邊旁。

「我們從頭開始，」達拉說，將男孩們四處游移的目光拉回自己身上。

瑪莉看了一會兒，科爾賓和奧利佛在彼此身旁盤旋著，高高舉起他們的手臂，接著突襲，這些都是科爾賓進行巴斯克躍步的準備，然後他發出了致命的一擊。

「你知道嗎？」瑪莉突然插話。科爾賓和奧利佛看著她，驚恐萬分。在達拉的教室裡，除了達拉之外從來沒有人會開口說話。「我認為這裡的變化可以更快一些，就像這樣。」

而達拉看著瑪莉走向科爾賓和奧利佛，伸出手來為奧利佛的手臂定位，並修正科爾賓的臀部位置。與達拉不同的是，瑪莉一向會碰觸自己的學生，不過瑪莉的學生都只是小女孩。然而，現在瑪莉將一隻手放在他們狹窄的臀部。**用你的雙腿站高起來，不要將臀部的力量壓在我身上**。她的雙手有如白色的小飛蛾在兩人的身旁飛舞著。他們堅硬的身體，他們強烈的能量。男孩們漲紅著臉，一臉熱切渴望。

達拉就這樣看著。

奧利佛壓著科爾賓，科爾賓先是向後搖擺再往前俯仰，以更大的力量回到原位，他身體的力道及猛撲的動作，讓他可以直接旋轉起來。

瑪莉進行的改變讓它更有活力了，瑪莉的調整令人感到狂熱而驚喜。當奧利佛猛撲過去時，劍尖抵在科爾賓脖子上的凹陷處，達拉發覺自己倒吸了一口氣。

她想起了小時候在嘉年華上看過的吞劍者。她將兩把交叉的長劍同時插進她的喉嚨中。她的頭部向後仰，喉嚨有如一個優雅的花瓶，劍的圓環握柄就像盛開的花朵。達拉遮著雙眼，而她身旁的瑪莉則不斷地說著，**你看！你看！**

男孩們完成了，氣喘吁吁地看著達拉要徵求同意。

「好吧，我們要放杜蘭特小姐自由了，」達拉說著，從瑪莉身旁經過。「她已經做得夠多了。」

＊＊＊

「你想要我去你的教室嗎？」達拉後來問道。「你想要我建議你的小布偶們如何扮演紅白拐杖糖、做側手翻嗎？」

不過，瑪莉什麼也沒說，盤腿坐在工作室地板上，一邊舔著手指，一邊翻著某種閃亮俗麗的小冊子。

「那是什麼東西？」達拉問道。

瑪莉像展開跨頁廣告般打開小冊子，露出一排閃閃發亮的汽車，就像包在包裝紙中的糖果，正開過一片廣闊的土地、一片沙漠，或逐漸攀上像聖母峰那般宏偉的山路。「行進於奢華之間。」上面這麼寫著。

「你為什麼要看車？」

瑪莉用令人惱火的方式聳了聳肩，目光盯著閃亮的頁面，將手指伸入絲綢般的銀色秀髮中。在他們身後，B工作室中的鑽頭再次啟動，地板突然顫動了起來。

達拉摀著耳朵，一臉絕望。

瑪莉抬頭對著她微笑，好像她才是發瘋的那個人。

＊＊＊

「我已經努力了，杜蘭特女士。我發誓。」

他們正在排練《胡桃鉗》中一個神聖的時刻，當她高舉起胡桃鉗玩偶，猶如拿著火把——或者，現在只是個捲起來的紙巾，因為達拉找不到道具——克拉拉會緩慢而優雅地做一個阿拉伯姿的動作，以單腿站立，而另一條腿以完美的線條往後延伸。在這一刻，她以某種方式將自己交給了胡桃鉗，這個長著可笑大牙的滑稽小男人，而他將成為她的王子。

一個舞者如果尚未精通腿部外旋的動作，那麼阿拉伯姿戳步只會讓他的生疏無所遁形。

貝莉．布魯姆正在胡亂擺動著。四級的學生們全部以手掩著嘴竊笑不已。她的搖擺舞步不知何故既不穩定又緊張，身體向後傾斜。

「布魯姆小姐，」達拉說，「你是想要鼻子骨折，或是背部骨折呢？」

貝莉站直了身體。「都不要，」她試探性地說。「我的意思是說——」

「重心放在前面，」達拉說，朝著她走來，貝莉將雙眼睜得超大。「牢記著你的外旋。當你臀部旋轉的幅度越大，腿部就越高。你必須向觀眾敞開自己的身體。」

「我有，」貝莉說。「我的意思是，是的，杜蘭特女士。」

好、可、悲，舞臺上傳來佩珀．威斯頓的低聲耳語，在教室遠處角落的她將一根髮夾輕彈於空中。達拉想，**那個粉紅色小團體的首領**。對著她們的方向瞥了一眼。佩珀、艾麗絲．卡特萊特、格蕾西．亨特，以及她誇張的嘆息聲。就是她們其中一個人、或幾個人，將剃刀放入貝莉的鞋子中，又將橡膠黏合劑填入另一隻鞋子。那些小惡魔。

「再一次，」達拉說，指著貝莉並轉動手指，貝莉急忙回到原位。

「想像有一根繩子繫在你的胸骨上，」達拉說，看著貝莉抬腿。「有人正輕輕地拉動著那根繩子。向上且向外提拉著你的胸部。背部大大張開，不顯現肩胛骨。維持呼吸。」

其他的女孩們注視著、等待著。

「轉動臀部，」達拉說。「將自己的身體轉出來。」

當貝莉的身體穩定了下來，她張開雙臂，她手中的紙巾卷變得潮濕。達拉更加靠近。

「別理會他們，」達拉說，她的聲音在貝莉耳邊低沉而嚴厲。「聽我說，他們並不存在，你只需要聽我的。」

＊＊＊

作為舞者，達拉和瑪莉已經做得很好了。兩人都曾在地區性的小型舞團工作。有一次，瑪莉接受一個更大的巡迴舞團的邀約——最後她在飯店大廳暈倒，只過了三星期就回來，身體已瘦成像許願骨一樣。（**我忘記吃飯這件事，我就是不記得要吃東西了**。她如此告訴達拉。）

母親曾經向達拉偷偷透露，說瑪莉不是一位美麗動人的舞者——**不像你，親愛的**——卻是令人難忘的舞者。他們的母親說，她跳舞時全神投入的強度，如夢魘般激烈。你不可能忘記她。

達拉知道自己在技術上更為純熟。她的身高多了兩英寸（查理過去常說，**你的身高都長在脖子上了**，一邊撫摸著，但已是很久以前了），比瑪莉有曲線的身形更像一位「芭蕾女伶」。但是直到那一刻她才明白，她們的母親認為瑪莉才是真正的舞者。畢竟，美麗動人，比不上令人難忘。

＊＊＊

當天晚些時候，達拉偷偷地窺看妹妹的教室，瑪莉同樣坐在地板上，雙腿張開，那個瘀傷變成了一個火圈。

她身體前傾，將臉靠在手肘上，低沉而緩慢地對著兩個七歲孩子說話，他們兩個盤腿而坐，專心地聆聽。

Ｂ教室傳來巨大的敲擊聲，塑膠布簾振動著，所以達拉聽不見瑪莉在說什麼，但她忍不住窺看下去。

突然，一個陰影出現在簾子後頭，大到可以填滿整張布簾。

達拉知道那是誰，也知道他正在注視著瑪莉，她的雙腿張開，那個瘀傷就像張開的嘴巴一樣，通紅而飢餓。

瑪莉為他擺好姿勢，向他展現自己、暴露自己，赤裸裸地揭示自己。

達拉不會忍受這種事。

她向教室衝過去，瑪莉抬起頭來，看著達拉大步地走到塑膠布簾前，將之拉開。

德瑞克對她擺了一個臉色，帶著不屑一顧的意味，一根手指按壓在耳朵上，將耳塞推回原位。

＊＊＊

「我不明白這為什麼要花這麼長的時間。」達拉說。

德瑞克面無表情地點頭，更令人火冒三丈，手中一根長長的銅管像球棒一樣握著，像指揮棒一樣旋轉著。

「過了好幾個星期，」達拉繼續說，她的聲音在噪音中變得嘶啞，「而我現在站的地方還是鋪著膠合板。」

「是底層地板，」德瑞克澄清道，微微一笑。「我們碰到了一些障礙。環狀管網有些意外的狀況。你也有一棟老房子，你一定明白的。那些搖晃不穩的房子老是有問題，在法規生效之前建造的——」

「這與我們的房子無關。我的重點是我們僱用你來做的這份工作，」達拉說，她的聲音如此響亮，連她自己都感到驚訝，遠處角落裡正在攤開塑膠布的班尼被驚動了，他和加斯帕面面相覷。「你或許騙得了我妹妹，但騙不了我。」

「如果真是如此，我會對自己感到很失望的。」德瑞克說。他的語氣、他的舉止感覺有些不同、有些自鳴得意，少了推銷員的話術，多了些其他的東西。達拉看著他，他像握球棒一樣緊抓著銅管的頂端處，隨意地揮舞著，就像一位上場打擊的球員。

「你知道我老爸怎麼說的嗎？」他說，手中的菸斗發出呼呼聲。「提防壞女人，但永遠不要相信好女人。」

德瑞克午休時就離開了，接下來的時間都不見人影，把所有事都留給了班尼和加斯帕，他們整個下午以飛快的速度趕工，汗水浸濕了他們的棒球帽。

達拉感覺有點差，但也沒有感覺太糟糕。

＊＊＊

後來，達拉偶然發現查理和瑪莉在電熱水壺旁爭吵。

一整天，由於瑪莉未能維持良好出勤情況，查理和她陷入一些小小的意見分歧，這讓他很難記帳。

「你為什麼不承認，」查理現在正對瑪莉說話，「是你拿走了那盒阿薩姆紅茶，我特別預訂的那盒。」

這件事說不通，瑪莉從不喝茶，只喝看起來像菸草的那種罐頭咖啡。

「那是什麼時候不見的？」瑪莉回答說，像個對身體感到好奇的小孩一樣，放肆地撫摸著自己的脖子。

「當你離開的時候。當你搬出去的時候。當你離開我們的時候。」查理說。「你同時把它帶走了嗎？」

瑪莉盯著他看了好一會兒，她的牙齒咬進了嘴唇。

這是某種神祕難解的對峙，達拉選擇不參與其中。

＊＊＊

那天晚上，達拉無法入睡，在屋子裡徘徊，地板嘎吱作響的聲音不足以驚醒吃了安眠藥的查理。

你那棟梧桐大道上的房子真是不錯，德瑞克曾經這麼說。那天，他又提了一次。她不喜歡他盯著他們房子看的感覺，打量評判著房子。她甚至不喜歡他對他們房子及內部有任何的想法。感覺他背後好像有著什麼計謀。

她從一個房間漫遊至另一個房間，將手放在每扇裂開的門框上、每個左右搖擺的門把手上。最後，來到了他們老舊的臥室，門已關上。她一向會關上那扇門。

每次進去臥室裡頭，她只要待上幾分鐘就會汗流浹背、心神不寧。傾斜天窗的牆面空間非常小，那裡只能放得下一張梳妝臺、一盞燈，以及上下鋪，它的木材經過處理後閃閃發亮，床頭板的造型是有軸心輪輻的馬車車輪，在讀了恐怖的故事、或從惡夢中驚醒時，就能輕握或撫摸著它。

即使隔著一扇門，她也能聞到房間裡散發著她們少女的氣息，少不了汗濕後僵硬的緊身舞衣、鎮痛軟膏的刺鼻味、她們的身體，以及濕黏的腋下和大腿，含苞待放卻也令人生厭。裡頭有床鋪吱吱作響的聲音，及瑪莉睡覺時唠嗟唠嗟的磨牙聲。

對於她們倆來說，這是她們最私密的空間，當然，由她們所共用。那是達拉夢寐以求又驚嘆萬分的隱密海灣，她的身體總是在此承受疼痛、變化與自我鬥爭。

「你是不是在想男生？」瑪莉會在上鋪低聲地說。漫長的夏夜，甲蟲發出的喀嗒聲，蟬輕柔的磨擦聲，許多蟋蟀一起摩擦著牠們的腳，蚊子在螢幕旁發出低沉的嗚咽聲。

「我才不告訴你，」達拉會這麼說，即使她確實想著一個男生——彼得．賈西亞，他曾經緊貼在她身旁，在一場學校的小型音樂會，表演的是搖滾樂團「馬歇爾兄弟」——或者，更只是想著她自己、她自己的身體，她那因跳舞而變得堅硬、滿是擦傷的身體。

她自己體內的祕密才正要開始慢慢地用顫抖的手指開展。

瑪莉早就搞清楚這件事了。達拉可以聽到她在上鋪的小小喘息聲。她可以想像瑪莉的臉貼在橫木上，因血管擴張而泛紅。

不過，達拉的做法有所不同。

達拉不可能像瑪莉那樣安靜。因為，她深信不疑，她對這件事的感覺更加深刻。

因為，每次，達拉都認為她可能會因為這種感受而死。

每一次，她都看到了星星，就像做腿部外旋的動作時一樣。**瑪莉，你沒看到星星嗎？你確定你做對了嗎？**

瑪莉也想看見那些星星。希望達拉能讓她看看。

但達拉將這個祕密放在心裡。瑪莉總是吹噓自己的身體如此不一樣。她擁有**其他人所沒有的東西**。好吧，或許達拉也是。曾有一次，這種感覺如此強烈充滿她全身，讓她用力地將右腿踢在床架底部的橫木上，其中一條木板斷成兩半，飛掠過房間另一頭。

達拉和瑪莉在黑暗中咯咯地笑，兩人蹲在地毯上試著找尋碎片。

她們用萬用膠水將碎片黏回原位，直到幾星期後，達拉又弄壞了，她的腳踝被夾在木板之間，她的身體濕透且顫抖著。

＊＊＊

木板斷裂後的那幾個星期，當達拉則試著要入睡時，瑪莉總喜歡坐在達拉床尾的地板上。她喜歡以手指撫摸木板破損前所占據的那個空缺位置，十分粗糙，散落木屑。她喜歡蹲在床尾橫木的後方，用拳頭穿過木板之間的空隙。或者，當達拉快要入睡時，用手穿越空隙，以食指指著達拉。她的雙眼發出如狼般的光芒，在黑暗之中，她喜歡用手指指著達拉，好像在說**我瞭解你**。

親密無間

兩個星期後

《胡桃鉗》的演出即將於二十六天後登場。

二十六天，算不上什麼，一眨眼就飛逝而過。二十六天，這就是最重要的一切，是二十四次的排練，數百次的修正（**肘部向上！胸部縮進去！**），成千上萬次的腿部延伸和越步，這些事物無休止地重複就構成了芭蕾。

《胡桃鉗》將在二十六天後登場，B教室似乎距離完工還差得遠。事實上，它似乎看起來更簡陋了，底層地板還暴露在外，新地板也似乎還未到貨，空氣中熱騰騰地盤旋著一股明顯的黴菌氣味。

《胡桃鉗》將在二十六天後登場，B教室仍然是一個危險場所，牆上掛滿了電線，地板板條堆積如山，防水布鬆脫了，窗戶永遠大大敞開著，空氣中充滿了灰泥和塵埃。

《胡桃鉗》將在二十六天後登場，她的妹妹正在毀滅自己。

***

而且，每個人都很冷。一夜之間，氣溫下降了，這是寒冬將至的警鐘，暖氣裝置的管線發出如歌唱的噓聲，吐出棕色液體，聞起來像是灰塵和頭髮、皮屑和腳趾甲的氣味。

在裝修的這個階段中，他們仍然得開著B教室的窗戶。那些氣味神祕且揮之不去。

你永遠不希望練舞室過於溫暖。些微的寒冷有助於保持活力，以抵消一群年輕女孩所散發出的自然熱氣。但如今天氣如此寒冷，在上課之前，那些年紀較小的女孩們穿著緊身舞衣瑟瑟發抖，起了雞皮疙瘩，蜷縮在一起取暖。站成一排又一排的粉紅色和淡粉紅色，就像兔子的耳朵。

當達拉和查理到達時，「嘿，」德瑞克說道，他們身上一層又一層的衣物包裹著身體，他們如木乃伊般，「梧桐大道那個大火爐如何呀？」

又來了，他又要談論他們的房子了。

「很好，」查理說，從德瑞克身邊走過，雙眼盯著B教室的狀態，似乎好幾天都停留在鋪設底層地板的階段。那他們到底完成了什麼工作？

德瑞克轉向達拉。「那些維多利亞式的巨大建築物肯定讓你的帳單數字高達四位數。」他說。

達拉什麼也沒說，將外套披在手臂上，穿梭於管線之間，也穿梭於混亂之間。

「也可能是我說錯了，」他最後說。她想著，像這種男人，就一定得要充斥於空氣中、填滿空間，占據他們身處的任何地方。「或許你們根本不必開暖氣。」

她撿起路中的一根電線，試著從他身邊時走過時傾身靠近。「我相信你不必開暖氣。」

他將手放在她的外套上，隔著外套則貼在她的手臂上。

「我相信，你的房子一定很熱、很熱，非常熱。」

＊＊＊

「又提到房子了，」當天早上晚些時候，達拉對查理說。「你看他不斷在談這件事。」

「他很快就會完工，」查理說，盯著一疊鈔票，「然後從我們的生活中消失。」

「我們至今還沒收到保險公司給的一分錢，」達拉說。「我甚至不知道我們要如何支付這一切，或是他怎麼支付。」

「我會再打電話給他們，」查理說，「一直有變動，估價單一直改來改去的。」

「那些家長……」達拉說道，「我不斷收到一些抱怨。」

布魯姆太太因為施工灰塵而無法去學校的消息傳出之後，有一小群的家長——嗯，至少有少數幾位——開始擔心他們女兒吸入了有害健康的微塵，又或許是黴菌。達拉總是會說，我向你保證，**沒有風險。但如果您擔憂的話，我們可以將您女兒的角色分配給另一個女孩**，這總能讓他們迅速地住嘴。開始有幾位年紀較小的女孩到校時，包頭上綁著防塵面具，但在家長們離開的那一刻就立即扯了下來，並在達拉看到之前塞進外套口袋。

「家長們總是不停地抱怨，」查理說。「家長就是這個樣子。」

「情況會變得更糟。」達拉說。

查理看著她。「她會對他感到厭倦的。」他說，轉過身去。

「你錯了。」達拉說。

那個星期的每一夜，達拉都會在深夜走過舞蹈教室，試圖消除所有的緊張情緒。每天晚上，唯一亮著的光源都來自瑪莉身處的三樓。德瑞克的卡車停在私人車道上，停在比白天更裡頭的位置。早上，他沿著螺旋樓梯蜿蜒而下，有時嘴裡叼著牙刷，或正在扣上他袖口的釦子。

***

一天又過去了，她花了三個小時訓練露滴仙子的替補舞者，兩個認真的、大眼睛的姊妹，名字很不可思議地叫霍莉（冬青）和艾薇（常春藤），年齡相差一歲，但身體外型幾乎一模一樣，有鐮刀般的長腳，壯健的小腦袋下的喉嚨像不斷伸展的長圍巾。

一整天，她都聽得到隔壁教室傳來瑪莉的聲音，用她唱歌般的說話方式，*plié*（下蹲）、*tendu*（腿部延伸）、*port de bras*（手姿運行），她的小小芭蕾舞者全在她四周振翼飄揚、上下跳動，夢想著有一天像杜蘭特小姐一樣優雅，有她那五彩斑斕的瘀傷，及她的紅唇。

＊＊＊

在大家平時的午休時間，瑪莉沒有出現，那段介於上課及排練之間的空檔有四十分鐘，可以吃一根香蕉、喝茶，分享一些無花果或杏仁，查理正在窗臺上抽菸。

「她在哪兒？」達拉問查理。

他看了她一眼。

「她在哪兒？」達拉走到螺旋樓梯上，抬頭凝視。**她才不敢這麼做，對吧？**

「不是那樣，」查理說。「他帶她去吃午餐了。」

「那個承包商。」

「我看到他們離開了，」他說，眉頭皺了起來。「她穿了一件裙子。」

達拉晃了晃她的茶包，伯爵茶濺了出來。

「我早跟你說過了。」她說。

查理挑了挑眉，移開了視線。

＊＊＊

一個小時後，瑪莉沒有回來，逼得查理不得不帶領她那些六歲的孩子做扶手動作，他為了不讓自己過度勞累而在角落裡站立不動，女孩們都透過反映的鏡子偷偷窺看著。

又過了半個小時，瑪莉才出現。她確實穿著一條毫不合身的裙子，電影裡的祕書可能會穿的那種，還有一件新外套，和德瑞克一樣的皮衣外套，但繫有一條別致的腰帶。外套大了兩個尺碼，似乎要將她給吞蝕了。

達拉發現，瑪莉正看著鏡中的自己，悠哉地在鏡子前遊蕩走動一分鐘，接著才進入A教室。靠近那些興奮的學生（**杜蘭特小姐，你看起來真漂亮！**）時，她一邊表示歉意，一邊脫掉了外套，新的皮革氣味讓所有人都快要窒息。她拉開裙子的拉鍊，讓它掉落在地面上，身上只穿著平時的緊身舞衣。

達拉在門外看著。觀看了一整場精彩表演。

＊＊＊

「他帶我去了那個全是紅色遮陽篷的義大利餐廳，」瑪莉對查理說，達拉稍後也走進辦公室。「我們吃了跟窗簾環一樣大的炸魷魚，還有從大水缸現挑的一隻龍蝦。」

查理坐在辦公桌前默默地寫著支票，臉上帶著古怪的神色，好像他在想著什麼事情卻又不肯說出口。

真的很令人驚訝。所有這一切：午餐、料理午餐的過程，以及瑪莉選擇先告知查理，而非達拉。

「這就是你遲到那麼久的原因嗎？」達拉問道。「拿不定主意要吃哪一隻龍蝦嗎？」

瑪莉轉過身來看著達拉。

「查理，你知道我們後來做了什麼嗎？」她說，眼睛仍然盯著達拉。「我們去了一個豪華的展示中心賞車。」

「車？」查理抬起頭說。「為什麼？」

「我覺得我可能需要一輛車。」她說。

「這太荒謬了，」達拉說。「你就住在工作的地方。你早上需要開車下樓嗎？」

「如果你想去什麼地方，」查理說，「你可以開那一輛克萊斯勒。」

「瑪莉，你根本不太會開車，」達拉說，「你忘了嗎？」

「嗯，」瑪莉說，她的臉色變了，有時會變成如狐狸般的表情，「很多事情我本來也不會啊。」

達拉看著她，感到一陣寒意。

＊＊＊

達拉走遠時，還能聽見瑪莉又繼續回到她和查理的對談之中。查理對著眼前那一疊郵件陷入沉思，思緒看來飄遠了，遙不可及。

「那些車又大又時髦，」瑪莉說。「去賞車時，還有人請你喝香檳。可以坐在方向盤前試乘。」然後，她的聲音聽來更加輕柔了，「那些車子聞起來就像爸爸的味道。」

＊＊＊

一切運行中的事物，現在似乎都轉向了。瑪莉和承包商，他們是一對了，在一起了。而這正在引發改變。德瑞克多了有別於從前的一股自大，像個自命不凡的男人。瑪莉染了頭髮、穿著裙子，考慮買下時髦的車子。當瑪莉明目張膽又不思悔改地在樓上地板上與他人私通時，她七歲的學生就正在樓下等著她。

「所以，你們今天午餐都談了什麼事？各種電動工具嗎？」達拉問，無法阻止自己回到門口。

「還是助曬日光浴？」

然而，瑪莉站在坐於辦公桌前的查理身後，一言不發。她臉上又出現了那狐狸般的神情，她的手臂越過查理的臉頰及脖子，伸入他襯衫的口袋之中，從緊貼口袋中的一包香菸中抽出一根。

像某種引誘男人墮落的蛇蠍美人一樣，她將香菸悄悄放入口中，隱遁於A教室裡，只傳出打火機的卡嗒聲，在她身後留下一絲裊裊飄動的煙霧。

***

那天晚上，瑪莉爬上德瑞克的大卡車，前往了不知名的地方。他們一同出發，都穿上了皮衣外套，像重機幫派份子一樣，沐浴於陽光中，達拉現在知道有些事情產生了變化。瑪莉已經把她拒之門外，來到一個新的階段。

***

第二天早上，她的恐懼得到了證實。

她七點前就到了教室，他從瑪莉巢穴的那個螺旋樓梯上滾了下來，他剛在淋浴間洗過的頭髮仍然閃閃發光，他口中爆出一陣薄荷糖的氣味——讓她感到噁心。

他的氣味、他的乾淨整潔，都讓她厭惡不已。

她更喜愛的是工作室裡的氣味——汗水、腳氣以及虎標萬金油的味道，腳部和男孩胯部的動物性氣味，以及幼童身上稍微尿濕的褲襪偶爾散發出的氨水味——還有來自房子的氣味，屬於他們家的氣味——來自樟腦、茶葉、濕石膏及火爐的焦味，以及仍散發母親味道的每一根地毯纖維、每一根松葉，全都充滿了香水及絕望。

「早安，姊姊。」他比以往更加大膽地說。

「我才不是你姊姊。」達拉說。

「我想沒有人有這個機會了，對吧？」

「你說什麼？」

「你們三人的關係，」他說，他的聲音因為剛睡飽聽起來有些懦弱，「親密無間呢。」

他現在就站在她面前，厚實的大手裡咖啡杯幾乎一半被捏扁了。

「我很忙，」達拉說，正等候著保險公司接聽電話，試著要瞭解關於索賠款項的答案。

「嘿，我明白。家人就是最重要的一切，」他說，靠在門框上。「瑪莉和我解釋過了。」

解釋？達拉想。**這代表什麼意思？**而且她不喜歡他注視她的方式，感覺就像是他保養精緻的手指戳著她。

什麼樣的男人會去做手部保養啊，她對瑪莉說。

一個在乎自己把手放在哪裡的男人，瑪莉回答說。

「我很忙，」達拉又突然重覆地說，「可以嗎？」

他喝了一小口的咖啡，沒有要移動腳步的意思。

「你們以前都一起住，對吧？在梧桐大道上那棟老舊鬼屋吧？」

一起住，這句話的措辭聽來有些奇怪。或者，或許只是因為他說話的方式，小聲得像說著一個陰暗的祕密。

「我們在那裡長大，」達拉說。「你又要談關於房子的事嗎？因為——」

「你和瑪莉，你們兩人在那兒長大。」

「還有查理。」

「你知道嗎，我剛來到這裡時，實在搞不清楚狀況，究竟查理是你的丈夫，」他說著，將杯子扔進垃圾桶裡，「還是你的兄弟？」

達拉看著他。「這件事有什麼好笑的嗎？」

「我只是很好奇，」他說。「這有點不太尋常。兩個姊妹、一個丈夫。這個數學題怎麼算都不對吧？」

她不喜歡他注視她的方式。

「多年來，」他一邊說，一邊歪著頭部靠在門框上，「你們三個都一起玩扮家家酒，這安排有點奇怪。不太傳統，要這麼說也行。」

達拉什麼也沒說。

「如此親近、如此私密，」他說。「我猜這件事本來是可行的，後來就行不通了吧。」

達拉站了起來，開始移動腳步。

「你妹妹和我說了這件事。」他停頓了一下，看著達拉，似乎等待著什麼。「她告訴我，你想要她離開。」

達拉張開了嘴，接著又緊閉了。

「不，」她搖搖頭說。突然覺得頭暈目眩，是因為德瑞克鬍後水的味道。

「不，」她重複地說，向後退了一步，腳步不穩地站了起來。「我不想要她離開。而且她也沒有離開。」接著，更輕聲地開口說，「是她拋棄了我們。」

如狐狸般奸詐

她告訴我，你想要她離開。

這一整天，這句話都在達拉的腦海裡嗡嗡作響。他是在撒謊、虛張聲勢嗎？或者，撒謊、虛張聲勢的是瑪莉，那狡猾的瑪莉？

達拉站在她的舞蹈教室裡，雙手緊抓著她的茶杯，向她的克拉拉和她的胡桃鉗王子發出命令——**拉長脊椎，不要縮起來。拉長脖子、肩膀放下。轉動頭部而不要歪頭。貝莉、貝莉、貝莉，*attendu*（等待）！**——然而，她滿腦子裡想的都是瑪莉。

她思考著是否要打電話給查理，他正在法蘭西斯·巴倫傑表演藝術中心與希維爾夫人會面，但她不知道自己該說些什麼。她不確定是否能讓他明白自己的意思。

當天晚些時候，大樓前的排水溝因滿溢的雨水而不堪負荷，枯葉、樹枝、汙泥翻湧到下方的停車場，潑濺到了三位穿著粉紅芭蕾舞衣正要離開的學生。

後來，加斯帕在殘骸中發現了一隻受困的死蝙蝠，張著雙翅。

在A教室，她發現瑪莉躺在地板上，雙臂舉在頭頂上，貧瘠的乳房隱沒在骨瘦如柴的胸膛。

達拉站在她身體上方，她的雙手游移至胸骨，感覺到自己胸腔上堅硬的肋骨。她們不尋常、不可思議的身體。所有的熱度和火焰都在腳下，踩踏搗擊、起了皺紋、撕裂損壞、腫脹充血……

「你為什麼要和他談我們的事？」達拉說，她的腳靠近瑪莉的腦袋。「為什麼？」

瑪莉抬頭看著達拉，但沒有說什麼。她那一頭冷色調的金髮——那幾天學院裡的熱門話題——現在看起來開始變成詭異的綠色調、髮質受損分岔。

「我說德瑞克。你為什麼要告訴他一些私事？」

「什麼事？」

「關於你搬出去的事。他說，你告訴他我要你離開。」

瑪莉的嘴角似乎微微地上揚，出現了鬼魅般的笑容。

「我沒有告訴他那種事，」她說。「那不是我告訴他的事。」

現在，達拉無法終止胸口上的可怕感受。

「還有我們的生活方式，」她說，一開口就結結巴巴的。

「達拉，我們的生活方式又怎麼了？」瑪莉說著，抬頭看著達拉，雙手交叉在胸前。她的眼神空洞且天真無邪。

達拉停頓了一下，看著她的妹妹。不過，這還是她的妹妹嗎？她簡直著了魔。

「他說話的方式、你向他提及我們的方式，」達拉繼續說。「他任意曲解事實，好像有哪裡不對勁一樣。聽起來有一點……」她正思索著用哪個字詞。「不太得體。」

瑪莉看著她，那種虛假的空白，讓達拉想要大聲尖叫。「什麼？」達拉說，提高了她的語調。瑪莉和她小小的沉默，她神祕難解的微笑。「你在想些什麼？」

「我什麼事都沒想，」瑪莉說，用手揉著胳膊，臉上帶著飄飄然的神情。

達拉突然伸出了手臂，用力抓住瑪莉的肘部並猛力一拉。「別擔心，」瑪莉說，低頭盯著達拉的手指，抓得她的皮膚紅腫。「我不會告訴他關於你的事。」

＊＊＊

那天晚上，達拉無法入睡。她一直在想那兩個人——那個冷嘲熱諷的承包商，和她遙不可及的妹妹——分享的那些祕密心事。竊竊私語地談論著她，談論著他們的私事。這情況不同於從前，達拉想。這就是轉捩點，她原先的感受變得更加深刻。

這是違背了協議，這是一種背叛。

「難道我不在的時候，你和查理也從來不談論我的事情。」後來，瑪莉這麼說。

「這不能相提並論，」達拉大聲地答覆，她的喉嚨激動得快要發不出聲音。「他是我的丈夫。」

瑪莉開始搖頭，一遍又一遍，達拉繼續說，「你瞭解查理。查理愛你。我們彼此從小就認識了。我們一起長大。這件事沒有什麼不對。這就是一家人，這就是……」

她不斷地說，討厭自己發出的聲音，聽起來尖銳且緊張，一點也不像他們的母親的聲音。她一直試著要讓自己比得上她們母親的低音，不僅柔軟又令人愉悅。

「我們一起長大。」達拉最後又重複了一遍。

但瑪莉只是看著她，平靜地說：「我們有嗎？長大了嗎？」

***

那天晚上，回到房子裡的溫暖空間，充滿了雜物、強烈氣味及熟悉感，她想要告訴查理所有的事。她希望他可以讓她冷靜下來，為她泡一杯茶，用他有力的雙手輕揉她的腳。

但她做不到。瑪莉搬出去的時候，他們從未談論過這件事，或者背後的原因。對他們所有人而言，那都是一段令人焦慮不安的時光，沒有必要再次挑起事端。所以，這一切如此令人憤怒惱火的原因，就是因為那個承包商再次提起，關於瑪莉告訴他的那些事。

我沒有告訴他那件事，瑪莉堅定地說。但那種模糊不明的口吻，讓人想要知道她究竟對他說了什麼，又是出於什麼原因而說。

＊＊＊

最後，當達拉終於睡著時，那兩顆查理的黃綠色藥丸，讓她深陷於沼澤般的夢境，她做了惡夢。她夢見自己聽見他們的聲音，德瑞克狡詐的聲音，而瑪莉嗤嗤地竊笑。兩個人言語中盡是嘲諷和暗示。他們在房間裡，在她的臥室裡。他們正站在臥室的門口。不對。他們倆擠在床尾，眼神裡帶著笑意，雙手摀著嘴偷笑著。他們就在那兒！不停看著！

查理、查理，她一邊呼喊一邊搖晃著他，雙手像爪子一樣抓著他的背部。

但他卻沒有醒來，她一直無法確定他是否身處夢境，是否身處夢境而聽不見她的聲音，又或是她醒來了，他卻迷失於黃綠色藥丸帶來的沉睡之中，在專屬於查理的泥濘夢土，那個她渴求到達的遠方。

這次是水災

B教室裡到底都是水，角落的積水甚至高達三英寸，全新的地板都浸濕了，如紙巾般柔軟。

＊＊＊

還沒看到出了什麼事，達拉老早就聞到那味道了。那是一種難聞的氣味，一種對身心有害的氣味，像是小時候春季嘉年華會的擊球水池[26]，母親禁止父親帶她們去玩那項遊戲，不然肯定會得小兒麻痺症，就再也不能跳舞了。

那天早上，她已經遲到了，掙扎地從床上爬起來。查理比她還早到教室。他告訴她，不管怎樣，步行對他的背部有益無害。

多休息半個小時吧，他說。**沒有你，教室也仍會持續運行**。

「女士，這其實不如看起來的狀況那麼糟糕。」當達拉走進來時，班尼這麼說著，空氣中瀰漫著一種更強烈的沼澤惡臭，他和加斯帕的腳踝已深陷在棕色汙水中，在半完工的地板上操作著一台抽水機和濕式真空吸塵器，新安裝的彈性鑲板被淹沒，在泡水後彎曲變形。

「他在哪裡？」達拉說，捂住自己的嘴鼻。

「女士，請不要驚慌。」班尼不停地這麼說，而她站在B教室的角落，鞋子裡慢慢湧進溫暖渾濁的汙水。

那種感覺將她給淹沒了。

「他會永遠都會在此，」達拉對自己說，也對任何人說。「我們永遠擺脫不了他了。」

***

在後勤辦公室，她發現查理正在打電話，臉色蒼白。

「發生了什麼事？」達拉問道。「你怎麼沒打給我？」

「水管爆掉了。」查理低聲說，將話筒遞了過去。

德瑞克解釋了一切。事實證明，一定是有人——儘管班尼和加斯帕兩人都否認了，達拉也相信他們——將釘子釘入B教室的管道。肯定整晚都在漏水，底層地板現在成了他們腳下的海綿，相鄰的地板也因泡水而彎曲鼓起，他們得要鑽孔好讓內部凹處恢復乾燥狀態。

「那麼他現在人在哪裡？」達拉問道，正倚靠在門上。

「他去租用一台工業用除濕機，」查理悲慘地說。「趁這裡長黴菌之前。」

管線維修、零件，以及人工。時間，他們需要更多時間。從安裝新地板開始，等待替換一批鑲板。他們早已超支了。還有德瑞克說他們不必花一千兩百美元申請許可證，但最終仍需要申請，甚至必須要支付罰款。

「他們做的就是這種事，」查理說，手向他們不斷逃避的那疊帳單：設備租賃、水泥填縫劑、特別訂購的特殊黏著劑，及一種叫寶理塑膠的東西。「他們全都是詐騙高手。」

然後，查理拿著那疊帳單，開始一張又一張地刺穿在他們母親的老舊金屬插單器上，插在那根鏽跡斑斑的金屬長針。

---

26 常見於美國園遊會或嘉年會上的遊戲機器，有人會坐在大水缸上方的座椅，人們若扔球擊中機器旁畫靶上的目標，座椅上的人就會落入水缸中。

他終於有一些轉變了，達拉想著。

「關於他，」查理說，向後靠在椅背上。他的臉色蒼白得像舞臺妝，雙眼像是黑色的汙斑。「我們犯了一個錯誤。」

終於，達拉想。*他終於發現了*。

他看著她。「我們犯了一個嚴重的錯誤。」

***

「杜蘭特女士，我們非常抱歉。」班尼用撬棍撬起底層地板後這麼告訴她。所有東西在浸了水之後，聞起來都像是沼澤的氣味。「我們盡全力了。」

達拉說她相信他盡了全力。

***

瑪莉根本不想討論這件事。

她告訴查理，德瑞克試著要堵住漏水時差點受傷了，一根管子擊中他的頭部，滾燙的熱水濺到他身上，讓他的手臂紅腫起泡。

「真是遺憾，」查理冷冰冰地說。「我還以為承包商都知道該怎麼應對這種事的。」

查理突然轉換的冷漠態度令人有些毛骨悚然。

但瑪莉似乎並沒有注意到，急忙地去拿那個老舊金屬急救箱中的藥膏。

然而，隨著這一天時間慢慢過去，達拉注意到瑪莉的臉上出現了先前未有的滿足感，她帶領學生們一一完成扶手動作，完成了前足頸位，瑪莉蹲在那些七歲孩子的身旁，親自動手調整那些粉紅色的小腳，在腳踝旁捏著他們的腳趾。

「把那條腿、那支腳給包裹起來。像圍巾一樣，看到了嗎？從你的屁股一路旋轉開來到腳趾甲的位置。不能像鐮刀般鉤向外側，*mes anges*（我的小天使）。請你做原始的足尖站立，*s'il vous plait*（拜託了）。」

當然囉，達拉不寒而慄地想著。她現在認為現在他會待得更久了，她讓他落入圈套，困在她那一張黏乎乎的網裡。

***

「這些事情有時就是會發生，」德瑞克後來向查理解釋。「但那就是保險的用途。」

在辦公室裡的達拉聽得到他們的聲音，德瑞克那種大個子才有的聲音、他為了消除疑慮的再三保證。站在門口的她全都仔細聽見了。

「是這樣的嗎？」查理說道。「因為我們沒有那種保險，我們不過是一家小公司而已。」

「朋友，你不必擔心，」德瑞克說。「有了我的責任保險和你的保單，這一切安全得很。我會親自和你的保險員談談，我和班比認識得可久了。到目前為止，一切都順利運作，不是嗎？」

「哪種順利？就像淹水的情況一樣？」

「聽我說，」德瑞克說，「我明白你的擔憂。但我一定會維護你的利益，朋友。這就是個承諾。我會維護你的利益，包括你太太。當然，還有你的小姨子。你們所有的人。」

這聽起來就像是一個傻瓜的誓言，一個行騙者的保證，但還不只是這樣而已。

包括你太太。**當然，還有你的小姨子**。

查理什麼也沒說。隔著那一道門，達拉認為她仍聽得見他的呼吸聲。

***

「我們必須開除他，」達拉後來說道。「你現在明白了吧。明白他究竟是什麼樣的人。我們必須解雇他。」

查理看了她一眼，接著向後靠在椅背上。「在《胡桃鉗》季節的時候嗎？」

「這正是我們要開除他的原因。」達拉說。「火災、淹水，難道還要等蝗蟲來嗎？我們不能像現在這樣度過表演季。」

「關於這件事，我或許比你更不高興，但我看不見有什麼其他的選項。你想花上一天時間打電話找新承包商嗎？要求新的報價？一切從頭來過？」

達拉什麼也沒說。她正看著桌子上另一疊剛來的《胡桃鉗》帳單。服裝租借、量身訂做服務、背景租借、攝影師、今年新的音響技術人員，以及成堆的足尖鞋等等。

「他說他會預付所有費用。」查理說。

「支付他自己所造成的損失？」達拉說。「但他為什麼要這麼做？」

「引述他所說的話，因為他信任我們，」查理挖苦地說。「他是這麼說的。」

達拉的頭持續抽痛著，因為昨晚吃下的那些黃綠色藥丸、也因為瑪莉一整天頑童般的笑聲。她沉浸於歡快的心情，在那些六歲孩子身邊急忙飛舞著，好像她也是個六歲孩子，當她向他們示範如何匆匆地疾走時，她的聲音聽起來響亮而愚蠢，伸出像爪子的手在空中揮舞，就像《胡桃鉗》裡的那些老鼠。

瑪莉似乎很高興遇到這樣的阻礙，讓她的愛人能在此停留更長一段時間，對達拉而言，這似乎是一段無限漫長的時間。她幾乎可以想像，瑪莉拿起她用來破壞足尖鞋的鎚子，然後猛烈地重擊著水管。

「他信任我們，」達拉冷淡地說。「我們還真幸運呢。」

＊＊＊

淹水成了各種混亂失序及進度落後的藉口，對於在更衣室裡拖延浪費時間的一群四級學生，和偷偷溜去熟食店吃甜甜圈的紐曼姊妹。達拉甚至發現她教室地板黏了違禁品口香糖，呈現紫色且令人厭惡的樣子，這導致所有學生的儲物櫃都接受了一場毫無成效的掃蕩行動，又另外耗費他們這一天的二十分鐘。

規律、嚴謹、守時都有其必要，原因就在此。只要有一次疏忽，手腕就會扭轉過了頭，足尖鞋從舞者的腳滑出去，暖爐出現故障，一切都可能在瞬間改變。一切都可能分崩離析。

「眼睛看前面！注意！」達拉堅定地說，她十歲的孩子分心，在一次又一次的練習之間竊竊私語，等著他們的是嚴肅的神情及白眼。

「就這樣了嗎？」達拉說著，交叉雙臂，看了所有人一眼，走在他們的身邊，他們的腿就像顫抖的粉紅色雌蕊。「面對數百名觀眾，他們穿西裝打領帶，一身節慶時刻的天鵝絨服裝，而這就是你們打算在舞臺上呈現的表演嗎？另一間教室我還有一大群的三級學生，他們會很樂意取代你們的位置。」

「不是，杜蘭特女士。」他們都說。

恰好在這個時候，他們全都聽見了更衣室傳來的微弱尖叫聲。

達拉迅速走至門口，在那成堆的大衣和背包、牛仔布料及紫色燈芯絨之中，看到貝莉．布魯姆在她的小小儲物櫃前彎下身子，雙手顫抖，臉色驚恐。

裡面有一隻看起來浸了水的死老鼠，身上的毛皮已起皺扭曲。

＊＊＊

貝莉身旁擠滿了同情的低聲呢喃和化妝室裡的紙巾，女孩們有許多推測——真的太多了。老鼠一定是隨著大水而來，被大樓的某個祕密漩渦沖進了落地的儲物櫃裡。又或者，老鼠為了逃離洪水，在儲物櫃裡找到了避難處，卻死在那裡。

＊＊＊

「你是說，」查理後來說，「有一隻老鼠從B教室的底層地板裡鑽了出來，爬進了這個距離地面兩英尺的儲物櫃？」

達拉寫下了要打電話給布魯姆太太的備忘，或者請查理做這件事。

這一切都相當不幸，瑪莉在後勤辦公室花了一個小時安撫貝莉，女孩的臉都綠了，雙手仍顫抖著。

「克拉拉也備受折磨，」貝莉說。「她不得不面對老鼠王。但這只會讓我的克拉拉變得更好。」

「這樣的精神就對了，」瑪莉說，她一邊撫摸著貝莉的頭髮，瑪莉這麼做時會讓每個人都覺得自己是一隻備受喜愛的狗。「這就對了。」

＊＊＊

達拉沒有時間應對愈演愈烈的克拉拉風波。她有更大的問題。

她要面對承包商，他的問題似乎每天逐步擴大。指的不是他的腰圍，那微不足道，而是他的存在。他幾乎沒有不在場的時候，從達拉一大早到達，直到她離開後似乎也如此——瑪莉拉著他的手，和他一起走上螺旋樓梯到她的閣樓小屋。

＊＊＊

那天晚上，班尼和加斯帕工作到很晚，兩人的手臂深陷在塑膠建材之中，卻不見德瑞克的人影。

「你們兩人應該回家了。」達拉最後告訴他們。

他們疑惑地看著她，扯下了臉上的面罩。「我不會跟他說，」她謹慎地又說道。「回家吧。」

班尼會意地點了點頭，但加斯帕再次戴上面罩，又小聲說道，「他有時會再回來，你知道的。」

達拉發出一聲劇烈的咳嗽，突然希望自己也有一個面罩。

＊＊＊

時間是八點多了。達拉派瑪莉和查理去法蘭西斯・巴倫傑表演藝術中心，與希維爾夫人、布景設計師及道具師會面，以得到聖誕樹前置作業的准許。這兩個人似乎都不太熱衷於他們的任務。他們近期似乎越來越閃躲著彼此。**不是我吧，應該是達拉去吧？**他們都這麼說。

「重要的事情妳都知道，」瑪莉悶悶不樂地說。「而且我有自己的安排了……」

「我今晚有一個私人會議，」達拉說。「*Faites votre devoir*，盡你的職責本分。」

瑪莉看著她，驚訝地縮了縮肩膀。

「你說話就和她一模一樣，」她說，聲音突然變小了。「就像母親一樣。」

達拉停頓了一下。「不，我沒有，」她說。「你最好快點出發了。」

於是瑪莉離開了。

如果德瑞克回來了，達拉得意地想，事情並不會如他所願。

＊＊＊

「我希望我能讓你感到驕傲。」科爾賓不停地說，緊張地眨著眼睛。

「我也這麼希望。」達拉說，眼睛盯著他的手姿運行，他雙臂下垂且虛弱無力。最困難的往往是最單純的那些動作。

面對苦苦掙扎的胡桃鉗王子科爾賓，她曾答應要給他額外一些時間。他很晚才再次回到教室，臉凍得紅紅的，懇求著她。

她怎麼能拒絕呢？這是一個具有挑戰性的角色。他得要戰鬥、得要求愛，而在那個人們津津樂道的時刻，當繫上鋼索的胡桃鉗服裝被輕快地揮去，顯現那盔甲之下的王子時，他必須確保自己不會因此動搖身軀。

但是，就和胡桃鉗王子一樣，那些重要的時刻從來都不是問題。重要的是那些微小而基本的事物。是那些**手姿運行**，手臂的動作得要流暢且優雅。

「注意手臂，」達拉說，一邊搖著她的頭。「我要看到拇指及手指之間的氣流。還有，請你將脊椎挺直。」

「是的，杜蘭特女士。」他回答說，快要喘不過氣來。

＊＊＊

他再次抬起雙臂，立即地過度旋轉，肩胛骨不自然地突出了。**雞翅**，那天早些時候查理看著他這麼說。**嘖——嘖**。

「你能——示範能給我看看嗎？」他說。

達拉不以為然地搖搖頭。因為跟超過十一、二歲的學生不該有肢體接觸，除非是教他們旋轉或是軟化手部動作。這是有點可惜，因為男孩們特別能從中受益。他們之中許多人太用力、太粗魯。那是為了補償，過度地補償自己身為學舞男孩、穿上緊身舞衣並繫上舞蹈腰帶的陰柔感。無論是何時何地，當一個想跳舞的男孩都如此不簡單。

查理深知這一點。

曾幾何時，老師們總是不斷地觸碰學生，也習慣粗暴地對待。更糟的是，她們的母親曾經表示，她以前的老師如果知道現在這些事被認定不恰當適宜，他們肯定會震驚不已。***Épater la bourgeoisie*（讓中產階級震驚）**，她過去常常喃喃自語。**他們才是思想骯髒的人。**

可憐的科爾賓看起來煩躁不安，尋找著什麼。他仍然看起來就像是想要被觸摸，他的巨大渴求幾乎讓他感到疼痛。**示範給我看。拜託讓我看看好嗎。**

反而，達拉開始進行示範。

「你的手臂是你背部的延伸，」她說，移動著自己的手臂，轉動她的手腕。輕盈而充滿空氣感，從第一位置到第二位置，接著第三位置、第四位置、第五位置，她的手臂最終停留於頭頂上方，她的胸骨抬起，他的眼睛直盯著她看。「就像翅膀一樣。」

「是的，女士，」科爾賓輕聲地說，仔細看著。

「科爾賓，你必須知道一件事，」她說，「你有一對翅膀。」

他的眼皮稍稍顫動了一會兒，接著斷斷續續地跳動直到停止。他注視著她。他看著她的**肩膀向外，雙臂向內，手腕和手連續向外**，做了一次、兩次，連續三次。他用他那一對眼瞼厚重、如在夢中的眼睛看著，現在瞳孔緊致而明亮。

他看著她，達拉聽得到他吞嚥的聲音，看得到他的喉結跳動著。

空氣之中如此沉靜。他們靜止不動。

「你現在看到了嗎？」她說，她的呼吸平順，她的身體熱燙而有條不紊。

「原來如此，」男孩說。「是的，我明白了。」

達拉微笑著保持她的姿勢。他不斷地盯著看。

在男孩們的羞澀之中，總會有如此珍貴的東西。

***

科爾賓離開後不久，達拉正在收她的水壺和地板上的毛衣。

「有私人課程，是吧？」

達拉一轉身就看見站在門口的德瑞克，一隻手臂向後拉著塑膠布簾。

「什麼？」達拉說。「你來這裡做什麼？你今天造成的破壞還不夠嗎？」

「回來檢視那些傢伙的成果如何，」他說。「而且我不小心聽見了你和那個男孩的一些片段。他多大，十五歲嗎？和他相處感覺一定很棒吧。他看著你的那種方式。」

「我要走了。」達拉說，轉身遠離他身旁，她的臉龐莫名地發燙。

而德瑞克就靠在牆面上，一邊叮叮噹噹地敲著鑰匙，一邊沉思著。「該死，當你是個十五歲的男孩時，沒有什麼能阻擋你，對吧？那個年紀精力充沛、尚未被污染，又身體強壯。」

又來了，達拉想著。她裝作沒聽見，將水壺夾在腋下、毛衣掛在肩膀上。他只是想要挑釁，說的話毫無道理。

「而你擁有這麼多能量，你會被逼瘋的。你的大腦過熱，而你的身體更燙。你只想得到一切。」

他停下腳步，盯著她看。她可以聞到他的氣味，那種刺鼻又乾淨的氣味。薄荷糖、鬍後水，以及化妝室裡的那塊熔岩牌香皂。還有其他東西的味道，如啤酒，及一些更親密的東西。她往後退了一步。

「你一定很喜歡那種如此靠近你的感覺。」他說。

達拉後退移動，將她的身軀遠離他遠一些，但作用不大。她仍覺得他離得太近了，好像他的嘴巴就貼在她耳朵上，在她的腦袋上。

「別擔心。他也喜歡。」德瑞克說。「他今晚會夢到你，就在他的蜘蛛人床單下。一定感覺很好。」

達拉轉身走遠，她身體緊繃到不像是自己的身體。看進鏡子裡，她看見他也正看著她。

「我也是這麼想的。」他隨後大聲喊道，一聲輕柔的竊笑在她身後迴盪。

***

那到底是什麼，達拉不斷問自己。我們究竟讓什麼東西進入了我們的教室，我們母親的教室，還有我妹妹的床，我妹妹的身體，以及我們的人生。

***

在後勤辦公室裡，她試著要喘口氣。

她想回家，但現在還不行。查理正要來接她。現在走路回家太晚了。她不想在停車場碰到德瑞克，那就更糟了。

達拉打開灰褐色的窗戶，長長地吸了一口冰冷的空氣。

她低頭向下看了停車場一眼，她看見他的卡車，就像一個陰暗的水坑。

有一個人影飛快地掠過大型垃圾箱並朝著卡車走去。

達拉探出身子就看見了她，一個身穿傘狀羊毛大衣外套的嬌小女人，戴著罌粟紅的羊毛手套，以大框太陽眼鏡遮住了臉，正偷偷摸摸地緩緩移動著。

達拉猜想，一定是其中一位母親。大概是那較富有的三十幾位母親其中一個。**我們家艾蜜莉又忘了帶走代數作業了。我可以看一下她的儲物櫃嗎？**

然而，這個女人走路的樣子如此滑稽可笑，彷彿人行道上覆了一層透明薄冰或著火了。

接著，達拉看見她走近德瑞克的卡車。

她在做什麼？達拉一邊想，一邊看著女人伸出手來，手裡拿著一個東西——是一個白色的信封——她迅速地將信封放置於擋風玻璃的雨刷下。

女人停頓了一下，然後再次伸出手，將手放在寬闊的卡車車蓋上，將掌心擱置在那兒。那動作幾乎像是在撫摸一隻大貓的肚子。

達拉感覺到自己的手掌發癢，雙手變得黏答答的。

直到那女人轉身，摘下太陽眼鏡走遠時，達拉這才意識到那是貝莉的媽媽，即布魯姆太太。自從裝修工程開始以來，她已經有一個多月沒見到布魯姆太太了。因為，正如貝莉解釋的那樣，這棟建築物讓她感到不舒服。

那位布魯姆太太，來工作室時總會將昂貴的手提包放在胸前，不讓它沾染灰塵，總是用力猛拉著小女孩的頭，以髮夾固定起圓髮髻。那位布魯姆太太，時常在手上塗抹大量的乾洗手劑。那位布魯姆太太，也從不讓貝莉在男孩們面前脫去她的暖腿襪套。

但還有一件事：布魯姆太太將她的頭髮染成了金色，就像瑪莉一樣。

也正是布魯姆太太，達拉突然想起了這件事，將德瑞克帶進他們的生活。是她的推薦，也是她的建議。

她在做什麼？達拉全神貫注地思考著。

一扇沉重的金屬門在某處砰的一聲關上了，布魯姆太太似乎活了過來，轉身就躲在卡車後方好一會兒，她的身軀有如一隻蹲伏的動物。

達拉轉身，透過敞開的門察看德瑞克是否已經離開了。B教室的燈光終於熄滅了。

當她回到窗邊時，布魯姆太太早已不見人影了，只見德瑞克大步地走向他的卡車，就像約翰．韋恩走路大搖大擺的樣子，如公雞昂首闊步的步態。

布魯姆太太。

她癱坐在辦公桌椅上，連著深吸了三口氣，不確實這整件事是否是自己憑空想像。

六、**七**、**八**，她不斷數著，直到她被嚇了一跳，德瑞克卡車啟動的聲響就像一把壓在她肩胛骨之間的獵槍。

＊＊＊

「好吧，」當天晚上，查理在家裡說道，「是她雇用了她。」

「所以她就一個月沒有出現在教室，然後像個偷窺狂一樣在天黑後偷偷溜到他的車子旁邊？」

他聳了聳肩，眼睛因疲倦而泛著棕色。他如此疲累不堪。還有他的背……

「也許她欠他錢，」他說。「大家不是都欠他錢嗎？大家都得要給他支票吧。就連我們保險公司的支票也歸他所有。那個傢伙真的很會盤算這件事。」

「你說得好像我們一點辦法也沒有，」達拉說。

查理看著她，一邊將藥丸放在掌心裡，接著抬起手送進他的嘴裡。

「達拉，你要是想要做什麼，」他冷冰冰地說道，「就去做吧。」

***

之後，達拉去洗了個澡。她思索著德瑞克所說關於科爾賓的事情，是否應該要告訴查理那些迂迴的影射。但查理看見的不會是這個角度，她如此認定。那就是德瑞克最高超的伎倆。你永遠無法證明任何事，但每回的挑釁都感覺像是一種更高深的威脅。你無法證明這一點，所以他會持續這麼做，直到他得到他想要的東西為止。

在一片沉默之中，他們準備上床睡覺，查理做他的伸展動作，達拉手裡拿著母親背面鑲滿珍珠的髮梳，每一晚例行地梳髮一百次。

***

直到深夜，查理的手才在床單及羽絨被下找到了她的手。他冰涼的手緊握住她的手，牢牢地扣住。

他的氣息如此熟悉，就像她的氣息一樣。他所有的氣味，她的氣味。

她移動並緊貼在他身旁，將右手放在他手上，左手掌則放在他的胸口。

她感覺得到他的心跳，慢速而遲緩，但仍然在此跳動著。

屠夫的大拇指

第二天早上，達拉和查理七點鐘到達，看見停車場裡停了一輛沒見過的汽車，車長橫跨了兩個車位。車子很新，窗上仍貼著保護貼紙。車底相當貼近地面，車身為帶褐色的橙色，肯定很吸睛。這像是種隱晦模糊的暗示，它看起來就像一個巨大而寬闊的大拇指。就像德瑞克矖黑的大拇指，屬於一位屠夫的大拇指。他們的父親就會如此地稱呼它，特大且彎曲，有如一把鐮刀。這聽來有一些淫穢的暗示。

「德瑞克，」達拉說，走近那輛汽車。

「但他開的是卡車……」查理開口了，他的聲音越來越小。

「是他叫她這麼做的，」達拉一邊說，一邊往可笑的煙灰色車窗裡頭窺視著，「而她就去做了。」她抬頭望向建築物，眼神從上至下看向三樓的天窗。

「瑪莉！」達拉喊道。「最親愛的妹妹！」

「達拉，」查理用警示的口氣說，把手放在達拉的肩膀上。「達拉，不要——」

「瑪莉，為你的行為作出解釋！」

***

為你的行為作出解釋，這句話在她的腦海裡迴盪著，那是母親一直常用的一句宣告——針對那些遲到的學生、那些搗亂的學生。有時，當她感覺到有危險時，這句話就對著她們的父親說。那個時候，她發現他在車庫裡昏睡過去了，坐在駕駛座上，他從鄰近的小酒館開車回家，喝了摩紳啤酒和楓糖威士忌而醉倒。車子仍啟動著，廢氣充滿了整個車庫。

為你的行為作出解釋，她一遍又一遍地說，用她的掌根敲打著車窗。達拉站在母親後面，看著他搖晃身體好讓自己清醒過來，英俊的下巴和下頜上滿是嘔吐物流下的條紋狀。

為你的行為作出解釋，說這句話的同時，她都快要哭出來了，而達拉永遠不會忘記她父親臉上曾有的表情：充滿困惑和羞愧的神色。那一種表情會轉瞬之間轉變成其他的情緒，他會從車上跳下來，拉著母親的頭髮——她又長又閃亮的前額髮束——即使如此，她也不會住口。**為你的行為作出解釋、為你的行為作出解釋**。

瑪莉曾對著達拉說了一句有如旁白的悄悄話，**能為你的行為作出解釋的人，是誰？**

「這輛車，」查理一邊說，一邊繞著車子走來走去，「看起來真的很貴。」

但達拉幾乎聽不進去。她拱起了脖子，又抬頭看了看三樓，在寒冷的早晨突然感覺有些醉意，毛線帽遮住耳朵，臉上發燙，而抬頭、抬頭、再抬頭又帶來了一陣暈眩。

「為你的行為作出解釋！」

砰！天窗終於突然打開了，瑪莉搖著頭讓她一頭驚人的金髮鬆散開來，瑪莉那張狐狸臉盯著她看。臉上盡是得意揚揚的表情。

「這是我的，」她說，傲慢地微笑著。「都是我的。」

這是我的，她臉上的表情似乎都說了。**都是我的**。

＊＊＊

「她根本不可能買得起車，」查理說。「對吧？」

「不可能。」達拉說。

＊＊＊

達拉後來想著，也許空氣之中充滿了這種氛圍，那種魯莽輕率、肆意揮霍的感覺。因為，那天下午達拉被威斯頓醫師拉去一旁，聽他哀嘆著《胡桃鉗》的費用，今年產生了更多的費用，因為更新了破爛老舊的一批衣服及一些因為長期使用而硬化破裂的薄紗，也因為修補了舞臺背景讓聖誕樹的規格更大、更精緻，以及場地和工資的費用增加。

威斯頓醫師說個不停，該如何依據他們孩子被分配的角色輕重來調整變動費用時，班尼在一旁操作著濕式真空吸塵器，他同情地看了她一眼。

之後，她看查理坐在辦公桌前整理一張名單，列下所有尚未慷慨解囊資助節慶魔法的不良家長。

「幸好威斯頓醫師不知道有這件事，」查理看著那一張紙說著。「我們那位克拉拉媽媽還沒有支付她的部分。」

「布魯姆太太？」達拉問道。

「那位開著翠綠色賓士的布魯姆太太，」查理說。「我等一下打電話給她。」

「不，」達拉說，「我來打。」

查理看著她。「你該不會要問她昨晚的事吧？她得要先付掉這一筆錢。」

「她會付的。」達拉說，手指上下滑著查理的手機以尋找電話號碼。

此外，無論如何，她都需要和布魯姆太太談談貝莉的事。緊張又恐懼的貝莉，在《胡桃鉗》的季節一開始時，她有一群樂於幫她編髮髻的友好同學，下課後會邀請她去德魯塞爾家喝熱巧克力，而如今她面臨的是鞋子裡藏著利器，明明收好的緊身舞衣的褲襠上頭沾了番茄醬，以及排練教室裡的冷漠目光。

可憐的貝莉，現在就和克拉拉一樣，獨自一人站在黑暗的舞臺上。

＊＊＊

然而，當達拉試著撥電話給布魯姆太太時，一段錄音宣告，**您撥打的號碼是空號……**在一些老舊的文件記錄上，她找到了一個多年前的家用電話號碼。但是當達拉試著撥打時，一段錄音告知她，**您所撥的號碼已無人使用或暫時無法接聽……**

在排練結束後，達拉詢問貝莉是否可以協助聯絡她母親。但女孩一直堅稱她沒有電話號碼，她不知道。她一臉尷尬。

「貝莉，」達拉說，「我們必須聯繫她。」

「但原因是什麼？」貝莉一邊說，一邊拉扯著克拉拉輕薄透明的睡衣，她在惡夢場景時得要穿上的服裝。「是不是我做錯了什麼？」

「不，」達拉說，眼角餘光看見門口的一個影子。她聞到他鬍後水的濃重甜味，他電子菸的薄荷味。

「我仍然是克拉拉，對吧？」貝莉問，眼睛閃現著光澤。

「當然。」達拉說，她的眼睛盯著影子看。**他為什麼在這裡徘徊著？**

貝莉謹慎地點了點頭，然後拍打著充滿靜電且緊貼著褲襪的睡衣，開始旋轉、旋轉，髮夾鬆脫而讓頭髮散落。

達拉朝門口看了一眼，就算德瑞克剛剛在場，現在也早已不見人影了。

＊＊＊

不到一小時，達拉的手機響起，是一個私人號碼。

是布魯姆太太，她的聲音輕柔且小心翼翼。

「我知道你想要聯絡我，」她很快說。「如果是關於我的……義務……」

這一切都有些尷尬。達拉向她保證，一切的事都可以簡單地解決。

「當然了，這不過是一時疏忽，因為你是《胡桃鉗》如此熱心的支持者。但是，你似乎也錯過了課程最後一期的繳費。」

電話的另一端停頓了一下。達拉能聽到布魯姆太太的呼吸聲。短淺的呼吸聲讓她聽來像是一隻神經質的動物。

「是的，這麼說吧，」布魯姆太太清了清嗓子說，「我現在有點短缺現金。房子——還需要進行修繕。」

「是的，我知道。我們的承包商是同一位，記得嗎？是你建議——」

「他還會在那裡待多久？」布魯姆太太說。「他……你預計這工程要持續多久？」

「我明白，那些粉塵的問題，」達拉說。「我很抱歉。我們碰到了一些麻煩，因為淹水而有些進度上的落後。但是我向你保證，我們希望可以儘早完成。」

「他現在在那裡嗎？」布魯姆太太說，她的聲音變得特別低且沙啞。

「嗯，是的，」達拉說，發現自己的聲音也降低了。

「我該去忙了。」她突然說道。「我得去忙了。」她的聲音如此哀淒，就像她女兒的聲音一樣。**我仍然是克拉拉，對吧？**

「布魯姆太太，」達拉急忙地說，「我昨晚是不是看見你了？你有來教室的停車場嗎？」

電話另一頭傳來一陣哽咽的聲音。

「我嗎？」布魯姆太太說。「噢，沒有。」

「因為我好像看見你了，在德瑞克的卡車上。你那時……」

「他的卡車？」布魯姆太太苦澀地說。「不可能。」

「不好意思，你說什麼？」

只有一陣短暫的沉默，布魯姆太太急促地呼吸。

她接後輕聲地說：「杜蘭特小姐的事，是真的嗎？」

「什麼事是真的？」達拉說，她的頭部有節奏地抽痛著。害怕布魯姆太太可能會說的話，會表達些什麼。

「聽說她……她現在染成金髮了？」

就在此時，B教室裡的濕式真空吸塵器再度響起雷鳴般的噪音，燈光隨著一陣陣的洶湧而閃爍著。

「布魯姆太太，」達拉提高了音調，更湊近了耳機一些，「你有什麼想告訴我的事嗎？」

一段低聲耳語來得瘋狂而緊湊，所有的字句黏在一起：「聽我說，聽著。」

「我正在聽，」達拉說，儘管她幾乎聽不見布魯姆太太如此微弱而緊張的聲音。

「他有他想要得到的東西，」她說，一進入達拉耳中時，她所說的字句就有如一把利刃。「除非得手了，不然他會緊抓著不放。」

「要什麼？」達拉說，她根本不確定自己是否聽錯了。「要什麼？」但布魯姆太太早已掛斷電話了。

「她付清了嗎？」查理問道。她放下電話，感覺有一陣冰涼寒氣掠過她的身體，一支冰涼的手放在她的脖子上，鎖骨上。

「你說什麼？沒有。」

「完全沒有付錢嗎？」查理問道。

但達拉沒有回覆，她陷入了自己的沉思。查理無法理解。他沒有聽見布魯姆太太的聲音。他沒有看見她在下方停車場的樣子，她蹲伏時的那種恐懼。

＊＊＊

這一整天，布魯姆太太的聲音在達拉的耳裡發出顫聲。

是真的嗎？聽說她現在染成金髮了。

除非得手了，不然他會緊抓著不放。

＊＊＊

但沒有時間好好仔細考慮了，教室裡擠滿了六十個十至十二歲的孩子，全都要由兩位忙碌的裁縫量身縫製服裝，他們嘴裡咬著滿滿的別針。

來不及多想了，而停車場裡就停著那輛車，那鮮豔的橙色蒙上了一層汙泥和鹽水噴霧後變得暗淡。到了中午晚些時候，當達拉偷偷地瞥了一眼時，它看起來破破爛爛的，像乏味的鉛筆頂部橡皮擦，像被壓碎的安全錐。

那一輛車。

＊＊＊

直到這一天結束之際，達拉才發現瑪莉獨自一人坐在防火梯上，手裡拿著一支菸，那件可笑的皮衣外套包覆著她的身體，雙腿如蜘蛛般彼此絞繞。

「我今天和布魯姆太太談過了。」

「噢，」瑪莉說著，抓住她筋疲力盡的赤腳。瑪莉的雙腳是他們所有人之中看起來最糟糕的，就像扭曲而厚厚的一片生肉。如果不是因為有其他人盯著她的腳看，達拉並不會大驚小怪。對她來說，那雙腳永遠提醒著瑪莉是多麼地努力，作為一名舞者如此不屈不撓，現在又如何在其他事物上堅韌不懈。

「她似乎在暗示著一些事情，」達拉說。「關於德瑞克的事。」

「這樣啊，」瑪莉一邊說，一邊仔細看著她發黑的腳趾甲。「她終於繳學費了嗎？」

達拉停頓了一下。「你知道任何關於布魯姆太太和德瑞克的事情嗎？」

「不。」瑪莉說。

達拉不相信她。

「瑪莉，你怎麼買下那輛車的？」

「我有錢，」瑪莉說。「只是以前沒有讓我花錢的東西。」

「你說的是讓你花錢的人吧。你會買車是因為他要你這麼做。」

「是我自己要買的，」瑪莉說，抬高了她的下巴。「我需要它。」

「需要它？需要它做什麼？瑪莉。」

瑪莉什麼也沒說，以指甲抓著額頭，太陽穴旁的皮膚仍然粉嫩柔軟，因為她曾試著要淡化膚色，徹底地漂白她自己。

「你還記得怎麼開車嗎？」達拉說。「你已經好多年——」

「德瑞克教我怎麼操控排檔桿，」瑪莉說，她的雙手垂放在膝蓋上，眼睛現在直盯著達拉。「我幾年前就應該要這樣做了。」

她看得出來，瑪莉試著要讓她明白一些事情。感覺就像是瑪莉要指責她什麼。

「一般人會有自己的車子，」瑪莉繼續說道，她的聲音裡了一種不同於以往的冷酷。「這就是一般人會做的事。他們會搬家、買車、和別人做愛，買房子。」

她停下來，看著達拉，她一副正要指責達拉的樣子。

「你確定嗎？」達拉說。「因為似乎有些人從來不這麼做。他們搬家不久就又回來。他們搬家只是為了像小老鼠一樣躲在閣樓裡。」

「你有一輛車，」瑪莉說。「你有一棟房子。」

達拉看著她，耳後出現一陣寒意，及對於某件事的記憶。「你現在為什麼要提起房子的事？」達拉問，但瑪莉什麼也沒說。

瑪莉的雙腿就像蜘蛛或其他動物的腳一樣，她低著頭並躲了起來。

就位

整個晚上，達拉都在想著瑪莉的事，想著那台車。瑪莉很少開車。她從來就不喜歡開車，特別是他們父母出事之後。她上一次開車已是五年前的事。

達拉還記得那一通半夜的電話。當地衛理公會醫院的一位護士來電，說瑪莉發生車禍了。

查理告訴她，這一定是哪裡搞錯了。瑪莉在走廊盡頭的房間裡睡覺，每一個晚上都是如此。每天晚上，他們三人會一同上樓。

然而，瑪莉並沒有在家睡覺。反而，她開著他們共用的克萊斯勒汽車去夜遊，行駛在某一條鄉間道路上，車頭燈耀眼通明，最後卻撞上護欄並撞斷了前保險桿，距離十年前她們父母的別克汽車滑行穿越的高速公路中央分隔島，也只有幾英里。

真的，這真是個奇蹟，她獲救時身上只有幾處紅腫、瘀傷，及一根拇指扭傷。

這是高速公路巡警在醫院告訴達拉的話。

瑪莉坐在輪床上，向達拉展示了她的拇指，她剛剛裝上了一個特大的固定夾板，一個附有鉤環的橡膠手套，就像一位馴鷹者或擊劍手。

En garde（就位）[27]，瑪莉說，彷彿讀懂了她的心思。

***

當他們問她發生了什麼事時，**我看到他們了**，她這麼說。**母親和父親，他們開在我前頭，開著那台老別克汽車。他們的速度如此之快。我不得不跟上他們。**

達拉覺得自己身體變冷了起來。

我想警告他們。但他們好像想要試著甩掉我，把我遠遠拋在後頭。

瑪莉的雙腿發著抖，她的瞳孔顫動著。

但該怎麼拯救一個不想被拯救的人呢？她說。

達拉說她講的話不合常理，她最好開始恢復理智。**瑪莉，你為什麼會撞上護欄？你到底要去哪裡？**

但瑪莉無法回答，這些藥片讓她變得遲鈍且想吐。

她的前額凸起了一塊，像是兩眼之間的一顆鵝蛋，而查理一直試著要逗她開心，假裝要摸它，問那是半熟蛋還是全熟。

他們不想讓她再度談論她們父母的事。

別擔心，這件事與他們無關。瑪莉後來對達拉這麼說。

每一次都和他們有關，達拉想，這樣的領悟在那裡徘徊了片刻，接著又消失不見。

***

不到一星期後，瑪莉公開宣告了她的聲明。她要去旅行了，去遙遠的地方旅行。她必須這樣做。去布達佩斯、克羅埃西亞或的里雅斯特這些地方。

這件事令人擔憂，但也許並非如此。或許是時候了。

幾年前，達拉她自己有一次也差點要離開。那是她們父母去世前的一段時間，她和查理才剛墜入

27 擊劍比賽時準備動作之口令。

愛河。在你還相當年輕的時候，離家這種事情看起來如此地緊要急迫。當時的她比現在的瑪莉年輕許多。

而這件事幾乎要發生了，後來卻不了了之。

但瑪莉就要離開了，也許時候到了。

***

對你們來說，這好像是一件我剛剛才決定的事，瑪莉不斷地對他們這麼說。**對你們來說，這似乎很衝動。對你們來說，這似乎很魯莽。對你們來說。**

讓她去吧，達拉最終對查理說。**就讓她去吧。**

因為達拉突然意識到，她想要讓瑪莉離開。她的腦海裡閃過一絲光芒，沒有瑪莉的房子。只有兩個人的家。這件事難以想像，讓她的心跳加速。

她一點錢也沒有，查理一直堅持。**她哪兒也去不了。**

達拉說，**我們給她錢吧。**舞蹈教室還沒有轉虧為盈，但查理的信託基金還剩下一些錢。

***

他們就這麼達成了協定。根據不動產遺贈的公平計算，他們買斷了瑪莉對這棟房子的所有權。她們的父母將房子留給了她們，但如果瑪莉要去世界各地旅行，她需要一棟房子做什麼？

無論如何，這都是她的選擇，達拉這麼對查理說，但查理不太確定。

而且，當然了，達拉對瑪莉說，**我們希望你能回來我們身邊，回來這個家。**

房契不過只是一張紙，查理更急切地對瑪莉說。**這個地方是你的歸屬。**

她離開之前，舉辦了一個盛大的聚會——工作室學生的所有家長都來了，以前的學生們現在都長大了——瑪莉自己喝完了一瓶香檳，最後在儲藏室裡親了一位達拉以前的學生，一個二十歲的男孩，前額有美麗的金色瀏海，而在所有人離開之後，她一如往常先是造成一場騷亂，接著在廚房的桌邊哭泣。查理將她放到床上，在她臉上蓋上一條冰毛巾，旁邊放了一個垃圾桶，以防萬一。

她不會去的，查理告訴達拉。**你等著看吧**。

***

但瑪莉的確離開了，身後拖著他們的母親滾輪行李箱。

「第一站，希臘！」第一張明信片就是這麼寫的，在一星期之後。

第二張來自羅馬，又過了一個星期，上頭只草草地寫了幾個大字：「乖乖的。獻上愛給親愛的你們。」

後來就沒有第三張明信片了。在她離開二十五天後，有個聲音吵醒了他們，瑪莉憔悴的雙腳踩在樓上的走道啪啪作響，她的手腕上掛著一個免稅店的購物袋，裡頭有一盒吃了一半的焦糖杏仁糖和三罐哈爾瓦酥糖。她們母親的天鵝絨行李箱被遺棄在樓梯底部，輪子早已剝離脫落。

這完全是我誤解了，她說，那天晚上她在床上緊緊地抱住達拉，她們兩人像是雙胞胎一樣，這讓瑪莉很有安全感。**我還以為心裡的聲音是在對我說快去、快去、快去！**

達拉問，**那些聲音到底說了什麼？**

它們說不要聽那些聲音，瑪莉一邊說一邊笑，笑得如此厲害，以至於她在達拉的手中、在她的懷裡搖晃著，達拉抱著她，這隻小鳥用喙尖小聲地叫著。

我們很高興你回家了，查理說，他一向明白什麼是該說的話，接著就說出口，他的眼睛光亮透明且如釋重負，瑪莉爬進他懷中並安然待著。

那天晚上，他們就像在母親還在的時候一樣，一起睡在主臥室的大床上，就像在《胡桃鉗》上演的最終幾個晚上一樣。

他們依偎在一起，一隻手就搭在另一隻腳上，對著誰的肋骨呵癢，用手掌輕撫著誰的頭髮。查理喜歡撫摸她們的頭髮，兩隻手分別撫摸著兩束長髮。

達拉想著，**除了愛，你還能在這其中尋得什麼呢？**

他們愛瑪莉。他們曾經幫助她。他們擁有這間房子，但這裡就是她的住所。只要她喜歡，就可以永遠住下來。只不過，她最後卻不喜歡這棟房子了。她再次離開，拋棄了他們。但是，如果她突然想要把房子要回來怎麼辦？因為**他**有這個打算。

騙局

一片陰鬱的淩晨四點，暖氣鏗鏘作響。

達拉睡不著，準要進行一項關於《胡桃鉗》的任務，這意味著在地下室一一探查那些起皺、嚴重發霉的箱子，那些沉重又有刺鼻味道的紙箱裡裝了她們父親老舊的曲棍球裝備、彎掉的球棍、因積累多年汗水而僵挺的褪色運動衫。

她差點被一個文件儲物盒給絆倒，她發現自己的腳落在了一團濕漉漉的毛髮上而差點叫出聲來。但這只是母親的舊兔毛毯子，從一個濕漉漉的掛衣紙箱裡蔓延了出來。她停頓了一下。她不記得她曾將它放在這裡。會是瑪莉放的嗎？

她彎腰去拿，它的氣味令人倒胃口，雖然熟悉卻已被遺忘多年。

她們的母親有許多節慶傳統：在第一堂課前於芭蕾扶手灑上聖水，在午夜彌撒之前將爆米花和蔓越莓串成花環[28]，如果生病了，就要在床上吃灑糖的牛奶麵包。

但她們最喜歡的一項傳統，就在《胡桃鉗》每年的最後一場演出之後。

結束如此使人精疲力盡的旅程，十幾場或更多場的表演，達拉和瑪莉每年都會扮演比前一年更加關鍵的要角，從小老鼠、派對客人，晉升成丑角和花朵。兩人都不曾扮演過克拉拉，他們的母親說，因為那不公平。

---

28 美國早期有許多殖民者以爆米花作為聖誕節的平價裝飾元素，有時以染料將爆米花染色，甚至同時串上堅果或色彩鮮豔的水果，而鮮紅的蔓越莓又為聖誕節增添許多節慶氣氛便成了常見的組合。

（達拉後來才明白，這不是一個划算的交易。）

晚上十一點、十二點時，她們的父親不是在回家的路上就是在樓下的躺椅上睡著了，電視上播放著怪物電影，她們從巴倫傑表演藝術中心回來，在房子裡躡手躡腳地走動，跟隨著母親來到主臥室，剝去衣物，釋放自己，她們有著如浣熊般的黑眼圈、滿是腫塊的雙腳，及紅潤的臉色。

還有黑色的指甲、紫色的皮膚點狀的肉色。酸痛的雙腿沉入冰塊之中，乾裂的雙腳浸泡於漱口水中[29]，塗上厚厚的一層山金車軟膏，然後緊緊地包裹住陣陣作痛的肌肉。

不再有悶熱的老鼠裝，不再躲在薑媽媽的蓬蓬裙底下爬行！

不再有嘴裡、鼻子裡的人造雪！

不再有諂媚的克拉拉和她那張淚流滿面的臉！

他們會蜷縮在母親的床上，喝著在爐子上微微加熱的溫蛋奶酒，然後觀看小巧的攜帶式黑白電視機上的《胡桃鉗》錄影帶。最後一件事永遠是看她們的母親扮演十二歲的克拉拉，在廣受喜愛的阿爾伯塔芭蕾舞團《胡桃鉗》的季節登場。

她們的母親總會拿出那條毛毯，就是達拉剛才在地下室的地板上所發現的那一條——濕漉漉的並帶有麝香味。她會把它從她的天鵝絨箱子裡拿出來，說它曾經屬於她自己的母親，是用貨真價實的維也納藍兔皮毛所製成。

毯子一年只會拿出來一次，聞起來像薰衣草和美好舊時光，在手指間的觸感就像是兔子耳朵的內側。現在，達拉仍可以感覺到當時是什麼感受。毛絨、靜電，以及閃現的電火花。

依偎在毯子下，喝著蛋奶酒，一邊大笑一邊以雙腿揪扯著，而他們的眼裡總是沾滿了表演的雪花，這是他們這一年之中最喜愛的夜晚，每一年都是。

當查理進入她們的人生時，他也成為了這其中的一員。他端著托盤，上頭是裝有蛋奶酒的紅色馴鹿高腳杯，一路從廚房走向臥室，不會濺灑出任何一滴。

第一年很奇怪，或許吧。但後來就再也不會這麼覺得了。

他是查理，一個異常害羞的十三歲男孩，修長得不可思議的脖子有明顯的喉結，焦急地擺動著他修長得不可思議的雙臂。

她們的母親掀開毯子的邊緣，邀請查理進來。

她們的母親如此興高采烈地拉起了毯子，她的白色手臂對照著藍色的毛皮。那張毛皮充滿靜電而難以抗拒，她的眼神對準了查理。

進來、進來，快進來。

***

最後，達拉找到了她要尋找的那個箱子，箱子側面有母親熟悉的草寫字，上頭寫著**胡桃鉗（舊）**。裡面裝有腐爛的紙製胡桃鉗頭套，它已在表演上使用超過十幾年，每個胡桃鉗王子都曾將它套在他孩子氣的腦袋上。

近年來，頭套更換成新的，上頭的蟲膠漆在進行了十幾次表演後就碎裂了，它的品質令人懷疑。我會找到原來使用的那種，***le vrai bonheur*（那才是真正的幸福）**，達拉曾向科爾賓・萊斯特里奧如此承諾著。

現在看著這東西，她想著他該會有多麼高興。

憂心忡忡的她正匆匆要上樓，紙糊的頭套蓋在她高舉的拳頭上，這時她又差點被那條毛毯絆倒，

29 兌入漱口水於泡腳水中，據傳有軟化角質、除臭及去除死皮的作用。

她的腳陷入其中，裡頭溫熱且發霉了。

這令她感到反胃。

她連忙將它一腳踢開，走向旁邊有火爐呼哧呼哧作響的遠處角落。

＊＊＊

站在起居室的窗前，她在清晨的陽光下檢視著那個胡桃鉗的腦袋。這和她記憶中的樣子完全不一樣，它的頭骨微微下陷，一側有凹痕，散發著漿糊的氣味，紅色帽子褪了色，臉上的五官變得暗淡呆滯，捲曲的小鬍子脫落，一隻眼睛上的網狀窺視孔也已破損。

但他露齒而笑的樣子仍舊誇張。當王子第一次轉過頭來，展現那笑容時，總會驚嚇到劇院裡所有的小孩，讓他們全都躲到座位下。

她想，這就像所有講給兒童聽的故事，所有的童話故事——總是比你所想像的版本更加黑暗，更加不可思議。就連那些孩子們都比你所想像的更加黑暗，更加不可思議。

就在那一刻，她覺得她好像透過前窗玻璃看見了什麼東西，玻璃上因晨霧而模糊不清。一道橙色的閃光，或許是他們的鄰居又在垃圾桶裡燃燒樹葉了。但是，她又走近了一些，她彎曲雙手拿著胡桃鉗頭套，她看見了那一輛車，那輛瑪莉的車，那橙色在寒冷的早晨更為顯眼，是膠水蓋子上的橙色。

「瑪莉……」她大聲地說出口，將右手伸向那片霧濛濛的玻璃窗戶上，好像她妹妹能聽見她的聲音一樣。**她是要回家嗎，還是……**

她胸口浮現了一種可怕的感受，她還沒來得及確定那是什麼時，那輛未熄火的車子又突然駛動了。

當車子飛馳開進晨霧之中時，她看見他了。她看見握著方向盤的德瑞克。獨自一人的德瑞克。

＊＊＊

「我跟你說，」查理一醒來，她就立刻對他說，「他開著她的車來盯著我們。監視著我們。」

「看的或許是房子，」查理說，揉了揉自己的太陽穴，走到窗前，拉開他們母親的一片法式百褶窗簾，錦緞因塵埃變成暗淡的灰色。

「你是什麼意思？」達拉說，胡桃鉗頭套還拿在手上，像是小女孩抱著玩偶的樣子，把它安放在前臂上，它們驚恐的娃娃臉永遠盯著人看，眼睛大大睜著，充滿疑惑及恐懼。

「我不知道，」查理皺著眉頭說。「他問了我一些關於房子的問題。是哪一年建造的、我們有沒有想過賣掉它，那一類的事情。」

「你沒有告訴我這件事。」達拉說。

「我不認為……我的意思是說，這是他的工作領域，」查理說。「也許他……」但查理的聲音變小了，臉上帶著一絲疑惑。

他有他想要得到的東西。布魯姆太太就是這麼說的。就是那棟房子。他似乎很瞭解的事物。接著是瑪莉，才在前一天這麼說：**一般人會有自己的車子。這就是一般人會做的事。他們會搬家、買車，買房子**。

「這件事有些奇怪，因為我們昨天也接到了一通電話，」查理說，現在較為清醒一些，更有警覺心了。「有個女人打來找你，說是房子的事。」

「房子怎麼了？」達拉說。「等等——」

「她從市政府之類的地方打來的，」他說。「我把她的電話號碼記下來了。」

「你怎麼沒有告訴我？」

「這不重要。我的意思是，這似乎不重要。」

「電話號碼在哪裡？」

「在教室。」

達拉在查理身旁坐下，他們兩人之間隔著那個胡桃鉗頭套，兩個人什麼話也沒說。

＊＊＊

她無法判斷查理在想些什麼。她無法得知他的感受。他有冰冷且空洞的藍色眼睛。作為一位舞者，這就是他一直以來的樣子。那些年，那些骨刺和上關節唇撕裂傷，疲勞性骨折及肌腱撕裂，緩慢地施壓折磨他的身體。他不讓自己感受到那些傷，也不讓自己有其他的任何感受。又或者，至少他從未表現出來。

你會跳舞跳到死的，他的醫生曾經如此低聲說。

但是查理不會歇手，除非他的身體停了下來。直到絞刑者骨折發生，歷經了一次又一次的手術，迫使他完全不能再跳舞為止。

但他並非沒有任何感覺。當她們的父母去世時，是查理將這個消息告訴達拉和瑪莉。州警把這件事丟給了他。而比實際年紀成熟的查理，如此溫柔又俐落地告訴她們這件事。

一天後，當達拉和瑪莉在樓上穿上葬禮的衣著時，他用手疾速地打破廚房的窗戶。他拇指及食指之間的虎口上仍有一道如貝殼形狀的傷疤。

而且，每個月有一天，他會在她們母親的墳前放上一束百合花。

發財致富

那天早上，一邊看著瑪莉從螺旋樓梯走下來，臉龐仍帶著朦朧睡意，達拉一邊說：「我晚點需要找你談談。」

「是的，老闆。」她說，走過達拉的身邊。「但我們真的有時間嗎？我們不是得要去敲開胡桃嗎？」

厚顏無恥，達拉想。

就連那聲音聽起來也不像是瑪莉，那聲音更加粗暴、更加沙啞。

就像是他向她灌輸的那些話。他將那些想法植入她的腦袋裡。

他就像一位催眠師，達拉想。**那就像精神控制一樣。**

這讓她想起了他們曾經在父親的雜誌背面看見的那些廣告。

想要得到將自身意志強加於他人身上的快感嗎？

如何控制女人的心智！

***

那一天他們所得到的唯一幫助，就是德瑞克根本沒有現身。「他在哪裡？」達拉問了班尼，班尼只是聳了聳肩，臉上全是汗水。

「他把所有的工作都丟給你了。」達拉繼續說。

班尼摘下了帽子，擦了擦臉。

「杜蘭特女士，我很抱歉。」他說。

「為什麼要道歉？」達拉問道。

加斯帕正在角落裡以砂帶機磨光，看了一眼班尼，而班尼停頓了一下，深吸了一口氣。

「為了這些事。」他說，搖搖頭。

她並不清楚他所指的是不是B教室，這個空間如今看起來像是它吞噬了自己，地板下陷，空氣中充滿了塵礫或什麼的，存在著更巨大而不朽的東西，但達拉卻只看得到黑暗的角落，毛骨悚然的邊界。那個不斷生長著的生物已將爪子伸進了教室、吞蝕了瑪莉，將魔爪伸向了一切。

＊＊＊

一整天，達拉都在等待著瑪莉落單的機會，但他們倆都忙於排練，忙著進行一對一和小組的練習，而他們慢慢地將這場芭蕾表演拼湊起來。

那些年紀較長的學生現在歸達拉管，讓自己沉溺在陣陣作痛的雙腳、血性水皰，四處都是繃帶的腐爛氣味。

Mademoiselle, entendez!**（小姐們，注意聽！）**達拉快速且不間斷地糾正學生。**尾骨向下！用腳趾，不是用腳跟！**再也沒有犯錯的餘地了。他們都渴求被指正，拼命地想被拉展身體、被使勁地拉扯。

所有的學生一整天都盯著她看，那些急切的臉龐，那些哀傷的表情，那些飢渴的眼神。那些女孩們焦躁不安的需求，她們不曾如此消瘦、也不曾如此健壯的身體，但在她們的雙眼之後卻盤旋著一股黑暗。達拉想，**當你進入芭蕾的世界時，當你終於超越了身體極限、突破自我的舊有觀念，這就是一定會發生的事情。**

疼痛如此真實，如此持久。
疼痛使人心曠神怡，讓你覺得自己充滿了活力。
疼痛是你的朋友。疼痛就是你。

＊＊＊

快樂接著就會來臨了，達拉拿出胡桃鉗的頭套，她這一整天都將它放在窗臺上，讓裡頭散發的霉味及地下室臭氣消散而去。

它塗上厚重顏料後的臉部顯得油亮。

「杜蘭特女士，」科爾賓．萊斯特里奧說，一邊從她手中接過，握住的方式像是拿著一塊巨大寶石一樣。「我已經等很久了。」

「你不要太興奮，」達拉說，盡量忍住笑容。「就像關於芭蕾舞的一切，這不僅刺激，還有很重的氣味。」

科爾賓顫抖著把它高舉過頭。一想起所有戴過這頭套的年輕男子，達拉感覺到眼裡一陣發熱。

就在這時，她聽到了一陣隱隱約約的笑聲。遠處的角落裡，有好幾個四級的學生圍觀著，用手掩著咯咯的笑聲。

「我想知道，這有什麼好笑的？」達拉說。

每個人都低頭並安靜了下來，除了佩珀．威斯頓之外，她說：「這只是有點……有點愚蠢。」

「不，一點也不愚蠢。」有人開口說。

是貝莉．布魯姆。他們的克拉拉很少見地開口插話，這些天她幾乎不說話，避免造成她對手們的憤怒。

佩珀看著她，惡意地嘖嘖作聲。「我認為，」貝莉現在更加害羞地說，「它很漂亮。」

科爾賓將那顆上下跳動的頭部面向著她。剛上顏料的笑容似乎正對著她微笑。

達拉看著貝莉紅了臉。

＊＊＊

將近兩點，查理終於找到了他前一天記下的電話留言。那張留言只有一個電話號碼，旁邊寫著「**房子？**」的潦草字跡。

B教室不斷地發出吵雜的隆隆聲，達拉準備要回電話時躲去了樓下，在他那棟大樓及鄰居之間的狹窄空間裡偷偷地抽了根菸。

但是，在她將號碼輸入手機後，她收到了一則用戶郵件信箱已滿的簡短訊息。

她嘆了一口氣，將手機收了起來，抽出了她藏在背心肩帶下的香菸。

「有間諜在監視我嗎？」

達拉抬起頭，嚇了一跳。是德瑞克，躲在一個大型垃圾桶後面，拿著電子菸，就像她其中一個瘦弱的十六歲學生。

「誰是間諜？」她一邊說，一邊轉身。「問問今天早上在我們家門外的人。」

他的眉毛揚了起來。她讓他吃了一驚。

彷彿是想要在拖延時間，他從口袋裡掏出一個精美的黃銅打火機遞給她。她不情願地點火。

「這就是我最懷念香菸的地方，」他說，看了看打火機。然後，指向他的電子菸。「不分階級。」

但達拉沒有心情應對，她手裡握著的手機發燙。

「我看見你了，」她說。「今天早上開著我妹妹的車。我想你也看見我了。所以你才會開車走掉。」

他停頓了片刻，然後似乎振作了起來，像是戴上了面具般，面容變得柔和，他自成一派的笑容——輕鬆而迷人。

「罪證確鑿呀，」他說，雙手高舉在空中。「我對你的房子很感興趣。」

達拉的手顫抖著，香菸逐漸燒成灰燼。她真希望自己不曾開啟這個話題，但現在為時已晚。

「關於你對我們房子的想法，我們不感興趣。」達拉說。

「這麼說吧，我們一開始就有了些誤會。我知道那棟房子對你而言有非常特別的意義。但它能有更高的價值。也許是因為你距離太近而看不清楚全貌。」

「你那些追加銷售的話術，我們都上過當了，」達拉說。「不會再被騙了。」德瑞克笑了，他的牙齒有如未拉伸的手風琴。

「不追加銷售了，我保證。你知道的，我在下游擁有一些房地產。我的興趣就是密切地關注市場。我做了不少研究，這算是我的一項嗜好。那是一棟價值不菲的房子。有挑高的天花板、傳統的石膏牆面、巨大的老舊壁爐及百葉窗門，如果你們能拆掉那些《阿達一族》風格的窗簾的話，就會有絕佳的光線。」他說。「當然囉，我們還得要敲掉好多面牆壁——那房子裡四處都是牆。我們可以建造一個巨大的現代風格的開放式廚房，獨立套房的浴室……」

「我們不會敲掉任何一面牆，」達拉說，一邊將她的香菸扔在地上。「你不曾進去過我們的房子，為什麼會這麼瞭解？」

「我只瞭解瑪莉告訴我的事。」

「她告訴你什麼事？」達拉問道。

但德瑞克已經開始在說服她，堅定地說，「我看過其他類似的房子。只要將天花板拉高，拆去那些老舊的橫梁，捨去那些木製的窗框和窗玻璃，裝上新式的設計。去除那些多節的松木裝潢、所有過時的雕刻花邊裝飾。人們不會喜歡這些，他們想要的是嶄新且亮眼的東西，就像外包裝未拆的樣子。我們要讓這個有罅縫風吹入的老舊棺材煥然一新，你知道接下來會發生什麼事嗎？

「我們全都會發財致富。」

達拉感到突然感覺到一陣讓全身發冷的寒意，握緊了手中的香菸。

「並沒有什麼**我們**。」她說。

「沒有嗎？」德瑞克說著，一步步靠近她。靠得如此之近並壓低了音調，展現一股突然的把握。

「因為一段婚姻裡只容得下三個人嗎？」

達拉察覺自己倒退了一步，接著第二步。

「如果你還覺得我們有興趣再和你合作的話——」她開口回擊了。

「我知道這件事很棘手，」他很快地說道，再次微笑。「家務事一向是如此。我並非故意要踩在誰的腳趾上[30]，不好意思，說了雙關語。」

達拉將香菸扔到人行道上，從他身旁走過。

「不過，這狀況對你和查理來說很棒，」他說，現在他的笑容變得平淡了。「瑪莉搬出去了，現在你們倆就可以一屁股坐在一桶金上，不是嗎？我們何不一起合作，讓這一桶金變得更多？」

達拉逐漸走遠。

「嘿，我不會妄下定論的，」他說，當她正走向消防安全門時。「而我最敬重聰明又擅長商議的生意人了。」

達拉將老舊的金屬門拉開，一股熱氣騰騰的空氣吹在臉上。她可以想像，瑪莉將她的嘴唇貼在他的耳畔。她對他呢喃著些什麼，說的是什麼事都不無可能。

「我不會妄下定論，」德瑞克又說。「我只是想尋找新的機會、新的合作夥伴關係。」

現在在門內的她倚靠在門上，香菸讓她喘不過氣來。

＊＊＊

「她在哪兒？」達拉問道，在更衣室中四散的七、八歲的孩子之中走來走去，汗流浹背的小女孩們散發出一股奇怪的甜味，他們張嘴渴求地呼吸著空氣。「杜蘭特小姐在哪裡？」

「她讓我們下課了，」一個編著辮子的紅髮女孩口齒不清地說。「她說我們已經夠努力了。」

達拉的臉上流露出懷疑的神色，嘆了一口氣便往後勤辦公室走去。

＊＊＊

「你為什麼要這麼做？」她對瑪莉說，發現她高高地坐在防火梯上。

「做什麼事？」瑪莉說。

「今天早上他開著你的車。」

「我的車就是他的車，」她說，將手放在她的大腿上，上頭有個新的瘀傷，看來紅腫又令人尷尬。「他可以開車去做任何他想做的事。」

「例如監看我們的房子嗎？」

瑪莉停頓了一下，正以手指夾緊著腳趾。達拉看出來了，她妹妹並不知道這件事。

「你跟他說了什麼關於房子的事？」達拉問道。「他似乎對那棟房子瞭若指掌。你很清楚，在這之後我們再也不會僱用他做任何事了。你也很清楚，我們永遠不會賣掉那棟房子。」

---

30 字面上是指踩到某人的腳趾，英文成語則是指干涉他人事務而冒犯、惹惱或是得罪他人。

瑪莉看著她的大腿，手指深深地按壓在瘀傷上。她的手指放在他曾駐留的地方，她閉上了雙眼。

「瑪莉，」達拉說，「他在利用你，他想得到一些東西。」

他有他想要得到的東西。除非得手了，不然他會緊抓著不放。

「每個人，」瑪莉盯著她的瘀傷說，用手指撫摸它，「都想要一些東西，即使是你也不例外。」

「你跟他說了什麼？」達拉說，現在聲音更大了。「關於那棟房子。」

「我把一切都告訴他了，達拉。」她說。「我把他想知道的一切都告訴了他。答覆他提出的所有疑問。」

「他是個小偷。」

「那你又是什麼？」

這個問題聽來像是一記辛辣的耳光。「你這是什麼意思？」達拉說。「瑪莉，想要搬出去的人是你，你也想要那筆錢。而你甚至也不住在那裡了。」

但瑪莉只是神祕又沾沾自喜地笑了笑。

達拉伸出手並一把抓住妹妹的臉龐。她緊緊地抓握著那張臉，瑪莉眼裡充滿了驚訝及恐懼。這是她們母親曾做過的事，雖只有幾次，卻足以讓他們久久不能忘記。

「你很幸運，」達拉說，她的聲音奇怪而沉重，「我沒有將你扔下樓梯。你很幸運，我沒有把你踢出這個教室、我們的學校，還有我們的人生。你能擁有所有的一切，都是因為我。你沒有屬於自己的任何東西。你一無所有。」

那些字句不斷說了出口，兩人都迫切地希望那些話語可以停止下來。

＊＊＊

後來，達拉將自己鎖在化妝室裡，肩膀不停顫抖著。她不能離開，不能讓任何人看到她這樣。

她討厭這種感覺，討厭內心存有的這種野性。她的內心深處有著什麼東西。

好好控制一下自己，她想著。**看在老天爺的份上，好好控制一下自己。**

＊＊＊

「他在對她洗腦，」達拉那天晚上說。「他試著要說服她，我們……從她那裡**拿走了**一些屬於她的東西。」

「達拉，」查理說，摸了摸她的手腕，「他不能改變任何我們不想做的事。這房子是我們的。」

她看了他一眼。她想著那些她沒有告訴他的事情。像是瑪莉不知何故要將房子拿走的言外之意。還有那些影射。**你們三個玩扮家家酒玩了這麼多年，這安排有點奇怪。**

「他也說了一些其他的事。」

查理停頓了一秒，身體僵硬了起來。「哪一些事？」

達拉停了下來，看著查理的背影，他美麗的身形，他暗藏的脆弱。

「算了，」她說。「我不記得了。」

但這時的查理已不再認真聆聽，直盯著一張紙看。

「怎麼了？」

「我打電話去詢問我們為什麼還沒收到保險公司寄來的支票。」他說，眉頭緊鎖著。

「然後？」

「看來，」查理說，連看也不看她，「我們確實收到了。」

「看來？你把支票存進去了嗎？」

「錢不會支付給我們，」查理說，還看他手上那張紙。「在實際情況下。」

「什麼實際情況？那錢會支付給誰？」她感覺到內心有一種下沉的感覺。

「給承包商。」

「等等，為什麼？我們絕不會同意這件事。」

＊＊＊

然而，事實證明他們同意了。

查理將那張紙遞給她看，一份名為「利益轉讓書」的文件副本。達拉認得這份文件，她記得自己曾叫他將這份文件交給查理，而查理簽了所有東西。

「他說這只是標準程序，」查理說，無奈地搖搖頭。

「所以所有錢都會直接進到他的口袋裡，」達拉說，感覺她的身體正在下沉著，體內有一個不斷盤旋的重物。「直至目前為止，所有的保險金都是他的。」

查理點了點頭。「我的意思是，他付了錢做所有的這些材料、地板……」

「你怎麼能……」她開口說話，聲音顫抖著。可是她能說些什麼呢？她自己也不曾閱讀那些文件。她從來就不看，文件太多了。

「達拉，」查理開口了，卻無法把話說完。

＊＊＊

達拉和保險公司的人通了好幾小時的電話，一個無休止的按鍵迷宮，活潑愉快的答覆一個又接著一個，每一個都向她保證他們可以更換收款人，他們可以提供她付款記錄，但這需要一些時間並且會延遲付款，可能會產生其他相關費用……

「我不在乎，」她說。「我們早就不在乎這些了。」

＊＊＊

一個陷阱早已設好，而他們就身陷其中。達拉現在很確定這一點。

查理什麼也沒說，拿起一疊新的帳單，刺穿在金屬插單器的長針上。

「事情越來越嚴重了，你沒發現嗎？」達拉對查理說，他正僵硬地靠坐在桌了後方，當他偷偷抽了根菸時，電熱墊正冒著熱氣，香菸放在一個敞開的抽屜裡。

他難道沒有發現嗎？

他正盯著著她看，她終於明白了，他現在發現了。

吞火魔術師與吞劍者

那天晚上，達拉在浴缸裡坐了許久，她的手指撫摸著邊緣的缺口，造成那個凹痕的原因，是她們的母親有一次喝了太多酒而滑倒。

這就是她僅剩的一切，屬於他們的家。她的家。

房子又大又舊，但它的大小和年歲都相當重要。這是他們的全世界，他們的完整歷史，屬於杜蘭特一家的故事。

承包商占領了工作室，那代表了一次入侵、一次拆毀。他支配著瑪莉，又一次的入侵、又一次的拆毀。

但這裡，這裡他碰不得。永遠不行。

這是一切開始的地方，所有的一切。在杜蘭特舞蹈學校一開始的那幾年，她們的母親甚至會在房子裡教學，在每一處都潮濕的地下室裡，地板上鋪有特殊的乙烯塗料。

在樓上的空間，達拉和瑪莉共用一間臥室，這樣另外兩間臥室就能合併成另一個舞蹈室空間，她們的父親用他的羊角鎚拆除那一面牆。他整天喝著納拉甘塞特啤酒，把鋁罐壓扁就扔在工作靴下的地面，不停地揮動又揮動著，直到整面牆什麼都不剩了，而羊角鎚最終擊中了他的臉頰。

瑪莉發現浴室裡的洗手臺、毛巾、浴室腳墊上四處是血跡，而母親正縫合著父親的臉。（**那臉上的皮膚就像是皺巴巴的棕色牛皮紙**，她後來這麼告訴達拉。）

後來，她們躲進了臥室裡，媽媽的轉盤斷斷續續地播放著法國香頌，達拉和瑪莉一塊擠在達拉的鋪位，想隔著牆面偷聽，但是隔著許多面牆，除了媽媽銀鈴般的笑聲，他們什麼也沒聽見，接著就是持續好幾個小時的哭聲。在她們父親大力地跺步下樓，消失在屋前草坪的一片黑暗中之後，哭聲才開始。達拉和瑪莉在窗前望著他，那街燈有如一道聚光燈，讓香菸閃爍著霓虹火光，他將臉埋入了他的手掌之中。

***

那棟房子因這些過往時刻而騷動翻騰著，那之中有好有壞，也有黑暗隱祕及令人厭煩的事。

那棟房子是一個活生生的、會呼吸的、下垂鬆垮的，又喘息不斷的物體。

他們永遠不會賣掉房子。他們絕對不會搬離。瑪莉不應該拿走那一筆錢。瑪莉根本就不應該離開。

***

深夜時，達拉醒來發現查理不在床上。

原來他睡不著，整晚都在樓下，就在那張造成他背部受傷的折疊沙發上，那張他一開始搬來和她們一起住時所睡的折疊沙發，那已是好多年前的事了。

早上，她看到廚房桌子上放著沾有葡萄酒漬的杯子。

當她走向車子，並從他身旁走過時，他說：「我不明白，我們發生了什麼事？」

達拉停了下來，把手放在他的肩膀上。

「我們在這裡全都很開心，」他說，聲音聽來模糊且迷惘。

***

教室裡似乎因焦慮憂心而氣氛沉重。

距離法蘭西斯・巴倫傑表演藝術中心的最後一次預演彩排只剩下幾天，所以週六不休假、沒有生日派對、沒有家庭活動，也沒有家長安排的兒童遊戲日。相反地，這一天教室開放著，每個人都懷抱著期待，甚至是格雷森姊妹，他們的弟弟正在距離四個街區的教堂洗禮。

那是星期六，他們沒有任何不方便的瑣事，例如上學。

他們可以練習一整天，直到他們都疲倦不堪為止。

「真的有必要這樣嗎？」在達拉宣告他們這一整天應該要待在這裡，不得抱怨、不得有藉口之後，瑪莉這麼問道。

達拉什麼也沒說，一把推開她妹妹就走遠。如果瑪莉想要一整天和承包商一起懶洋洋躺在骯髒的床單上，那也不關她的事。

女孩們焦躁且緊張不安。幾個人腳沒站穩，有一個人還跌倒了。其中一個十二歲的孩子指責另一個孩子踢她的後腿，兩個人開始大喊大叫，其中一個打了另一個人耳光，場面充滿了戲劇性，讓瑪莉一個六歲學生在門口看見著就哭了。

「***Pas de Larmes***（不要哭），擦乾眼睛，」達拉說，同時打了個響指。這是應對那些小小孩的唯一辦法。「態度莊嚴。觸不可及。」

那六歲的孩子抱住瑪莉的雙腿，哭得更厲害了，她的臉通紅而承受不住情緒。「我討厭那樣，」她歇斯底里地低語道。「我討厭那樣。」

「別擔心，」瑪莉說著，用手心捧著女孩有赤褐色秀髮的頭，「一切很快就會過去了。」

＊＊＊

達拉試著要留在她的教室裡，遠離瑪莉。那天晚上，他們不得不去法蘭西斯・巴倫傑表演藝術中心，與舞臺經理一同排演所有的提白，這已經夠糟了。排演需要花上好幾個小時。

瑪莉現在也一樣躲著達拉。防火梯上沒有隱形煙霧或是任何她可以避免路過達拉工作室的方法。

當天晚些時候，在A教室裡，達拉把頭壓得低低的，而瑪莉不願抬頭轉移視線而直盯著那些小丑，這些四、五歲的孩子在第二幕中會從薑媽媽的巨型蓬蓬裙中側手翻出來。

他們從她身邊一躍而過，瑪莉也跟著轉動回過身，只有速速地瞥了達拉的方向一眼。那一張臉，就像狐狸一樣狡黠。

＊＊＊

接著，是貝莉・布魯姆的問題。每當達拉看著她時，她都會想起那女孩的母親，想起布魯姆太太聲音中的哽咽、言語中的恐懼。

布魯姆太太完全錯過了她女兒的表演。克拉拉的詛咒降臨在她身上，貝莉那天早上搭著一輛計程車到達，褲襪在搭車時被座椅弄髒了。她的同儕們似乎不再歡迎她一同共乘，格蕾西・亨特的理由是她母親的掀背車根本沒有位子容納另一個女孩。

「更何況，」達拉聽到格蕾西小聲說，「她還一直掉頭髮。」

達拉走了過來，雙手叉腰。

「那是什麼意思？」

「她會掉頭髮，」格蕾西又重覆說了一次，現在更是結結巴巴的，她低下了頭。

女孩真正的恐怖之處，是她們對於攻擊目標的一針見血。貝莉的髮量變得如此稀疏，總是從她的單薄髮髻散開。前一天，達拉在更衣室發現她盯著髮梳看，上面有一綹雜亂的頭髮。

「亨特小姐，」達拉嚴厲地說，「請移動至後排去吧，不需要你站在前排了。」

格蕾西．亨特的驚訝神情令人心滿意足，儘管貝莉看起來很苦惱，儘管達拉明白事情在好轉之前總會先變得更糟。

＊＊＊

回到辦公室時，電話鈴聲響了，達拉想都沒想就接了。

「杜蘭特小姐？」

「是的，」達拉說，她的胸口一緊，那是女人的語氣如此正式，好像有什麼事。

「我是縣政府書記處的瑪姬，來電是回覆您打來詢問的事。」

「是的，」達拉說，現在保持著警覺。「你是前幾天打來的人嗎？關於房子的事情？」

「你是梧桐大道兩百二十一號的杜蘭特女士，對嗎？」

「是的，」達拉說。

「我想，我們一直錯過對方的電話。你之前打電話來，是為了詢問關於您房地產的轉讓契約？你說的是沒錯，你的名字仍在契約上，另外還有一位達拉．杜蘭特女士。所以如果你想要登記所有權的轉讓，你需要提交一份產權轉讓契約。」

達拉緊抓著桌子的邊緣。

「我就是達拉，」她說。「我想，你要聯繫的人是我妹妹瑪莉。」

「噢，天啊，」女人說。「我很抱歉。」

「我妹妹的名字應該已從那份契約去除長達五年了。此外，她為什麼會打電話給你們？」

「杜蘭特女士，我恐怕無法回覆你這些問題。」

「產權轉讓——你剛才是這麼說的吧？要轉讓給誰？一位家庭成員不能直接將另一位家人從契約上除名吧。」

「杜蘭特女士，我們不願捲入家庭紛爭之中。」

「這就是我的家。我和我丈夫的家。是她男朋友逼迫她這麼做的。那是詐騙……」

「杜蘭特女士，我必須要掛斷電話了，但你可能需要和你妹妹談這件事。」女人停頓了一下。「或是你的律師。」

＊＊＊

達拉在後勤辦公室裡鎖了門並打電話給查理，查理的聲音聽起來微弱而昏昏沉沉的。他這一整天開著那台克萊斯勒去處理關於《胡桃鉗》的差事，另外去買一盒「雪片」，這些雪花每一晚飛揚盤繞於舞臺，飄在所有舞者的頭頂上，在第二幕的《雪花圓舞曲》演出之際。

「而這一切都是因瑪莉而起？」查理不停地說，一遍又一遍。「她打電話給他們？」

「是的，」達拉說。她想起了德瑞克匆匆從他們手上拿走的保險單據。「又或者是她做了，卻不明白自己在做什麼。瑪莉對於那份契約瞭解多少？」

她聽得到電話另一端的查理喉嚨緊張地發出卡嗒聲。「我不明白，」查理說。「任何人可以這樣提交出文件，就拿走你自己的財產嗎？」

「她不是隨便任何人，她的名字還在契約上。我們一定是沒有完成那份文書作業，要在契約上加上你的名字，並將她的名字刪去。」

「噢，」查理說。「我好像不記得了。」

這一切都發生得如此之快，瑪莉如此渴望要拿走他們的錢，就此逃走。**這世界正在等待著我！**這一切的重點，就是讓她離開那裡、讓她拿到她那一份房產的錢、讓她拍照、讓她在藥妝店裡拍攝她的護照照片，她護照上照片的臉龐如此充滿活力，幾乎有些狂熱，露出滿口牙齒的大大微笑，但她右眼的目光古怪地飄移至他處，就像在說，**我們完成了嗎？我們完成了嗎？因為我得要離開、離開、離開了……不然我永遠走不了了。**

但就在瑪莉離開的那一刻，達拉對於屋子裡空蕩蕩的感覺驚嘆不已。

當天晚上吃飯的時候，她舉起酒杯，試著微笑，一邊說著，**查理，最終就剩我們兩個人了，就像我們這些年以來所一直盼望的那樣。**

我們之前並不想被留在這裡，我們想要的是離開。他這麼提醒她。

***

「你今晚要找她談談嗎？」當她再次來電時，查理問道。「我的意思是，我們跟她非談不可。我們……」

「非談不可，」她說。「之後，以後。」

她在想著，那天晚上在巴倫傑中心，有很長一段時間她得要和瑪莉坐在一起。瑪莉和她的狐狸臉，帶著狡猾和欺騙。

「我應該會到，」他說。「我會去。」

他的聲音聽起來急切又溫暖。這幾天、這幾個星期以來，她第一次感覺和他的距離如此近。一種幾乎令人感到疼痛的溫柔。

「留下來，」達拉說。「我們需要你在場。我們需要你。」

查理停頓了一下。「好，我們回家再談。」

達拉看著她的手錶。時間已經晚了。太晚了。但她不想掛斷電話。她希望他能讓她打消疑慮，說點什麼都好。

「噢，」查理說，「我將那盒雪片拿過去了，所以應該已經在那裡了。」用於《雪花圓舞曲》的雪片。那些雪片裝在木箱裡，而且永遠不夠用。每次表演結束後，如果運氣好的話，會有一些家長志願仔細檢查供下一場表演使用的雪花，挑出其中的髮夾、脫落的鈕扣、耳環後扣，以及每個舞者可能踩在腳下的一切危險物品。舞臺地板必須是乾淨平滑，即使在滿是紙片的一陣暴風雪中也是如此。一個不該出現的髮夾可能會讓一個舞者摔倒在地，可能會讓一切徒勞無功。

但那些雪片如此值得，那一片雪景將是每個人都永遠記得的驚呼時刻。

「看起來如何？」她問道，將手機放在耳邊。他的聲音低沉而尖銳，仍然撫慰著她，召喚出一處安全又溫暖的地方。

「就像雪一樣，」他說。接著停頓了一會兒，他又說：「你媽媽每次都會在表演後留下一些，還記得嗎？」

達拉微笑著。「給她的克拉拉和胡桃鉗王子當作紀念品。」

「**我們之間獨有的祕密，**」查理說，他的聲音現在如此輕柔。「當我扮演王子的時候，她給了我那些雪花。」

＊＊＊

時間已經快要七點了，距離他們應該要到達法蘭西斯・巴倫傑表演藝術中心的時間，已經遲了好一些。

她已經有超過一小時或更長一段時間沒有正眼看著瑪莉了。克洛伊・林告訴達拉，她看到她在停車場抽菸、講手機。

「她看起來有點奇怪，」克洛伊說，拉緊她的外套。

「為什麼奇怪？說話準確一點。」

但克洛伊只是給了她一個輕微驚慌的表情，就沒有再多說些什麼。

達拉跑回辦公室，對著螺旋樓梯上方喊叫，但沒有得到回應。她本來打算在開車途中和她談談，或者有必要的話就在表演藝術中心說。

她不知道自己要說些什麼，但她仍會找她談話。瑪莉將不得不為自己的行為做出回應。難道她真的要讓這個怪物吞噬他們嗎？

達拉正要伸手去拿她的包包，這時聽見外面有引擎發動的聲音。她望向窗外，看到路燈下的橘色轎車，瑪莉坐在方向盤後，臉色慘白。啟動了引擎，推動了汽車排檔。起步時斷斷續續地前進，剎車發出刺耳的聲音，汽車終於向前晃動了一下，瑪莉那滿頭金髮的腦袋在擋風玻璃後顫動著。

瑪莉在開車，達拉心想，胸口一陣刺痛。那是一種舊有的刺痛感，就像她們第一次學習跳躍時一樣，看著瑪莉躍至半空中——轉身，又轉身——讓她的舞伴接住她。一個盲目無知的轉身、一個輕率愚昧的躍步，可能跳進安全之地，也可能是萬丈深淵。

瑪莉不應該開車。

瑪莉不應該獨自一人在外。

***

法蘭西斯．巴倫傑表演藝術中心有如一個在地平線上不斷閃爍的燈箱。就像一個巨大的馬戲團帳篷，裡面保證充滿了歡樂。

看到表演藝術中心時，總會讓她想起父親帶她們去參加的巡迴嘉年華，每年會有一個週末在聖貞德教堂的停車場舉辦。當時她和瑪莉還很小，是父親仍會帶著她們到處跑的年紀。黑夜剛降臨於大地之際，可以看見帳篷有如地平線上明亮的大顆斑點。讓門口的工作人員收取了票券後，她們總會在入口處倒吸一口氣，因為這一切如此奪目耀眼，有五顏六色的服裝，猜你體重的攤位，以及被父親說是騙局的投籃遊戲，但他仍然投了十六元美金，就為了讓瑪莉贏得一個價值兩元美金的填充玩具。

在死骨巷這種陰暗的遊樂設施中，總會傳來有像睫毛夾使用不當時會發出的尖叫聲，情侶們消失於巨大的彩繪大嘴的陰暗處，大嘴上排列著閃閃發光的銀牙。父親不允許她們進入。

不論如何，雜耍帳篷是他們的最愛。達拉最偏愛的是吞火魔術師，但瑪莉的目光鎖定了吞劍者，她將金色秀髮向後甩，手裡拿著一把玻璃材質、通電的長劍，劍身照亮了她的喉嚨。她將頭仰得如此低，頭部似乎消失不見。她看起來像是根本沒有頭，只有喉嚨及食道。

我做得到，瑪莉不停地說，試圖將她整個拳頭塞進嘴裡。她已用畫筆和木勺試驗好幾天了。

瑪莉不斷地嘗試，直到她將一根廚房的烤肉串插在喉嚨裡，她不但噎住了，還吐出了血。

多年來，她一直夢見她喉嚨裡卡住的各種物件：一根織針、她們父親放在躺椅側袋裡抓背用的不求人。

多年來，她醒來時都會大口地喘氣。

***

瑪莉最喜歡吞劍者，而達拉喜愛的則是吞火魔術師。

她會將頭部往後一甩，顯現那有如幕簾般的黑色秀髮，將舌頭又寬又平地伸了出來，把火把燈芯放在粉紅色的中心，她的嘴巴形成了一個O型。

她將頭向後仰得如此之低，你能看到火焰全都爬上了她的喉嚨。那些火焰如圍巾一樣吞噬了她的喉嚨。

吞火魔術師、吞劍者，她們都是女人，皮膚黝黑、美麗，又無所畏懼，腦袋向後仰著，嘴巴張得奇大無比，讓一切都暴露無遺。

她們有本事將這些物件放入體內，取出時也毫髮無損。危險的東西、致命的東西，都讓她們放入身體之中，取出時保持原狀且完美無瑕。維持原貌直到永遠。永遠都維持原貌。

那一道童年的門

一整個晚上，達拉和瑪莉隔著兩排座位坐著，同座的是法蘭西斯・巴倫傑表演藝術中心的舞臺經理，還有銀髮的希維爾夫人，彌菲耶芭蕾舞團的負責人，也是和他們共度十多個聖誕佳節——在那之前則是與她們母親合作——的夥伴，一同排演《胡桃鉗》的提白。在她們的父母去世時，希維爾夫人擔任她們的法定監護人，並簽署了讓查理和達拉能在十六歲時結婚的同意書。她說，**只要曾親身體驗你們三人的人生經歷，都會擁有遠遠超過你們年歲的智慧。**

每年，希維爾夫人的舞者們負責演出其中的「大人」角色，以及需要高超技巧的角色：克拉拉的父母、參加派對的大人們、光彩耀眼的糖梅仙子，以及克拉拉的教父，那神祕的卓賽麥爾先生戴著白色假髮和眼罩，給予克拉拉一個胡桃鉗玩偶，就此開啟她黑暗且精采的一段冒險。

「我想，你一定會很喜愛今年的卓賽麥爾先生，」她對達拉小聲耳語，同時眨了眨眼。「他真是太迷人了。」

每一年，希維爾夫人從頭到尾都會和他們坐在一起排練所有的提白，身上帶著每年一次安圭拉之旅中曬得像楓糖漿般棕褐的膚色及她的銀色手鐲，一同經歷初期那些變化莫測的技術彩排以及瘋狂的最終預演彩排。她總是平靜鎮定地看著，手裡拿著織針及一堆羊毛，不斷地發出尖銳的碰撞聲，她的雙眼往上越過老花眼鏡的鏡片，掃視著舞臺。

提白高達數百個之多，卻少有更動改變。每個人都有他們自己的期望，有一些家長們看見他們人生第一次的《胡桃鉗》，是在她們母親仍掌管著學校時。若是修改任何細節，或改變早已如此完美、讓每個人都如此開心的事物，該有多麼愚蠢。一切都和過往一樣照舊不變。

今年唯一不同的是，達拉和希維爾夫人坐在一起，而瑪莉則坐在前面隔兩排的位子，拿著不尖的鉛筆做筆記，心不在焉地畫下無數足尖鞋的素描，這是她從小就養成的習慣，她的鞋尖總是鋒利如刀片，就像斷頭台落下的大刀。

對達拉來說，這行為如此引人注目，甚至激進挑釁，但希維爾夫人似乎沒有注意到，織針嘎嘎作響，目光一次又一次地高抬注視著舞臺。

＊＊＊

「查理不會加入我們嗎？」希維爾夫人問。

「是的，」達拉說。「他的背痛得很難受。」

達拉注意到瑪莉的頭在前面兩排前顫動著，如白雪般的染髮下，如今髮根處已露出原色。

「每當我見到你丈夫時，」希維爾夫人說，「我就會想起你媽媽是多麼寵愛他。*mon garçon chéri*（我親愛的孩子）！」

「是的，」達拉說。「她很寵愛他。」

扮演卓賽麥爾先生的舞者站在舞臺中心位置，調整了他的黑色眼罩，而上頭高處的燈光工作人員進行測驗，不論是透過凝膠或是頂燈的調整，讓他的假髮上的一片白色能閃閃發光，吸引人們的注目，並讓目光停留在他身上。

「你看！他是不是很厲害？」希維爾夫人低聲地說，假裝地騰出一隻手搧著自己。「後來卓賽麥爾先生就一直是我的最愛。」

達拉瞇著眼看向舞臺。以一名舞者而言，他年齡較大一些，或許已三十歲了——甚至和查理一樣大——但眉毛較濃厚，脖子較粗壯。他讓她想起了這些年來許許多多的卓賽麥爾先生，他們戴著毛氈眼罩，戴著如巨大雲朵般的假髮，在她年紀還小的時候，他們如此地可怕，是那種讓孩子們喜歡被驚嚇的可怕。

「當他第一次登場時，你會認為他就是反派角色。我是說，你看看那眼罩啊！」希維爾夫人說。「但是，後來小克拉拉就被他吸引了。這讓她感到困惑，也讓她感到興奮。這讓我們感到困惑，也讓我們感到興奮。這是一種誘惑。」

「我想是這樣。」達拉說，她的目光在瑪莉身上掠過，現在也同時注視著舞臺上，她的手指在她的記事本上彎曲著。

瑪莉四、五歲的時候，一看到卓賽麥爾先生就會將手指塞進嘴裡，下巴不停顫抖。**他打算做什麼？**她會這麼問，猛拉著達拉的手臂。有一次，那一年的克拉拉伸手要去拿卓賽麥爾先生纖細白手上的胡桃鉗玩偶時，**不要拿！**她突然大聲喊叫。

「我說呀，他和佛萊迪不能比，但是……」希維爾夫人說道，一邊眨了眨眼。

達拉淡淡地微笑。當達拉十歲或十一歲時，一位名為佛萊迪的年輕舞者連續四年演出卓賽麥爾先生的角色。她和瑪莉對他如此渴望，他穿著背心時多麼英俊，而他的黑色斗篷如此優雅。晚上時她們會在雙層床上談論著他，瑪莉在上鋪，雙腿整夜抽搐著，達拉在下鋪，雙腳在床尾的橫木上晃來晃去的，伸展著她的腳及發黑的腳趾。令人難以理解地，瑪莉好想扯下卓賽麥爾先生臉上的眼罩，用手撫過想像中他臉上的那個凹陷黑洞。達拉喜歡在派對場景靠近他，與他擦肩而過，碰觸到他髖骨突出的部分，把自己整個塞進他的背心裡。

「有人可以拿道具給他嗎？」希維爾夫人喊道。

有人出現在舞臺上，將他們用於表演上的六個胡桃鉗之一遞交給了卓賽麥爾先生。

「這樣好多了，」希維爾夫人說。「沒有胡桃鉗玩偶的卓賽麥爾先生算是什麼呢。」

達拉記得，她曾看見母親對十多個克拉拉演員這麼說，當卓賽麥爾先生將胡桃鉗交給她時，她一定**感覺到玩偶在她手中活了過來**。

達拉還記得，自己也曾想要將胡桃鉗玩偶拿在手上。它似乎像是一個魔法圖騰。一個會變成男孩、變成胡桃鉗王子的圖騰。

「*C'est tres erotique*（這太色情了），」希維爾夫人說，現在以低沉而沙啞的聲音說道。「她開始沉迷於她的小胡桃鉗玩偶。著迷到趁家人上床睡覺後偷偷溜出去尋找他。她將它抱在懷中睡著了，迷失在幻想中，直到娃娃變成一個活生生的高大成年男人。這是一個隱喻，對吧？關於第一次性經驗，充滿了樂趣及危險。卓賽麥爾先生引誘了她，而且她很樂意。」

只聽見希維爾夫人的織針噼嗒作響，以及瑪莉鉛筆急速寫字的摩擦聲。

「但是，你當然不能讓那些克拉拉知道這些事，」希維爾夫人說。「我們必須維持著她們的純真，讓她們不受損害。這就是我們必須為這些克拉拉演員做的事。但是，在某種程度上她們也早已知情了，不是嗎？」

即使相隔著兩排座位，達拉仍聽得到瑪莉的呼吸聲。她能感覺到她像個小女孩般喘著氣，勞累過度。就像他們父親曾經對瑪莉說的那樣，在跳舞跳了一整天之後，她的身體發出低沉的持續聲響且勢不可擋，**小女孩，你過熱了，你快要燃燒起來了**。

「那個卓賽麥爾先生，你知道他是誰嗎？」希維爾夫人說，對著她的針織作品微笑著。

達拉突然好想要離開。

「他是那一道門之外的希望，」希維爾夫人說，如今她的聲音沙啞且尖銳。「那一道童年的門。」

＊＊＊

當他們終於完成時已接近十點，希維爾夫人拉著達拉到一旁去，笑著說：「我曾在《胡桃鉗》的表演季失去過一個丈夫及兩個情人。我相信，你和瑪莉會在克拉拉世界的另一側前嫌盡釋的。」

＊＊＊

達拉所想要的，只是等瑪莉獨自一人時向她問到解答。**她打電話去縣政府書記處，到底是什麼意思？你——他想要我們的房子做什麼？**

但是當他們排練到最後一組提白時，當精心製作的雪橇上場，而克拉拉準備要飛向未知之地時，她卻找不到她了。

當她匆匆趕到大廳時，她向那一面巨大的落地玻璃望去，只見瑪莉像幽靈般消失在夜裡的薄霧之中。她那輛橙色的汽車逐漸遠去，像一團微弱的火焰。

他就在屋子裡

片刻之後，達拉在梧桐大道上轉彎，街道上霧氣繚繞且氛圍隱密，她緩慢地前進著，直到她看到了他們那座老舊的大房子，窗戶朦朧昏暗，屋頂瓦片像動物觸鬚般輕輕晃動著。

這情景讓她胸口頓時一陣疼痛。多數情況下，你從來不會真正以外人的角度看著自己的房子，這是不可能的事。但她現在看到了，看到她的家、她的童年，以及她的家人：弱不禁風、坑坑疤疤，又飢餓不堪。

這就是我們的家。這是我們的家。沒有人可以搶走它。永遠不會。

她迫切地想要進屋，想要和查理一起坐在廚房的餐桌旁，桌上放著裝有葡萄酒的酒杯，雖然酒精現在早已完全被葫蘆巴養生茶、洋甘菊茶所取代，成了他們近期夜間的例行公事，而查理亮橘色的藥瓶、藥丸及維他命，就像排列在桌子上的井字遊戲。只要在一起，他們就是一家人。他們將會一同保護他們的家，以及所有一切。

***

但是，她走到前門時才發現那張紙條，就貼在逐漸灰暗的綠色油漆上。查理臨時預約到了物理治療師的最後一個療程。他至少要再過一個小時才會回家。

***

她為自己倒了一些酒，平衡地以胳膊彎曲處夾著隨行杯，準備上樓去臥室等著。他們現在得要團結起來才行。非如此不可。然而，她早些時候在電話裡感覺離他如此地近，讓她想起了雪。也許查理的背痛能有所改善。也許那天晚上他會再回到床上來。也許他會讓她將手放在他身上，在深夜的一片藍黑色中再次找到他，同時他的藥丸溫和地發揮作用。

這個念頭讓她的身體頓時發燙，當她爬上樓梯時，那一陣溫熱蔓延至她的臀部、她的雙腿之間。**查理**。

走到一半，在二樓窗戶照進來的光束之中，她看見了第一個。一個模糊而帶著泥濘的腳印，就在鋪著地毯的一個臺階上。

抬頭，她又看到了另一個。就像在追蹤一隻山獅、一隻大黑熊所留下的足跡。但這些足跡相當熟悉，是她熟悉不過的灰褐色泥漿，每天都殘留在他們教室的地板上。她甚至認出了那鞋印，承包商光潔的靴子上的光潔足尖。

他就在屋子裡，她的喉嚨裡迅速湧起一聲尖叫。

走到最上面的一層臺階，她看到了黑暗走廊盡頭那道敞開的門。是她們童年的臥室。

她從來不讓那扇門開著。她很少進去，除了可能一年一次去除塵打掃，擦亮家具的老舊木材——梳妝臺，當然還有雙層床。那座床，瑪莉在上鋪，達拉在下鋪，就像子宮裡的一對雙胞胎緊緊地貼在一起。那座床，瑪莉在睡夢中咔噠作響地磨牙，焦躁不安的達拉雙腳踢在床尾的橫木上，以她的足弓環繞著橫木，她的思緒飄向那一年的卓賽麥爾先生，當她和他擦身而過時，他的髖骨貼在她髖骨上的感覺，她的腳重踩施力，壓在橫木上，深陷在那股感覺之中……

達拉站在那裡，看見了那扇門大大敞開著，看見投射於地面上的那個影子。

他就在屋子裡。他在臥室裡。

達拉把裝有葡萄酒的隨行杯放在樓梯的扶欄上，並向前走了幾步。

外頭的路燈照得那一道門異常明亮，像是在向她招手。

＊＊＊

「是誰在那裡，」她大聲喊道，她的聲音像是一聲吠叫。

他突然地出現，他的身體占據了一整個門框，就像是娃娃屋裡的怪物一樣，只要抬起他的手臂，瞬間就能將整間屋子給拆毀。

「嘿，」他說，轉過身來。「抱歉，我嚇到你了嗎？」

他看起來很驚訝，他確實很驚訝。但也並沒有那麼驚訝。

「我得告訴你，來到這裡，我真是大開眼界了，」他說。「瑪莉講這棟房子講個不停。」

＊＊＊

他身材魁梧、居高臨下，外面路燈照進的唯一光線，投射出的影子讓他大上了兩倍。

「放輕鬆、放輕鬆。」他不停地這麼說。

「你在我們家做什麼？」她的聲音低沉且顫抖著。「你好大膽子，敢進來我們的房子裡。」

「很抱歉嚇到你了。我以為查理會在家，」他說。「我想和他談談我的想法。關於這棟房子及它的潛力。但他不在家，不過這房子非常漂亮——好吧，至少骨架很不錯——我不得不來偷看一眼。」

「擅闖民宅。非法破門侵入，」達拉說，試著讓自己穩住腳步。「我現在就要你離開，不然我要報警了。」

「如果我沒拿到鑰匙，」他說，將雙臂高舉過頭，指尖放在門框上方，「那才算是擅闖。」

媽的，瑪莉，達拉想。**真該死，瑪莉**。每一次惹的麻煩，都可以遠比她想像的更糟糕。

「你妹妹想要我來看看房子，」德瑞克說。「她想要一個局外人的看法。一個有些專業知識和觀點的人。因為各種因素，因為當初搞砸了。」

「什麼事搞砸了？」

「她失去了這房子，失去她的持分。」

總算說出口了，達拉想。這件事已經鋪陳這麼久了，達拉現在察覺了。如果他爭取不到，他就會試著奪取。

「你不知道你自己在說什麼。」

「我知道她對我說了什麼，」他說。即使他微笑著，他的聲音中也有某種沉重的意味。「她處於一種脆弱的狀態。這就是我對於這件事情的理解。」

「瑪莉這一輩子都處於脆弱的狀態之中，」達拉說。「而這與你無關。」

「瑪莉的事就是我的事，」他快速又冰冷地說——達拉以前從未聽過他用這種語氣說話。

「為什麼？」她回覆。「因為她向你張開雙腿嗎？她每天的工作就得要張開腿四十次，那不代表什麼意義。」

「你說話真的很粗俗，」他說，態度緊繃且冷靜。「嘴巴不太乾淨。」

「給我出去，」達拉重複道。「離開，不然我要報警了。」

德瑞克盯著她看。她第一次感覺到他有這種絕望的情緒，他的額頭上多了一抹濕汗。

「我已經看見我需要看的東西了。」他說。達拉用力讓自己喘一口氣。

但當他轉身的時候，他最後看了一眼身後的那個臥室，視線迅速飄移。

「我喜歡想像著你們兩人在那裡，」他用一種濕軟的聲音說，像是嘴巴貼在瓶口上一樣。「你們兩個，兩個粉紅的、完美的小小芭蕾舞伶，像音樂盒裡頭的人偶，緊緊地塞在一個小男孩的床上。」

怎樣才能讓他離開？我有辦法讓他離開嗎？達拉突然想起了母親，時常在夜裡為了她們的父親而哭泣。**怎樣才能讓他離開？**這句話聽起來就像是，**他能否永遠不再回家？**那兩個人，跳著他們無止盡的探戈舞曲……

「我和我弟弟也有像這樣的雙層床，」他說。「但我們床上的是船輪，而不是馬車的車輪。」

他停頓了一下，然後咧嘴大笑。「我們有一個慣例，我的弟弟會模仿圖森特小姐的聲音，那個德拉薩中學的火辣法文老師。

「***Parlez en franrais, mes garcons!*****（用法語說話，我的孩子們！）**然後我們就會一起打手槍——上鋪、下鋪——兩人同步。」

他看著她，又補充地說：「有一次，我爽到把一塊床尾的橫木給踢了出去。」

達拉屏住了呼吸。一轉眼，她又回到了十歲，她的腳啪地一聲就將木頭給踢破，那塊橫木就像球棒一樣飛過整個房間。

「直接把那片橫木踢斷成兩半，」他繼續說，一邊看著她。「這很驚人吧！我有一次說了這件事給女朋友聽，她說這件事很病態。說我和我的弟弟很病態。這太不正常了。我告訴她，如果這件事不正常，那我就認了吧。」他停頓了一下。「杜蘭特女士，那你覺得這件事不正常嗎？會嗎？」

達拉伸手扶住牆壁，雙腿顫抖著。她想起那塊碎裂的橫木，想起瑪莉的臉從裡面探出頭來看著。

瑪莉，她想著，她的思緒在飛速轉動著，**瑪莉，你把祕密都說出去了。你把我們的祕密全都說出去了。**

***

「女人對我們施展的最大詭計，」他說，「就是讓我們相信她們與眾不同。」

他下樓梯到半路，老舊的臺階在他腳下發出嘎吱嘎吱的聲音。

「她在利用你，」達拉喊道，快跑至樓梯最高的一階。「她在利用你，當她利用完了後，她就會回到我們身邊了。」

德瑞克停下來並轉過身。

「**回到你身邊？**」他說。「你認為接下來會這樣嗎？那個可憐的孩子。該死的可憐的孩子。」

達拉突然感到後背上一陣深刻又劇烈的疼痛。「你那樣說是什麼意思？」她問，聲音沙啞而緊繃。「她對你說了什麼？」

「家族祕密，」德瑞克臨別時又說道，「就是最糟糕的祕密，對吧？」

***

她在走廊的窗邊望著，直到他的卡車逐漸開遠，看起來像是一層不斷蔓延的浮油。

確定他已經遠離之後，她站在臥室門口，他剛才站著的地方，那個大壞蛋。她想看看他剛才看見了什麼。那個最私密的空間。那個充滿無盡親密行為的空間。

但她看到的，只有破舊的金色梳妝臺和幾乎占據整個房間的上下鋪，床尾的橫木在走廊的燈光下閃閃發光。

她想著，**從外人看起來，它就是這樣的嗎？**

這就是它的樣子嗎？

但是，後來她就無法擱置這個念頭，這個想法。

所以她就掠過這念頭，轉而專注於她面前的事物：上下鋪的床頭板上，德瑞克油膩掌紋留下的微光。

＊＊＊

她的手指笨拙地摸索著一串鑰匙，她發了訊息給查理，他立即回撥電話。他快到家了，就在幾個街區之外，但他打來了，電話另一頭傳來的聲音，聽來像是他正尋找著掉落在地的手機。

＊＊＊

「什麼？」查理說著，從前門衝了進來，他的呼吸仍然帶著寒冷夜晚造成的霧氣。「我不……」

「他剛才進了我們的臥室。」

「我們的臥室？」

「不，是**我們**的臥室，」達拉說，說得自己都糊塗了。「我和瑪莉的臥室。但他明明可以去其他地方。」

「他是怎麼進來的？我的意思是——」

「是瑪莉。」達拉說。

他的外套脫了一半，查理的手臂垂了下來。

「這是他告訴你的嗎？她現在還有鑰匙嗎？」

「當然，我們沒有逼她將鑰匙還給我們。」

接著，她想起了那天晚上早些時候的瑪莉，當達拉向希維爾夫人說明查理那天晚上不會加入時，她的頭就抽痛了起來。

「她以為我們都會去法蘭西斯・巴倫傑表演藝術中心。她就把鑰匙給他了。」

「達拉，我不……」查理才剛開口說話卻又停了下來。

「他想要與我們合作出售房子的事，他無法取得任何進展，」達拉說，「但他現在有一個新的動機了，她將那些瘋狂的想法灌輸到他的腦袋裡。」

「像是什麼？」

「像是我們利用了她，像是我們暗地裡偷走了房子一樣。」

「達拉，」查理說，現在將他的雙手搭在她肩上，「我們會解決這個問題。我們會……我會解決的。」

「我們得要解雇他，」達拉說。「明天。」

「當然，」查理說，但他完全不看著她。

他怯生生地走著路，弓著背，將外套拖在他身後。他的步態顯得緊張而僵硬。他的身體僵直，就像是——多年前他們常這麼開玩笑地說，那時這一切症狀看來很快就會消失緩解了——科學怪人。

「我只是需要思考一下。」他一邊說，一邊走向樓梯。

＊＊＊

她等著他回到床上睡覺，但他先洗了個澡。接著，她聽到他在屋子裡走來走去的聲音，檢查所有的鎖，一一掛上門鏈。

終於，到了深夜時，達拉悄悄地下樓，發現查理坐在廚房的桌子旁。他拱著背，白皙的肩膀聳高著。他張著雙腿，在他面前有一盤醬汁亂灑的義大利麵，整盤原封不動，醬汁濺滿他塞進汗衫裡的餐巾紙。

有什麼事不太對勁。受過那樣的重傷之後，他不應該用那種姿勢坐著。他的身體已損壞了大半。

而且，像他這樣的一位舞者——特別是像查理這種舞者——坐姿從來不會這樣歪歪扭扭又駝背。

「我想清楚了，」他說，連轉過身也沒有，他長著天使般金髮的頭低垂著。

達拉走了過去，注視著爐子，上頭散布著紅色的醬汁、斷成一段一段的走味義大利麵條。那些麵條可能有十多年的歷史，當時她父親熱愛穆勒牌義大利麵條搭配罐裝蛤蜊，或加入一小塊奶油，搖動翠綠色的特大瓶裝起司粉灑上十次。

「想清楚什麼？」她說，腳下踩到的義大利麵條像小樹枝般碎裂。

他轉過身來，頭部快速擺動著，讓她懷疑他是否止痛藥吃得太多，他之前在春季就曾有一次經驗，在瑪莉離開之後，他們有許多的爭執，他拆除了房子側面的排水溝，從裡面拉出了一隻死浣熊。幾個月來，這種氣味一直困擾著他們，而他們無法找到原因。查理不斷地說那是死亡的味道，死亡本身，肯定是有什麼東西死在裡頭，如果他能找到就好了。

「想清楚什麼？」達拉又重複了一遍。但即便她已開口問了，她這才突然意識到，她或許根本不想聽見他要說的事。她發現自己突然害怕他可能要說的事。

「他對她進行了催眠。」

「什麼？」

「那個承包商。他催眠了她。我曾讀過相關的文章，真的有這種事。」

達拉看著他，想把濺汙的餐巾從他汗衫上拉下來。她想幫他清潔乾淨，讓他把身體坐直。

「查理，拜託，」她說。「讓我——」

她用力地拉下那張餐巾，走到水槽邊，打開熱水，將餐巾放在水龍頭下。

他好奇地抬起頭看她，就像一個等待媽媽幫他擦嘴的小男孩。

她看著餐巾從自己紅紅的手中滑落，滑入垃圾處理機飢餓的黑色蓋口。當查理不停地說話時，她就看著那個黑色洞口，他都還沒好好構句，就不經意把話說了出口。

「但好消息是我們可以解決它，就像拋棄被毒化的思想一樣。我們只需要帶她去看心理醫生，某種治療師。」

她按下開關，垃圾處理機發出噹啷的聲響，餐巾的一角滑進洞口中，馬達磨碎、再磨碎，將那塊布給撕碎，直到餐巾卡在齒輪上，整個機器都顫動著、最後靜止下來為止。

「好的。」達拉說。「也許吧。」

她伸出手，手指再次按在開關上，試圖要重新開機，一股電流在她手臂上傳導飛散，讓她顫抖了起來。

「要麼就是她，不然就是我們吧，」查理說，現在口吻更輕柔，更像他自己了。「不是她就是我們被催眠了，我們這一輩子都被催眠了。」

達拉轉身看著他，她想將自己的手掌蓋在耳朵上。**這些就是我不想聽的那些事**。

「達拉，」他說，「我們必須要做點什麼。」

達拉點點頭，她的手顫抖著。

「達拉，」他說，「我們**現在**就必須要做點什麼了。」

***

曾有一次，多年之前，她們蜷縮在床上，聽見父親的聲音，他喝醉了，衣衫襤褸，對著她們的母親喊叫，說他在自己的家裡可以為所欲為，如果他想的話，甚至還可以放火把房子給燒了。

你這女人，我做得到！

她們的母親，冷靜而疲倦的樣子，在廚房桌邊抽著一根又一根的菸，一邊說著，**老頭子，別再對**

著我揮舞著打火機了。

如果他放火了怎麼辦，上鋪的瑪莉低聲說，她的小手抓著自己的床鋪。

他沒有這個膽，達拉告訴她，儘管她自己也不確定。

你永遠無法預測別人會做什麼樣的事。你永遠不知道熱血沸騰的情感什麼時候失控。就像她們媽媽時常說的那樣，這就是為什麼你一向都要**保持冷靜**，這是有道理的。別讓情緒影響到你。讓你的心沉靜下來，或者讓它的速度放慢。

我做不到，瑪莉說，從上鋪拉住達拉的手，將它拉到胸前，她胸骨下的心跳聲就像兔子的心跳，快速且失控。

不正常

在那不到五分鐘的車程裡，她將手按壓在儀表板的暖氣出風口上，她的呼吸急促，寒冷的空氣感覺就像是抵在他們臉上的尖刺。

她將手掌按壓在那兒，查理開著車，他的臉在路燈下發青，緊抓著方向盤的手指都已泛白。查理開著車，他移動手臂的樣子，像駕著一艘不受束縛且龐大的遠洋貨輪，輪胎發出號叫聲，感覺汽車已經離地，達拉的手抵著出風口，直到變燙，空氣中出現了焦灼味，而查理告訴她這一切都必須得要停**下來、停下來、停下來**。

我們必須阻止他，他說。**她會任由他毀掉一切**。

他所說的一切都是關於瑪莉，以及他們得要如何抓住她，如何干涉並將她給拉出來，就像她掉進了流沙般，**但她難道不是嗎？**

凝視著前方的黑暗，達拉幾乎可以看見她，就在遠處。瑪莉從漆黑中走了出來，像求救般揮舞著高舉過頭的雙手並哭了起來。

就像漆黑舞臺上穿著睡衣的克拉拉，迷失在她的夢中世界，逃不出去，也找不到回家的路。

***

霧氣讓一切都閃爍著微光。

教室三樓的窗戶像教堂尖頂般閃閃發光，下方德瑞克的卡車也有如明亮發光的黑色大理石，一旁瑪莉的汽車則像是燃燒中的蠟燭。

一切看起來都變得過分誇大了，就像有一次達拉試戴另一個女孩的眼鏡時，整個世界瞬間難以想像地聚了焦。**（你最近沒有去檢查過眼睛嗎？**女孩問，達拉不敢告訴她，**不，從來沒有過。）**她等不及想要把眼鏡摘下，一切都太亮眼、太銳利，刺痛著她的眼睛。**這個世界看起來是這樣的嗎？**

查理在她前方，像是柏油路上的一道白色條紋。他現在的身體動作是她多年所未見的，上次看見是他受傷之前了，是他們的母親嘆息及耳語的那些日子，***comme une panthère*****（就像隻黑豹一樣）**……

***

一走進去，傳來一陣陣木屑、密封劑、噴霧泡沫的味道，暖氣裝置咯咯作響，查理喊叫著瑪莉。當他們走向後勤辦公室時，德瑞克出現於螺旋樓梯的頂部入口。

「是誰在那裡？」他一邊走一邊喊著，他腳底下的樓梯震動著。達拉在她的腳下感覺到那股顫動，沿著她的脊椎向上。

接著，瑪莉從他身後出現。她裹著一件舊的開襟毛衣，她裸露著大腿，也露出永遠都顯得粉紅又歷經滄桑的雙腳。

她一步一步慢慢地走了下來，每一步幾乎都快要踩空，她的雙眼顯得驚愕卻帶有光亮。

***

很難相信這件事竟然發生了，暖氣裝置讓這個小小的空間裡充滿熱氣及物件燃燒的氣味，窗臺上有被遺忘的香菸，連指手套長久擱置在暖氣的管線上，那股惡臭仍存在著，來自瑪莉那個歷經磨難的暖爐，開啟這一切的那場大火。

「這到底是在幹嘛呢？」德瑞克問道，拿起了她們母親辦公桌上的那個老舊的金屬插單器，用他肥厚的手指旋轉著它的木製底座。達拉心想，**有這麼多的把戲、有這麼多的表演技巧，這個詐騙高手，這個詐欺犯。**

＊＊＊

「你以為，」達拉質問著蜷縮在一個角落的瑪莉，她只穿著毛衣和襯褲，她的雙腿部通紅且乾燥脫屑，「我們就要將我們家的房子拱手讓給你，交給他嗎？就像你送掉的其他東西一樣。」

「什麼？不。那不是——」瑪莉才剛開口，但德瑞克就高舉起手臂到她的面前，而瑪莉就閉上了嘴。

突然之間，這情景讓達拉非常難過。看到瑪莉的嘴巴就這麼閉上了。

突然之間，達拉就要為此而落淚。

「聽著，各位，我們現在就冷靜一下吧，」德瑞克說著，粗粗的手指握住了金屬插單器的長針。「我認為這是因為有一點誤會，又或許是因為喝了點酒。」

他正看著查理，她知道他能聞到他身上的酒氣，他們離開時發現冰箱裡整壺的酒已經空了。這空間如此之小，查理的臉都紅了。

「查理，我的朋友，」他說，「你是這個小小鐵三角中負責商業決策的一角，對吧？你是杜蘭特舞蹈學校背後努力辛苦工作的重要角色。因此，我要告訴你這個商業機會。我們可以將那棟房子變成一桶金。對我們所有人來說，現在合作都還為時不晚，但機會稍縱即逝。」

「我們不感興趣，」查理說。他的下巴顯得僵硬強直，那表情讓達拉感到緊張。

「但你們的妹妹感興趣，」德瑞克說。「而她才是可以做決定的人，對吧？」

就像見到他的第一天一樣，達拉想。德瑞克問他們之中是誰做決定，瑪莉在整場會議上保持著沉默，卻堅定地說，**是我。我決定。**

只不過，她如今一言不發，低著頭，開襟毛衣從身上滑落，赤裸的身體下布滿了明顯的瘀傷、膨脹的水泡、舞臺上受的傷疤，像是畫家的調色板。

噢，瑪莉，但這就是你想要的……而你讓他進來了。你在他耳邊低語著我們所有的祕密。

「她是這門生意的合夥人之一，」查理說。「但房子沒有她的份，她賣掉自己那一份所有權了。」

「她賣掉了她那一份所有權，你是這麼說的嗎？」德瑞克問道，他的手掌再次握住了金屬插單器，張開充滿節疤的指關節。

「你知道她確實這麼做了，」達拉說。

「你確定嗎？」他說。「因為，根據我所聽到的，你只給了她一點點的錢。少得有如剩菜剩飯，想要就此打發她，但你確定這一切都光明正大？我只是好奇，因為，根據縣政府書記處的資料，沒有財產轉移的記錄。」

「你的意思是說，你想要欺騙我們嗎？」她說。

達拉心想，**啊，事情就是這樣**。當天早些時候打來的那通電話。

德瑞克揚起了他的眉毛。

「我知道你打電話給他們了，」達拉繼續說。「我知道你想要做什麼。」

「不是我，」德瑞克說，看著瑪莉。「是她。」

達拉的目光飛快地轉向頭仍然低著的瑪莉。達拉真想要勒死她。

「你該離開了。」查理說，他的臉現在漲紅了，身體在達拉眼前緊繃著。

德瑞克可怕地笑著，搖了搖頭。「我讀到過一個小小的法律概念，不當影響。你們有聽過嗎？當一個備受信任的人，利用他言語上的影響力來勸服另一個人，一個脆弱的人，要他簽字轉讓自己的權利。」

達拉說：「我敢肯定，你非常了解不當影響。」她能感覺到自己的轉速正在加快，一股激動情緒積在胸口。「你第一天就看見她是什麼樣子了。你看見了自己的目標，接著就猛撲過去。看看她現在變成什麼德性。」

他們都全都轉向瑪莉，她裸露著腿蹲在地上。像她十歲時一樣，她用手蓋住自己的臉龐，閉上眼睛、塞住耳朵，就像還睡在上下鋪的時候，聽得見一切、看得見一切，她們的父親在喊叫，她們的父親在哭泣。

「他們又來了，」瑪莉轉向德瑞克說。「他們總像現在這麼做。」

「我們做了什麼？」查理問瑪莉，臉上露出震驚的表情，現在正蹣跚地朝著她走近。「天啊，瑪莉——」

瑪莉的臉微微地皺了起來，她的手對著查理顫抖著，這時候德瑞克衝了過來。

「朋友，我覺得你根本不明白，」他說，走到他們之間，好像查理在威脅著瑪莉一樣，好像德瑞克是一位英勇騎士。「屬於瑪莉的東西就屬於我。你竊取她的東西，就等同竊取我的東西。」

「天啊，瑪莉，」達拉說，「你不明白他現在在做什麼嗎？」

「別跟她說話，」德瑞克說。「要談就和我談。如果你對這個合作不感興趣，那麼我們就不得不達成一個協議，某種非正式協議，某種補償。因為你們之前付給瑪莉的錢太少了。」

正是這樣，達拉想。終於要公開討論這件事了。

「不，」瑪莉說，轉向德瑞克，音調提高了，拳頭握緊了。「這不是我想要的。我只想要離開、離開，離開。我花了三十年的時間才離開那棟房子。三十年了，而我……」

達拉走向她。「瑪莉……」

「我覺得想吐，」瑪莉說著，朝螺旋樓梯走去，達拉跟隨在後。「我覺得我要吐出來了。」

＊＊＊

在三樓，達拉站在瑪莉身邊，瑪莉乾嘔，將鐵鏽色的唾液吐到鐵網垃圾桶裡，她的聲音已沙啞。過了好幾個月後再度回到樓上，感覺真是太奇怪了，她的眼睛掃視著這個黑暗的空間——這裡一開始屬於母親時就全都放滿她的東西，成了她的藏身之處：鵝頸燈、脆弱易壞的老舊折疊沙發床，及她們父親起了毛球的彭德爾頓毛毯。

「達拉，我不知道。我不知道這件事有多糟糕。我……」

「住手，」達拉說，她的耳朵嗡嗡作響，所有這一切都太過頭了。

她不想再待在這上面了，永遠再也不要上樓，這裡散發出的濃重的身體氣味，德瑞克的體味，也有瑪莉的體味。就像同住在一個房間的那些年一樣，她甚至知道她塞在垃圾桶裡衛生棉條的味道。但最重要的是，這裡仍散發著他們母親藍色康乃馨香水的氣味。

母親……

「你該住手了，」達拉轉過身重複道，「我們在收拾你的爛攤子。」

＊＊＊

她們仍聽得見樓下的辦公室裡他們的聲音，德瑞克的聲音模糊不清。

「我和你一樣關注那棟房子，」德瑞克說。「並且也一樣有權益。我們倆都碰巧與名字寫在那份契約上的女人有緊密關係。」

「達拉是我的妻子，」查理說，他的聲音聽起來奇怪又緊繃，像是被掐住了，那是個她不熟悉的聲音。「瑪莉是我的妹妹。」

停頓了一會兒。「你們三人，如此地親近，像地毯上的三隻蟲子般舒服地依偎在一起。其他男人怎麼會有機會呢？」

「這是什麼意思？」查理說。「我們是一家人。」

「所以這件事是真的？」德瑞克問道。

「什麼是真的？」

瑪莉正跪在垃圾桶前，抬頭看著達拉。一種突然的警覺出現，一種心照不宣。**我們要下樓了，我們要離開了。**

***

他們在辦公室的對面，德瑞克再次轉動那個金屬插罩器，以那根生鏽的長針轉動著。

「德瑞克，不要說了，」瑪莉在樓梯上這麼說著，達拉從她身旁走下臺階，朝著查理走去。「上樓來。」

「什麼事情是真的？」查理重複了一遍，現在聲音更大了。他的臉上又出現了那個表情，那個讓達拉緊張的表情，她從十幾歲後就不曾見過他那表情，出現在他無意聽見達拉的父母吵架，她的父親砸盤子，而母親威脅著要從窗戶跳下去的時候。

但是德瑞克不曾看見他當時的表情，也無從得知。「你們三個，」他說，眼中閃現出一種古怪的神情，「在梧桐大道上的房子裡，你們分享……一切？」

「分享所有東西，」查理說。「當然，我們——」

像——」

「像是分享同一張床，」他說。「同床共枕。」

「我不明白你是什麼——」

「查理，不要，」達拉脫口而出。突然傳來致命一擊的感覺。

「我的意思是，你們怎麼稱呼這種情況？」德瑞克說道。「告訴我這是怎麼運作的。因為我想像——」

「德瑞克，不要說了，」瑪莉從樓梯的高處喊道。「德瑞克，上來，好嗎？」

德瑞克停頓了一下，這時空氣沉重而令人窒息，他接著慢慢地勾起了唇角，笑了起來。然後他放下金屬插單器，朝著樓梯走去。達拉讓自己重新調整呼吸。

「當然，親愛的，」他說。「我要上樓了。」

現在，他緩慢地走上了樓梯，目光從達拉轉移至查理身上，接著看向樓梯上頭的瑪莉，目光又轉了回來。「但是，天啊，我得要說，看著你們三個在這裡，你們的身體，總是脫到近乎半裸，一天到晚觸碰著彼此。肉體及肉體之間如此緊貼著。」

「不、不，」瑪莉大聲喊道。「德瑞克，上來——」

「杜蘭特家族的三人行，」德瑞克不停歇地說下去，他有如樹幹般粗壯的雙臂壓在顫動的樓梯欄杆。「這種事肯定會發生的。」

「閉嘴，」查理說，他的聲音突然變得冰冷，目光盯著德瑞克。「閉嘴。我瞭解你是怎樣的人，我知道的比她們還多。我知道你是誰。」

德瑞克眼中閃過一絲的驚恐。

達拉看著查理，吃了一驚。「你知道什麼？」

「我知道你的事，兄弟，」德瑞克說，傾身靠在樓梯欄杆上，聲音中透出一絲憤怒。「我見識過不少。在斯圖加特服役兩年。在泰國放縱過幾個星期。但關於你們三個人的事——對我而言，是聞所未聞的新鮮事。我的意思是說，這是最終極的禁忌了，對吧？還是同類相吸呢？」

他的表情不再嬉笑，甚至連一點笑意都沒有，反而帶著其他的意味，這件事非常嚴重，而他也很嚴肅。

「還有你，」他繼續說，現在面向著達拉，目光灼熱。「你，黑暗的杜蘭特姊妹，總是充滿了各種驚喜。」

「德瑞克，別這樣！」瑪莉在樓梯的頂端這麼說。

「我問你，」德瑞克靠在欄杆上對達拉說，「你是將瑪莉送上給查理，好讓他留下，還是將查理送上，好讓瑪莉留下——」

＊＊＊

事情發生得太快了，查理在德瑞克的身後衝上樓梯。

查理和德瑞克兩人向對方猛衝過去，這種粗暴蠻幹的撞擊，像是要虛張聲勢地將房子給吹倒。德瑞克的靴子敲在查理的下巴上發出啪嗟聲，查理重重捶擊德瑞克厚重的胸膛，將他擊退，德瑞克光滑靴子的光滑底部在失足後發出踉蹌的踏步聲，一步，第二步。

他失去了平衡，查理向下伸出如軟軟的手臂要抓住他，要將他抱舉起來，動作看起來讓人難以置信，德瑞克的腿胡亂舞動著，樓梯欄杆則因他的重量而彎曲。

查理將德瑞克高高舉起，接著將他猛撞於欄杆上，表情就像他很久以前跳舞時的樣子，看起來專心致志、異常激動。在受傷、疼痛的陰霾、化學藥品帶來的恍惚麻木之前。在瑪莉像暗夜幽靈般離開再離開之前，在她們的父母去世之前，在他們的婚禮之前，在所有的一切之前。當他還是一個男孩的時候，一個跳舞的男孩。

＊＊＊

後來，當她回想起來的時候，當她用手指按著閉上的雙眼試著回憶時，那最後的幾秒鐘，他們看起來就像是在跳雙人舞。

她們的母親曾經說過，雙人舞的美妙之處在於你永遠不會落單。總有一隻手會伸出來接住你的手。有人雙眼尋求著你的注視。

然而，你也絕不能忘記，雙人舞也關乎力量，關於你如何獲得、失去力量，放下那樣的力量。

怎麼可能同時獲得和失去呢？怎麼可能？達拉曾經這麼問。

為什麼不可能呢，達拉，兩者一向並存。她們的母親回答說。

＊＊＊

事情發生得好快，發生得太快了，如此之快，就像足尖鞋滑落、手腕一軟、身體一個踉蹌、膝蓋砰然跪倒於舞臺地板。

查理和德瑞克兩人緊貼在一起，德瑞克帶有泥巴的靴子在臺階上發出響亮的吱吱聲，德瑞克試著要讓自己站直，騰出一隻手臂費勁地攀抓樓梯的欄杆，欄杆的輻條卻像火柴棒一樣彎曲。

「住手！」一個聲音喊道。達拉抬頭，看見瑪莉正從上方的樓梯口下來，黃水仙花般的手臂環繞在德瑞克的手臂下，要將他拉回來，德瑞克的靴子喀噠踢來踢去，下半身的雙腿失去控制。

＊＊＊

後來，達拉會記得瑪莉那時的臉，臉色像查理一樣地瘋狂且陌生。瑪莉和查理，那兩張稚氣未脫的面孔，在她的腦海中相似成對。

事情發生得好快，如此之快。瑪莉和查理伸長他們的雙臂，有如四座大理石尖塔。他們幾乎就像有著同一對手臂、同一對手掌，臉色通紅而鮮豔，眼神狂野而充滿了渴望。

查理的掌根停駐於德瑞克黑暗的寬闊胸膛上，瑪莉小小的手緊抓著德瑞克的手臂，德瑞克失去了重心，單膝跪地。他們的手臂，尖塔般的手臂，誰知道是要將他推開他或是將他推倒？怎麼能判斷呢？

德瑞克腳步踉蹌地後退一步，靴子滑了下來，彎曲的身體靠在欄杆的上方，欄杆如此低矮而危險，他的身體在螺旋樓梯上扭動著。

事情發生得太快了，接著又變得好慢，如此緩慢，時間無限地延伸。這個怪物，這個大壞蛋，這個不該讓他進門的吸血鬼，這個不屬於這裡的陌生人，失足跌落，倒在地上。

比起支撐他身體的樓梯，他的身體看起來似乎更為巨大，他反覆踢腿的滑動雙腳，以及肌肉粗壯手臂的力量，因某些情緒的感染而起火燃燒。

他越過欄杆向下跌落，身體旋轉著，而他的頭部撞到了下方書桌的桌角，一記無聲的猛擊。

他的臉擊中某個東西，空氣中傳來一陣口哨似的呼嘯聲，他的呼吸停止。

一攤滾燙的鮮血濺起，他的身體落在樓梯下方的地面，發出致命的重擊聲，他的身體蜷縮成一隻貓的樣子，看起來微小而寒酸。他的身體抽搐了一會兒，接著就此靜止了。

＊＊＊

後來，達拉會記住這一切：當這件事發生時，在他墜落之時，德瑞克的雙眼正盯著她的雙眼，和達拉的目光相交。

他直盯著達拉看，好像在詢問著、在乞求著什麼。彷彿在警告著她，彷彿在說著，**等等、等等**——

＊＊＊

「我不知道這怎麼……」查理說著，他的聲音低沉而陌生。「這件事發生得太快了，但我沒有……我沒有……」

他們現在都站在他的身後，站在德瑞克的身旁，他身體在地板上癱作一團，雙腿都彎折至不正常的方向。查理的雙眼呆滯，臉色鐵青。

＊＊＊

直到他們將他翻身過來之後才發現這件事。

瑪莉發出尖聲的哀鳴，就像一隻落入陷阱的狐狸。

就像嘉年華的把戲一樣，桌上插單器的生鏽長針刺穿了他的右眼，如爆裂的星辰，如一只紙風車，右眼的中心又紅又濕。

他需要一個眼罩，達拉想著，她的腦子無法正常運作，**就像卓賽麥爾先生一樣**。

這讓他永久處於眨著眼的表情，無休止地瞇著一隻眼。然而，那片血海成了黑暗的終局。

輯三

胡桃鉗

當你回憶起聖誕節時，不可能漏掉這件事。

我們要一直讓燈火一直亮著，母親總是如此告訴她們。**克拉拉的那些夢想要成真，就仰賴著我們讓燈火通明。**

＊＊＊

《胡桃鉗》是一個年輕女孩的夢想，她在斷崖上窺視成人世界的黑暗溝壑，尋找著沒有人告訴他們的快樂，不論是來自雙眼，或來自嘴巴。

因為，最重要的是，《胡桃鉗》是一場關於飢餓的夢，一場關於食慾的夢。

當那些小女孩裝扮成猶如圓滾櫻桃棒棒糖的糖梅仙子跳舞時，想一想她們所面臨的精巧折磨、被禁止吃的食物。芭蕾舞短裙像緞帶糖，男孩們旋轉著巨大的薄荷糖果圈，到處都有成堆的黑色甘草糖，及如白雪般閃閃發光的杏仁蛋白軟糖。

當她們年紀太小還不能上場跳舞，甚至小到無法扮演奏拐杖糖或可愛的小丑時，她們的母親會讀E.T.A.霍夫曼的故事《胡桃鉗與老鼠王》給他們聽。那是一本散發著濃濃霉味的舊書，上面畫著俗麗而可怕的圖畫——長著凶猛長爪的囓齒動物，牙齒又長又鋒利的胡桃鉗。

一位名為瑪莉而非克拉拉的年輕女孩，收到了迷人的教父所給她的木製玩偶，她深深地被它吸引。與玩偶睡在同一張床上，她不知不覺地陷入她自己所創造的幻想世界，在她的夜間冒險結束時，她的家人禁止她再提起這些事情。

他們的母親總是會說，**你必須要跳得夠久才能理解這件事。**

但是，就達拉記憶所及，她一直都理解。

對於那些迷失在欲望中的人來說，這是一個警告。因為，在故事的結尾，瑪莉從她的夢中醒來，有所轉變。當她講述自己的故事時，沒有人相信她。他們說那只是一個幻想，該放下它了。

甚至，到了最後，她也無法活在現實之中，她迷失於她的夢境裡。

然而，在芭蕾舞劇中，故事結束於克拉拉留在她自己的幻想世界、她的夢想世界中。她永遠不必再回來了。

＊＊＊

書中瑪莉最喜歡的一個段落，是小女孩看到胡桃鉗玩偶身上有一點血跡，她就用她的手帕擦了又擦。

慢慢地，當她擦拭著胡桃鉗的時候，在她手下的胡桃鉗暖和了起來，還開始會動了。他的嘴巴開始**運作且扭動，並上下移動著**，直到他開口說話為止，直到他能告訴瑪莉應該做什麼事。

不要圖書繪本！他堅定地說。**不要聖誕禮服！**

取而代之的是：**給我一把劍——一把劍！**

晚上，在她們的雙層床上，她叫達拉讀故事給她聽。

在下鋪，達拉看得見瑪莉少女般的手臂伸出床外抓住床柱，像摩擦著胡桃鉗一樣，召喚力量使之復活。

達拉會一讀再讀那故事，瑪莉總要她**再說一遍、再說一遍**，直到達拉覺得她的胃翻攪不休，像胡桃鉗的嘴一樣運作且扭動。

手指摩擦著床柱的瑪莉會說，**噢，達拉，我們必須把他的劍給他！**

他不屬於這裡

警探正在等她，但達拉還沒有準備好。

反而，她只是站在化妝室，面對那一面滿是灰塵的鏡子。

你不是在遭遇生命危險。在她跳舞的那些日子，她時常這麼告訴自己。在重要演出之前，或是表演之後，在試鏡之前，或是單獨表演時。**但你的身體不知道其中的區別**。

因為感覺真的是生死交關。就在這些事發生前的那些時刻，站在側廳時，管弦樂隊讓地面發出低沉的嗡嗡聲，你呼吸劇烈，身體沉重，怎麼會這樣？

但確實如此，身體進入了逃跑或戰鬥模式，召喚了所有的能量來擊敗威脅，征服危險。

身體比你更清楚明白，它需要做些什麼才得以生存。

***

在事件發生後的七、八個小時，她始終無法安穩歇息，動個不停，查理也一樣。

取而代之的是，她進入了腎上腺素飆升、皮質醇沸騰的表演空間，充滿極致的專注，無限的能量，神經持續刺激，感官敏銳度提升，她的身體接管了她一片空白的大腦。

吸一口氣、吸兩口氣，她從水槽上那一卷紙巾中拿取了一張——

那個洗手臺，底座已搖晃不止，閃現著瑪莉緊緊壓在上頭的樣子，發情的公牛，讓上頭的螺絲鬆脫開來，撕裂著瑪莉——

她將背心拉到腰間，她弄濕紙巾，擦拭她的皮膚，用三張吸水後變灰變薄的紙巾擦去她的汗水。

那些汗水有如一場演出後的淋漓大汗，像是脫去三層皮膚的蛻變好讓自己煥然一新。

不知何故，好幾個小時的時間就過去了。自從他們站在倒下的承包商面前、看著他的身體扭曲破碎，已過了七、八個小時。自從瑪莉開始發出嗚咽聲，她的頭髮握在手中，而放在查理胸膛上的雙手顫抖著。自從達拉這麼看著他們兩人緊緊地抱在一起，安撫著彼此（**這是一場意外，喔老天，他滑倒了，他摔倒了**），而達拉低頭看著承包商，看著那張德瑞克的臉，他被毀壞那隻眼睛的螺旋狀。另一隻眼睛則空蕩蕩的，傾斜地仰望天堂。這讓她想她無法切確描述的事情。

現在，只有當達拉閉上眼睛的時候，她才會看見他。德瑞克。他的身體伸展開來，他的兩隻腳踝在最下方臺階上扭轉著，幾乎算得上優雅，幾乎像是在做一個前足頸位，一隻腳踝像圍巾般纏繞在另一隻腳踝上。

他毫無生氣的身體出奇地優美。有如一隻墜落的巨獸，一隻黑豹、一隻展開雙翅的禿鷹。一位舞者於大跳躍後的下降。

但他就這麼死了，他的襯衫拉高至腹部，臉像一張僵硬的白紙，右眼有嚇人的紅色光滑表面、如果凍質地的中心。

他已經死了，而他們對此無能為力。

畢竟，這是一場意外。而且，正如他們所說的，這是他單獨遇到的一場意外。

如果他們能依循計畫行事，一切都不會有問題的。

***

低頭凝視著他的那一刻，是她唯一的停頓。在她喘口氣之前，那是達拉唯一給予自己的停頓，她轉向查理和瑪莉，告訴他們兩人沒有時間做別的打算了，只能**糾正這件事**。

脊柱挺直，挺起胸，抬起眼睛，呼吸、呼吸，再呼吸。讓它更完美。把這件事做對。

「我們會好好處理這個問題，」她說。就是該這麼做。將事情擋在關上的門後，擋住那些偷窺狂、窺淫狂，她們的母親過去這麼稱呼他們——不論是鄰居、視查曠課或逃學的檢查員、社工，或是員警。這不關任何人的事。沒有任何人可以理解的。

「我們沒來過這裡，」達拉對查理和瑪莉這麼說。「事發時，我們不在這裡，我們只知道這樣。」最好說得簡單一些。讓他們置身事外。達拉瞬間就制定了這個計畫。總得有人做些什麼。

他們兩人看起來如此輕鬆。他們看起來如此感激。

***

片刻之後，凌晨三點，查理和達拉一樣地爬上了那座樓梯直到三樓。

不能讓任何人知道德瑞克和瑪莉的事，任何人。達拉不斷地說著。

這會引起懷疑。這會使事情變得複雜。這可能會讓瑪莉看起來有嫌疑。這可能會讓他們看起來都有嫌疑。

他們飛快地收好了瑪莉的隨身物品——伸手抓了背心、綁成結的黑色褲襪、一堆鬆緊帶，以及讓達拉倒抽一口氣、撕裂後揉成一團的內衣——接著將它們全扔進了一個垃圾袋中。

他們折好那張金屬折疊沙發床，拔掉灰姑娘發條式唱盤機，將延長線繞在機器上面，塞進折疊沙發床的框架下。

她的東西太少了。

他們將床單和枕套都一同帶走了。

之後，達拉將它們扔洗衣機裡洗了三遍，在布料還滾燙時就將手放在上頭，尋找和他有關的任何跡象，不論是一根頭髮、一個污點。

達拉跪在地上，刷洗著到處遍布的鞋印。

樓下，瑪莉正在化妝室裡嘔吐著，吐到嘔吐物呈現紅色粘稠狀。

我做不到，當他們告訴她，她得要和他們一塊回家時，她小聲地說。

你就將就一點吧，達拉一邊說，一邊抓起她的外套，將其中一個垃圾袋塞進她的手中。

＊＊＊

當他們在梧桐大道轉彎時，呼出的氣息讓老車裡蒙上了一層霧氣，瑪莉用雙手摀住了臉。

起初，她不願進門，她向上仰著頭，就像站在鬼屋外的孩子。然後，達拉把她推進玄關裡，她不願上樓。最終，她無聲無息地消失在書房之中，那父親舊有的領地。

在浴室裡，達拉仔細檢視查理的臉、脖子、手臂、身體，看是否有任何打鬥留下的痕跡。他的上臂上出現了一塊瘀傷，但僅此而已。

在接下來的三個小時中，達拉和查理坐在廚房的桌子旁，佐著香菸和即溶咖啡思考這一切，等待黎明的到來。

有一次，達拉從書房的門縫裡瞇著眼看，看到瑪莉蜷縮在她們父親的躺椅上睡著了，她的臉龐如此天真純潔，幾乎讓達拉想要尖叫，繼而讓她差點哭了出來。

「這是個意外，」查理不停地說，他的脖子被汗水浸濕了，手又像之前那樣不停地顫抖。他身上有某種專注和狂熱，如同她們父親過去常說的「茫了」，在他醉醺醺地回憶曲棍球場上的慘敗時，最後醉得數不清自己有幾根手指。

「這是一場意外，」達拉重複地說，一遍又一遍。「我們在那裡發現了他。我們不知道這件事怎麼發生的，但確實就發生了。」

＊＊＊

他們不能將瑪莉帶去教室。

達拉試過了，將她半哄半騙地拉至浴缸邊，將她的頭推到打開的水柱之下。她想幫她稍加清理，讓她振作起來。但瑪莉還無法恢復正常理智，她的牙齒打顫著，不停地談論嘉年華那個吞下霓虹軟管、如螢火蟲般閃亮發光的吞火魔術師。（**那是吞劍者**，她告訴瑪莉。**你總是什麼事都搞錯，什麼事都被你毀了。**）

瑪莉狀態不太好。瑪莉，真的可以信任她嗎？

查理叫達拉和她妹妹一同待在家裡。他會是那個發現事故的人，由他來打電話報警。

瑪莉不值得信任。

＊＊＊

查理在早上六點時回到工作室。七點，他打家裡的電話給達拉。在對話的背景，她可以聽到警方的無線電系統嗡嗡作響。

達拉，發生了一些事情，他說。**警方來了。他們認為我們的承包商從樓梯上摔下來了……**

查理的聲音顫抖著。

他非常令人信服。

噢，我的天啊，達拉說，儘管除了查理之外沒有人聽得見。**我的天啊。**

＊＊＊

現在時間已接近中午了，達拉整個上午都與護理人員及員警在一起，接著是班尼和加斯帕，當查理告訴他們這個消息時，他們對彼此互使眼色。兩人都很驚訝，而加斯帕摘下帽子，在胸前劃了一個十字。**我們和他並不是很熟，但這件事真是令人難過**。班尼含糊地說。

查理遵循正確的處理程序，張貼了公告、打電話給當天稍晚有課的學生家長。知道該說哪些話。（不過，他們還是來了，就算查理告知他們不要前來，但他們還是來了。一半出於不屈的好奇心，一半則基於對於《胡桃鉗》的緊張。）

面對著警方，甚至是每個人，查理都相當敏銳且專注。只有達拉注意到他顫抖的雙手，手腕的顫動，及脖子的抽搐。

在她腦海中的某一處，她想要知道：**他還好嗎？出了這種事之後，他會不會怎樣？**但她沒有時間這麼做。

＊＊＊

「當你到達的時候，你就在樓梯底下看見他了？」

達拉終於從化妝室出來，和C教室的警探會面。

在後勤辦公室，一個女人正在拍著照、寫下記錄，給法醫看一些東西，而法醫不停地咳嗽，滿臉通紅，建築物裡的灰塵讓她喘不過氣來。早些時候，達拉看見那個女人俯身看著承包商泥濘的鞋印，他光潔靴子下那些緊密的三角形。

「是的，」達拉說。「我丈夫在打電話報警之後，就接著打電話給我，就像我剛才說的那樣。」

那位警探是一位滿臉皺紋的中年白人，穿著一件棕褐色的風衣，就像電影裡的偵探。達拉注意到他襯衫領口上沾有些許的牙膏。

「你的承包商都在那個時間開始工作嗎？那是幾點啊，早上六點嗎？」

「他們的進度已經落後了，正努力要加快腳步，」達拉說。「我們這裡的業務相當忙碌，我們需要那個空間。」

「後面那裡呢？」

「哪裡？」

「在辦公室裡。那裡沒有進行整修作業，對吧？」

「沒錯。」

「上面那個閣樓呢？你們有在上頭放一些設備、保險絲盒之類的東西嗎？」

「沒有。我丈夫有帶你們去看了。他——」

「所以你知道這傢伙在做些什麼嗎？他不是正要上樓，就是要下樓。從身體的角度來看，他看起來像是正要下樓。」

「我不知道。也許……」

「也許？」

「也許他聽到了什麼聲音之類的。我們對他並不是很瞭解。」

我們和他並不是很熟。但你瞧發生了什麼事。

警探看著她，點了點頭。

「那麼，」他說，聳了聳肩，將筆記本塞進他的口袋中，「我們有誰真的徹底瞭解任何人嗎？」

＊＊＊

法醫走了出來，戴著緊貼在臉上的防塵面罩，負責拍照的女人緊隨其後，手裡拿著一個沉重的箱子。

一切都快結束了，快了。至少這部分快了。

屍體不見了，被放進那個有拉鍊的黑色大袋子裡。

達拉和查理都轉過頭來看。

「那個樓梯好幾年前就應該拆除了，」法醫並沒有特別要對任何人說。「真是個死亡陷阱。」

＊＊＊

警探與班尼和加斯帕進行談話，但時間不長。一切似乎都只是一種形式。

之後，達拉請他們回家休息一天。

「謝謝你，」班尼說，站在B教室的中間，他的手試探性地撫摸著鋸台。

加斯帕開始收拾東西，但班尼有好幾秒鐘動也不動。

「班尼，」達拉說，「關於這個意外，我們都感到非常遺憾。」

＊＊＊

班尼盯著她看，而達拉發現自己轉移了視線。

「這令人相當難過，」他最後說。「但我們得要繼續前進。」他摘下帽子，戴上泡綿耳塞，準備伸手操作桌鋸。「這就是我們謀生賺錢的方法。」

＊＊＊

「我不知道，」達拉後來對查理說。「我覺得這沒有什麼。」

「但他們可能早就知道了。關於瑪莉的事。」

「或許吧，」達拉說，將頭髮拉整成一個髮髻。

「我們應該要，」查理說，「確保他們拿得到酬勞。」

＊＊＊

整個教室裡，所有的小女孩一群一群地小聲哭泣著。五、六歲的孩子拉著他們緊身舞衣的褲襠，輕聲地啜泣，偷偷地掃視一眼往後勤辦公室的那道門，如今警方已拉起左右交叉的封鎖線。

較大的女孩們一如既往，冷漠無感，一臉冷靜。她們在角落裡一起竊竊私語地猜測，猜想有哪些排練會取消，咬著手指，讓腳趾踩得劈啪作響。

這位死去的承包商比她們多數人的父親更為年長，他不過是那面牆之後的一個聲音，在穿越B教室那條臨時的小徑時她們時常面臨的阻礙。父親型的形象，聲音洪亮、行程靈活，身穿閃亮的靴子漫步在所有人身邊，每次電路斷線時都對著班尼大喊大叫。

他們對他的關注可能少得許多，相較於每天都騎著如糖果般橙色的摩托車來上班的班尼，而且他人總是如此親切，他甚至為他們疏通馬桶，還有加斯帕，他有一些很迷人的小習慣，喜歡放一壺牛奶在敞開的窗臺上，直到牛奶已冰涼時才喝，當共乘汽車的家長有一天太晚來接送孩子時時，他也陪著幾個小女孩玩「瘋狂八」桌遊。

他們對那位死去的承包商毫無感情，更何況，《胡桃鉗》在十天後就要開始了。

＊＊＊

感覺這一切都出乎意料地正常，即使學生和家長都處於狂熱狀態。也許正是因為他們原本就身陷於一種瘋狂之中。在這些空間裡，承包商死亡帶來的動盪，似乎也只是《胡桃鉗》季節風波的延伸及強化。流言蜚語、焦慮、不斷翻騰的偏執，兩個六歲的孩子在化妝室裡嘔吐，一個吐在洗手臺裡，另一個女孩則聲稱承包商屍體倒下的那塊地板上仍有血跡。**太可怕了！我聞得到那味道！**她不斷地說著。

達拉想著，當醫護人員將他翻身過來時，他們要是看得到他的後腦勺就好了，撞向桌子尖角的後腦勺撞得粉碎，看起來像是一塊海綿，他躺在冰冷無情的地板上。他眼睛原先所在之處如今就像個黑洞，他們要是看得到就好了。

***

「我很怕他。」克洛伊・林有一次向達拉偷偷吐露。

「為什麼？」

克洛伊深吸了一口氣，目光看向B教室，接著又看了第二次。

「我不知道，」她說。「他不該在這裡的。」

「在這裡？」

「他……他不屬於這個地方。」

對，達拉想著，一時感到欣慰。**他不屬於這裡。**

***

很少有學生想得到自己與死去的承包商有任何具體的接觸，除了艾薇・紐曼之外，她花了許久的時間描述他如何幫助她從B教室的電源線上解開羊毛圍巾。

在所有能奪取學生關注的事物之中——有數不清的方式能讓他們以史詩般的規模在舞臺上慘落失敗——德瑞克顯得最微不足道。

儘管如此，當他們抬著屍體經過整個教室時，每個人都注意到了，輪床噹啷的撞擊聲，承包商如一塊黑色巨石，屍袋的拉鍊閃閃發亮著。

每個人都退步讓開，學生們面無表情，雙手交疊且低著頭，彷彿要送走一位倒下的士兵。

＊＊＊

對這些家長而言，查理相當穩定且令人安心。他向大家保證，雖然目前肯定不是理想的時機，但以某些層面而言，如果這件事發生在幾個星期前，情況只會更糟糕。現在，他們幾乎已準備好前往巴倫傑中心進行現場排練，他們甚至可以讓這個過程加速進行。離開這棟建築，直到所有人恢復心情。你知道的，這是一件非常悲傷的事情——如此地悲慘不幸——但他們都相當明白，《胡桃鉗》對於這些學生的意義，而他們又有多麼地努力。套一句老話，表演仍得要繼續下去。

＊＊＊

最後，所有人都走離開了，那些家長們把孩子塞入氣溫過高的車子裡，那些警探占據了後勤辦公室幾個小時後終於空了出來，法醫和他流著淚的雙眼，女人拍了照、刮擦著地板，那濃稠的血跡有如褐色的咖啡渣。她將東西放在紙袋裡，密封了起來，並裝進她的工具箱裡：彎曲變形的欄杆所落下的金屬碎片、長針才被折彎沒多久的金屬插單器。

這一切現在都消失不見了。

這裡沒有什麼好看的了。

一切都會好起來的。

再過幾天，身處《胡桃鉗》瘋狂的漩渦之中，大家就會持續向前行進了。

＊＊＊

達拉發現查理就坐在桌子旁，盯著老舊又坑坑巴巴的地板，木板上多了許多新鑿痕。一隻湖藍色的落單手套，有如洩了氣的氣球。

「他們說我們現在可以把這裡清理乾淨了，」查理喃喃說道。「他們拍好了照片，也把供詞都記錄下來了。」

他那張隱忍克制的臉色持續了一整天，現在已經消失了。他如今看起來像是被掏空，回到自然的狀態。

「就這樣了，」達拉說，伸手要碰觸他。「事情結束了。」

查理什麼也沒說。他只是打開壁櫥，伸手去拿一加侖裝的過氧化氫消毒水[31]，接著就開始倒出液體。

＊＊＊

硬木地板上的黃色汙點，歪斜的形狀如同一片巨大拼圖般，將永遠存在。他們可以將它打磨消除，以顏色更深的木材染色劑除去。但是，面臨著《胡桃鉗》強勢襲來，沒有時間處理這件事，所以他們擱置著，躡手躡腳地繞過它。

31 過氧化氫俗稱雙氧水，主要用於殺菌及其他醫療用途，為家庭中常用的漂白劑及消毒劑。

第二天，查理會將桌子拉至可以蓋住汙點的地方，儘管它擺放的對角線讓他們無法舒適地在這空間中移動。

警方已告訴他們不要使用螺旋樓梯，並在上面貼滿了警示危險的膠帶。只要施加任何重量，它都會危險地嘎嘎作響，那一股墜落的力量已將中心桿柱扯離原先的固定之處。

這樓梯無法安全地上、下樓，所以瑪莉就不得不和他們住在一起。

＊＊＊

這一切都讓達拉想起了那場車禍，她的父母。警察局扣押了他們父親那輛別克所剩餘的殘骸，它扭曲的鋸齒形車框，覆蓋著灰燼的中央，就像他們母親的高盧牌香菸，在她的錫製菸灰缸裡彎曲壓皺成一團。

之後，如同所有酒後駕車死亡事件的處理方式一樣，他們將汽車殘骸展示於一塊空地上，那是屬於車輛的死囚牢房。這本意是為了警告，達拉是如此認定的。不僅是針對酒後駕駛，殘骸的濃烈酒味已表明了這一點，也針對其他的事故因素。針對兩個人在一起所能造成的所有傷害。兩個在原地盤旋的對手，終究無法逃脫無盡的致命擁抱。

多年後，達拉詢問瑪莉，問她是否仍記得別克停放在停車場的中心位置，後來才被一輛徹底摧毀的加長豪華轎車給取代，儀表板上有被損壞的舞會胸花，散發著南方安逸香甜酒及廉價大麻的甜膩氣味。

我記得，我全部記得。瑪莉曾經這麼說。

事實證明，在事故發生後那不尋常的幾個月裡，瑪莉有一天深夜偷偷溜出房間。

她就這麼一路走到警察局的那塊空地，她撫摸著那整輛汽車，車子的金屬布滿了凹凸不平。她甚至爬了進去，坐在前排被一分為二的座位上，車裡的填充物不停搖晃鬆動著。她將手伸進那個擋風玻璃上的大洞，他們父親頭部最終陷落的地方。

這是我最接近他們的一次，最接近他的一次。她說。

所有人都認定開車的人是她們父親，而且還喝醉了。達拉也是如此假設，即使查理後來解釋了員警告訴他的事。甚至，當瑪莉告訴她，她偷偷去看那輛車的那次，她看出駕駛座的座位向前拉進以符合她們母親的嬌小身軀，而母親有一縷長髮被夾在擋風玻璃上。

達拉，是她，是母親。

有時，已發生的那些事，感覺不像是真正實際發生過。

他門酒醉駕車的事也是如此。在漫長的一陣哭泣後，來不及去吃慶祝這二十年來的動盪及恐懼的結婚週年晚餐，她們的母親好幾個小時都不願出門，她復仇心切地慢慢喝光了父親慶祝佳節的蘇格蘭威士忌。

達拉，你看不出來嗎？就是她，一直都是因她而起。

不，瑪莉，她想說。**是他們，一直都是他們兩人一起。**

＊＊＊

那天晚上，房子裡感覺不太一樣，通風而荒涼。

自從那件事發生以來，他們沒有好好睡覺、吃飯或是梳洗打扮。

最終，感覺如潮湧般泛濫，緊張的神經已經緩解，已到了盡頭。達拉感覺自己像是一個貝殼、一個空殼，在表演之後的感覺，恐懼隨著最終帷幕的降落而消失，她的心安定下來。

對查理來說，似乎也是如此。當達拉看著他走上鋪有地毯的樓梯時，他就像是走上斷頭臺的臺階般，他看起來比以往蒼老許多，瘦骨嶙峋，蒼白無力。有那麼一秒鐘，那一瞬間，當天花板上的光線照在他身上時，他看起來就像她們母親人生最終幾個星期的樣子，不斷地飲酒、摔門，還扔出沉重的玻璃菸灰缸，擊中了父親的下巴、嘴巴，敲掉了兩顆牙齒。

噢，那件事呀，達拉想。**我仍記得那件事**。

近來她想起了很多事情，想起她自己很久以前也曾收拾行李要離開。

查理一言不發地消失在樓上的浴室裡，把貓腳浴缸裝滿了水，直到地板因重量而鼓起來一塊。

達拉覺得自己好像聽得到他在裡頭自言自語。

她爬上樓，將耳朵貼在門上，門片因蒸汽而潮濕。

他的私語時起時落，她只能聽出**結束了、結束了，結束了**。

＊＊＊

一整個晚上，瑪莉只離開書房一次，出現在廚房裡要尋找火柴。她一看到查理就離開了。

他站在爐子前，正為了製作熱托迪酒[32]而泡茶，而他也假裝沒看見她。

泡茶時，他對著自己輕輕地數著數字，這是他多年來不曾做過的事。他輕數的方式就像是一位幾乎尚未進入青春期的舞者，他無法阻止自己，他的聲音輕微地沙啞，喉結上下地起伏，數著腳尖旋轉的拍子時顫動著。

我們永遠都不會再談論這件事了，達拉在某個時候意識到了。查理和瑪莉似乎都沒有堅強到能談論這件事，去面對這件事。

隱隱約約地，她覺得自己就像是穿著睡衣的克拉拉，獨自一人站在黑暗的舞臺上。

當她一次在側廳等待時，她們的母親曾經這麼告訴她，說話時將雙手放在達拉肩膀上，**最後，也只有你一個人。**

最後，你也只剩下你自己。

***

在那不得休息的一天的最後一個小時，當這一切都落在了達拉身上時，事發其實也已經過了兩天。她躺在床上，思緒又回到了他曾說過的話、影射、指責，以及他所刻畫的那些駭人聽聞的畫面。然而，最重要的，是查理和瑪莉臉上出現的表情。

那是一種她說不出來，卻又熟悉得不可思議的神情。

她正在觸摸某個事物的一角。她可以感覺到，但她不確定自己是否想這麼做。

她沒有哭，一次也沒有。然而，由於某種未知的原因，她覺得自己很堅強。終於發生了一些事情，她想。有一股壓力釋放了。一個閥門轉動了，或一扇窗戶打開了。

瑪莉又回到家裡。他們都再次回到這個地方了。

所有人都可以遺忘了。

32 一種混合酒和茶的老式風格雞尾酒，可加入檸檬、蜂蜜、藥草及香料，作為熱雞尾酒可暖身驅寒。

不要看

有一次晚上，查理睡在她身邊，他吃了許多安眠藥，呼吸聲很滑稽古怪，她醒來時發現右眉下方有刺痛的感覺。

某些陰暗的惡夢一閃而過，惡夢裡有眼窩、滾動不止的眼球，而她拖鞋下踩到一個果凍般的球體而滑倒。

另一個閃現的瞬間，德瑞克快速走上螺旋樓梯，而突然間她們的母親跑了下來，穿著一件和克拉拉一樣的白色睡衣，身上竟散發著幽幽的光芒。

他們的母親，她長長的手臂纏繞在鐵欄杆上，接著德瑞克不見人影了，而母親摔落在地了。她的睡衣墜落著、驟降著，環繞著她就像是一朵沉沒的花朵。

不要看，查理這麼說著。**不要看著她的眼睛**。

***

在廚房裡，她在早晨的咖啡裡中倒入些許奶油白蘭地，是《胡桃鉗》照明設備供應商每年的贈禮，同時看著查理麻木地四處走動。

夜裡的某個時刻，他會偷偷地溜下床，穿過走廊，下樓走向沙發床，而她總是在那裡找到他，有如木乃伊般緊緊被阿富汗針織毯子包裹著，上頭鉤針編織的雪花圖樣隨著年歲而泛黃。

「我們一定可以克服的，」他不斷地說，但他今天似乎不太確定。不再被腎上腺素、那陰險的恐懼之泉所驅使。

他太陽穴處的血管呈藍色，他在晨光下的皮膚幾乎呈現半透明。她無時不刻都想要觸碰他，撫摸他的皮膚，輕柔愛撫。他太美了，也有些令人生畏，他那半殘的身體。

查理，查理，她回想著，也記得他們的母親曾經這麼說過，太美了，像蜘蛛絲一般，卻不夠強壯堅定。

＊＊＊

淩晨四點，他們倆都聽見了瑪莉的聲音。

「我以為我在做夢，」查理揉著眼睛說，「她拿著鎚子要來追我們。」

那是鎚子的聲音沒錯，正敲打著，不停地敲打著。她妹妹造成的奇特噪音，聽起來像是以圓頭鎚重擊著一雙足尖鞋。

這將他們兩人喚醒，更讓他們不能入睡。

「你打算阻止她嗎？」查理問。

「不，」達拉疲倦又虛弱地回答。「隨便她，就讓她這樣吧。」

＊＊＊

這樣的儀式會讓她得到撫慰，也足以安撫所有的舞者，達拉這麼想。

鞋子、鞋子，鞋子就是一切。

裹著粉紅綢緞的幻夢，令遠處觀望的觀眾看得如癡如醉。但如果你靠得太近，你會看到那些鞋子受盡風霜、滿是傷痕，且開膛破肚。

那些鞋子和你如此地親密，被你的汗水浸濕，直到完全貼合在你腳上，但不久之後就會解體粉碎。粉紅綢緞的幻夢被我們重擊而屈服投降，如此一來，它們就得以被利用後隨意扔棄。粉紅綢緞的幻夢之所以創造出來，就是為了為人們帶來快樂，但自身在過程中被破壞毀滅。

當她們的母親拿出達拉的第一雙足尖鞋時，她說，**這個，就是我們的樣子**。

這雙鞋，就是你，她說，將鞋子遞給她，達拉九歲的粗短手指撫摸著它，感覺到一股靜電。

＊＊＊

「她今天的狀況完全不能工作，」查理在他們喝完咖啡時說。「我們不能讓她出現在那些家長面前。」

當瑪莉出現在廚房門口時，達拉沒有說話，端著最後一口白蘭地，試著要讓自己冷靜下來。她頭髮濕漉漉的，穿著一件大號的深紅色色開衫毛衣，達拉認出是她們父親的，她拿著一雙閃閃發光的足尖鞋，Freed of London的品牌，尺寸四號，腳趾處已上膠，切開了鞋骨，鞋底刻痕，緞面加以硬化，前端莫名地覆上了污垢。

「瑪莉，」查理說，「你沒事吧？」

因為瑪莉的赤裸的雙腳通紅著，像是小小的樹墩。

「我剛才在跳舞，」瑪莉一邊說，一邊將鞋子放在桌子上。「我都忘了那是什麼感覺了。我真不敢相信我忘記了。」

「在哪裡跳舞？」查理說。

「在後院，在冰冷的草地上，就像《雪花圓舞曲》一樣。我一直跳著舞，直到我的腳著火為止。我著火了。」

她的聲音高昂而微弱，一個總是意味著壞事發生的聲音。那代表著瑪莉好幾天沒睡覺，做出錯誤的選擇，例如將車子撞至護欄上，在最後一刻預訂一張環遊世界的機票。

「瑪莉，」達拉說，「你不能這樣，現在不行。我現在沒有辦法再擔心你了。」

「我什麼也沒做，」瑪莉說，對達拉眨了眨眼。「我就在這裡，不是嗎？回到這間屋子。我在這裡。」

她眨著眼的樣子，眼睛閃閃發光，達拉擔心妹妹可能要開始哭泣了，真是令人感到憤怒。

「說得好像是你在幫我們忙一樣，」達拉說。「瑪莉，不要忘記了：是你讓我們深陷入這種困境。你會在此，都是因為你自己。」

「達拉，」查理說。「她……她失去了一個在意的人。」

言語之間有一種沉重的靜默。他們兩人都看著瑪莉，雙手深深地插在開襟毛衣的口袋中。達拉想著，這些口袋聞起來不知道是否有父親的菸味。

「沒有時間搞這些了，」達拉說。那一刻，她的聲音和母親的聲音如此相似，她脊背感到一絲涼意。「那是我們負擔不起的奢侈。」

「聽我說，」查理說，儘管他低下了頭，移開了他的眼神。「發生的所有事——那場爭執——失控了，但我不應該……」

瑪莉抬頭看著查理。「那是一場意外。」她輕聲說。

「他所說的那些事，」查理說，現在他的雙眼直盯著瑪莉的雙眼。「他從來就不應該說那些話的。」

「我和他說了一些事，」瑪莉脫口而出。「而他……加以扭曲了。我和他說了一些他無法理解的事情。」

達拉看著他們，他們兩人，看著他們是如何化解這些問題。他們兩人都不曾真正地承擔責任，反而是裝作沒事，讓事情飄揚而過。

看著他們，她還不清楚自己有什麼感覺。

意外，對的。算是吧，確切來說不算，也不完全是。而這兩個人……

「我們不需要談論過失責任，」達拉說。突然之間，她連看都不想看他們任何一人。

「我很抱歉，」瑪莉說，「我非常、非常抱歉。我……我以為他……」

「那是一場意外，」查理說，現在口吻更加堅定了。「那道樓梯——那道樓梯從一開始就很危險了。」

是的，達拉想著，想起自己堅持要他們留下來。**確實是相當危險**。

「我們全都感到很抱歉，」查理說，伸手要握住達拉的手，接著是瑪莉的手。

這件事緩慢地發生了；所有人都靠得更近了，依偎成一團。像是過往孩子氣的行為。他們用頭輕輕相碰，有如遲疑不決的動物，就像被放逐的野獸如今再次返回。

他們的臉龐全都緊緊地貼著彼此，就像很久以前一樣，在他們十三歲、十四歲的時候，他們身體在工作室地板上以三人舞的形式纏繞在一起，她們的母親在角落裡注視著，如一個黑影，如一隻盤旋的烏鴉。

＊＊＊

「我們可以不要再談這件事了？」瑪莉輕聲地問道。「可以嗎？」

「可以，」查理說，他的聲音聽起來粗野而急切。然後，他轉向達拉，「我們可以不談這件事嗎？」

達拉看著他們，他們的表情不謀而合。

「什麼，」她說，她的聲音有如令人安穩的保證，「有什麼好談的嗎？」

全風險

一切感覺都很好，很自然。假裝什麼事都沒發生。保守祕密，隱藏一切，正是他們這一輩子都在做的事。

耗盡了他們生命的，還有其他許許多多的事物。幾個小時的時間很快就過去了，面對那些排練及一對一會議、與道具師會面、服裝試衣，假髮試戴、開長途的車到巴倫傑與音樂家一同工作、批准最終定案的背景「雪之國」，高度達二十五英尺，就像那些亮片會抖落於信封中、閃閃發光的傳統聖誕賀卡。

達拉這個小時大半的時間，都與舞台工作人員及穿著克拉拉服裝——那件鬼魅般的白色睡衣——的貝莉．布魯姆一起排練克拉拉的床鋪在舞台滑行的那一刻，這得要歸功於隱藏在下方的「床底男孩」：她最小的男學生，一個薑黃色頭髮的九歲孩子，他在床底下多次地練習了快速爬行，手肘都磨得紅腫了。

她完成了這所有的事情，包括打開六個胡桃鉗娃娃的包裝外盒，提供他們在整個表演過程中輪流使用，每一個都長得一模一樣，像聖誕老人般的紅色制服，光滑的黑色靴子，巨大的牙齒上都長著鬍鬚。

所有的一切，都和她生命中的每一年一樣。什麼都沒有改變，絲毫沒有。

＊＊＊

從巴倫傑回到工作室的路上，她在銀行停了下來，因為她要付錢給班尼和加斯帕。這是一筆巨款，比他們預想的數字更大。查理告訴她，事實上，德瑞克已經好幾個星期沒有付薪水給他們了。

「沒關係的，女士，」加斯帕一邊數著錢一邊不停地說。「一切都很好。」

＊＊＊

「杜蘭特女士，」班尼說，整理著紙鈔，將它們整齊地折疊放入他的皮夾中，「我們仍然可以將這項工作完成，我們很清楚該怎麼做。」

「我明白你很清楚該怎麼做，」達拉說。「但是我們現在手邊有許多事要做，而且——」

「杜蘭特女士，」他說，接著停頓了一下，像是要做什麼決定一樣。「我希望你明白，你不需要擔心。」

「擔心？」

「關於所有的問題。我的意思是說，我們沒有什麼事要說的。」

達拉看著班尼，但他的目光沒有和相交。

「那些員警還會問你問題嗎？」她問。「他們今天有人來嗎？」

「只有那位女士，」他說。「來自全風險保險公司。」

「什麼？有人在這裡——」

「她現在在後勤辦公室裡。」他說。「是你丈夫讓她進來的。」

＊＊＊

「我是蘭蒂．雅瑟克，」穿著海軍藍褲裝的女人說，手中拿著捲尺。「來自全風險保險公司。」

她是一位眼睛明亮的中年女性，有抽菸的人才有的發黃手指，她一人獨自在辦公室裡，她左腳的鞋子輕微地踩在地板上那個漂白的汙漬上頭。

她伸手從褲裝的口袋裡掏出一張名片，一角微微彎曲：**蘭蒂．雅切克，理賠調查員，全風險保險公司**。

「雅瑟克小姐，我認為你搞錯了，」達拉說。「我們的保險公司不是全風險，是聯合人生。」

「沒錯。但你那位承包商的保險公司是全風險。」

「噢。」

「我向你丈夫解釋過——」

「他在哪裡？」

「別跟他說是我打的小報告，」女人說，像是要策畫什麼陰謀而降低了音量，「但我猜他去抽菸了。」

「你需要的資料有哪些是警方無法提供的嗎？」達拉說。「他們昨天一整天都在這裡。他們跟我們說他們已經完成了。」

女子看了她一眼，微微地瞇著眼。

「我告訴你，我很喜歡那些傢伙。那些過度勞累、工資過低的員警。」她說，從口袋中拿出一台小巧的數位相機，用袖子擦拭著鏡頭。「但問題是，杜蘭特女士，他們只會假設我幫他們做好自己的工作，而這恰好就是我的職責。」

「那你肯定很忙碌，」達拉說，她的語調變得簡短，聽起來全都不太對勁。「只要有人摔重了，那些地方你就得跑一趟。」

那個女人笑了。「你真是瞭解我，」她說。「我們通常不會上門拜訪。但我對他有一些瞭解，那個德瑞克。」

達拉感覺到自己的胸口發緊，將手臂交叉在胸前。「真的嗎？」

「大家都認識德瑞克，」她說，目光在辦公室裡四處游移著，掃視著窗戶、地板，及樓梯。「你知道的。」

「我並不知道，」達拉說。「我們沒有。我的意思是說，他負責這項工程，但是——」

「我們認識很久了。在德拉薩中學，畢業於某一年什麼什麼的班級，」她說，身體轉向樓梯，再次注視著。「他向我們投保了許多保險項目，這和他的業務性質有關。我們以前都稱呼他為『德壞克』。嘿，換一顆燈泡到底需要幾個承包商呢？」

「什麼？我——」

「兩個，」蘭蒂說，快速地拍下一張樓梯欄杆的照片。「一個人將燈泡轉進去，而另一個人將梯子給弄倒，隔天就能提出事故索賠。」

達拉沒有笑。

「嗯，」蘭蒂說，「這對他的家人而言可能也不太好笑。在這一行工作必須要有些幽默感。」

「他的家人？」達拉說，她的眼睛抽搐著。德瑞克的家人，會是誰？他的兄弟嗎？在上鋪的那個？如果那個故事屬實的話。

但蘭蒂沒有在聽，仍然專注地看著樓梯。達拉不樂見這情況，也不喜歡抬頭往樓梯上方看。她不喜歡回憶在樓梯上發生過的一切，或是於樓梯口進入三樓時所發生的事。

「你看，這就是我的意思，」蘭蒂一邊說，一邊拉起垂掛於欄杆的警示膠帶。「警方的照片、測量結果並不能說明完整的情況。但如果你可以進來親眼看見這個空間，親手觸碰，有時事情就會立刻變得清楚明白。」

她伸出手，用力抓住了其中一條欄杆。達拉看著顫動的樓梯。

「這些，」蘭蒂說，在樓梯旁搖搖頭，好像面對著一個不聽話的孩子，「就是等著發生的意外。」

「是的，」達拉說，終於鬆了一口氣。「我們幾年前就應該把它拆除了。」

＊＊＊

當查理終於回來時，手指和拇指之間夾著菸頭，他的臉凍得通紅，看見她時表情驚訝。

「你把她一個人留在裡面，」達拉緊繃地說道，關上他身後的那一道門。

查理停下了腳步。「我以為這樣會好一些，她就不會問我問題了。」

「所以她反而問了我一些問題，」達拉說，接著發出低沉的噓聲。「她以前認識他。」

「噢，」查理說，一屁股坐進了桌椅。「噢。」

「她似乎很滿意的樣子，」達拉說。「我想，她也只是在盡自己的職責，針對索賠進行調查。」

查理將菸頭扔進垃圾桶裡，低著頭。「所以已經有人提出索賠了？」

「我猜是如此，」達拉說。「應該是他的家人。」

她早已忘記了這一切該如何進行，當她的父母過世時，她拿到死亡證明及警方的報告，等待支票到來。她忘了這之間花了多久的時間，又為了什麼。

「但她沒有和你談這些事嗎？」

達拉搖了搖頭。

「我覺得這沒什麼大不了的，」她又說，因為查理仍然帶著期待的神情看著她。「她待的時間不長，這件事大概到此為止了吧。」

「沒錯，」查理試探性地說。「建築工人時常會遇到事故的，對吧？」

「沒錯。」達拉說。

他看著她的樣子。他厚重的眼皮緩慢且微弱地眨著。等待著保證及慰藉。

這讓她想起了多年前的查理，還不到十五歲，他的皮膚有如桃子皮，當他不跳舞的時候，眼裡都會有那種茫然的神情。當他跳舞時，他似乎到達了另一個崇高且荒涼的地方。當他停下來的時候，他立即顯得失落且孤寂。當他一開始搬進家中時候，她們帶他去看毛巾放在哪裡，向他示範如何點燃火爐的火口，如何打電話給他遠在海外的母親。

就像一個畫作中的男孩，她們的母親時常這麼說，一邊看著他。**就像卡拉瓦喬**。

這讓她想將自己的手放在他額頭上，送他上床睡覺。

「達拉，」他說，「我們現在可以回家了嗎？」

他將手伸入毛衣的袖口之中，用袖口在臉上擦了擦，用他那雙顫抖的手。

她是他們三人中唯一堅強的人。

＊＊＊

那天晚上，她獨自一人在廚房的餐桌旁坐了很久。

她的頭部不停地顫抖著，牙齒也打顫著。是那個女人，蘭蒂．雅瑟克，是她放在樓梯上的手。

她想起了一些事，已經徘徊了好幾天、甚至幾個星期的事。懸停在她無法觸及的地方，就像在她眼角一閃而過的畫面。

起初，記憶斷斷續續地湧上心頭，她的手放在欄杆上，母親三樓的收音機播放出音樂。

大聲呼叫著，**母親！母親！**

胸口有一種感覺，在她的耳邊迴蕩著。

回來、回來，重來一遍：十五歲的她，雙腿修長，不受拘束，時間已晚仍跑回教室裡要告知母親，她入選了東方芭蕾舞團的區域性表演，在至關重要的《花之圓舞曲》擔任露滴仙子。

在十五歲的年紀，她因為重大成就而自負得意——這是她努力爭取來的角色，她獨自努力獲得——她大聲呼叫著她的母親，一路穿越A、B和C教室的黑暗及灰塵，來到了後勤辦公室時，進入三樓的入口發出了光芒，就像傑克南瓜燈上鏤空的嘴巴。

她緊握著螺旋樓梯的欄杆，繞過三個U字形的轉彎，接著來到了三樓，這裡有母親黑醋栗茶的氣味，及她破舊收音機傳來模糊的爵士樂聲，過了一段忽明忽暗的時刻，她花上一些時間讓自己的眼睛適應黑暗，唯一亮著的是那盞老舊的鵝頸燈，窄小的刺眼光線照亮了金屬折疊沙發床上的母親，她蜷縮側躺著。

他們的母親半躺著，頭向後仰，雙腿張開，那條亮藍色的血管蜿蜒向上延伸至她的大腿內側。還有，那裡有一個跪在她面前的人，他柔軟的金髮畫眉和王子般的側臉。

「查理，」達拉開了口，她的聲音仍然充滿了驚奇。

「查理，」幾秒鐘後她又說，看著他們的母親現在將男孩推到一旁，將她的雙腿再次放回自己身上，拉起滑至腳踝的褲襪。

「查理，」她又說了第三遍，現在她的聲音變了，永遠地改變了。「母親。」

＊＊＊

後來，在很久以後，達拉開始懷疑這件事是否真正發生過。那感覺更像是她曾經在書中看過的一張照片。事情確實發生了，但是發生在**她**身上的嗎？而她真正看見的是什麼？他們的母親到底對她十五歲的學生做了什麼，對她自己女兒的愛人，她讓他——指示他——對自己做了些什麼，除了將他發燙的頭部靠在她溫暖的肚子上，她美麗的大腿上？

但在當時，那感覺就像是一切。因為事實就是如此，當然囉。

在接下來的日子裡，他們之中沒有人提起過這件事。她從來沒有告訴過瑪莉，或是任何人。第一天晚上，查理睡在樓下的沙發上，但到了第二天，達拉就偷偷溜下床爬到他的身邊，他貼在她身上的皮膚上火熱發燙，渴望能得到原諒。她的雙手如饑似渴地抱住他，她發現自己想要他原諒她，原諒他們。

兩天後，她和查理一起開始計畫離開。待在教室裡，在那間房子裡，這太難以忍受了。從彼此身旁擦身而過都變得難以忍受，不論是在走廊上、浴室裡，或是在廚房火爐上的水壺旁。達拉無法直視母親的眼睛。查理無法睡覺或吃飯，甚至無法在貓腳浴缸泡一個很久的滾燙熱水澡。他們不得不離開。也許去找查理遠在英國的母親，或是查理可以在薩拉索塔芭蕾舞團當見習學徒。

他們立即開始進行文書作業，打了幾通電話。試著收集關於護照、執照等資訊。甚至，他們偷偷地拿出地下室的滾輪行李箱並開始收拾行李。

這可能太趕了，查理看著她說。

才不會，達拉堅持說。這就像一位舞者的第一次大跳躍。學生原本完全沒有準備，直到他們突然之間準備就緒而且必須立即執行動作，否則這一刻的時機就會消逝。

我們現在得走了。我們必須這樣做。

三天後，是她們父母的結婚二十週年紀念日，而他們的車子撞上了迎面而來的車流，他們兩人都死了。

葬禮結束後的第二天早上，達拉打開行李箱，查理在旁邊看著。走廊的另一頭，瑪莉在哭，已經哭了好幾天了。她不睡覺、不吃東西，身體像一隻斷翼的鳥兒。後來，達拉把滾輪行李箱拖回地下室，她直到十多年後才會再次見到它，當瑪莉將它拉到樓上去，準備去環遊世界。

你看，我也曾有一次試著離開，達拉想，瑪莉，早在你之前。這件事比表面上看起來更困難。

有害身心健康

她醒來時，感覺查理的背部在她手下發燙著。

她感覺到喉嚨發癢，有一些不同的感覺，與查理、瑪莉的所有對話，一整夜在她的腦中不停迴響著。那些說了一半的對話，所有的往事又翻湧而至。現在，這些事不會離開她了。

而且，她不斷地想著**意外**這個字詞。它究竟是什麼意思，包含了什麼意涵。**他們在一場車禍中喪生。他在一場可怕意外中從樓梯上摔了下來。我不是有意要這麼做的。這是一場意外。**

當她再次伸出手時，發現查理受盡折磨的後背部在發燙。感覺就像是將自己的手放在一團照明電纜上，照亮了一切。

***

今天是第一次現場彩排。按照慣例，達拉和瑪莉會專注在舞臺和表演上，查理則負責其他所有事務。監督舞台背景的裝設、與舞臺工作人員會面，確保點心準時到達，集結那些擔任志工的忙碌家長們，並管控他們接觸那些緊張孩子的機會。

但是，今天的情況並不尋常，查理幾乎無法下床，他的身體就像一尊倒下的雕像，他的臉因痛苦而繃緊。

「我不知道我該怎麼做。」他說。「我已經很小心了。」

但達拉明白。那一天晚上的那些瘋狂時刻，她和查理在三樓急忙奔走，將折疊沙發床床墊對折成兩半並闔上折疊床架，拿起垃圾袋，將那個地方擦去瑪莉的痕跡，及承包商的痕跡。與此同時，承包商死氣沉沉的屍體在下面一個樓層的地方逐漸僵硬，皮膚變得冰冷。與此同時，瑪莉就一直坐在他們的車裡，他們將她安放在那裡，她的頭靠在窗戶上，就像一個在等待的孩子，永遠地等待著父母想起她仍在此等候著。

***

「躺回去吧，」她現在對他說。「你待在家裡。我會處理的。還有瑪莉……瑪莉會盡力而為的。」

「絕對不行。我要在這裡進行集合，」他低聲地說，即使他的身體正在往後下沉，他的臉因痛苦而扭曲。「我只需要幾分鐘。只是，天氣太冷了，它……」

慢慢地，慢慢地，她放開了她的手。

這件事應該就落在她和瑪莉身上了。非得如此。

***

「我今天會沒事的，」瑪莉在他們倆各自走向自己的汽車時說。「我保證。」

「好的。」達拉說。「好的。」

***

法蘭西斯．巴倫傑表演藝術中心有如一座時尚又平凡無奇的建築燈箱，已完成了一年一度的改造工程。被蕾絲般成千上萬的白色光束包裹著，點綴著如教堂大鐘大小、閃閃發光的橡皮軟糖，裝飾著明亮的枴杖糖，大得像是垂掛在屋頂上的衣帽架。

在裡頭，劇院的志工們顯然花上好幾個小時在每個角落掛上樹枝和花環。一組大家熟悉、高度高達兩層樓的《胡桃鉗》橫幅就懸掛於天花板，隨著每一陣外力引發而搖晃著。

瑪莉站在大廳的中央，站在一項全新布置的前方：一尊十五英尺高的胡桃鉗雕像，由樹脂及玻璃纖維所製成，他的表情正浮誇地齜牙咧嘴。

抬頭向上凝視著，瑪莉無法將目光從它身上轉移開來，甚至沒有注意到學生全都開始湧了進來，扯下羊毛帽，輕聲閒聊、喋喋不休，以虔誠的態度將頭髮整理成緊綳的髮髻。

「準備好了嗎？」達拉問道，讓遐想中的瑪莉突然驚醒。

她的妹妹轉過身來，看著她微笑了。

＊＊＊

過沒多久，大廳裡擠滿了學生，最年幼的那些孩子穿越鋪有地毯的空間時幾乎要尖叫了起來。

他們之中至少有四分之一的人是第一次參與巴倫傑中心的幕後工作，他們著迷地坐在劇院裡，他們自從三、四歲起就被放在那紅色的毛絨座椅上，他們沾滿糖果及沾滿口水的手掌按壓在木頭扶手，眼睛一眨不眨地深受打動。

「我緊張到快要死掉了。我可能會嘔吐而死。」

「閉嘴。你把事情搞得更糟了。」

「如果奧利佛把我摔了下來怎麼辦？你有看見他的手臂了嗎——」

「那個人真是讓我感到噁心。她的腳趾捲曲得像是爪子一樣。」

＊＊＊

在接下來的四個小時裡，當達拉在舞臺上、劇院的走道上來回走動時，這就是一場無休止的攻擊：放聲大笑、壓抑的尖叫聲、忘記帶上芭蕾軟鞋的焦慮淚水、每個月一次的水腫悲劇、死皮下垂掛著已發黑的腳趾甲，還有貝莉．布魯姆，他們的克拉拉，已危險地失蹤了半個小時。最後，希維爾夫人發現她被鎖在一個沒有燈光的儲藏室裡頭，恐懼到近乎歇斯底里。

「她說有人矇住了她的眼睛，把她鎖在裡面了，」希維爾夫人告訴達拉。「一些像影子般的『他們』。」

但達拉知道「他們」是誰，她看著舞臺對面所有未被選中的克拉拉——佩珀．威斯頓、格蕾西．亨特、艾麗絲．卡特萊特——等待排練《雪花圓舞曲》，她們的表情冷漠卻警醒。

「我想，那些小寶貝們，」達拉說，聽起來比以往任何時候都更像是大家的母親。「她們希望我們在首演之夜過了之後才找到她。」

＊＊＊

「你有看到嗎？」

「噓……」

「讓我看看。」

在《雪花圓舞曲》排演到一半時，一股能量爆發了，一大群學生在黑暗的側廳緊盯著他們的手機。

這是一篇新聞報導。杜蘭特一家已經有二十年不曾收到報紙了，自從《論壇報》進行罷工開始以來，他們加入工會的父親就打電話取消他的訂閱，並抱怨地表示他才不是那些罷工的無賴。

從一位正在細看體育版的舞臺工作人員手中，達拉得到一份報紙，而舞臺上正有二十幾位的雪花仙子飛舞著。

承包商於當地芭蕾舞蹈學校身亡，斗大的標題嚴肅地寫下，工作室的照片也同樣令人生畏，飽經風霜的招牌，上頭的磚塊有鹽巴留下的痕跡。

「高一點！」她聽得到希維爾夫人的喊叫聲。「一星期之內，你就可以在五十磅的大雪之中完成這些聚合舞步了！」

在簾幕後方，她將這篇文章讀了一遍，又讀了第兩遍。

當局正在調查一名地區承包商的死亡事件，警方表示在星期日凌晨，這一名承包商顯然從樓梯上摔下來而致死身亡。

杜蘭特舞蹈學校的經營者表示，他發現羅斯維爾市的四十九歲男子，德瑞克．吉拉德躺在樓梯底下且毫無反應，就立即通報警方至現場。員警趕到，發現該名男子仰面躺著，有明顯的外傷，頭部四周都是鮮血。根據警方報導，他當場就被宣死亡。

根據一位縣區驗屍官表示，初步的屍體解剖中顯示死因是由於高處墜落下的鈍性頭部外傷所造成的複雜性顱骨骨折，因眼睛穿孔而引發內出血及嚴重的顱內出血。

最終定案的死亡原因仍要取決於進一步毒理學和組織學的結果。警方目前正進行調查中。

這篇文章中毫無任何一項更新的消息，她確定。所有事物都符合預期中的步調。這一切很快就會結束了。除了這些用字之外：**屍體解剖**、**進一步**、**死因**，**正進行**。

***

「我以為只有謀殺案才會做屍體解剖。」麗芙．洛克曼低聲說。

法蘭西斯．巴倫傑表演藝術中心的聲學設計效果，讓任何聲響都逃不過達拉的耳朵，每一個如玫瑰花結般的雪花仙子全聚集在一起，等待著，喋喋不休，渴望將思緒投入僵硬又焦慮身體外的其他事物。

「除非是非自然的死亡，」格蕾西．亨特宣告，像是身處於某種神祕的知識之井中。「警方會針對任何非自然的死亡進行屍體解剖。」

「這有什麼不自然的地方嗎？」麗芙．洛克曼說，她的聲音更加低沉了，眼中閃爍著興奮的光芒。

「因為這件事不應該發生的，」格蕾西說，現在看起來不太確定。「卻真的發生了。」不自然。這個字詞就像是一條使人戰慄的鞭子。一次、兩次，三次地鞭打著。

＊＊＊

接近傍晚時，當家長們開始陸續到達時，那份報紙似乎無處不在：在第三頁那篇沉悶又灰暗的文章，長達好幾個段落的篇幅，甚至還有他們工作室的照片，看起來黑暗而荒涼，像個犯罪現場一樣。

「我們該怎麼辦？」威斯頓醫師說，當他走近達拉時，他本身看起來就如此沉悶又灰暗。威斯頓醫師再次為了排練而出現，醫師怎麼有這麼多空閒時間呢？

「關於什麼？」達拉說，顯得心煩意亂，轉而專注在一群試著躲在大廳壁龕裡的四級學生，他們俯身靠在一桶裝有違禁彩虹餅乾的塑膠桶上。**來試吃看看吧，貝莉**，有人這麼說著。**這真的很好吃。**

「這篇文章，這張照片。」他搖了搖頭。「你都不擔心嗎？」

「這與我們無關，」達拉說，感覺自己的臉開始發燙，試著閃避他沉重的目光，看著希維爾夫人因為餅乾而責罵著那些女孩。***mes anges*****（我的小天使），你以為我沒有看見嗎？沒有什麼事物逃得過我的眼睛。**

「但確實有關，」威斯頓博士堅定地說，向她靠得更近了。

天啊，他知道些什麼呢？達拉心想。

「我不明白這怎麼……」她開始說。

然後，他又靠得更近了，壓低聲音並指著那份報紙，「我要說的說，他們甚至都沒有提到關於《胡桃鉗》的報導，這真是爛透了。」

達拉感到一陣強烈的解脫。當然是《胡桃鉗》，不然還有什麼呢？

「我必須要回去了，」她突然地說，退到更遠的地方。

「嗯，這就是我們所身處的世界，」他說，當達拉慢慢轉身走遠時，他的聲音在大廳裡迴盪著。

「有病，真是有病。」

＊＊＊

回到劇院中涼爽又黑暗的角落，她試著投入工作中，看著科爾賓在舞臺上戴上胡桃鉗王子的面具，在燈光下令人毛骨悚然且震驚。面具兩側皆有一簇白毛，笑容顯得狂躁不安，牙齒是兩條完美的曲線。

燈光工程師正在進行調整，打出藍色光線，這時達拉打電話給查理，他卻沒有接聽。

「只是打來關心你一下，」她對著語音信箱說。「打給我吧。」

在她身後，她聽到一個聲音，是瑪莉。在後方一排，她身體前傾以靠近達拉的耳朵。

「他會來嗎？」她問。「查理會嗎？」

「不會。」達拉說。「不過我們應該談談。」

「好。」瑪莉說。

舞臺被一片紫色給淹沒，科爾賓調整著自己戴著的面具。

達拉聽得到瑪莉的呼吸聲，就在她身後。變快了，接著慢了一些，又更慢了一些。

＊＊＊

「這不代表什麼，」當瑪莉正讀著這篇文章時，她這麼告訴妹妹，她的手指被油墨弄髒了。他們在後台的更衣室裡。六隻老鼠頭高高放置在架子上，房間裡彌漫著膠水、消毒酒精、潤膚霜，及嘔吐物的味道。

「他們對所有人都會做這些檢查，解剖屍體，」達拉說，儘管她明白實非如此。

「沒關係，」瑪莉說，扭轉著拇指並咬著指甲。「我沒事。」

瑪莉伸出手將報紙遞還給達拉，她遲疑不決地握著它，就像拿著一盒雞蛋或一盒鞭炮。

「我一直想著他那張臉。」她說。「最後的時候，他看起來神情多麼驚訝。」

「你為什麼要這樣？」達拉說著，任由報紙掉落洗手臺之中。「我們說好了永遠不談論這件事了。」

瑪莉看著其中一面模糊不清的鏡子。「在樓梯上，他的表情看起來很驚訝。」

在那一刻，達拉想知道，當她看著樓梯上的瑪莉和查理，他們奇怪的面孔，她自己看起來是否也有驚訝的神情。她知道她一定有，一模一樣的驚訝。

「驚訝得好像他認不出我們一樣，」瑪莉說，眼睛盯著鏡子。她和達拉在此時當下就像是孿生姊妹般。達拉冷靜，但瑪莉熱情。達拉膚色黝黑，而瑪莉白皙。

「好像我們是什麼外星生物一樣。」

＊＊＊

時間已接近七點，所有人都累了。所有的興奮都被這一天的艱苦所吞噬，那些微小的勝利和屈辱。

舞臺上空無一人，唯獨貝莉．布魯姆手裡拿著一支未點燃的錐形長蠟燭，凝視著一片黑暗。雖然這一天其他人都未穿著戲服，但貝莉為了那些燈光工作人員穿上她的克拉拉睡衣。為了克拉拉在深藍色的暗夜中，下床去取回胡桃鉗的那個重要時刻，她對他的渴求如此地強烈。

達拉坐在她的座位上看著貝莉，當工作人員調整著飛行裝置時，她灰白色的緊身舞衣發著光亮，一遍又一遍地穿越整個舞臺。

「緩慢而有巨大的存在感，布魯姆小姐。」達拉喊道。「觀眾必須感受這一切。」

睡衣像氣球般膨脹了起來，貝莉穿過舞臺，將被遺棄的胡桃鉗抱在懷裡。袖子像白色的翅膀，她將它高舉至空中有如一個宗教圖騰、一個上帝般，然後將自己高高抬起成了一個優雅的阿拉伯姿，她的脖子如此修長，她的腿如此之高，就像你十四歲、十五歲時一樣，你的身體既如羽毛般輕盈，又如熔岩般熾熱，一切都會永恆不變。

達拉感覺眼淚充滿眼眶。不再想那些報紙、屍體解剖、查理，甚至不再想瑪莉，她將自己完全奉獻於貝莉身上，這是她努力所應得的，也是她所需要的。就像她們的母親總是將自己奉獻於她的學生身上。那眼神熾熱卻殘酷無情，感覺就像愛。那就是愛。

舞臺上的貝莉在黑暗中如此渺小，她的身體古怪地旋轉著，尋找她的胡桃鉗，勇敢地面對未知。那是如此美麗，就像過往在母親的攜帶式黑白電視機上觀看畫面滿是顆粒的影片一樣。他們最喜歡的克拉拉，一個大眼睛的流浪兒，如花瓣般單薄卻難以置信地強壯。多年後，達拉才意識到他們看見的是自己的母親，在二十年前錄製的錄影帶上。

「好極了！」希維爾夫人大聲喊叫。

在舞臺上，她的雙臂做了一個完美的手姿運行，將胡桃鉗抱在雙臂之間，貝莉看著遠處盡是黑暗的劇院，在聚光燈下她的臉龐映著藍色。她睜大眼睛、表情坦率，臉上充滿克拉拉的恐懼與驚奇。

就是這樣，達拉想。**這就是克拉拉了**。

「我們要繼續下去嗎？」建築物後方的希維爾夫人大喊了一聲，聽起來想要回家了。

達拉抬頭看著貝莉，她的胸膛不斷起伏著，她的鎖骨隨著脈搏跳動。

「還沒有結束，拜託，」她說，她的聲音出乎意料地堅強有力。

幾個小時未曾離開舞臺的貝莉汗流浹背，像一位渾身是汗的碼頭工人，她足尖鞋的後跟上血跡斑斑。

貝莉說，「拜託，再一遍好嗎？」

達拉點了點頭。

你不得不讓他們繼續下去。貝莉明白，她如果有需要就會停下來了。她會自己尋求醫療急救處理，以即時止痛藥膏來麻痺自己的腳趾，並說她需要休息。

但是貝莉並不想要休息——**我還不必休息，拜託，再一遍**——她一次又一次地持續練習，她的臉在燈光下閃閃發光，一束束的頭髮從她完美的髮髻滑落下來。再次滑步穿越整個舞臺，一隻腳緊跟著另一隻腳，雙腳掠過地板。

達拉聽見雙腳踩在椅背上的一個悶響聲，轉過身來，看見了那些同樣是四級的女學生們——佩珀．威斯頓、格蕾西．亨特、艾麗絲．卡特萊特——她們的腿懸在座椅上，頭部上下擺動著，一會兒看舞台、一會兒低頭看手機。佩珀靜默地在芭蕾軟鞋縫上鬆緊帶，不時地打著哈欠。

她們沒有發出任何聲音，但仍然維護聲張著她們的存在，而貝莉的眼睛不斷地掠過她們的那個角落。

「我們的克拉拉真是不屈不撓。」希維爾夫人在達拉的肩膀上低聲說。

「她正在明確地表述自己的主張。」達拉說。

燈光控制人員要求暫停，貝莉暫停了片刻，雙手叉腰，喘了口氣，彎腰穩住自己的身軀。

那個小團體之中突然傳來一聲急促想要止住的笑聲。「貝莉，」達拉喊道，「你需要休息五分鐘嗎？」

貝莉停頓了一下，盡量不去看那些四級的女孩，他們低聲的耳語，他們那種在監獄戶外放風時的凝視，佩珀瞇著眼的注目移向舞臺。

「不，」貝莉堅持著，將她的身體拉高，擺出她的阿拉伯姿，高高抬起一隻長得不可思議的手臂，伸出另一隻手並拿著胡桃鉗，她的左腿懸在空中，她的右腿靜止不動。

「貝莉，」達拉重複了一遍，站起身並走向走道，想起了那個女孩在被鎖在儲藏室裡、鞋子裡被放了大頭針之後，她臉上茫然又呆滯的表情。「我們休息一下。」

你必須讓他們自己面對，不要插手，她們母親過往每一年都會談到克拉拉的困境。**這是在叢林裡生存的邏輯。你必須讓他們自己應對處理。**

「我不需要休息，」貝莉堅持說，當達拉靠近舞臺邊緣時她咬牙切齒地說道。「我真的沒事。」

話一說完，她的雙臂落下，胡桃鉗從她手中滑落並噹啷撞擊在舞臺上，接著她就俯身彎腰嘔吐。

***

「你會沒事的，」達拉說，他們倆都俯身對著舞臺工作人員的水桶，現在在側廳的深處。「我們帶你去洗手間。」

貝莉沒有說話，雙手叉著腰，長長地大口喘氣。

「也許是因為她吃壞了什麼東西。」有人說。

達拉轉過身，看到格蕾西·亨特在暗處中徘徊，一臉陰沉。

「有人在休息時買了熟食店的餅乾，」格蕾西冷冷地補充道，她的眼睛盯著貝莉。「那些餅乾發黴了。」

這個女孩如此地大膽，已顯出一種野蠻。這個粉紅色的小流氓，梳著整齊的髮髻。

「那麼你怎麼知道的，亨特小姐？」達拉厲聲說道，朝著她走去。

「沒有關係，」貝莉脫口而出，伸手去抓住達拉。「算了吧。」她清了清嗓子，提高了聲音。「我現在沒事了。」

達拉看著女孩，她的臉濕漉漉的，眼睛閃閃發光，正用她的袖子擦了擦嘴巴。

達拉不得不提醒自己，這就是那個曾經聽見他人指正就會哭泣的女孩（**彎腰！不要像雞翅一樣！**），多年來，她毫不掩飾她對於體態上的苦惱、她脖子的長度，然後當女孩們開始稱呼她**短粗脖子**、**小脖子**時，她就會開始放聲大哭。不過就在六個星期之前，那個女孩仍對克拉拉感到疑惑，對她自己的才能感到疑惑——那個女孩已經消失不見了。

她表現得很好，達拉想。**很好**。

***

每個人都已筋疲力盡，他們請一半的表演人員回家休息，瑪莉為剩下的這些人點了好幾盒披薩，到處都是油脂、紙板和小女孩打嗝的氣味，因為那些六歲的小老鼠仍需要排練，他們應該在好幾個小時前就該完成的，那時他們仍高聲說話且感到興奮，撫摸著丙烯酸纖維材質的老鼠爪子，迫不及待地想要上臺。現在他們看起來卻是油膩而水腫的樣子，肚子腫得像鴿子的胸部。

當瑪莉和希維爾夫人試著叫他們振作起來，鼓掌並大聲喊叫時，達拉突然在第五排中間坐下。

看到瑪莉站在舞臺上感覺很奇怪，她的拳頭放在父親開襟羊毛衫的口袋裡，她漂染的頭髮像她的臉色、修長而有雜色斑點的脖子一樣地白皙。斑駁的棕色瘀傷仍繼續逗留著，而造成瘀傷的人生命卻已消逝，不知怎的，他的指紋仍留在她身上。

看到她在那裡工作很奇怪，但也感覺如此理所當然。

達拉的手機螢幕亮了起來，是查理。

「我應該到場的，」他說。「我以為我吃了巴氯芬之後就會改善。我只是……」

她開始和他說明那篇新聞報導的事，但不知怎的，她說不下去了，他的聲音如此脆弱且急切。

「我們快結束了，」達拉說，她的眼睛盯著舞臺上的「老鼠們」，他們的手腕彎曲成扁平的爪子，如今在燈光下更為古怪地跑來跑去，播放的音樂不斷發出隆隆聲。「我們現在就戴上頭套來試試吧！」她對著舞臺喊道。

電話另一頭，查理還在說話。

「但我認為我應該可以預約物理治療師的時間，」查理說。「晚間時段，九點。」

「支付額外的費用吧，」達拉說。「赫爾嘉值得的。」

「聽我聲音的指示，」舞臺上的瑪莉說著。

小老鼠們正要戴上老鼠頭套，瑪莉高高地站在他們旁邊，幫牠們固定好發泡軟墊和皮毛。達拉仍然記得那頭套底下的熱度，當她扮演一隻小老鼠，什麼都看不見又呼吸困難的日子。

「我想你。」查理說，聲音聽起來如此遙遠。

在舞臺上，所有的小女孩都一邊搖晃一邊撞擊著們此，老鼠的頭套對他們的小身體而言太大了。

聽我聲音的指示。她還記得那是什麼感覺，如此重要的時刻，你卻看不見並錯失了一切。

「我也是，」達拉對著電話說，她的雙眼中充滿了難以言喻的感覺。「再見。」

＊＊＊

一切都結束了，就這一天而言。直到明天再度來臨，風險只會越來越高，在開演之夜前每天的風險都會不斷攀升。

學生們疲倦地收拾行李，四肢散漫，毫無生氣。在後台，希維爾夫人正在喝她一年一度的「胡桃鉗蛋奶酒」，一品脫裝的酒瓶就塞在她寬鬆外衣的口袋裡。家長們來了，停車場四處閃著車頭燈的光束。

不可思議地，那台四級學生的共乘汽車沒有等貝莉．布魯姆上車就離開了。「沒關係，」貝莉說。「我媽媽還是會傳訊息給我的。」

「不，」瑪莉說，用胳膊摟著貝莉身上的羊毛衣料一路護送著她。「親愛的，我會送你回家。但首先，去吃冰淇淋吧。」

＊＊＊

「我從來都不知道瑪莉會開車。」希維爾夫人說。

「她這個人充滿驚喜，」達拉回答說，她們看著兩人消失在瑪莉的橘色汽車中。

瑪莉如此樂於助人，瑪莉作一個負責任的大人。這就是成功的必要條件嗎？

「繫好安全帶！」達拉喊道。然後，更輕聲地說，「我們需要我們的克拉拉活著。我們需要你們兩個都好好活著。」

＊＊＊

回到了大廳裡，達拉發現自己在巨大的胡桃鉗前停下了腳步。那天早上，瑪莉就被它嚇得大吃一驚了。

他看起來如此歡樂，身穿色彩鮮豔的制服，向上彎曲的長鬍鬚掛在整齊的一排厚實牙齒上，以鉸鏈轉動的下巴，以厚重控制桿操縱的嘴巴。

但是她的眼睛始終盯著他的眼罩，在他臉上形成了一道黑色斜線。她以前從未想過，他的眼罩與卓賽麥爾先生的眼罩如此地匹配，那位陰險又有魅力的教父將胡桃鉗交給了克拉拉，讓她開啟了一場冒險。

眼罩如此醒目，而另一隻眼睛無色，瞳孔在一片乳白色中游動著。

有某種熟悉感讓她看得愈久愈是心生不安，但她無法指明。

直到那幅畫面浮現在她腦海：生命終點的德瑞克，虹膜變成暗色的風車，一股鮮紅從中央旋轉散出，溢滿那隻眼睛。金屬插單器的長針從中刺穿了眼珠。

「終於，杜蘭特女士，我們一直在找你。」

達拉一轉身就看到那位警探逐步走近。

計數

是之前那一位警探，第一天早晨來的那位，他穿著同樣的棕褐色風衣，像是好萊塢電影裡的私家偵探。

他朝她走去，來來去去的家長們盤旋而過，冬天的圍巾拖在後頭，抓起遺棄於大廳角落的耀眼背包，而他們的女兒和少數的幾個兒子早已筋疲力盡，掙扎地穿上厚重的外套，汗流浹背的身體讓他們熱得難以忍受。

他移動得快速且輕鬆，彷彿沒有任何家長可以碰觸到他，好像他甚至看不見他們，即便是那六個手臂下拎著的巨大老鼠頭套的學生也一樣，他們將頭套交給希維爾夫人的助手保管。

「杜蘭特女士。」偵探說。

另一名略顯年輕的男子，有毛刷剪的髮型，穿著滑雪背心，從附近的噴泉加入他們行列，像一個青少年一樣以袖子反面擦著嘴巴。

「有需要幫忙的嗎？」當他們走近時，達拉說。

「或許吧，」警探說。「我們來看看。」

＊＊＊

這一切都感覺不太對勁，年長的瓦爾特斯警探看著她，一邊用筆敲打著他手裡的上翻筆記本。近距離仔細看，達拉覺得他的臉像是一顆烤馬鈴薯。

他的搭檔曼多薩看上去很不自在，眼睛掃視著那些年紀較長的女孩，有幾個在氣溫過高的大廳裡等待時已脫到只剩下運動內衣。

「我們剛先去過你的教室了，」瓦爾特斯警探說，「最後藉由那些芭蕾舞裙的蹤跡追蹤到你了。」

達拉連笑也沒有笑。盡量避開任何一位等候中家長的目光。

「我們現在非常忙碌，是《胡桃鉗》。」她對瓦爾特斯說。

這彷彿是一項暗示，兩個男人都同時抬頭看向她身後那座高聳的雕像，突然之間變得更加陰險，小丑般的色彩，金色皇冠上的堅硬尖刺。

「你知道嗎，」瓦爾特斯警探說，又敲了敲他的筆，那是一支老舊的比克牌原子筆，藍色的筆蓋有被咬過的痕跡，「在我有女兒之前，我從來就不明白《胡桃鉗》這種東西，女孩子就喜歡這種玩意兒。」

「所以這就是你來的原因嗎？」達拉說。「來拿免費門票給女兒嗎？」

瓦爾特斯警探咧嘴一笑，他那張如馬鈴薯般的臉皺了起來。

＊＊＊

他們還有幾個問題要問，僅此而已。主要是為了澄清一些事。也許他們可以找個比較安靜的地方交談？

達拉帶路，引領他們穿過人群，空氣中混雜著熟悉的汗水、濃烈臭味、髮膠、樟腦油、尿液、嘔吐物，在短短六個小時內，這個宏偉莊嚴的劇院就完全地被杜蘭特舞蹈學校給污染了。

她用這三、四分鐘的步行時間試著讓自己集中注意力。以表演前的方式讓自己振作起來，將所有的能量及尖銳的恐懼集中於一個鋒利的尖端上，在一把強大的軍刀上，一個永遠不變而不具感覺的東西。

每個人都喜歡漂亮的舞者，她們的母親曾這麼說過。**但強健有力就更棒了。**

＊＊＊

他們擠進了燈控室，遠離了在下方工作人員的呼呼聲。透過窗戶，你可以看見他們正在清理所有骯髒的OK繃、變成褐色的蘋果果核、鬆緊帶撕下後的褶邊、亂扔的腳趾軟墊和袋形襪頭，放在一起時就像蒼白的玫瑰花瓣，散落的羊毛就像是剛經歷了一場動物大戰，野獸和獵物的對峙。

「我們知道的一切都告訴你了，」達拉說。「但是，如果有必要的話，就問吧。」瓦爾特斯和曼多薩彼此交換了眼神。

「大多數的人，」瓦爾特斯說，他的聲音裡帶著笑意，「都有點害怕警察。」

「大多數的人都有罪，」達拉說。「至少都曾犯下一些過錯。」

瓦爾特斯看著她，又拿出了那支有破爛筆蓋的原子筆。「你倒是清清白白的，對吧？」

「我們的母親是這樣教導我們的。」

＊＊＊

下方的舞臺上，最後一位管理員旋轉著一個巨大的圓形拖把，就像一位正在擦拭甲板的水手。地上留下的一個水坑是貝莉．布魯姆螢光色的嘔吐物，就像汽油上的一道彩虹一樣，逐漸消失不見。奶油棕色的舞臺在黑暗之中發光。

兩位警探所詢問她的問題就和之前一樣：承包商的排程、他到達和離開的時間，他這麼早一個人去那裡是否是尋常發生的事，而他又為什麼會到後勤辦公室和樓梯上。這一切是不是有點奇怪？

「也許，」達拉說。「我不認識他。」

曼多薩看了瓦爾特斯一眼，但瓦爾特斯完全沒有眨眼，將目光鎖定在達拉身上。

「我只是不明白這一切的意義所在，」達拉說。「保險調查員也已經來過了。」

「我們知道。」

「她看起來很滿意了。」

「鬥牛犬，」瓦爾特斯對曼多薩說，眨了眨眼睛。

「不好意思，你說什麼？」

「沒關係，我們很喜歡蘭蒂。」

＊＊＊

達拉開始在腦子裡數數到八——六、七、八——她的舌頭像節拍器一樣敲打著上顎，數著腦中想像中的戳步旋轉。她得要保持冷靜。他們什麼都不知道。他們不能知道。

「而且你說三樓——你說你用那個空間做什麼？」

「存放東西。」達拉說。

「還有這個……承包商的**意外**，」沃爾特說，中間明確地停頓了一下。***Cinq, six, sept, huit***（**五、六、七、八**）——「這已經是這工地近期所發生的第三項意外了，對嗎？」

達拉停止了她的無聲計數。「不好意思，你說什麼？」

「我們來看看。十月三十日有一次的淹水？」

他們之前沒有問過這件事。他們為什麼會詢問這件事？***Dix, onze, douze***（十、十一、十二）。

「嗯，是的，」達拉說。「那和裝修工程有關。他們撞壞了一根水管。你是怎麼——」

「而且那位承包商——他受傷了，對嗎？」

「不，」達拉說。「我的意思是，我想是沒有受傷。只有些輕微的燙傷，他沒事。」

瓦爾特斯看了她片刻，然後又低頭看了看他的記事本。接著，是九月十五日的一場大火？」

那場火災。達拉盡量不看著他們，試著專注於聲音音調上的穩定性。

「那場火災，對的，但那是在施工之前。這就是我們雇用他的原因，修復損壞的地方。」

「好吧，」瓦爾特斯一邊說一邊點頭，臉上的表情晦澀難解。曼多薩的目光飄移至下方的舞臺。

達拉的目光也看了過去。只有那位孤獨的管理員，他一路留下水痕的水桶，拖把濺出的粘稠液體，一切都在下方劇院的一片黑色深淵之中。

她的太陽穴感覺到一股壓力，警探的爽身粉讓她的鼻子發癢。

達拉看著她的手錶。「不好意思，」她突然說道，「但這和發生的事情有什麼關係？」

原先看著筆記本的瓦爾特斯抬起頭。現在更感興趣了。

「或許什麼關係也沒有，」他說。「暖爐，對吧？」

達拉可以感覺到她的脊椎繃緊了，就像曲柄轉緊了一樣。***Cinq, six, sept***（**五、六、七**）……

「是的。」

「有電話打了進來……你妹妹打了九一一報警，凌晨四點對吧？」

「我不知道。我——」

「那個時間她在那兒做什麼？」

達拉深吸了一口氣。「瑪莉很早就會進去，很晚才離開。我們不打卡的。」

「報告上說她那天晚上一直睡在那裡，」瓦爾特斯一邊說，一邊闔上了筆記本。

達拉停頓了一下。曼多薩轉過身來看著她。

「她偶爾會在她的工作室裡暫住，」達拉說，「如果時間很晚的話。但最近沒有。因為在施工，總是有灰塵和噪音。」

「那麼三樓呢？」曼多薩突然說道。自從他們開始對話之後，這是他第一次開口。瓦爾特斯看起來和達拉一樣驚訝。「她曾經在暫住在三樓嗎？」

達拉又停頓了一下，想了想。她想起瞇著眼睛的佩珀．威斯頓，她厚顏無恥的嘴巴提問：**杜蘭特小姐現在是不是真的睡在閣樓呢？**

「那是我們母親的空間，」達拉小心翼翼地說。這不是一個答案，但聽起來像是一個答案。「那裡只有她使用。」

接著是短暫的寂靜，這個房間如此之小，骯髒的黑色控制臺，那些指印在燈下閃閃地發光，讓達拉想到了指紋，想到了證據。她的胸口有一種感覺，就像一個正在收緊的閥門。**這些問題背後的原因是什麼？這些放在瑪莉身上的一切焦點……**

「好的。可以的話，現在我們想要和她談談，」瓦爾特斯說。「你的妹妹。」曼多薩正看著達拉，那是一個漫長而不間斷的凝視。

「她離開了，」達拉說。「聽著，這是怎麼一回事？我看過報紙了。已經完成屍體解剖了。那個人摔倒了。建築工地的意外——這一定多少會發生的，對嗎？」

「當然，」瓦爾特斯說，一邊點著頭。「一向如此。」

「所以——」

「這就是承包商總是會購買許多份保險的原因，」他補充說，看著曼多薩，帶像是在眨眼的表情。「特別如果他們有家庭的話。」

「畢竟，」達拉看著他們說，「那是一個危險的工作。」

「對於某些人來說是這樣沒錯，」瓦爾特斯說。「聽著，我們不過想做好盡職調查。不喜歡保險索賠人員或是女性調查員的表現太好，讓我們難看。」

達拉突然明白了。「這是關於那個叫蘭蒂的女人。」

「鬥牛犬就是會四處嗅探，」曼多薩對瓦爾特斯微笑著說。

「她不過是盡自己的職責，」瓦爾特斯說。「那些保險公司就是擲骰子的賭徒。他們和你打賭，他們大多數的時候會贏。但偶爾，他們會擲出兩點而慘敗。於是，他們只想要慢吞吞地翻開底牌。」

曼多薩點了點頭。「那個可憐的傢伙可能付了幾十年的保費。現在他在工作時摔死了，而他們卻不肯付錢給他悲傷的遺孀——」

達拉抬起頭來。「遺孀？」

「當然，」瓦爾特斯闔上筆記本說。「而遺孀往往希望拿得到錢。」

＊＊＊

遺孀。德瑞克的遺孀。德瑞克的妻子。

永恆不朽

她不可能完全不知情。

他從來沒有談論過關於家庭的事，談論關於他回去的那個家。他已經在三樓住了這麼多個夜晚了。

他從來不戴婚戒，但也並非所有的已婚男子都會戴婚戒。她們的父親就不戴，他有一位戴著戒指的電工同事操作電箱時，被一陣猛烈爆炸轟得四分五裂。**職業風險**，他總是這麼告訴他們，他曾有一次讓她們看他的婚戒，就藏在他梳妝臺最上面抽屜的一堆手帕下面。**那是他聲稱的**，她們的母親總是低聲地補充這一句。

儘管如此，一個如此無節制地說謊、如此持續忙碌的人……

她不可能完全不知情，但瑪莉真的知道嗎？

***

達拉並不記得自己是否向警探們說了再見。不記得他們走在她前面，拖著腳步一路從燈控室走下樓。這裡的樓梯就像工作室裡的螺旋樓梯，在員警厚底鞋的重量下顫動著。

她想著那一位妻子，那一位神祕的妻子。**什麼樣的女人會嫁給德瑞克？**但隨後她開始在腦海中創造一個畫面，一位被動的家庭主婦，一個逆來順受的人。又或者，她想著，也許她從前是一位脫衣舞孃，一位事業走下坡的鋼管舞女郎。

但她提醒自己，最重要的是這件事所構成的威脅。一位得要對付的陌生人。一個想要一些東西、想要錢的人。他們生活中的另一個入侵者，另一個充滿敵意的入侵者。先是德瑞克，現在還有德瑞克的妻子。這一個陌生人，足以毀滅他們所有人的一切。

＊＊＊

「查理，」達拉在他的語音信箱留言，想知道他是否已經在前往進行物理治療的路上。「我必須和你談談。打電話給我。」

她接下來試著打給瑪莉，她的妹妹在一陣嘈雜聲中接起電話——狂風呼嘯、無線電發出急促的聲響，和貝莉吱喳說話的尖聲。

「什麼事？」瑪莉不斷地問，但她根本沒聽達拉的聲音，而是開始說明貝莉從沒去過巧克力冰淇淋專賣店，也從沒吃過巧克力醬奶油泡芙，你相信嗎？

「等一下再打電話打給我，」達拉最終對著電話說道。「打給我。」

＊＊＊

沒關係的，她想。關於那位妻子的實情，並不會改變任何事情。這一切都只證明了她早已知道的事情。承包商很糟糕，是個騙子，是個危險的人。

但這事情背後有一些什麼，一些她無法確切地指出哪裡不對勁的東西。

當他們的父母去世後，人壽保險的保險金很快就撥款了，但他們的意外事故賠償金卻花上好幾個月的時間。他們聘請的律師告訴他們，保險公司必須確保這不是自殺或謀殺後自殺。他告訴他們，事實上，有些人會故意將自己的汽車撞上建築物、衝下懸崖，或撞上其他車輛。然後，還要調查酒精在車禍中起著什麼作用。

然而，那筆錢最終還是來了。

＊＊＊

最後，沒有人能證明他們的父母有意尋死。*一切不都證明了這一點嗎？*瑪莉曾這麼問。*他們的這一輩子不就證明了這一點嗎？*

那筆錢來了，因為他們的父親沒有酒後駕車。但他們的母親有。這是達拉被告知的事，但她無法接受。所以她選擇完全遺忘這件事。

那筆錢來了，但是在保險公司確信死亡純屬意外後才支付。

＊＊＊

「她在那兒！」

達拉一驚並抬起頭來。

在空蕩蕩的大廳盡頭站著一個胡桃鉗王子——不是雕像，而是王子本人，身穿長袍及緊身褲襪，他那混凝紙漿做的頭套巨大而不真實，如尖刺般的鬍鬚，像撲克牌般大小的牙齒，眼罩將他那張臉切割成兩半。

「杜蘭特女士！」聲音再次傳來。

而且，就像在一場夢境中般，他高高抬起自己的那顆頭，露出了科爾賓·萊斯特里奧的紅潤的臉及發亮的額髮，以十幾歲的少年的姿態用手指撥弄著額髮，讓眼前所有的仰慕者發出深切且低沉的嘆息。

「杜蘭特女士，」他說，然後即興地做了一個單腳尖旋轉。「這樣更好了，對吧？這很棒吧？我今天表現很好吧？*Un gentil prince*（是個好王子）。」

當她靠得更近時，他的喘息聲，俊美小男孩的急促呼吸，就在美妙又尖厲的一秒鐘內，讓她忘記了耳邊傳來低沉的死亡之聲。

這個年輕而完美的人兒，以及他看著她的樣子，他的眼睛裡因為敬畏及渴望而明亮——怎麼可能有哪裡會出錯？有什麼會遭遇毀壞或死亡？一切永遠都是本該如此的樣子，花園裡沒有蛇、沒有誘惑，也沒有失落。

芭蕾就是如此，它將死亡阻擋於門外。他們母親總會這麼告訴他們。

＊＊＊

她陪著科爾賓走向他父親的車子旁，男孩的話語急促地對她吐露。

「我從來沒有這麼興奮過，」他告訴她，他的氣息有如一朵銀色的雲。「這是我碰過最棒的事情了。」

達拉一邊微笑著，一邊向萊斯特里奧先生揮手致意，萊斯特里奧先生舒適地坐在他過熱的普利茅斯汽車上。

「我想我最好享受一下這一切，」他說，走到副駕駛座位的門邊，飛快地轉變了表情。「就像你時常告訴我的一樣，第一名只有一個。你永遠也拿不回來。」

達拉看著他，一臉震驚。

她不記得自己曾說過那句話。她完全不記得說過那句話。

＊＊＊

「貝莉！」那個聲音像小提琴的琴弦一樣緊繃而嗡嗡作響。「貝莉，你在這裡嗎？」

達拉轉過身，看到層疊的白色光線中有一個人影閃爍著，巨大的聖誕花環懸掛於大廳的窗戶上。

「杜蘭特女士！我來晚了。我錯過她了嗎？」

這一位粗心大意的母親，承包商的前客戶，身穿海豹灰的傘狀大衣外套，戴著太陽眼鏡，頭上頂著閃亮的鮑伯頭。**他有他想要得到的東西。除非得手了，不然他會緊抓著不放。**

眼前是布魯姆太太，那個難以捉摸的布魯姆太太，正在尋找她的女兒，而這次達拉絕不會讓她有機會逃脫。

你們這些女人

布魯姆太太不想在大廳裡、她的車子裡，或是附近的小餐館裡談話。她根本就不想談，但達拉相當堅持。

她說：「這件事非常重要，關於你的女兒。」

最後，她說達拉可以跟著她回家，她們可以在那裡對話，沒有閒雜人等在場。那是四英里外的一棟磚造大房子，屋外有如同結婚蛋糕閃閃發光的白色廊柱。沒有多少時間了。不過貝莉和瑪莉出去了，至少還有一個小時才會回來。

瑪莉，達拉心想。**瑪莉**。突然，她想起了一段回憶，在她妹妹三、四歲的時候，當她的音樂盒正開著時，妹妹伸手去抓旋轉的芭蕾女伶，一手網捕了她的迷你芭蕾舞裙。她接著鬆開了芭蕾女伶，凝視著自己被壓出凹陷的小手。

***

她們坐在布魯姆一家的客廳裡，四處是奶油色，女人味十足，到處都有蠟燭，散發著壓花的氣味。她們兩人都拿著厚厚的玻璃杯，在調酒推車上調製完成的這一杯酒，杯子裡頭的伏特加和冰塊嘎嘎作響。

那杯酒讓達拉的喉嚨感到灼熱，讓她想起了吞火魔術師。最近的所有事都讓她回想到那個表演者。第一次見到吞火魔術師、吞劍者時，達拉心想，**那些女士們，她們完全都不害怕**。

「告訴我貝莉的事，」布魯姆太太問道，向後仰靠在沙發上，眼神呆滯，頭部輕微地擺動。「我必須要承認，我沒有像往常那麼仔細地照顧孩子。我一直在處理一些個人的問題。」

「她正充分發揮自我。她會成為一個優秀的克拉拉。」

「她會的，對吧？」她輕輕地說，從嘎嘎作響的玻璃杯裡啜了一口。「但這不是你來這裡的原因。」

「不是。」

布魯姆太太將她的酒杯放在沙發柔軟的扶手上，水漬立即形成一個小圓圈並向外擴散。

「你是為了他而來的。」她說。

「是的。」

她深吸一口氣。「我聽說他發生的事了。貝莉告訴我了。後來我也在報紙上看到了……」

「那一次我看見你在他的卡車上，」達拉突然說，「你在那裡留下了一個信封。」

「我欠他一些錢，」她冷淡地說。「但我不覺得那是你該——」

「你為什麼不用郵寄的？」

布魯姆太太疲倦地搖了搖頭，再度伸手去拿酒杯。「因為那不是德瑞克做事的習慣，」她說，音調更加放鬆一些，肩膀鬆垮了下來。「他不希望支票寄去他家。他想要到手的現金。你現在還沒把這件事想清楚嗎？」

「你為什麼還要給他錢？」

她長長地啜飲了一口。「我別無選擇。」

「他是不是在勒索你？」

首先，布魯姆太太微微地一笑。接著，她一動也不動地坐著，將她的高球杯放在膝蓋上，杯身滴下的水在她的羊毛長褲上成了另一個圓圈。

「我真是丟臉，」她最後說，幾乎像是竊竊私語，儘管似乎只有她們兩人在屋子裡。

達拉感覺到脖子、手腕及臀部有刺痛的感覺。有什麼事情正在發生。

「你知道他太太的事嗎？」

布魯姆太太抬起頭來。

「那，」她緩慢且小心翼翼地說，「就是最受難的部分了。」

「因為他沒有告訴你。」

「不，是因為我先認識了她。」

＊＊＊

那件事大約是兩年前開始的。自從貝莉出生後，她就一直受偏頭痛所苦。她嚴重到嘔吐，嚴重到她好幾天都睜不開眼睛。一位朋友推薦她去針灸。她在一家醫療水療中心裡找到一位屬意的女性，在高速公路旁那座大型玻璃建築內的一個小地方。

「那就是她嗎？」達拉說。「是他的妻子？」

布魯姆太太點了點頭。「她非常瞭解我的身體。在第一次療程結束時，我感覺自己的身體像液體一樣。我感覺自己的腦袋清醒而穩健。接著，她告訴我有一種特殊的浴缸會很有幫助。她的丈夫可以協助安裝。反正我也一直在考慮要裝修，所以我就雇用了他。」

布魯姆太太從那個嘎嘎作響的玻璃杯裡啜飲了一口，身體往後靠著，微微抹糊了口紅。

「但是，在裝修後的幾個星期後，有一天她出現在我的前門，身上穿著她的工作服。她看起來像是哭了好幾個小時的樣子。她在他的手機裡找到了一些東西……一些訊息，還有一些……照片。他答應他不會保留那些東西的。」

那些東西就在那裡。就在那裡。布魯姆太太和德瑞克，深陷於偷偷摸摸的性愛，漂白的金髮、圈套、金錢、操縱，及陷阱。

「那你對她說了什麼？那位妻子？」

「我否認了，但一切都攤在那裡。」即使只是在回憶，布魯姆太太的臉仍漲紅了。「但後來她開始乞求我。告訴我她有多麼需要他。他們負債累累，即將失去他們的房子。她不得不將自己的車藏在同事家的車庫裡，這樣他們就不會因欠款而將車子收回。然後，她開始談論他們的孩子們。」

「孩子們？」達拉感覺到她手中的酒杯如此冰涼。她又啜飲了一口，再度感覺到一陣灼熱。現在一直有新的事物浮現，一些又新又令人驚奇的事物。

「有四個。有一個有某種……問題。這一切都太糟糕了。我想要她離開這裡，最後就開了一張支票給她。」

「為什麼？」

「我願意給她任何東西，」布魯姆太太說。「什麼都行。」

「那時候你就結束這段關係了嗎？」

布魯姆太太盯著她看，就好像達拉根本沒有認真在聽似的。

＊＊＊

她們無聲無息地移動著，走上鋪有地毯的樓梯。

「你得要親眼看見，」布魯姆太太不斷地喃喃自語，達拉在她身後匆匆地走上樓梯，穿越一條長長的走廊，「才會明白。」

隱藏式滑動拉門靜悄悄地滑開來，不論是牆壁、地毯，及毛巾，那個空間裡盡是深粉色，散發著濃郁的香味，彷彿走進了一朵盛開的玫瑰裡。

「我現在再也不進來這裡了，」她低聲地說。「我做不到。」

那是布魯姆太太的主臥浴室──他們曾經聽說的那個浴室，承包商那個耀眼非凡的作品。**想像一下他能為你做些什麼！**

一切看起來閃亮且煥然一新，所有的固定裝置及五金設備都像未曾撕下保護用的玻璃紙。步入式淋浴間配置了金色的水龍頭和淋浴噴頭，從上到下的凸出裝飾像鑲嵌了碩大的珠寶。像是一個適合埃及豔后使用的船型水池。鍍金的電熱毛巾架上頭放著厚重的白色毛毯。一個奶油白的浴缸，形狀有如一隻優雅的便鞋，中間的彎曲處很低，兩端向上傾斜，就像一隻翻過來的足尖鞋。

這讓她想起了她們母親的貓腳浴缸，水龍頭周圍有好幾個鏽圈，側邊上了石灰塗料。她這一輩子以來，那是她唯一熟悉的浴缸。

「這就是他會做的事，」布魯姆太太說。「德瑞克。」

達拉想，這就是一個小女孩對於浴室的美麗幻想。就像她自己小時候所想像的那樣，泡泡浴以及可以讓腳趾舒服扭動的毛皮地毯。

這讓她想起了德瑞克第一天出現時，他承諾要建造一座芭蕾殿堂。

……為什麼不設下更遠大的夢想呢？我可以給你想要的一切。

「脫掉你的鞋子，」布魯姆太太說，在玫瑰色牆壁的控制面板上，她的手指上下舞動著。

這個要求對達拉而言無異於張開雙腿暴露隱私。向這個女人展現她的赤腳，不是以舞者的身分，而且還是在這個浴室裡──在他的作品之中。

「你想要瞭解，」布魯姆太太說，她的語氣變得更為嚴厲，如鋼鐵般，像是一位堅持不懈的母親，正在為她上一堂課。「你想要知道為什麼、是怎麼做到的，就得要脫掉你的鞋子。」

達拉慢慢地脫下她的靴子，在白色的地毯上，她的腳趾有如熟透的櫻桃。

「感覺到了嗎？」布魯姆太太問道。

突然間，達拉感覺到什麼東西在腳底撩撥，即便她的皮膚如牛皮般粗厚。地毯發出溫暖的嗡嗡聲，沿著她的足弓搔癢。

「裝設了輻射加熱系統，」布魯姆太太說。「他很堅持。」

達拉閉上了雙眼。不知何故，心裡有太多的感受了，讓她想要遮住自己的臉。

「對於每一種的快樂滿足，」布魯姆太太說，彷彿讀懂了她的心思，「我們都得要付出代價。」

＊＊＊

「進去吧，」她告訴達拉，一邊打開水龍頭。

布魯姆太太想要讓她看看淋浴噴頭。

達拉不假思索地走進浴缸，凝視裡頭粉紅色的中心，是如貝殼裡的粉紅色。

水滾燙地湧向達拉的雙腳，勢不可擋。

布魯姆太太穿著體面的高領毛衣，一頭直髮垂到地毯上，她的手抓著浴缸的側邊。

布魯姆太太的聲音變得低沉而沙啞，跪在浴缸邊緣的最低點，將一隻手、她的手腕、她的前臂浸入水裡，浸於溫熱和能量之中。

站在那裡，達拉讓這件事進行，屈服於它。溫熱的噴射水流砰然重擊著她血跡斑斑、瘀傷斑駁的雙腳，即使她想，她也無力制止。她不想停下來。

就在這時候，布魯姆太太講了這個故事。

＊＊＊

從第一天開始，她就被他吸引了。一個與她丈夫——即將成為前夫——截然不同的男人，穿著布克兄弟的西裝，穿著合腳的鞋子，有一對冷靜的雙眼。她的丈夫經常出差，已經有六年不曾牽起她的手了。

但是承包商……

她從來不曾將他認定為她針灸師的丈夫，一次也沒有。就在那第一天，他就將這身分抹去。他有如此巨大的存在感。他說話多麼有說服力——關於她可以擁有什麼，及她應得的。**這裡應該是你最為私密的空間**，他說。**應該要兼具優雅和性感的特質，應該要清新純樸又安全**。

屋子裡只要有他在，就足以令人感到興奮，只要知道他就在走廊盡頭。有時候，她甚至會躺在自己的床上，在她的羽絨被下，想著自己離他有多近，而他正在做什麼。牆壁隨著他、他的噪音和力量而振動著。

一個在她家中的男人，而她的丈夫永遠出城遠行，這就像圖書館旋轉架上每一本亮面平裝書裡的故事一樣。這些書會破舊不堪、封面剝落是有道理的。

有一天，她以為他已經離開了很久了，卻發現他仍在工作。他跪在浴缸旁邊，如此靈巧地撫弄著新的金色水龍頭。

看見塊頭這麼大的彪形大漢處理這麼精緻的東西，引她心潮起伏。他的一雙手，如此巨大，像是一位船長才會有的大手，似乎可以包覆她所有小巧而精美的東西。

這一個每次進屋都能宰制一切的男人，將泥土和樹葉踏進她的廚房裡，使用化妝室時從來不關上門，似乎也完全不洗手，客用毛巾總是掛在原處未曾動過。

這個男人，有一、兩次，讓她注意到那一對雙眼皮下的眼睛盯著她看，那如蛇的雙眼。就像她十四歲時穿著過大的少女胸罩上街時，那些盯著她看的男人一樣。

她遠遠地看著這一切。就算他注意到了，也不會動聲色。

***

他安裝完浴缸的那天，他邀請她去看看。那之中有一些淫穢的成分，暗示性的形狀及顏色，它中間肉慾的粉紅色。

還有他將手伸進浴缸，向她展示他的作品的方式，以及他的手指。

不假思索地，她說她想知道他是否也是用如此的方式撫摸女人。

她說完就摀住了嘴。

但他只是抬起頭來，問她想不想看看。

結果，她的答案是肯定的。

***

「他叫我脫光衣服，」她說，達拉一邊聽一邊點頭，她的腳踝和雙腳在水中微微刺痛，裡頭的蒸汽讓她昏昏欲睡且困惑迷糊。

「我迫不及待地想要這樣做。我很興奮。他要我慢下來，因為我動作太快了。我試著要遮住自己的身體。」布魯姆太太撫摸著自己那粉紅色的臉龐。「做出所有粗俗的把戲。」

慢一些，他說，要表現得像是很認真，像是你想讓我看到一切。

「他想看看這所有的一切，」她說。「你知道的，你懂我的意思。」

布魯姆太太看著達拉，將手放在她的大腿上，然後又將手掌滑到兩人之間。

「我給他看了，」她說，現在盯著達拉看，雙眼又大又困惑。「我讓他看見了一切。」

在某個時刻，布魯姆太太就不再說話了。或者，也許是因為達拉只聽見水聲而未能聽見她的聲音，在蒸汽中也看不見她。

＊＊＊

她閉上雙眼，聽著加熱系統嘶嘶作響的聲音，她思考著一些事情，她的腦袋柔軟、夢幻，而且陌生。她想起了昨天與斯維特蘭卡最後一次試穿時胡桃鉗王子的服裝，從母親的時代開始，斯維特蘭卡就一直是他們的裁縫。多年來，他們花上無數個小時看著她縫製芭蕾舞短裙、她失去光澤的頂針戒指，和塗有指甲油的指甲。昨天，那些指甲拂過科爾賓．萊斯特里奧的胸口，拂過那件深紅色的背心。科爾賓失神了，他纖細的手指撫摸著金色的飾邊和肩章的流蘇，讓她想起了過往所有的王子，甚至想起了查理，他們全穿著相同的服裝，上頭的天鵝絨布料看起來仍十分明亮且生氣勃勃，一根手指悄悄地滑至服裝上緊繃的高領及他紅紅的喉嚨之下。過去曾有好多人的手，從她們母親的手到她的手，他們的身體那時仍完好無損，仍在成長、等待，乞求著被塑造，變得平穩流暢、趨近完美。科爾賓低頭看著斯維特蘭卡銀黑交錯的頭髮，她跪在他的腳邊，嘴裡叼著針，要他**安靜、安靜下來，一切都會很快結束的……**

接著，**現在讓杜蘭特女士看看你有多帥。讓她看看她的王子。**

科爾賓看著她，滿臉通紅。

＊＊＊

「我希望他一直都在這裡，」布魯姆太太說著，她的手指鉤著她的高領毛衣，嘴巴仍喘著氣。**就跟瑪莉一樣，**達拉想。**達拉，我需要他一直在這裡。**

「裝修的速度有多麼慢都沒有關係，」她繼續說。「我想在這裡感受到他。你明白了嗎？」

達拉不明白。她永遠也不會明白。這情況就像瑪莉一樣，甚至更糟。這個女人有丈夫、有房子，還有一個女兒。

「現在，每當我想起那件事，」布魯姆太太說，「那些我為他做的事，那些他讓我想要去做的那些事，我就覺得我羞辱了我的丈夫，也羞辱了自己。」

達拉的眼瞼又滑又濕，再次睜開雙眼。

房間太熱了，熱到像是她們母親會帶她們去Y飯店的蒸汽浴一樣。**她為什麼受得了**，達拉想著，看著穿著羊毛長褲及毛茸茸高領毛衣的布魯姆太太。

有那麼一瞬間，達拉覺得自己可能會暈倒。她伸手觸及浴缸的水龍頭，而它竟在她手中鬆脫了。太輕了，外層的金色在她手中剝落。

就在那時，她看到了浴缸底部的一條裂縫。那條棘手的長長裂縫，就像一隻蜘蛛腳般彎曲著。

她感覺到布魯姆太太正注視著她。

布魯姆太太的臉紅得像水泡一樣，看起來不同於平常，她所有的指甲油也都剝落了。她的頭髮更加厚重，她緊握的雙手有如一顆紅色的球。

「排水管的水漏進了底層地板，」布魯姆太太說，「馬桶的密封處漏水了。第　天，有兩塊瓷磚掉落在我手裡。」

「我不知道我為什麼會在這裡，」達拉說。她的腦袋感覺到緊繃的束縛。「我不明白我為什麼會在這裡。」

她走出了浴缸，雙腿顫抖著，地板上的熱氣升騰起來。她覺得自己顛簸得像是暴風雨中的一艘船，她扶著牆壁。

「而且地板也開始歪斜變形。」布魯姆太太說。

達拉東倒西歪地點了點頭，急忙地摸索控制板，想關掉加熱系統的高溫，關掉輻射出的所有一切。

「一旦打開了，」布魯姆太太說，「它就很難停下來了。」

達拉再次點了點頭，閉上了眼睛。

「我真希望把它給燒了，」布魯姆太太說。「我想要燒毀這整個地方。」

***

達拉對著廚房的水槽喘著氣，喝下一大杯冰水，包裹在靴子裡的雙腳潮濕，感覺得到脈搏跳動著。

「這不斷地發生，」布魯姆太太說。「他鋪設好地板時，熱度讓地板爆裂開來。有裂縫造成的淹水，這種事從未停止。在我還來不及意識到的時候，帳單就已高達六位數，而我丈夫開始有了一些疑問。」

達拉點點頭，再次閉上眼睛，將手指放在太陽穴上。

「而德瑞克，他變得越來越……難以滿足。他想要許多的東西。」

「像那一輛卡車嗎？」達拉說。「那是你買給他的。」

「我真希望只有買那輛卡車給他，」布魯姆太太說，剛從浴室離開，她的臉仍然是粉紅色且濕淋淋的，她的妝都花了。「都還沒提我給資助他母親的那些支票，她得要搬進一間照護中心，還給他六千元美金支付他的海域使用費用，把錢花在一艘我從未見過的船，說那將會有助於他的新業務開發？」

「但你當時就可以解僱他，你可以終結這件事。這就是我不明白你們這些女人的地方——」

「你們這些女人，」布魯姆太太說，冷冷地笑著。「如此一來，他就可以告訴我丈夫、我的孩子嗎？還有那些他要我對保險公司說的事情，這一切的謊言。他警告過我，他們可能會來找我麻煩，我相信他。」

達拉轉身，將她的杯子放在水槽裡。有種冰冷的感受在她內心沉澱下來。即便她已經穿著整齊了，她仍有一種想把所有衣物都穿上的念頭。

「他會把這一切都帶走，」布魯姆太太說，她的聲音低沉，臉上掛著兩個黑眼圈，就像一個脫掉面具的芭蕾舞者。「即使是那些我不必給予的東西。」

「但你逃脫了，最終逃離了。」

「是嗎？」她說。「或者說，他只不過是去找別人了？」

達拉從她身旁轉身，伸手去拿紙巾，擦了擦自己的臉。這一切都讓她覺得醜陋，就像是被困在了布魯姆太太的人生中，陷入布魯姆太太的腦袋裡，裡頭只有喀什米爾羊絨和絕望。

「我永遠無法理解，」達拉說。「不論是你或是她。而他……他只是……」

布魯姆太太正注視著她，她的臉整片濕淋淋的，濃妝染糊了，睫毛膏暈開來遮蓋了眼睛。

「你認為我很可悲，」她說，「對吧？你認為我們都很可悲。你們這些女人。」

達拉什麼也沒說。

「你等著吧，」她說，「等到這件事發生在你身上為止。」

＊＊＊

他們走到門口，布魯姆太太的臉色變了，變得蒼白而鬆弛，手裡拿著一條手帕，像個老太婆那樣慢吞吞地移動著。

達拉一心想要離開這裡。她不得不離開這間悲傷的大房子，離開它豪華的設施、破舊的浴缸，及逐漸歪斜變形的地板。

但她有一種感覺，這裡仍有其他蹊翹、其他問題，但她錯過了。那股感受迴避著她，一條蛇尾巴就這麼滑回污泥之中。

穿越客廳時，達拉才第一次注意到壁爐架上排列著一排輕鬆得意的胡桃鉗玩偶，他們顏色不同，高度各異。一個戴著毛皮高帽並拿著長劍的英國士兵，一個拿著短馬鞭的輕騎兵，以及一個手拿權杖、戴著王冠的國王。但每一個都張著大嘴，露出兩排色彩鮮麗的牙齒。

她想起了站在劇院雕像前方的瑪莉。她有一種感覺，瑪莉的心緒及想法蒙上了一層面紗，冷漠而孤傲。而她知道一些她永遠不會說出口的事情。她欠缺能述說表達的語彙。

達拉停頓了一下下，身體轉向布魯姆太太。

「等等，」達拉說，「那你為什麼要這麼做？在這一切的事發生之後，你為什麼還要將他推薦給我們？」

「不好意思，你說什麼？」

「推薦那位承包商給我們。」

布魯姆太太的臉上露出了古怪的表情。

「我沒有。」她說。

「你有，你把照片拿給查理看了。你……」

「不，你搞錯了。」布魯姆太太持續看著她，露出困惑且不安的表情，將手指放在她的眉骨上。

「我很抱歉。」

達拉腦後勺那個微弱的聲音逐漸變大。曲折滑行的蛇尾巴現在從污泥中顯露出來。她看著手錶。已經快九點了。

「我要離開了，」達拉說。「我現在要離開了。」

你是否需要我做些什麼

在車道上，夜裡刺骨的寒風冷得醒腦，達拉站在她的車子前，站了足足一分鐘或兩分鐘，想要想通些什麼。她在布魯姆太太家的人工綠色草坪上抽了一根菸，顫抖的手指抖落了一些菸灰。

瑪莉的車駛來，像是一支火柴出現在地平線上的火光。達拉放手讓香菸掉落於草地上，發出一聲如化學反應的嘶嘶聲。

那嘶嘶聲提醒著她一些事，是火災發生後的那個暖爐。它看起來有如一塊熔岩，上頭的電線燒焦了，就像是鞭炮的導火線。

很久以來，她一直認為瑪莉的火苗是一切的開始，將德瑞克帶到他們的身邊。但現在看來，罪魁禍首不是它。早在火災發生之前，一場大火就已引發。

車子就停在車道上，瑪莉的雙手像小爪子一樣緊握在方向盤上。

「杜蘭特女士，」貝莉從副駕駛座上跳了下來，「我們去吃了冰淇淋，但我只有吃三口。」

「而且沒有加鮮奶油，」瑪莉說，帶著擔憂的神情看著達拉，感覺到了有什麼不對勁，看見她臉上表情有異。

「我必須離開了，」達拉說，走到向她自己的車子。「好好休息吧，貝莉。親一下你媽媽。」

＊＊＊

在後視鏡裡，他們看著她開車離開，貝莉穿著滑雪夾克，長腿外穿著粉紅色的褲襪，嘔吐物或褐色的血在小腿上留下條痕。

穿著她們父親開襟羊毛衫的瑪莉在她身邊顫抖，她的雙眼像是巨大的月亮。

＊＊＊

高速公路旁的玻璃大樓。布魯姆太太是這麼說的。

結果，這裡的玻璃大樓不止一棟，而是由五棟大樓所組成的商業辦公園區，所有的落地玻璃都染上了藍色、綠色，及金色，這多多少少代表了該地區緩慢的中產階級化。

從一個地圖指引立牌開到下一個，達拉麻木地盯著那些名字看，她的腦子隱約出現了一串嗡嗡聲：**霍巴特合股有限公司、格利特曼科技股份有限公司、彙聚網路服務、雷根物流**。

寬廣的停車場空蕩蕩的，除了後方一棟建築之外，它像是一個有落地玻璃的盒子，內部發散的藍色有如水族館。它一片漆黑的正面蝕刻著幾個字：**碧綠醫療水療中心**。下面有一些小字：**物理治療·職能治療·針灸·醫療按摩**。

就是這裡了，達拉想著。**那位針灸師，那位妻子**。

她停頓了一下，等待著。五分鐘、十分鐘過去了，一輛顏色明亮而愉快的計程車出現了，緩慢地在前方的路旁停了下來。

她動也不動，整輛車裡充滿了她自己的呼吸聲。

＊＊＊

男人下了計程車，在寒冷天氣中，他的海軍藍大衣高高地扣到最上頭的一顆扣子。他金色的頭髮閃閃發光，他的動作輕盈。寒風畫出如畫家般的色彩，順著他的顴骨，俊秀的眉毛。

他動作如此優雅，雖然帶著審慎，姿態筆直如劍。

挺直脊柱高高向天，麻煩你，她們的母親總是告訴他。**而且向下拉直到冥王面前。**

因為那個人是查理。當然，那是查理。

***

那個玻璃盒子裡的光線亮了起來，大堂瞬間變成一片深藍色，一個穿著大衣的女人向前衝了上來，為他打開了前門。

向他張開她的雙臂。

他們兩人的雙手在黑暗之中雜亂地交疊，緊緊地交握在一塊，查理的頭下沉靠在女人的黑髮上，輕壓在她喉嚨旁。女人就連雙眼都對著他微笑著，直到目光一轉，像是察覺了什麼。凝視著一片黑暗的停車場，達拉的車就怠速地停在那裡，當她拉著查理穿過大門並進入大樓的藍色中心時，微笑漸漸消失不見。

達拉看著她時，心裡有一種有什麼正不停墜落又墜落的感覺。

***

查理。查理。

達拉從車裡走出來，空氣像細針般尖銳，如長劍般鋒利。

聽到車門的聲音，女人停頓了一下，在門口掃視一整個停車場，在街燈的刺眼光線下，她彎曲著手掌並放在眼睛上頭。

查理的物理治療師是布魯姆太太的針灸師也是德瑞克的妻子也是查理的……

她的髮髻已鬆脫了，她的腳踩著停車場地面上的鹽[33]嘎吱作響，開始朝著大樓走去，燈光遮住了她的眼睛，她的胸口因寒冷而疼痛著。

就在前方，那女人小心翼翼地打開門鎖，再次打開大門，大聲呼喊著。

「你是來找我的嗎？」當達拉靠近時她這麼問，她看著那個女人，她的黑髮編成了辮子，紫褐色的手術服之外套著一件未扣上扣子、已褪色的毛皮風雪外套。「你是否需要我為你做些什麼？」

達拉停下腳步，直視著她。她需要看清楚這一切，她破舊又布滿鹽漬痕跡的外套、她的厚底鞋、她巨大而明顯的鼻子和眉毛，比她們母親的更為顯著。

「你是來找我的嗎？」女人又說了一遍，當狂風大作並發出呼嘯聲時，她拉緊了披在身上的外套。

「你受傷了嗎？」她說，或者似乎是這麼說，當下的風聲在達拉耳裡像是咆哮一般。她向外伸出她的手臂，又揮手示意要她進來，達拉卻慢慢地向後退，一路走向她的車子。「你需要協助嗎？」

***

在車子裡，達拉將凍得通紅的雙手擱在方向盤上，她認為自己應該哭出來，但她只感覺到一片空白，有如一塊冰冷又光滑的石頭。即使在她們父母的葬禮上，她也不曾落淚，嚴格固執地抑制著自己，高高地揚起下巴，將一切隔絕在外。光是瑪莉一個人就流盡了兩人份的淚水，那種憤怒又無法控制的哭泣。那種無法分辨是憤怒或委屈的那種哭泣，因為兩者在某種程度上完全一樣。有些事物在你知道它可能永遠結束之前，就突然結束了。

33　雪地撒鹽可將水轉換成鹽溶液，凝固點降低，在相同的溫度下，水會結冰，而鹽溶液卻能保持液體形態，減少雪地中的危險。

而且，當結局如命中注定般發生時，你始終不曾表示過一聲同意。你從來不曾允許，但無論如何，這一切仍瓦解崩潰了。

秀出你的牙齒

「這不是真的，」瑪莉說，她們兩人還穿著外套，坐在廚房的桌子旁。「我不相信。」

「我不在乎，」達拉說，伸手去拿那瓶佐餐酸酒倒在昨天用的酒杯裡，酒杯底下呈黏稠的紫色。

達拉迅速且實事求是地告訴了她所有的事情。她告訴她警探們透露了什麼，布魯姆太太分享了什麼，而達拉又親眼看見了什麼。

之後，瑪莉要她再說一遍，速度放慢一些。

「但是，」她接著說，「不可能的。查理——他不是這樣的。那不是——」

「很多事很難說，你怎麼知道呢？」達拉打斷了她的話，「他竟然結婚了？那個承包商，他結婚了。」

瑪莉看著她，眼睛裡充滿軟弱和緊張。「不，」她說。「那並不重要。」她的肩膀垂下，身體向後靠著。「這件事根本一點也不重要。」

＊＊＊

半小時過去了，酒瓶已經空了，瑪莉穿著她們母親一件飄逸的睡衣繼續尋找著其他酒，在父親的書房裡的百科全書後方，她找到了另一瓶更有年分的酒，看來像是顏色可疑的蔓越莓潘趣酒。

達拉在廚房餐桌旁的位置上一動也不動，像是紮根在那兒。

達拉和瑪莉，一邊喝著酒，一邊小口地吃著希維爾夫人每一年都會送給他們的聖誕蛋糕，每年加入的蘭姆酒越來越多，充滿更多無花果及滑溜的杏桃。她們用手指拔除裡頭點綴的水果和塗滿奶油的邊角，直到達拉無法忍受瑪莉髒兮兮的指甲，接著找出廚房抽屜裡的一把舊麵包刀，早已生鏽而不鋒利。

兩人都不想大聲說出口，甚至是提出疑問。**這不是意外吧？查理會不會是故意殺死德瑞克的？這件事從頭到尾難道都是個計謀嗎？**

「我好害怕，」瑪莉試探性地開口，「這都是我的錯。這一切都是我自己造成的。都是我。這就像是對著鏡子說三遍血腥瑪莉，然後她就出現了。」

「誰說你沒有錯？」達拉突然惱火了。「我們不清楚。我們現在什麼都還不知道。」

而瑪莉看著達拉，那種極其悲傷的表情幾乎讓達拉感到震驚。

「姊姊，」她說。「我們很清楚。我們知道。」

＊＊＊

瑪莉一直盯著時鐘看。

「關於查理的事，」她低聲地說，將她的雙臂伸入法國亞麻布及舊蕾絲材質的睡衣袖子裡，如今衣料已經破敗了大半，上頭沾滿了酒，衣領已鬆垮。「你打算要怎麼處理？」

達拉正看著查理的馬克杯，從那天早上就一直擱在那裡，在木桌上留下環狀水漬。那成堆的處方藥藥瓶，有他的維生素、用來放鬆肌肉的美索巴莫、用來助他入眠的苯二氮平類藥物，以及苯二氮平類藥物沒效果時才吃的戊巴比妥。

查理，他那纖弱的身體，他殘破的身體。這樣毀壞自己的身體，磨礪自己的骨頭到不成人形，究竟有什麼意義？很久以前，當他的表現處於蒸蒸日上的時期，在受傷之前，他在那個地方芭蕾舞團的團隊裡，以「步兵」身分度過那兩年的黃金歲月。那些年，他每天排練十個小時，一年表演兩百次，他將舞者高舉過頭成千上萬次了，單腳跳躍並落地在最硬實的地板上。他是一位優秀的舞者，但他永遠不會成為一位偉大的舞者。她們的母親曾經對達拉承認了這一點。她想問母親，**那你為什麼要將他留在這裡這麼久？**

關於查理的事，你打算要怎麼處理？

查理。她的查理，她們的查理。在他們每天共享的一切之中，他們的人生從孩提時代就如此緊密地糾纏在一起，而他早已與那個女人緊緊糾纏著，他允許那個已婚的女人讓她一次又一次地將手放在他的背上，他的身體上。

他對布魯姆太太推薦的事撒了謊。他將那位承包商——他戀人的丈夫——帶進他們的生活之中。他似乎一直在與那個女人、那位妻子共同密謀。

在德瑞克大肆推銷的第一天，查理就曾說過，**總是謹慎地打安全牌，或許是個錯誤**。

這一切已然展開，都像舊時黑色電影中蛇蠍美人肩上的貂皮大衣一樣。所有那些電影的劇情，都關於一位有著昂貴品味及魔爪的美女，她有一位不諳世事的情人、一位不知情的丈夫，及一場為了巨額保險理賠而安排籌畫的意外。故事往往都沒有什麼好結局。

突然，達拉感覺到內心的一陣寒冷。內心有個聲音說，**這一切如此地俗氣，如此破敗落魄。這一切如此地廉價，卻又如此令人悲傷難忍**。

＊＊＊

「你聽見了嗎？」瑪莉說，拉開了窗簾。達拉吸了一口氣，然後站起身來，也看了看外頭。

就在那兒，屋前有一輛計程車停了下來，車子吐出銀色的廢氣。是查理，他人就在那兒，低著頭下車，然後匆匆地走向屋前的人行道。

有如此短暫即逝的一瞬間，達拉思索著他是否真的受過傷。如果她不曾陪著他歷經了手術、康復及各種實驗性治療，接著另一次新的手術，她肯定會懷疑這一切的真實性，以及他曾經說過或做過的所有事情。

他從未真正成為她們之中的一員，她內心這麼決斷了。而且，就和瑪莉一樣，他也離開了，也同樣拋棄了她。他一直不曾遠離卻背棄了她，這情況更糟。

＊＊＊

大門隨著一陣呼呼風聲打開了，屋子裡所有的灰塵都向上飄揚，接著又下沉落地。

「瑪莉，你能不能先離開——」正當達拉開口時，瑪莉早已走遠了，消失在走廊，消失在他們父親書房裡的藏身處裡。

「達拉。」

她感覺得到他就站在廚房的門口，但她無法好好地轉過頭去。她想，如果她真的回頭看了，她可能會就此碎裂崩潰。

但她後來還是做到了。

他站立的樣子，穿著他海軍藍的雙排鈕扣大衣，他的臉頰被凍得通紅，雙眼過於明亮，她突然就想起了胡桃鉗，所有的胡桃鉗玩偶。

有那麼一瞬間，她覺得他可能就會張嘴露出兩排尖利的白牙。

「一切，」他說，呼吸急促，眼睛閃爍，「都還好嗎？」

「我以為是我們讓怪物進來了，」她說，站起身來。

查理點了點頭。「沒錯，」他說。「但他現在已經遠離了。他是——」

「——但結果，你才是那個怪物。」

男人做的那些壞事

在餐桌上，他坐在她對面，緩慢地摘下他的手套，不敢直視她的眼睛。蘭姆蛋糕的殘骸放在他們之間，還有生鏽的刀具，散落的黑櫻桃糖漬果粒，滑面的蠟紙，瑪莉黏在糖霜上的指紋。

他沒有看著她，他的手看起來相當乾淨，還有一股消毒劑的味道。

有一部分的她預想他會跪下並請求原諒。但內心深處某部分的她卻迫切地希望他能告訴她，是她完全搞錯了，這一切都是一個謊言、一場誤會、一場惡夢，一場夢魘。

反而，他將他的手套放下，雙眼視線低垂而難以接近。

噢，她一邊想著，一邊看著他。這是她隱藏在內心深處的最後一絲希望了，就此失去令人傷痛不已。

但隨後他抬起了頭，從他的臉上，她可以清楚地看見一切。他隱藏了這麼久，但現在他看起來暴露無遺，剝去了外皮，柔軟原始又毫無掩蔽地赤身裸體。

「不是你所想的那樣，」他說，他的聲音先是細聲細氣而遲疑不決，後來則倉促地加快了速度。「這件事就這麼……發生了，接著又有了其他事情，突然之間，一切都發生了，後來就沒有辦法阻止了。」

達拉現在才意識到，查理這一生都是如此看待萬事萬物的。

＊＊＊

這件事始於去年冬季，當時有一股寒流讓查理的神經痛得更厲害了。他無意中聽見布魯姆太太大肆宣揚她最近新的「物理治療師」，她不僅擁有「魔法指尖」，還能「施展奇蹟」。查理做了預約，不懷抱著過大的期望。在他人生之中大多數的時間，他的身體都不屬於自己。他只是立即將自己交到另一位陌生人的手中。

結果，她確實有一種魔力般的才能——不，那幾乎是神聖的才能。嗯，在有著粗糙手指及寬闊掌根的一對巧手之下，這就是他所經歷的感受。對此，他一點也不羞怯。他告訴了達拉。他這位新的物理治療師的一雙巧手從此改變他的人生。

還有她的聲音，她的聲音裡有種特質。令人如此平靜，如此安穩且滋養人心。她甚至會問他一些事，為他擔憂。這讓他覺得自己被關心照顧，如此安全。

漸漸地，他們在療程前後的對話，變得和那雙強健手掌所帶來的感受一樣重要。他會告訴她自己所放棄的芭蕾生涯——如此有前途、如此地成功在望——以及他如何對抗自己的身體，他的身體如何在為他付出了這麼多之後又背叛了他。因此，她也開始分享更多事，也談論她的孩子：小惠特妮拼字比賽獲勝，而珊米正在學習長笛。

而且，慢慢地，他也開始瞭解關於她丈夫的事。

這開始於他一到診所就發現她在哭泣的那一天。她接到警長辦公室很晚打來的電話，說她丈夫在一個商場的停車場裡被捕，警方發現他與一位二十六歲的銀行出納員在車內發生性關係。但她只不過是近期的一個對象，她篡奪了別人的位置，包括一位石膏牆供應商業務的位置，甚至接到她打來威脅她的電話（**婊子！現在他是我的男人了**），以及一位名叫班比的保險理算員，她的未婚夫帶著棒球棒找上門。（當她丈夫躲在園藝工具室時，她還得要勸說並安撫對方。）

每次事後，他總會感到非常地抱歉——送上了花束、承諾，以及他們根本負擔不起的阿魯巴島機票——事情卻總是一再地發生。

她問了查理，比起這種事，收款服務公司派人登門催帳，或在鄰居們的注目下在附近的雜貨店被當場剪掉信用卡，究竟是更好或更糟？

然而，她不知道如何脫身，如何擺脫他。畢竟有孩子、有債務、有上帝，還有一切——尤其是她自己沒完沒了地懷抱著希望，至今仍未全然破滅。

當他們初次相識時，他們只是高中時期的競爭對手，在一場營火活動上分享了滿是泡沫的啤酒及親吻，他的手伸進她牛仔褲裡。即使在那時，他也懷抱著遠大的計畫和謀略。在初戀的迷霧之中，她將這些事物視為夢想。他打算買下所有下游的破舊老屋，像玩大富翁般一一收集，將房子翻新並加以出售，然後成為**億萬富翁**。他需要做的就只是吸引投資者，她的父母或許也會感興趣吧？

一個人最初吸引你的那些特質，也終將是讓你不得不離去的原因。她曾經在某處讀到這句話。查理或許可以理解吧？

如今，他們在一起將近三十年了，有四個孩子，他一向不在家，每星期至少有幾個晚上在外面「工作」，他們仍在租房子，欠很多人錢，甚至欠政府高達六萬兩千元美金的稅金，而他卻一直管不住自己的下半身，永遠都管不住。在吵了數個小時直到聲音嘶啞的一個深夜裡，他曾這麼告訴她，**真希望你明白這有多麼容易。真希望你明白這有多麼不費力氣。你要知道這件事，你越是卑鄙，他們就越想要你。**

（但她都明白。）

他告訴她，她們喜愛她的一切。甚至有人喜愛他動手動腳——在她身上偶爾為之，三十年裡只有七次——他對她們的反手抽擊，或者推撞，甚至用手銬將她們銬在餐桌上，而他總能以鮮花、熟食店買的水仙花，以及因為被拒絕而飛濺於地板上的康乃馨來示意道歉。

多年前，她早就該看清一切了，因為人從來就不會真正地改變，一切都和高中時一樣，當她在擊球擋網後方抓到他的整支手臂深深伸入賈妮絲・特魯斯基的牛仔短裙時。她對忠貞早已不再抱持期望，對其他一切也幾乎絕望了，但他們現在有逾期欠款，而她的小珊米需要一台特殊的呼吸機來治療哮喘，他們的大兒子需要一位教導閱讀的家教，否則他只會更加退縮而造成障礙，但她的丈夫卻不斷耗盡他們銀行帳戶裡的錢，也變得更刻薄、更粗暴，更不客氣……

聽聞這一切時，查理心裡產生很大的衝擊。

他恨這個德瑞克，也恨她的丈夫讓她有這些感受。然而，當查理透過傾聽及關心讓她感到快樂時，對她而言就有莫大的意義了——嗯，那是最棒的感受。他早已忘記了那種感覺了。

他們之間從來就算不上親密關係，不真的算是。有肉體上的……動作，但沒有性行為。他們不曾離開這個小小治療室的安全保護及私密空間，其中涼爽的藍色色調及柔軟的人造木材，擴香噴霧器散發出尤加利精油的氣味。

首先，這感覺像是一份禮物。他是多麼需要她，而她又多麼需要他。但後來，那感覺也像是種負擔，他慢慢意識到，她想要有人來拯救她。

他希望他早點知道事情是如何發展的。他們如何不斷地談論**他**。他不再是一個人，而是代表著**男人做的那些壞事**。

確切地說，他看起來一向就不太真實。他就像是卡通裡的一個反派，漫畫書裡的一個登徒子，廉價平裝書裡的一個野蠻人，一個暴徒。她會幻想，他們兩人都幻想著他被逮捕、被起訴，甚至，查理曾經有一次開玩笑說，被一個嫉妒的丈夫從背後開槍射殺。

基於某種未知的原因，他總有一天會離開，善良終將凱旋回歸，關於狂熱青春期時所做出的錯誤決定，我們真的應該為此付出一生的代價嗎？

從暖爐引發的火災事件，她想到了這個主意。她說，**讓我丈夫加入。讓他來裝修你的教室。也許下一次，大火會將他燒成灰。**這是一個笑話，一個黑暗的笑話，也許是個不適切的笑話。

這原本是個玩笑，到後來卻不再是了。

慢慢地，這變得有其必要、命運已定且迫在眉睫。唯一的計畫，一場救援計畫。

但無論她怎麼想，他們一起怎麼想，他們的計畫都都因為瑪莉而支離破碎。因為瑪莉惹出的事。

他會把她給毀了，她警告過他。**他之前做過這種事。曾有一個女人要脅他，如果他不離開我就自殺。她在和我通電話的同時就當場喝下了廚房漂白劑。**

就正是那時，他們開始想像他或許能以其他方式從他們的人生消失，藉由爆裂的水管，或塌陷的天花板，或一墜而下。後來，有一次水管**真的**破裂了，就好像他們所有的心願不知怎麼的讓這件事成真，他們的需求和慾望形成了勢不可擋的壓力。但是，最終，漏水只不過成功地淹沒了工作室，卻進一步延長了這場惡夢。

最後，他們根本沒有計畫或策畫這件事。至少沒安排出那天晚上的明確細節。

相反地，查理在自己身上找到了一些東西，或者在查理內心有什麼特質找到他了。他從來沒有想過自己做得到。直到後來他真的做到了。

＊＊＊

「你看不出來嗎？」他現在對達拉說，把拳頭按壓在桌面上。「我不得不這樣做。我們都明白我不得不這麼做。他將要毀了我們。他要將整個房子都給拆了，把我們壓垮。」

看到承包商招搖地走下螺旋樓梯，那通往三樓的樓梯，曾經是且永遠是第一位杜蘭特女士的私人空間，那真是一種令人難以忍受的褻瀆畫面。在他又熾熱又混亂的腦海裡，查理甚至聽到了她們的母親正呼喚著。他聽得見她的聲音，正在呼喚著他。他聽得見她的呼喚。她會不斷地呼喚，直到他到來為止。對他而言，那樓梯承載著這所有的意義，他無法解釋的意義。

（「不要，」達拉說，「不要讓她捲入這件事。」

當然，她還記得。她記得自己走上那一步步的階梯，她的眼睛適應了黑暗，然後，看到他們倆模糊交疊的四肢，看到她母親臉上沉靜的喜悅之情，赤身裸體的她就在查理面前，他只不過是一個男孩……）

＊＊＊

他從沒想過自己能做到，他再次搖頭並這麼說道。

但事實證明他可以。

而如今，他簡直不敢相信自己做了什麼，也搞不懂自己。

當他打電話告訴她發生了什麼事，而他做了什麼時，她的聲音中透露了如釋重負的心情。她的丈夫，那個惡棍，已經死了，這幾乎是一種幸福。（即使她後來有一種古怪的輕鬆快活，急著想要掛斷他的電話，說她需要開始處理一些事情。也提醒他，無論如何，他們都不應該再持續對話了，特別是現在，而他最好暫時不要來訪，也許很長一段時間都先不見面。）

如此緊密交纏的兩個人，總能說服自己和彼此相信任何事情。這世上有所謂的現實，也有兩人之間共有的經驗，那感覺卻更加地真實。

如此迫切需要彼此的兩個人，才有辦法維繫信念，才有辦法深信渴求願望與實現願望，是同一件事。說到底，這不是一個選擇，而是該做的正確之事，達成了更深層次的使命。

兩個人，或三個人，就是一個家庭，足以創造自己的世界。他看著達拉這麼說。

＊＊＊

「你忘了一件事，」達拉說，她的指尖在蛋糕碎屑上游移著，順著蠟紙和老舊麵包刀上的鋸齒滑動著。

「什麼？」查理看著她，溫柔的嘴唇像是一把弓，像是一個小玩偶。一個木製的玩偶，有尖銳的長牙。「那筆錢。」

查理停頓了一下。

「什麼錢？」他終於開口。

達拉看了他一眼，他移開了視線。這實在太令人失望了——簡直是令人心碎的打擊。

「那張保單，」她說，聲音沙啞粗糙。「你們倆都期待不已的大筆保險理賠，我猜你們會一起共享的那筆錢。」

查理又停頓了一下。接著，他的神情茫然恍惚，深不可測，道：「我不知道，我們從來沒談論過這件事。」

＊＊＊

他們坐在那裡很長一段時間。達拉覺得自己聽得到有人在某個地方移動，是瑪莉。走廊前側的地板一整個冬天都嘎吱作響。

也許查理不知道保險或理賠金額的事。或者他知道了，但只知道部分。

她不在乎，現在不在乎。她並不在乎，他看她臉上的表情就明白了。

「達拉，你必須瞭解，」他現在絕望又高聲地說話，「這不是我的錯。」

達拉抬眼看向他，根本無法相信他會這麼說。

「你竟敢這麼說！」達拉說，她的聲音如此洪亮，讓查理幾乎嚇了一跳。

「我是說，是的。是我的錯，」他說，伸手抓住她的手，但她將他的手甩開。

「你得要離開了，」達拉說。「在我大喊**失火**之前離開，在我在放火燒了這裡之前。」

她聽得到走廊上瑪莉的呼吸聲，像個小女孩般又淺又急的呼吸聲。

「我們全都被困在這裡了，我從來不曾這樣要求，」查理雙手抱著自己的頭，輕聲又笨拙地說。「我從來不曾要求永遠待在這裡。我當時只是個孩子，而你的母親，她……」

她腦子裡只有一個念頭：他必須離開，他必須離開。他說的話，就像一個污點蔓延開來。在這間房子裡，她……

「不。不要提。」她說。

「但是，達拉，」他說，抬起頭來，視線再次尋找著她的雙眼。那個濕著眼眶的流浪兒表情，她太熟悉了。這就和他二十年前剛來的時候一模一樣，當時他**仍是**一個濕著眼眶的流浪兒，純潔無瑕，渴望著愛。「她是你的母親，你也親眼看見她做了什麼。」

「你敢提到她試試看，你膽敢將我們的母親拉進這個——」

「我不怪你，」他說，現在說話加快速度了。「你怕她，怕他們兩人。我們全都害怕。我們本來想要離開的，記得嗎？你和我。後來，他們過世了，所以我們就留下了。但他們根本不曾離開，對吧？他們現在還在這裡，而我們就住在這裡頭。」

「住口——」

「不知道為什麼，你忘記了。你忘記了要離開的原因，忘記我們如果想要好好生活下去就必須離開的原因。你忘記了，就只是不斷地向前邁進，但我不做不到。**瑪莉**也做不到——」

「**滾！**」

查理猛烈地站起來，椅子向後滑動，他面對著達拉。

但是要面對著他，她辦不到。他的臉就像一尊雕像，完美得無可救藥。他那具身體如此地珍貴，而他往往吝於分享奉獻。

「滾。」有個聲音傳來，是站在門口的瑪莉。「滾、滾、滾。」一遍又一遍，聲音高得像是尖叫。

查理轉向達拉，現在顯現驚慌失措的樣子。

「但是，」他說，他的臉、他的聲音——突然間他像是回到了十三歲，「我要去哪裡？」

看著他，那張男孩的臉，達拉感覺到自己百感交集——心裡又淩亂又糾結。**不要**，她對自己說。**不要**。

「我不在乎，」達拉說，瑪莉走過去，伸手去抓住她的手，又補充了一句，「我們根本不在乎。」

＊＊＊

他離開了。查理離開了，但他所說的話持續迴盪在她的腦海中，長達幾個小時，甚至一整夜。

我聽得到她的呼喚，他曾說過關於她們母親的事。她們的母親在三樓等著他，她的聲音充滿誘惑，堅持不懈。**我聽得見她的呼喚。她會不斷地呼喚，直到我到來為止**。

而且，暗地裡，達拉明白他的意思。在某些方面，她也聽得見她們母親呼喚著她。她這一輩子，一直都聽得見她的呼喚。

＊＊＊

「那是什麼時候發生的事？」那天晚上過了一會兒後，達拉對瑪莉說，她們倆擠在達拉和查理的床上，兩人之間有個空酒瓶，瑪莉出現了驚恐的表情。也許是因為再度回到她們母親的領地。即使在她搬出去之前，她也很少踏入這個房間，說這裡會讓她起蕁麻疹。

「什麼時候發生的，」瑪莉重複道，她的嘴巴因為喝了陳年老酒而染上了紫色。

「他什麼時候變成了……那個樣子。」

這麼長久以來，他一直是他們之中的一員。**我們三人**。這麼長久以來，她認為他們的關係將永遠維繫。但是，後來在她不知情的情況下，他變了……可是她無法繼續想著這件事，她眼前的一切早已朦朧不清。

「有時候，」瑪莉小心翼翼地說，「你會感到絕望，感覺像是被困住了，向下沉沒。就像你嘴裡灌滿流沙，你必須盡最大的努力才能逃脫。」

達拉抬頭看著瑪莉，一瞬間就止住淚水。

「不，你不必逃脫，」她說。「你只要直接離開。」

刺骨寒意

當她醒來時，她的腦子感覺遲鈍又生硬，就像一塊破舊的鋼絲絨刷。她的電話響了。她的手糾纏在瑪莉的頭髮上。

未接來電，她覺得一定是查理，但結果不然。她先是鬆了口氣，接著隱隱約約地感受到悲傷。

語音信箱發出喀噠聲和嗶嗶聲，然後一個強硬的聲音開始不斷地說話，達拉感覺到她的肚子裡的葡萄酒攪動著。

「**……我是全風險公司的蘭蒂，還記得我嗎？我真是個不受歡迎的討厭鬼。我希望今天早上你能撥出一些時間給我。我預計在九點左右造訪。或許也能和你妹妹談談。如果我沒有收到你的回覆，我們就到時候見了。同一個地址，同一個螺旋樓梯？**」

達拉用手捂住自己的嘴巴，覺得自己快要吐了。

起身時她拉開了床罩，看到瑪莉赤裸的雙腿和手臂上充滿了刺眼的玫瑰色蕁麻疹。

＊＊＊

她猜想，查理和他的物理治療師度過了這一晚，就睡在承包商和他妻子的婚床上。在隔壁的房間裡，還有孩子在天真地沉睡著。那裡到處都充滿了德瑞克的東西、他鬍後水的氣味，以及他擦亮的靴子。她想著，查理和德瑞克躺在同一張床、同一張床罩上。

有什麼關係呢，她想著。**他和德瑞克之間有什麼差異？**她可能永遠都不會知道了。

有一次，她在夜裡慌張地驚醒了。**德瑞克受傷了，水管噴出的熱水淋在他身上，還淹水了。**那是查理第一次失敗的嘗試嗎？

她可能永遠都不會知道了。

＊＊＊

「我昨晚夢見了很久以前的那個舞者，」瑪莉說，臉部浮腫，聲音沙啞刺耳。「著火的那個。」

「我記得，」達拉說，試著要把咖啡沖掉，前一天沒洗的馬克杯底部殘留著沉澱的即溶咖啡晶體。那是他們母親曾經說過的故事——舞者的芭蕾舞裙輕輕掠過舞臺上的腳燈，接著就燃燒了起來。每次達拉聽見這故事時，就會不由自主地覺得自己著火。她現在就感覺到了，雙腳發麻。站在她面前的瑪莉就像是一團純潔的火焰。

「她拒絕穿安全的裙子，」瑪莉說，揉了揉自己的臉。「她只想穿輕飄飄又漂亮的東西。」

達拉身體轉向火爐，將手放在爐台上，要點火來煮咖啡。

「她想為所欲為。」達拉說，當她口中吐出這句話時，她也感覺到滾燙的高溫，如熱水一樣熱烈。

「但在我的夢中，」瑪莉說，「我是舞臺上的那個人。在火焰中燃燒、燃燒、又燃燒的正是我的裙子。」她轉過身來看著達拉。「而你也在場。」

達拉什麼也沒說，直盯著水壺。

「你看見我了，而你哭了，」瑪莉繼續說，她的聲音急切而痛苦，就好像她現在正在做那場夢一樣。「你將媽媽的兔毛毯子覆蓋在我身上，把火撲滅了。」

又要提那條毛毯了，達拉想著，她前幾天留在地下室繼續發爛的那一條。

「火焰吞噬了那條毛毯，」瑪莉說，起身並走向達拉。「但火焰完全沒有傷到我。」

「瑪莉，」達拉說，一邊把火爐關掉。

「德瑞克——他在我體內點燃了一把火。不，是我自己點燃的，但我現在已被燃燒殆盡了，你看，」瑪莉說，她的聲音顫抖著，但很強烈。「我燃燒殆盡了，現在一切都結束了。這都結束了。」

她伸手拉住達拉的雙手，握在自己手中，熱得像是火爐上的線圈。達拉深信，她感覺到了瑪莉的血液在她皮膚下湧動。

這種感覺，像是瑪莉突然醒了。充滿性的迷濛及羞辱、衝動及退卻的六週內，甚至可能是幾個月、幾年以來的第一次覺醒。

這彷彿像是看見一個久違的人，面容有所改變，影子變得沉重，雙眼中卻閃現了一絲舊有而純潔的光芒。

噢，瑪莉，她想。**我想念你好久了**。

***

她叫瑪莉直接去法蘭西斯．巴倫傑表演藝術中心。

「我得要和保險公司那位小姐會面。」她說。「她想找你談談，所以你不能在那裡。」

「不，」瑪莉一邊說，一邊將父親的毛衣披在肩上，「我不想。」

「我們不能再讓她進來了，」達拉堅定地說，「我們必須讓她遠離。」

她們的入侵者已經夠多了。

***

當她們沉默無聲地穿上外套、戴上手套時，鞋子移動發出了沙沙聲，瑪莉圍上圍巾蓋住了脖子上四散的瘀傷，達拉則不斷地想著會發生什麼事。全風險公司的蘭蒂懷疑這一切不是意外。最有可能和最省事的嫌疑人會是誰？是讓她公司老闆不得不支付高額保險金的那位妻子。然而，要調查關於瑪莉的事，能花上多少工夫？關於查理的事呢？有一些事情，調查人員總是明白該如何找出答案。現在到處都有監視器，不論是在停車場或紅綠燈前。手機可以告訴他們一切。這世界再也沒有所謂的私人空間了。一個更巨大的世界已經被徹底顛覆了，正試著滲透每個更小更私密的世界，不論是家庭裡，或家人之間。

人們總想要對別人加以評判，在安全的遠處翻尋刺探著一切。

誰都不想面對真相。而每個家庭都是一個溫室，一個沼澤。有特有的大氣層，有自己的規矩。有自己的律法和眾神。外界永遠都一無所知，完全不可能理解。

「你打算要報警嗎？」瑪莉突然問道。「關於查理的事？」

「不。」達拉說。「不是現在。」

她們倆都停頓了一下。就像過往的某一個時刻——她們以前也曾有這種經歷，某一天晚上，她們的母親拿鑄鐵鍋敲打父親的頭，他隨即跌倒在地，達拉和瑪莉兩人的眼淚立刻奪眶而出。她們有很長一段時間都在想著該怎麼辦，就像有幾次她們父親在房子裡不斷地追著母親，或者有一次他將她鎖在車庫裡過夜，而達拉和瑪莉直到淩晨才發現，她的尖叫聲最終瘋狂到足以喚醒睡夢中的她們。他們從來不曾打電話給任何人，那不是他們四個人會做的事。你就是不該那樣做，你只能繼續前進。

＊＊＊

開車進了停車場，她抬頭看著三樓窗戶，窗內一片漆黑，玻璃汙跡斑斑。

蘭蒂・雅瑟克在前門等候著，穿著長褲套裝及蓬鬆的背心，手裡拿著一支電子菸。「壞習慣，我們無法都像舞者一樣健康。」她說。

***

教室裡，空氣裡透著一股寒意，彷彿在夜裡時暖氣壞了。

她們走進去時，達拉在想：**如果查理在這裡怎麼辦**？她現在無法見他，現在辦不到。

然而，當她們穿越教室時，一股涼意滲進骨子裡，卻不見他的蹤跡。

「我對這一切感到抱歉，」蘭蒂說著，一邊跟著達拉到後勤辦公室。「我知道你的節目就快要開始了。」

「是表演，是十六場的表演。」達拉說，她的聲音緊繃。「那些警探們說你有可能會再度造訪。」

「就像個討厭鬼一樣，」蘭蒂．雅瑟克說，重複著同樣的笑話。

「或者像是一隻鬥牛犬。」

蘭蒂笑了。「看來我的名聲比我本人早一步到。是瓦爾特斯警探說的吧？」

達拉點點頭，把外套拉得更緊了，將手掌放在暖氣裝置上。但蘭蒂．雅瑟克似乎並沒有注意到此處的寒氣，或空氣中的氣味，就像電熨斗在布面上放置過久的味道。

***

後勤辦公室較為暖和，辦公室的門關上了一整夜，將最後的熱氣都阻擋在內了。但在其他任何地方，地板和天花板橫梁都因寒冷而嘎吱作響。

「你可以隨意到處看，」達拉說，往後退了一步。「雖然我無法想像還有什麼值得找的。」

蘭蒂心不在焉地點點頭，她的視線又回到樓梯上。「你妹妹呢？她很快就到了嗎？」

「她在表演藝術中心。你知道的，排練我們的『節目』。」

蘭蒂看著她，尋常地微笑著。

「杜蘭特小姐，你知道嗎？」她說。「昨天晚上，我丈夫為我做了雞肉甜椒水管麵。」

「不好意思，你說什麼？」

「有雞肉、有甜椒的義大利水管麵。我們第一次約會時就是吃這個。我們在週年紀念日和特殊節日時都會一起料理。昨晚，雞肉甜椒水管麵就莫名其妙地出現了。我明白這意思。那個傢伙想我卻說不出口，不過……」

「雅瑟克小姐，我得去表演藝術中心了，」達拉說。

「那個混蛋甚至拿出了餐墊，」她說。「還有布餐巾。超級辣的櫻桃辣椒，那就是我喜歡的口味。」她笑著，一邊搖著頭，「但我一點也吃不下。」

「是嗎？」

「吃不下，這有原因的，你知道我想著什麼事嗎？」

「雅瑟克小姐，我——」

「**為什麼**。為什麼我的朋友德瑞克——德壞克——要走上那道樓梯？在那個時間？讓他上樓的原因是什麼？」

「有噪音，」達拉迅速地說道。**又來了。又開始了**。

即使工作室裡空盪盪的，仍充滿了各種噪音，嗡嗡作響的照明燈，一兩隻急促奔跑的老鼠，拍打著屋簷簷槽的鳥兒，哐啷作響的水管，和呼哧呼哧作響的暖氣。

即便是現在，也聽得見肯定來自暖氣裝置的咻咻聲，儘管線路摸起來冷冰冰的。

「問題是，」蘭蒂說，「我在這一行做了十五年之後，才明白了一個真理：人們大多以我們完全能理解的方式行事。直到他們變了。」

「也許是停電了，」達拉繼續說，她的語速加快了，用了一種不同的音調。「也許他認為保險絲盒在樓上，或許他只是想窺視或刺探。誰會知道那個人腦袋裡到底在想些什麼。」

達拉閉上嘴，卻早已把話說出口了。她真的太累了，太累了。

蘭蒂此時正緊盯著她。

「對你而言，他不過只是一位承包商——就是個占用你時間、賺你錢的人而已。我在他十一歲時就認識他了，他當時有一頭捲曲濃密的頭髮。所有女孩都喜歡他。我記得我的朋友卡拉·馬蒂斯告訴我們所有人，他在體育課上不小心碰到她屁股，她就幾乎要昏了過去。」蘭蒂笑了起來。「**一種不是疼痛的疼痛**，她當時是這麼形容的。」

或許，蘭蒂看起來有些臉紅了。

「聽著，雅瑟克小姐，」達拉說，「我很抱歉你——」

「但他選擇了我。簡而言之，他就是選擇了我。在一個漫長的夏日，我們一群人偶然碰見了，都穿著泳衣在小鎮裡騎著腳踏車，以前大家都這樣。不知什麼原因，我們最終去了我表弟家的後院。德瑞克去屋裡的冰箱偷了棒棒冰[34]。你知道的，可以扯開分成兩根的那種冰棒。」

達拉並不知道。達拉懷疑她這輩子是否曾吃過那種冰棒。

「他一手將冰棒掰成兩半！而他給了我另外一半。吃了一半時，他俯身吻了我的嘴巴，味道就像葡萄汽水一樣。冰棒全都融化在我手上。到了現在，我喝葡萄汽水時都一定會想著他。」

達拉聽著，卻沒有認真聽進去。她想著一些其他的事。關於查理的事，他演胡桃鉗王子的那一年。十四歲，顴骨鋒利得像一把刀。當她第一次看到他穿著表演服裝時的那種感覺，那一身深紅色的

34　品名為「Twin Pops」冰棒，左右分別有兩支小木棒固定冰品。

束腰外衣配上黃銅鈕扣及肩章，她們母親將金色掛帶披在他的胸前，將她掌心放在天鵝絨上，他英俊得讓人無法抗拒。**你看**，她說，看著鏡子裡的達拉。**你看**。不知何故，達拉明白了，她們的母親就是芭蕾舞劇中的卓賽麥爾先生，似乎要將他交給她，將他轉送給她，一份最特別的禮物。**一種不是疼痛的疼痛**。然而，現在是了。

「當你在以前認識某個人，」蘭蒂說，她這時已走到了螺旋樓梯下，她將手放在欄杆上。「所謂的『以前』，就是一切的事情發生以前，成人生活的瑣事出現以前——種種的失望、破碎的心、走錯的歧途，及傷痕。唯有如此你才知道這個人真正的樣子，在一切發生在他們身上之前，在他們成為現在的樣貌之前。」

「你不必讓它改變你，」達拉說。「成人生活的那些事，就是一種選擇。這些都是選擇。」

「也許吧，」蘭蒂說。「但問題是，當你做決定時，你有多常會察覺到這是一種選擇？」

達拉逐漸地張開了嘴巴，卻沒有說出任何字句。

「有時候，」蘭蒂說，一邊聳了聳肩，「做選擇感覺像是在求生。」

***

她在看到他的前一秒就知道了。

噢，查理，她發出了一聲嗚咽。

***

「你會介意嗎？」蘭蒂·雅瑟克說著，一邊走上了樓梯，現在她微微地喘著氣。

「警察說這很危險，」達拉警告說，朝著她的方向走去。「這並不安全。」

但蘭蒂已經走上了階梯，那裡傳來那個她不斷聽見的聲音，那個孤獨的哨聲，現在隨著她們走上樓梯，那嘶咻聲越來越大了。

「我只是想上來看一眼，」蘭蒂一邊說著就爬上最上面的一階，達拉試探性地站在最下面的一階，「想知道他可能有什麼……他聽到的或許就是這個聲音吧？你有聽見嗎？」

支撐屋頂的椽子發出嘎吱和爆裂的聲響，那像是吹哨的嘶咻聲是什麼，為什麼如此地響亮大聲？

「雅瑟克小姐，這裡不安全……」

但是蘭蒂．雅瑟克已經消失在樓梯頂部的一片黑暗之中，達拉現在快步跟了上去。

當她在最後一個轉彎處走上三樓時，如大冰原上的一陣寒氣襲來，蘭蒂開始放聲尖叫，真的在尖叫，儘管她嘴裡只發出了最細微的聲音。

她的嘴唇變得蒼白，達拉將她推開，突然就明白了，她先前怎麼會不知道呢？

＊＊＊

噢，查理。美麗的查理。

查理就掛在那裡，身形又長又瘦，金髮向下低垂，臉龐隱匿了起來。

一根橘色的延長線繫於其中一條暖氣管道和他纖細的脖子上，他的重量讓管線下沉而變成一個銀色的V形，將他的身體向下垂低，他的膝蓋幾乎輕觸著地板。

達拉將手放在他的脖子上，一如既往的冰涼且光滑，美麗得不可思議，這讓她想起了天鵝如皚皚白雪般的脖子，纖美又不真實。

站在她身後的蘭蒂正在撥打電話，暖氣管道彎得越來越低，管線嘎吱作響，而查理的身體轉動著，讓達拉無法閃避他如一片白色模糊汙痕的臉。

她想著《胡桃鉗》那本書中的一刻，總是讓她胃部緊繃的部分，讓她感覺到一種不是疼痛的疼痛。女主角看見胡桃鉗脖子上的血跡，開始拿著手帕擦拭它，在她觸摸之下，他開始有了體溫並開始移動，她賦予了他生命。

但查理根本不可能會動了，他如此冰冷，比以往任何時刻都更加冰冷。冰冷得像樓下的暖氣裝置一樣。冰冷得像教堂裡的大理石臺階，像午夜的彌撒，也冰冷得像星星。

在她身旁的蘭蒂正說著些什麼，伸出了手，接著停下了動作，她想要觸碰達拉，又說了些什麼。

＊＊＊

但是達拉不想說話，也不想移動。她只想在這個空間多陪伴這個男孩久一點，這個可憐且破碎的男孩，當他們鬆開繩索，當他們讓她觸碰他時，她會看見他脖子上那一圈紅色的溝痕，在那天鵝般的脖子上。畢竟，他已經給予她很多了。比他理應付出的還要多。儘管如此，他仍然徹底毀掉了一切。

一場爭執

所有事情都會發生三次。邪惡的王后試著殺害白雪公主三次。耶穌基督三次詢問彼得是否愛他。侏儒怪[35]轉動了三次紡輪。

員警們擠滿了整間教室，這是第三次了。分別是大火、墜樓意外，以及查理。

瓦爾特斯警探這次穿上了一件厚厚的羊毛大衣，曼多薩警探正和蘭蒂對話，而所有人都正在和法醫說話，法醫臉上再次戴了面罩而氣喘吁吁。

達拉透過出入口看見，一個戴著手套的女人將橘色的延長線塞進一個紙袋中。就是那天晚上，他們從瑪莉的燈上拔下的那條延長線，查理把它一圈又一圈地繞在燈座上，就像色彩豔的馬戲團太妃糖一樣，接著將它藏了起來。

***

結果，有一張紙條塞在查理的口袋裡，寫在一張便利貼上，說是一張短箋還不如說是一個字，查理用難以辨識的字跡寫下：

有罪。

警探們看著紙張的背面感到疑惑，一樣只有一個字：雪。

---

35 格林童話裡一個故事中的小矮人或精靈，他幫助磨坊主人的女兒通過國王三次艱難的考驗，每當她絕望的時候就能得到他的幫助並完成任務，將稻草紡成了金子。

只有達拉明白，這是查理的待辦事項清單。《胡桃鉗》需要更多的雪，總需要更多的雪。

＊＊＊

他們試著表達出溫和且尊重的態度。畢竟，她是一位悲傷的寡婦。

然而，內心深處，她的思緒卻如此地明晰清澈。哀悼這件事，儘管如此地複雜，但可以擱置在後頭。

你丈夫是否有可能與承包商發生衝突？

最後，蘭蒂和員警為她起了一個頭。

早些時候，她無意中聽到蘭蒂說，事發原因到頭來總是兩個男人互相攻擊，不論是在酒吧裡意外的推撞，或是因為一張帳單爭論不休。

她聽見曼多薩警探對著瓦爾特斯開了一個玩笑，**在某些州，謀殺你的承包商是否只算是輕罪？**

＊＊＊

「我們兩人都灰心喪氣，」達拉承認。「這一切花了這麼久的時間。查理非常不高興，關係變得越來越緊張了。」

「那天早上，你丈夫是否有說他要和承包商對質？」

「沒有，他就直接去上班了。」

「你能猜想一下，他們兩人或其中一人之所以會在三樓的原因嗎？」

達拉停頓了一下。「查理懷疑那個承包商使用三樓來約會之類的。你知道的，我們很擔憂。那些學生們……」

這一切如此自然而然地進展，就像她嘴裡冒出的煙圈一樣。這件事是真的，以某種層面而言。從來就沒有這麼簡單的事。

「我們在樓上發現了一些菸頭，」其中一位副手說，似乎像是一種暗示。

「如果那裡著火了……」達拉說，一邊搖著她的頭。

***

太好了，我想要的就是這個。這有跡可循，她聽到曼多薩對瓦爾特斯說。那傢伙覺得生氣，看到工作沒有完成，甚至找不到承包商，覺得這個人圖謀不軌。

所以，也許他來到了這裡，想要當場抓包他？瓦爾特斯警探說道。或者，聽見他的聲音就衝上了樓梯——

——而承包商就正好要下樓。他們在樓梯上扭打，跳著背對背的換位舞步，接著砰的一聲……

***

她知道，他們後續會提出更多問題。他們要了筆跡的樣本，採了更多的指紋，將一些東西裝進袋子裡，從她的上衣和蘭蒂．雅瑟克的指甲刮取出纖維樣本。他們仍然想和她的妹妹談談。但最後，他們還是讓她回家了，瓦爾特斯警探主動提議說要開車送她回家。

她婉拒了。

她從來沒有想過要告訴他們真相。告訴他們關於承包商妻子的事，就意味著要告訴他們關於查理和瑪莉的事情，以及所有的私事。

這件事他們管不著，任何事都一樣。這是她和瑪莉的事，全部都是。

她打電話給在法蘭西斯・巴倫傑表演藝術中心的瑪莉，要她馬上回家。

＊＊＊

進屋裡把門上鎖，等她回來。

接著，她告訴她關於查理的事。

這段通話簡短而可怕。

瑪莉不停地哭。她無法停止哭泣，而達拉不得不掛斷，否則她永遠都掛不掉電話了。

＊＊＊

「我很抱歉，」蘭蒂・雅瑟克說，在達拉準備離開時撫摸著她的手臂，「如果不是我一直要你來這裡的話，你就不必看見——」

達拉感到有什麼東西在她的胸膛裡翻騰，抵在她的心臟上。她飛快地走了過去，聽見喉嚨裡傳來一個聲音，彷彿像是一聲尖叫。

在樓梯間，在停車場，甚至在車裡，她試著要發出那個聲音，那一聲尖叫、哭聲，或是呼吸。她卻不曾出聲。

門檻

當她正要駛入家裡的車道時，看見前頭停了汽車，一輛飽經風霜的廂型休旅車，鏽跡斑斑，排氣管發出劈啪聲。

達拉可以辨認出後座上兩個女孩的頭部，頭上都戴著冬帽，一個是是帽頂上有小絨球的紫色帽子，另一個則像是獨角獸，上頭有一個來回擺動的銀色喇叭。

直到這個時候，她才看到前廊有個人影正蹦蹦跳跳著，試著要讓身體暖和起來。墨鏡、兜帽，但仍穿著前一晚的褪色毛皮風雪外套。真的只是前一天晚上的事嗎？

下了車，達拉向那個女人走近，不知道她要做什麼，也不知道她身上藏有什麼東西。

這個女人，她的臉看起來飽經風霜、疲累又害怕，她對著廂型休旅車瞥了一眼，視線又回到達拉身上，接著又看了回去。

「你知道我是誰嗎？」她問。

「我應該知道。」達拉說。凸窗裡的窗簾微微動了一下。**是瑪莉，一邊看著，一邊躲著。**達拉想著。

女人搖了搖頭，將連指手套按壓在耳朵上。

「有警探打電話來，」她說。「他們告訴我關於查——你丈夫的事。」

「他們為什麼要告訴你？」達拉厲聲叫道。

「他們問了一些問題。關於我丈夫是否曾提到工作上碰到的任何麻煩，」她說。「對於你的損失，我深感遺憾。」

達拉一言不發，凝視著女人的太陽眼鏡——巨大而深不見底——只看到她自己的眼裡反映著陰暗不明的顫動。

「我不知道查理跟你說了些什麼。或他是否曾和你說了些什麼。」

「我知道的事比他還多，」達拉冷淡地說。「我知道你利用了他。」

「不，」女人說，再度搖著頭，她的太陽眼鏡如同浩瀚的深淵。「不。」

「查理永遠都不可能做那種事。光是他自己根本做不到。要他做任何事情都有困難，」達拉說，她的眼睛突然瞇了起來，堅定地抬起頭來。「所以，這就一定是你了。你想要脫身。你想要那筆錢——」

「你妹妹在裡面嗎？」女人突然說道。

「你不能和我妹妹說話，」達拉說著，一邊向前邁步，她的胸口有一種兇猛激烈的感受，她已經多年都不曾有過，上次是在她們還很小的時候，父親有時會叫她們倆去三個破爛街區之外的熟食店去幫他買啤酒，有時收銀員會彎下身、過分靠近妹妹，有一次還問她**內褲上是不是有小圓點**。

「好吧，」女人說。「但她也許會想和我談談，我或許可以幫她，關於德瑞克的事。」

「這是不可能的。」達拉說。

他們兩人和彼此對看了很久。這讓她想起了和妹妹一起玩桌遊，父親在地下室裡放了幾個都已濕軟受潮的遊戲組。和瑪莉一起玩桌遊令人難以忍受，因為她從來就不在乎輸——不論是紙幣、棋子，或是驕傲。只有在兩人都關切在意的情況下，遊戲才行得通，得要你們倆都有能力徹底摧毀這場遊戲。

「那你打算告訴他們嗎？」女人最終問道。「警方。你打算告訴警方關於我和查理的事嗎？」

達拉凝視著她的太陽眼鏡，其中一邊鏡片弄髒了。這個女人，這個女人。看著她的身體姿態，兩側鬢角各有一抹灰白頭髮，達拉有一種預感，她知道這個女人是誰。

「沒有。」達拉說。「我不會，但不是為了你。」

女人點了點頭，現在輕輕地呼吸著，她的肩膀下沉。「你會相信我嗎？如果我告訴你，我不知道查理那天晚上會這麼做，你會相信我嗎？」她說。

「我不會，」達拉說，「我不會相信你說的任何話。」視線越過她看向她那輛廂式休旅車，是泥濘的顏色。起霧的車子裡後座有兩個女孩，他們的冬帽隨著收音機播放的歌曲搖晃著。

「是你的女兒吧。」達拉說，她的聲音微小而奇怪。

「是的，」女人說，臉上帶著一絲謹慎。「男孩們在學校。」

他們倆現在都正看著，窗戶裡的冬帽隨著音樂跳舞，紫色冬帽毛絨絨的，而獨角獸的角微微彎曲著，女孩們玩耍時頭部緊貼著車頂。

女人的身體突然猛地一抽，像是想起了什麼事一樣，用一隻僵硬的手套摀住自己的嘴巴。達拉知道那代表著什麼意思。那一天，她已經感受了十幾次。身體正回憶著，正扭曲著。**他離開了，他離開了。**

有那麼一刻，只有那麼一刻，達拉為她感到難過。

彷彿感應到了一般，女人看了她一眼，伸手去拿太陽眼鏡，最終拿了下來。她的雙眼沉重而腫脹。

「我很想解釋這件事，」她說。「你建立了這個家庭，它如此完美，正是你想要的一切。後來，出了點問題，慢慢地或一下子就發生了。本來如此美好，現在卻變得糟糕透頂，這全都是他的錯，或是他所引起的。所有風波都因為他的不良行為而起。」

達拉什麼也沒說。女人繼續往前走。

「所以，在你腦子裡某個私密的部分，你開始沉湎於逃跑的幻想。你告訴自己：要是他不在了該有多好，如果是心臟病發作、閃電，或是一場車禍有多好……」

「我要走了，」達拉轉身說道。

「有時候，」女人突然說道，聲音有些哽咽。「有時候，你覺得自己願意做任何事情來擺脫困境，獲得自由。」

她們對看了很長一段時間。達拉可以感覺到瑪莉就站在玻璃窗的後方。她能感覺到她，似乎他們倆是一體。她能感覺到瑪莉如小兔子的心臟正快速跳動著。**噢，瑪莉……**

「你永遠都不會獲得自由。」達拉說，說話的同時也意識到了這一點。

當一個家庭出現問題時，就需要好幾個世代才能將之徹底消滅。達拉腦海中出現了這句話，自於一本歷史書籍，一本她很久以前在書房中發現關於國王及皇后的書。

瑪莉、查理，他們都認定自己得以逃脫，不論是藉由離開或試著離開。透過其他的人，或是戀人。但他們最終都回到一開始的起點，她們媽媽的房子，她三樓的隱居處。

「我想，你說的沒錯，」那個女人說。「你把一切都歸咎於那一個人。你認為那個人如果離開了，一切都會完美無缺。」她再次戴上了太陽眼鏡。「但歸根結底，那個人就是你。」

我們兩人

時間已經很晚了，達拉在深夜裡驚醒過來。

她絲毫沒有進入熟睡，臉龐貼在身旁的枕頭上，枕頭上仍有查理和瑪莉的氣味，這時她聽見了聲音——

是拖鞋在木頭地板上滑行。

查理，她驚愕地想著。

***

她斜著眼看向長長的走廊，發現妹妹就在遠處的盡頭。

穿著媽媽睡衣的瑪莉如幽靈般，鬼鬼祟祟地徘徊在她們舊臥室的門檻，正是不到一星期前承包商所站立的位置。

她的臉龐在月光下透著光亮，神色猶豫不決。

達拉朝著她走去，一路走向走廊，她的雙腳似乎沒有發出任何聲音。

看起來她就好像在夢遊，仍做著夢，或許她們倆都是，她們接著一起握著手走進房間裡。

***

「這個房間，」瑪莉說，她嘴巴裡的威士忌氣味，現在正透過她的皮膚消散而去。「我討厭這個房間。」

達拉什麼也沒說，她的目光盯著一些東西看，如她們敲擊足尖鞋時留在油漆漆面上的缺口，為足尖鞋上亮光漆時在地毯上留下的磨損，承包商的手放在床柱上時留下的污跡。

「這不過是一個房間，」達拉說，儘管她記得一切，記得第一次帶著查理偷偷溜進來，在下鋪蜷縮在她身旁，潮濕的床單上到處都是性愛和唾液的氣味。

「這個地方有害身心健康，」瑪莉低聲說，穿著睡衣的身體顫抖著，身上所有的瘀傷都被窗外照進來的街燈光線照亮。達拉想，她看起來就像嘉年華上全身刺青的女人。嘉年華裡的那些女人。

「這對我來說並不健康，」她再次說道。「對我們任何一人而言，都有害身心健康。」

***

這讓達拉想起將近十個月前瑪莉搬出去的那一天，她手臂上有牛奶箱留下刺青般的印痕，太陽眼鏡遮住她的雙眼，儘管當時是半夜。當她走向等候著她的計程車時，她一路經過達拉身旁，下巴低垂至肩膀的位置，低聲地說，**在這裡你根本不能呼吸。你怎麼能呼吸呢。**

那是她們童年住的房子。她們不曾離開過的房子。

「我們一直住在這裡，」達拉說。「我們這一輩子都住在這裡。」

***

「你還記得嗎？」瑪莉說。「那些夜晚。」

「哪一些夜晚？」達拉問，但她其實都知道，早在瑪莉開口前就知道了。

「我們躲在被子底下想讓一切停止下來，」瑪莉說。「當尖叫聲開始時，我們用手摀住了耳朵。還記得她是如何對著他尖叫的嗎？**你對我來說什麼都不是。你對我來說毫無意義。你碰觸我時，我一點**

感覺也沒有。」

「你為什麼要談論這件事？」達拉說著，朝著門口走去。地毯聞起來有舊膠水的味道，踏在腳底下感覺像是砂紙。

「她變得越來越糟，」瑪莉說，在狹窄的空間裡不斷翻轉著身子。「她就是不停下來，幾乎喝得和他一樣多，她手裡總是握著一杯酒。她對他發怒的方式——」

「你的意思是說，他對她發怒吧，」達拉說，怒火中燒。「他是怎麼推她、掐她的？」

「是她推了他，」瑪莉說，眼睛直盯著達拉，是她以前從未見過的眼神，如此明確、堅決且嚴肅。

「她打了他一巴掌。她那一次扯下他一束頭髮。而其他的時候，她在他背後做了一些事，你知道的。」

你知道的。現在說出口似乎很殘忍。查理的拖鞋還在她們臥室的地板上，這令人覺得殘忍。不過是三天前，查理擦洗著這一塊地毯，為了她，也為了他們……

達拉的頭抽痛著，瑪莉靠她太近了，聞起來像發酸的威士忌、像悶久的汗味，或是乾掉的唾液。瑪莉有一些事情想要說出口。達拉感覺得到，一件永遠不能說出口的事情。也許是時候了。

「那天晚上她根本就不應該開車的。」瑪莉說。

「開車的人總是他，」達拉說。「一向都是他。我認為開車的人是他。」

但並不是他。大家都和她說過這件事了。她的母親撞擊在方向盤上，力道猛烈到她的胸口印下了方向盤的形狀。

對達拉而言，事故發生的那一天只是個模糊的概念。遺失在她大腦中的一些溝壑之中。她只記得前一天晚上，母親叫她坐在雙層床上，試著要解釋達拉認定自己在三樓所看到的畫面——她**認為**自己看見母親和查理做的那些事——好吧，事情並不是那樣。

達拉沒有說話，她覺得自己胸口裡有一塊鋒利的石頭。意外發現他們的事之後已經過了四天，在這四天裡，她和查理密謀策畫了一次離開，一次逃脫，那是年輕人不可思議的自信。

他們的母親說，**我需要你向我保證，你不會告訴任何人，因為其他人根本不會明白**。

達拉答應了。畢竟，她能告訴誰。

而且，我需要你向我保證你明白，而且也原諒我了。

當她母親說到**原諒**這個字詞時破音了。一個達拉不記得她母親曾用過的字彙，**對不起**也是。

現在是時候了，達拉想著。告訴她自己曾經也計畫和查理一起離開。但她無法吐露出這些話，原本在她胸口上的石頭現在已卡在她的喉嚨裡了。

達拉，她的媽媽說，現在語氣更加堅定了，**我是你的母親**。

但達拉說不出話來。

達拉，告訴我你明白了。告訴我你原諒我了。

但達拉做不到，她開始感覺到噁心，她的身體嗚咽哭泣著。

你必須離開。

說話的不是她媽媽，而是瑪莉。正站在門口的瑪莉。

母親，你必須離開。

母親臉上的表情看起來如此驚訝，充滿了疑惑。

瑪莉．杜蘭特，他們的母親用顫抖的聲音說著，**這是私密的對話**。

母親，你必須離開。瑪莉如此堅韌，如此肯定。那是一位吞劍者的確定無疑，高舉她的鋒刃。

她母親臉上的神情，就像是一位被廢黜推翻的王后。

接著，就是第二天的晚上，他們的週年紀念日。她們的父母僅此一次單獨一同外出。他們倆都在喝酒，母親還將自己鎖在臥室裡，拒絕換上外出服，直到他差點從鉸鍊上卸下了房門，威脅著要將仍穿著睡衣的她拖出去，**一年之中就這個夜晚，你要假裝你是我的妻子。我的妻子。**明天，她就可以回到她的遊戲間，**找那些孩子們，和那些俊美的小男孩共處。**

達拉和瑪莉當時正躲在她們的臥室裡，就是這個房間裡。達拉和瑪莉希望爭執結束，而她們很慶幸查理還在練舞室，聽不見這些對話。

你不能開車，她們的媽媽當時這麼說著。**把鑰匙給我。拿給我。我知道我們要去什麼地方。**

最終，他們聽到了汽車引擎顫動和突然加速的聲音。

我知道我們要去什麼地方。

從臥室的窗戶偷偷往外窺看，她們看到汽車搖搖晃晃地開出車道，駛入藍色的夜晚。

***

現在，過了十五年，達拉站在同一扇窗戶前，看著瑪莉。「大部分的時間都是爸爸開車，」她最後說。「但是那天晚上她想要開車。」

瑪莉看著她，她的眼睛湛藍而清澈。

「是的，那天晚上她想要開車，」她低聲說。「所以她就這麼做了。」

***

她們之中沒有人做出這個決定，但瑪莉跟著達拉走進主臥室，跨步躲開查理的拖鞋，跟在她後面爬上床。

「我很抱歉。」她對達拉低聲地說。

瑪莉聞起來有牙膏的味道，輕輕地貼著達拉的背部，輕輕地抓搔，彼此的手交纏在一起，和他們小時候一樣。

「沒關係，」達拉說。不知何故，她很高興可以感覺到她在這裡，可以聞到她的氣味——OK繃、嬰兒爽身粉，還有她汗水的甜味。

她終於開始有些睡意了，這時——

「媽媽的毛毯在哪裡？」瑪莉低聲說道。**媽媽**。她上次這麼稱呼她們的母親是在很小的時候了。

「媽媽的毛毯，那條兔毛毯子。」

達拉睜大了眼睛。

兔毛毯子。它怎樣都不會消失的，對吧，就像前幾天前在地下室看到它一樣，她將它踢向地板另一頭的暖器。

她讓那條毛毯變得栩栩如生，而瑪莉又渴望地想著它，現在它又回來了。

「你明明就討厭它，」達拉說。「它老是讓你蕁麻疹發作。」

她們的父母去世時，瑪莉曾想把它扔掉。她認為它看起來像是某個獵人留下的獸皮。沒錯，它確實就是。後來，她聲稱毯子會讓她起蕁麻疹，突然就真的發作了。粉紅色的丘疹長滿她的肚子和大腿。

「達拉，你對兔毛毯子做了什麼？」瑪莉一邊問，一邊抓住達拉的後背。「你和查理還會拿毯子出來嗎？那條毯子有靜電，它有靜電而且還會產生火花，還記得嗎？」

達拉可以感覺到即將要發生的事情，可以感覺到它在空氣中顫動著，遠遠超出了她所能承受的範圍。

「我們以前好愛那條毯子。」達拉說，儘管出現了自己將它高踢飛過地下室地板的畫面。

瑪莉現在正在哭泣，而她流淚時總是那麼可愛，她的皮膚像嬰兒般通紅且柔軟，而睫毛不停顫動著。

「達拉，」她說，並且不停地重覆說著。「噢，達拉。這樣是錯的，這樣是錯的，只要我們一直留在這裡，我們就永遠無法逃脫了。」

＊＊＊

但這件事一點也沒錯。姊妹們時常都會睡在一起，而查理就像瑪莉的哥哥一樣。他們從小就很瞭解彼此了。像承包商、調查員或是警察這種人，這種事他們都永遠無法理解。關於孩子們的天真，關於他們這個特別家庭的特殊性。

那始於《胡桃鉗》表演季的其中一個夜晚，是開演後查理剛住進家裡的第一次。閉幕之夜後，他們的母親邀請他們三人和她一起上床睡覺，蓋著兔毛毯子，觀看阿爾伯塔芭蕾舞團模糊不清的老舊錄影帶，看她們母親扮演的克拉拉，她的認真、完美及智慧遠遠超出她十二歲的年紀。

她們的母親在毯子下緊握他們的手，緊緊地擁抱在一起，最終握住了達拉的小手並放於查理的手中，像是某種祝福。

這一切都是那麼激烈而令人無法抗拒，在十三歲、十四歲、十五歲，和一個男孩如此親近，一個她所渴望的男孩的身體，他的撫摸讓她的身體深處都感到溫暖。

還有瑪莉，他對瑪莉的身體如此瞭解，就像她自己的身體一樣，瑪莉喜愛依偎在查理身邊，就像依偎著她們的父親一樣，她唯一認識的男人。這一切都讓瑪莉感到溫暖和被愛，有如一隻快樂地蠕動的貓。後來才變成一隻狐狸。

瑪莉的好奇心甚至大於達拉，但第二天早上她的疑惑卻更加沉重。**達拉，我們做了什麼？我有很奇怪的感覺**，她的腿不斷顫抖著，她的手腕酸痛。

我們什麼都沒做，達拉會這麼告訴她，雖然她的身體還因此不停顫抖著，查理的手指讓她如此精疲力竭，以及她自己的手指。

這件事發生於她們母親完全不再加入他們的行列之後。反而，她會遊蕩至走廊盡頭，打開熱水泡個泡泡浴。讓他們自己去玩耍。

在她們的父母離開後，似乎也沒有理由結束這一項傳統。事實上，維持並尊重這項傳統如今感覺特別有意義了。

這些都是少見的情況，只有在特殊的夜晚才有。瑪莉的二十五歲生日，或者查理近期動了手術才剛康復，或是一場讓電力中斷的夏季暴風雨。他們三人會躺在那張特大號的老舊大床，有顏色逐漸暗沉的黃銅床頭板及塌陷的彈簧。他們感覺如此親近，有時甚至會低聲說鬼故事來壓過呼嘯的風聲，或是在炎熱的夜晚，開了天花板的吊扇、書桌上的風扇、落地風扇，他們被屋內大量的風扇所包圍的時候。查理的手臂摟著他們倆，而達拉一點也不在意。事實上，她還會將查理的手緊扣在瑪莉的手臂及腹部上。

他們都需要另外兩個人，而這就是方法。

沒有人能說這算不上是自然或純潔。他們三人都對另外兩人的身體非常熟悉，在早晨時四肢交錯著，有溫暖的呼吸和咯咯的笑聲。達拉從未感到一絲嫉妒，也不會感到羞恥。這看起來不像是將查理和他人分享，這似乎不過是他們童年的延伸，在兔毛毯子底下的空間大到足以容納他們所有人，這也包括她們的母親，她那堅實而修長的手臂會將查理拉向自己，也會慫恿著達拉將手臂交叉環抱住他。

這一切只是他們的玩耍、享受，及逃避，撫慰著彼此，撫慰著自己。那種兒時感受到的肉體愉悅，是那麼的純粹、自然且正確。

第二天，也沒有必要有不愉快的嫌隙。在廚房的餐桌上，睡眼惺忪，有那麼一點不好意思，還是能一邊喝咖啡、一邊偷偷地對彼此眨眼，將身上的睡袍拉緊。

這就像一場夢，之後你再也無法具體回憶起細節的夢境。你只能模糊地回想那是什麼感覺：像家人一樣，像在家一樣。

達拉從來沒有嫉妒過，因為瑪莉是她的一部分，那遠比感情、依戀和種種規範更加深刻。瑪莉是她的一部分，直到她脫離為止。

直到她搬出去，將他們拒於門外。

達拉喜歡將他們給予對方，那種感覺就像她們母親一樣，兩隻手分別握著兩個人的手。讓他們的手交會，將她的手放在他手上，或將他的手放在她手上。他們美麗的身體離她如此之近，就像是她的一部分。這就是家人。

她只是在做她們母親過去會做的事情，母親已經向他們示範、指導，這是她迄今為止最偉大的一齣芭蕾舞。

她似乎在說，**這如此美麗而且屬於我們**。

有些人喜歡把一切弄得骯髒卑鄙。

有些人喜歡把一切徹底毀掉。

***

「達拉，」瑪莉說，她的臉變得如此柔軟，她將手放在達拉的手臂上，「這不是我們的錯。這不是我們的錯。」

這沒有錯，達拉想說卻說不出話來。這感覺如此詭異，躺在同一張床上，所有的記憶都在她身邊快速閃動，如狡獪的小火苗。

「我知道，」達拉最後說道。「我知道這不是我們的錯。」

瑪莉停頓了一下，彷彿自己也意識到了，接著說道：「我想，在我離開之前，你早就就已經想離開了。」

達拉抬起頭來。當然，這件事是真的。這是真的。她本來想要離開。那一次她幾乎就要成功了，就在那場車禍發生之前。有一件事，查理說對了。他們幾乎就要一起離開了，以那個滾輪行李箱打包，她的胸膛在怦怦跳動，想像著那扇漆黑大門之外的世界。那棟屋子，這棟屋子。那一棟代表著她童年的房子。

***

一個小時過去了，達拉和睡意來回拉鋸，卻從未入睡。

有一段記憶不斷浮現，十歲或十一歲的瑪莉，在她雙層床的上鋪蠕動著，堅持地說，**我有別人沒有的東西**。

那東西我們都有，達拉說，不想要理她。但她一直無法真正確定這件事。達拉膚色黝黑，而瑪莉白皙。達拉冷靜，但瑪莉熱情。瑪莉，是野孩子、吞劍者、全身刺青的女人，是怪胎。

「瑪莉，」她發現自己正低聲地說話，感覺瑪莉在她的背後，她的呼吸斷斷續續的。「你還記得嘉年華嗎？爸爸每年春天都會帶我們去聖貞德教堂的那個嘉年華？」

「是的，」瑪莉睡眼惺忪地說。「我記得。」

達拉不知道她為什麼會想到這件事。也許是因為瑪莉的腳正摩擦著她的腳，試著要取暖。

「我最愛的是吞火魔術師，」達拉說，用她的足弓抵著瑪莉堅硬的皮膚。「而你最喜歡的是吞劍者。」

「她們是一樣的。」瑪莉輕聲說。

達拉的腳動也不動。「什麼？」

「是同一個女人，」瑪莉以倦睏的聲音緩慢地說，一直沒有將那句話說完。

「什麼？」達拉問，不知道自己是不是在做夢。

「我看過她一次，」瑪莉說，她的雙腳環繞著達拉的雙腳，試著要讓它們變得暖和一些。「她在舞臺後面更換服裝。」

「她們是同一個人嗎？」達拉重複了一遍，想要確定這件事。

「她們是同一個人。」

火與雪

那場夢來得很快——似乎就在她閉上雙眼的瞬間，瑪莉就蜷縮在她的身邊。他們在嘉年華上，在雜耍表演的帳篷裡看著吞劍者。

她高大又雄偉，嘴巴四周的傷痕有如陰影線，有如部落的圖騰符號。

當她舉起長劍，將它高高舉過頭頂時**嗖嗖**作響。然後，她彎曲了膝蓋，讓自己轉圈旋轉起來，腳尖旋轉時頭部同時迅速甩動。

一圈、兩圈，那把劍突然變成了一支火炬，她停了下來，她不再是吞劍者，而是吞火魔術師，嘴巴四周的傷痕有如陰影線，有如部落的圖騰符號。

她的手臂有力而圓潤，高舉過頭，形成一個完美的橢圓形。她的雙臂以紅色繩索纏繞且刀槍不入，高高舉起火炬，高到火苗觸及帳篷下垂的頂端。

他們頭頂的帆布突然因燃燒的火焰而劇烈震動，成了一片猩紅色和金色。

達拉，我們得走了！我們得走了！是時候了！

她伸手要拉瑪莉的手卻找不到她，熱度像一陣震動傳了過來。

睜開雙眼，她還以為自己還能看得見一切。

一陣陣起伏的火浪在天花板上翻湧著，熱火的手指伸向各個角落。

我燃燒起來了。我的身體燃燒起來了。

＊＊＊

早上了嗎？她的眼睛瞇成一條細縫，房間像正午一樣明亮，但時鐘卻顯示是凌晨四點。然後她想起臥室的窗戶朝向西邊，黎明曙光從來就不曾造訪。

「達拉，我們得走了！我們得走了！該離開了！」

說話的人是瑪莉，她將手放在達拉身上，將她拉了起來。

她起身站了起來，屋子裡突然一片漆黑，她的嘴巴裡充滿了臭氣。門打開了，走廊裡一片漆黑，她將手放在牆上，手掌貼著溫熱的石膏，瑪莉拉著她，使勁地拉著她，她覺得手臂上可能會留下一道凹痕。

她腳下的地板燃燒，她正不斷地奔跑著。瑪莉的手緊緊抓住她的手腕，將她拉下樓梯，跌跌撞撞地走到門口時，**咻咻**的一陣陣空氣就要將她們吸了回去，喘著氣想要抓住他們。瑪莉幾乎是在拖拉著兩人前進，幾乎貼合著達拉手臂上的凹痕要將她拉出去，她們越過門檻並走出屋門之外。

***

一大群的消防車和一輛警車就停在外頭，一定是某位鄰居報警，一陣陣巨大的白色煙霧翻湧於房子上方，吞噬她們的房子，吞噬了一切。

***

可能已過了十五分鐘或兩個小時，穿著法蘭絨睡衣的鄰居們安靜地驚嘆著，一個穿著老鼠利爪拖鞋的小男孩大聲哭泣、悲慟不已，還有警報器的嗚嗚聲，而空氣中瀰漫著燒焦金屬、熔化的塑膠，及燃燒泡沫塑膠材質的化學氣味，大火已經熄滅了，卻在她們的房子中間留下了長長一道濃重的黑色條紋。

房子不知還剩下些什麼，中心已經凹陷，凹處暴露可見：變形的地板、彎彎曲曲的電線，剩餘的椽子就像是幾根伸出的手指，而從椽子上脫落的白色灰燼就像是派對上的五彩紙屑。

在那件有人為她蓋上的厚毛毯下，達拉顫抖著，不敢置信地盯著房子看，它看起來如此渺小，又如此單薄。就像看著一張童年時期模糊的拍立得照片，就像再次走入你幼兒園的教室，裡頭的家具就像你腳下的火柴。

「你很冷靜。」一位鄰居對她說。

「她是被嚇壞了。」另一個人低聲地說。

她轉身看著他們，是穿著同款睡袍的一對白髮夫婦。兩人手牽著手，瘦骨嶙峋的指節輕敲著彼此。

「我沒事，」她說。因為她真的沒事，雖然她說不出這是怎麼一回事，或是為什麼。

然而，她將自己的視線越過這些人，望向遠處的瑪莉。

是瑪莉，只不過她現在一頭金髮沾滿黑灰，有一隻手臂上爬滿了一條條的黑色條痕。

她坐在消防車後，臉上戴著一個氧氣面罩，雜色斑駁的雙腿不停晃動著，她正對著達拉招手，招手要她過去。**來這裡。快點。是時候了！**

達拉也對她揮了揮手，開始朝著她的方向走去，從她肩膀上的毯子掉了下來。

深呼吸，深呼吸。

＊＊＊

消防員正在談論煤氣爐和建築物的煙道。**多年累積的垃圾就堆積在那裡，有枯葉、有鳥窩，還有死老鼠。**

他們稱之為**火焰部署**。煙道被物件堵塞住，火苗竄出並延燒得像一道巨浪。

很令人遺憾的是，人們總是在地下室裡放了大量的垃圾，就在燃燒室[36]**的旁邊，而我時常告訴我爸爸，火焰應該呈現乾淨的藍色。**

在某種程度上，達拉聆聽著對話，但她主要是在聽瑪莉的呼吸聲，她的面罩開始起霧。這如此令人感到舒緩，就像一個節拍器，像一個承諾。

一名消防員突然出現了，他的臉上因為煙灰而反光閃耀，手裡拿著的棍子上頭掛著什麼東西。

「一開始我還擔心是一隻寵物，」他說。「或是一隻狗或貓之類的。」

「不，」達拉說，看著瑪莉。「這只是一條舊毯子。」

「是兔毛，」瑪莉說，現在摘下了氧氣面罩，握在她發黑的手上。「維也納藍兔。」

「在地下室樓梯的階梯中間發現的，」消防員說。「一定是煙道裡的外力讓它騰飛了起來。你一定會很驚訝這種事多麼頻繁地發生。擁擠的地下室，老舊的房子。運氣不好。」

「是的，」達拉一邊說，一邊看著男人手裡拿著被煤煙燻黑且濕淋淋的毛皮。「運氣不好。」

她看著也正看著她的瑪莉，她臉上有著鬼鬼祟祟的笑意。

***

他們讓達拉坐在卡車上吸氧氣，她聞到的氣味更濃烈了，是她嗅聞過最為強烈的氣味。是石膏、地毯膠、乾燥木頭、發黴木箱的燃燒氣味。

呼吸，呼吸，她告訴自己，直到她能好好地呼吸為止。

36「燃燒室」是指一個供燃料與氧化劑可充分混合並產生燃燒以得到熱能的空間。

直到她再次聽見瑪莉的聲音。

「達拉，」瑪莉喊道，在藍黑色的街道上向她跑來。「快看！你看！」

她的聲音又高又輕柔，像一個鈴鐺。

當達拉抬頭向上看著路燈時，突然發現到處都是雪花，四處地盤繞旋轉，在柏油路和頭髮上留下白點。

瑪莉往後退了一步，消防員給她的毯子掉落在地，睡衣濕透了，她的身體轉向且快速轉動著，赤腳踩在人行道上，她細長的脖子和手臂如白鳥般，身旁的雪花四處飄落著。

「留下一些雪花吧，」達拉自己竟這麼開口說，她雙眼裡盈滿淚水，臉部因為微笑而感到痠痛。她微笑著。「留下一些吧。」

瑪莉微笑著，將她的雙臂高舉至空中，達拉也舉起她的雙臂。

當它們掉落在她伸出的手掌上，她發現那些根本不是雪花，而是灰燼，如此蒼白而明亮，無聲地落在那曾經是他們所有物的一切。

不管她手中的是雪、碎紙或是灰燼都無所謂了，因為她可以呼吸了，而瑪莉在街燈下跳著舞，一切都結束了，終於結束了。

輯四

失落伊甸園

一年後

若不曾看見一群年輕女孩在劇院裡凝視著《胡桃鉗》的開場時刻，你就不算是親眼看過真切的渴望。她們全都穿著節慶的正裝禮服，紅色棉製天鵝絨洋裝、閃閃發光的方格花紋毛衣，繫上珍珠髮帶、緞面絲帶，她們大張著嘴，目瞪口呆，眼睛裡充滿了驚奇。

但這所說的不僅僅是那些小女孩。她們的母親穿著珠飾毛衣和飄逸長裙，儘管因為待辦事項清單、要清理在車子上頭的積雪而覺得腦袋發沉。她們的父親穿著海軍外套，也許繫上了一條方格花紋領帶，他們滿臉通紅，是因為天氣寒冷或出門前那杯急忙喝下的蘇格蘭威士忌。

片刻之後，她們全都會改頭換面，達拉想，站在側廳看著巴倫傑中心裡充滿了羊毛、亮片及聖誕風情的方格花紋。

再過幾分鐘，音樂就會開始了。在開始之前，觀眾總是忘了自己對於劇本有多麼熟悉。從序曲的第一段，他們的身體就會開始移動、心情開始振奮，他們的雙眼睜得更大，心中有些回憶湧動，不論是很久以前的一個假期，一個玩具損壞的痛苦記憶，一片放在桌面上的香橙巧克力，爸媽喝了太多蛋奶酒後倒在聖誕樹上，站在教堂座席上無休無止的感覺，蠟燭融化後的蠟油從紙罩流落至手中。看著那些觀眾，你可以看到他們走回時光隧道，體會這之中一切的痛苦。他們敞開了心胸。接著，克拉拉出場了，穿著她的舞會禮服。

克拉拉，就是我們，達拉想著。

她焦急地徘徊於會客室的兩扇巨大門之後，等待著允許她進場的指示，而她的父母正為這個節日的慶祝活動進行準備。

她試圖以鑰匙孔窺探外面的成人世界。**讓我進去**，她似乎這麼說著，瘋狂地攀爬到椅子上，將耳朵貼在門上。它令人欣喜若狂、讓人難以忍受，讓全場的人身體前傾，手指緊握，屏住呼吸。

每個人都記得那種感覺，達拉想著。童年時期的那些曲折等待，永遠都等待著父母，當大人做那些大人的事情時，他們只能等待。想要瞭解，卻總面對著關上的門。直到那些大人們最終決定要把門打開，卻無法再關上了。

＊＊＊

達拉想，克拉拉的如饑似渴讓她如此地吃驚，她的胸口像是被一把掐住了。她是如此急切，甚至絕望，想要逃離她安全、溫暖、令人厭煩、又塞滿種種事物的那個家。塞滿了歷史，塞滿了過去。她所想要的，不過只是門後的那些東西。就在那扇門之後。

胡桃鉗玩偶和《胡桃鉗》賦予了她一切。她的幻想凌駕了芭蕾舞步。那是一個黑暗而奢華的世界，在那她不僅是英雄也是女王。一切都相當新鮮且陌生，就等待著她到來。

然而，現在的家和家人都成了異國他鄉，她再也不需要回去了。

＊＊＊

每個人都在她身後的一片黑暗中移動著。後臺是一片竊竊私語，還有汗水、亮粉和恐懼。盛事正在發生，它終於發生了。《胡桃鉗》演出次數已超出了達拉的記憶，這卻是她第一次因為興奮而屏住呼吸。

但是她的克拉拉在哪裡？

在一群身穿晚禮服的女孩和穿著僵挺西裝的男孩的陰影中，她不斷搜尋著，卻遍尋不到她。反而，今年的胡桃鉗王子馬庫斯偷偷地越過舞臺帷幕，向前排的父母揮手，喉結因恐懼而上下彈跳著。

他會有很棒的表現，達拉知道，但當她一想起萊斯特里奧就感到一陣刺痛，他最終屈服於父親的施壓，在去年的演出取消後不久就退出了芭蕾舞團。

那整個夏天，她每次看見他，都是她開車經過高中足球場的時候。她可能甚至沒認出他來——他已有巨大的改變，因為足球，是的，也因為時光流轉。但是，雖然那種特別又轉瞬即逝的美麗早已消逝了——男孩在脖子變得粗壯、五官逐漸粗獷之前的那種美麗——她仍然看得見他骨子裡那個男孩的影子。

她的腳輕輕地踩了剎車，她看了好一會兒，看著他慢跑至場邊的探照燈下。他發散著光彩，宛如一幅古老的畫作。他停下腳步，似乎看到了她。似乎正邁向她靠近，朝著圍欄走去。

就在她開始倒車時，他向前邁步，以如此優雅、如此文雅的方式摘下了頭盔，就像一位掀開頭盔面甲的中世紀騎士。

就像現在的馬庫斯將胡桃鉗頭套捧在臂彎裡的方式一樣，他的臉龐如此清晰、柔軟，年輕得不可思議。

***

「達拉，親愛的，我有一些東西要給你。」

希維爾夫人輕快地走過來，身上繫著裊裊飄動的圍巾。「晚來總比什麼都不做好，」她說，遞過一個明亮的錫箔紙盒。是她一年一度製作的蘭姆酒蛋糕，淋醬覆蓋的表面顯得亮滑。

「你不需要這麼客氣的。」達拉說。

「親愛的，但我必須這麼做。」她低聲地說，將一隻手搭在達拉肩上，她的她氣息之間有「胡桃鉗蛋奶酒」的氣味。「我們必須維持那些傳統，它們定義了我們是怎樣的人。」

＊＊＊

希維爾夫人曾有一次告訴達拉，在柴可夫斯基創作《胡桃鉗》的整個過程中，他哀悼著心愛的妹妹薩莎。透過克拉拉的角色，他讓她復活了。它解釋了芭蕾舞不可思議的沉重感、巨大的憂鬱，以及打動人心的懷舊情懷。還有，它對於童年、純真和逃避的永恆幻像。儘管是眼前所見的一切也同時消逝著，這種覺悟幾乎令人難以忍受，像舞者一樣從我們身邊飄揚而過，像煙霧般悄悄消失。

每一年，當那盛大的雙人舞——糖梅仙子和她的王子——開始時，觀眾的眼眶就已充滿了淚水。那些鋼片琴所發出的明亮聲音，像清脆而純淨的鐘聲，我們被拋到了後頭。這個短暫且明亮的時刻征服了時間。達拉記得，有一位家長和她說，俄羅斯葬禮彌撒的祈禱詞被隱藏在一開始的小節之中。**我們聽不到，但我們仍然感受到了**，他麼告訴她。

就像是那一刻，她最喜歡的時刻，克拉拉獨自站在舞臺上，穿著睡衣，有如一朵白色花朵，有如被風四處吹散的一條手帕。

克拉拉，就第一個位置……上場。

克拉拉在尋找，在舞臺上飛奔著……孤獨而勇敢。

克拉拉，在燈光下閃著金黃色，她抬起頭，喉嚨像火炬一樣發著光，就像一位吞火魔術師。

＊＊＊

「瑪莉，」達拉發現自己低聲地說，她將雙手放在胸前。她轉身要尋找她，彷彿期待看見她妹妹如狐狸般的臉龐。

但是，當然了，瑪莉不在那裡。她離開了，在查理去世的兩個月後，在他們走過他們房屋的灰燼殘骸之後，天空如此潔白而純淨。達拉知道，只要她可以，她就會多待一會兒——直到她終於等不及為止。在她離開的那天，她用力地撲向達拉的懷抱之中，都要讓她喘不過氣了。達拉站在屋前的草坪上，看著她開著那一輛有如鮮明火焰的汽車離開。原來，那輛車根本不是她要買給他的。她買那輛車是為了她全新的生活，為了她未知的遠方。

最近一張被太陽曬得乾硬的明信片從希臘寄來，她以自己的方式回到了文明的開端，遠在歷史之前，卻在家庭成型之後。

這張照片上是某個雕像，一個士兵，或者一個天使，雙臂高舉過頭，雙手握著一把華麗又火焰熊熊的劍。

「瑪莉，」達拉又再次低聲地說，將雙手放在胸前，「我也可以嗎？」

***

「杜蘭特女士。」

達拉轉過身來，看見了貝莉．布魯姆。在煙霧繚繞的暗光中，她梳成髻的頭髮閃閃發光，她的臉上了妝，貼著洋娃娃般的睫毛，眉毛畫成一道斜線。她臉上是如珠光般的白皙。

「是布魯姆小姐，」達拉讚許地點點頭。「克拉拉終於來了。」

貝莉穿著克拉拉森林綠的舞會禮服，為了合身縫出皺褶，飾邊縫上了亮片。

在一年後，貝莉終於要以克拉拉的角色登台跳舞，她裙子上的酒紅色腰帶向下降低，為她現在日漸豐滿的胸部提供空間。

不過才一年時間，發生了多大的轉變。去年秋天的貝莉，被足尖鞋裡的釘子、不乾淨的餅乾和死老鼠折磨。後來，在火災之後，在查理出事之後，《胡桃鉗》的演出就此取消了。

貝莉一向如此堅強、如此堅忍。而今年，她不再因任何事物而有所動搖，站在達拉面前，如此鎮定、如此熱切，如此渴求走上那座舞臺。

在她身後的觀眾席中，達拉發現貝莉的母親正坐在前排。布魯姆太太，那親愛的布魯姆太太，帶著她所有的孤獨和貪婪的渴望——這種渴望，就像是讓她無所遁形的X光片，她卻從來就不想看見。

然而，她看起來很驕傲地坐在前排，穿戴著千鳥格絲巾和方頭高跟鞋，身旁塞著一束淡粉紅色的玫瑰花，等待著她女兒最終鞠躬謝幕。

「杜蘭特女士，」貝莉重複了一遍。「我只是——」

「你不是應該要等候提示準備上場嗎？」達拉說。

「我有九十秒的時間，」貝莉說，咬著嘴唇，潔白的牙齒深深陷入擦有深紅色口紅的嘴唇。「杜蘭特女士，我想要謝謝你。」

達拉停了下來，她的喉嚨突然緊縮了。

「不必感謝我，」她說。「你做到了。這一切都是你自己的努力。」

貝莉撲了粉的臉龐突然出現了一抹微笑。

「燈光，第一次上場提示。現在將帷幕拉起來。」舞臺經理正在發號施令，她的耳機從臉上滑落。「她準備好了沒有？」

貝莉轉向她並點頭，她挺直了背部，她的腰帶發出沙沙聲，足尖鞋裡的雙腳輕輕地敲擊。

但隨後達拉看到了：當貝莉凝視著黑暗時，她的眉頭微微地皺了起來。

「你準備好了，」達拉說，她自己的聲音嘶啞且顫抖著。「你準備好了。」

貝莉看了她一眼，凝視著她，她們腳下的地板顫動著，那輕快的序曲就像一個音樂盒的線圈。

「是的，」貝莉說，然後，莫名其妙地，將她纖細的手放在達拉的手上。達拉感覺到她觸摸下的熱度，她的心跳，她們兩人的心跳。「我準備好了。」

「燈光，第一次上場提示。第一個定位，準備好舉起……」

達拉屏住呼吸，看著貝莉從側廳飛舞至舞臺上。觀眾們因為興奮而發出喘息聲，音樂風靡全場，終於，所有的目光都投射在這個女孩身上，這個英雄身上。

臉譜小說選 FR6594

火宅之舞

The Turnout

原著作者	梅根・亞伯特（Megan Abbott）
譯　　者	陳柚均
書封設計	蕭旭芳
責任編輯	廖培穎
行銷企畫	陳彩玉、林詩玟
業　　務	陳紫晴、林佩瑜、葉晉源
出　　版	臉譜出版
發 行 人	凃玉雲
總 經 理	陳逸瑛
編輯總監	劉麗真
	城邦文化事業股份有限公司 台北市中山區民生東路二段141號5樓 電話：886-2-25007696　傳真：886-2-25001952
發　　行	英屬蓋曼群島商家庭傳媒股份有限公司城邦分公司 台北市中山區民生東路二段141號11樓 客服專線：02-25007718；25007719 24小時傳真專線：02-25001990；25001991 服務時間：週一至週五上午09:30-12:00；下午13:30-17:00 劃撥帳號：19863813　戶名：書虫股份有限公司 讀者服務信箱：service@readingclub.com.tw 城邦網址：http://www.cite.com.tw
香港發行所	城邦（香港）出版集團有限公司 香港灣仔駱克道193號東超商業中心1樓 電話：852-25086231　傳真：852-25789337
馬新發行所	城邦（馬新）出版集團 Cite (M) Sdn Bhd 41, Jalan Radin Anum, Bandar Baru Sri Petaling, 57000 Kuala Lumpur, Malaysia. 電話：603-90563833　傳真：603-90576622 電子信箱：services@cite.my
初版一刷	2023年2月
I S B N	978-626-315-226-7

城邦讀書花園
www.cite.com.tw

售價：450元

（本書如有缺頁、破損、倒裝，請寄回更換）

國家圖書館出版品預行編目資料

火宅之舞／梅根・亞伯特（Megan Abbott）著；陳柚均譯. -- 初版. -- 臺北市：臉譜出版：英屬蓋曼群島商家庭傳媒股份有限公司城邦分公司發行, 2023.02
面；　公分. --（臉譜小說選；FR6594）
譯自：The trunout.
ISBN 978-626-315-226-7（平裝）

874.57　　111018658